WONDERWAAN

EDGE ZERO-EDITIE

De beste Nederlandse Science Fiction-, Fantasy- en Horrorverhalen van 2015

Een EdgeZero Publicatie

Voorwoord door EdgeZero

Vijfentwintig jaar geleden –ruim- richtte Peter Kaptein Ator Mondis op, een tijdschrift voor Nederlandse genreverhalen. Het was een tegenbeweging, een opvullen van een vacuüm dat was ontstaan na het verdwijnen van enkele publicaties en het algemene gebrek aan uitgevers die boeken van Nederlandse genreschrijvers wilden uitgeven. Uit die tegenbeweging ontstond ook Babel-SF (het tegenwoordige Verschijnsel), opgericht door Roelof Goudriaan en Mike Jansen, dat gelijk aan Ator Mondis probeerde Nederlandse genreschrijvers een platform te bieden. Met redelijk succes.

Fast forward naar 2016. Er is veel veranderd. Op het aantal publicatiemogelijkheden na. Opvallend genoeg floreren de genre-wedstrijden, zoals de Harland Awards, Fantastels, Trek Sagae en nog een hele rits aan kleinere, veelal ad-hoc wedstrijden. Daaruit komen honderden verhalen tevoorschijn, van evenzovele auteurs, waarvan helaas slechts een enkeling gepubliceerd wordt.

Peter Kaptein en Mike Jansen beklaagden zich tegen elkaar (op de chat, hoe modern) dat de Nederlandse markt voor korte genreverhalen zo ongeveer niet bestaand is, met uitzondering van Wonderwaan, Fantastische Vertellingen en Ganymedes. en een enkele publicatie in niet specifiek genregerichte periodieken zoals SF-Terra of The Flying Dutch magazine, na. Voeg daarbij de wat opvallende keuzes die gemaakt werden bij sommige wedstrijden over hoog- en laaggeplaatste verhalen waardoor er een zekere onvrede bij beide heren ontstond.

Nu is klagen niet zo heel erg productief en onvrede is ook maar een gevoel, dus werden oude plannen uit de kast gehaald, werd een budget samengesteld en werden plannen gesmeed.

Direct na de uitreiking van Fantastels kondigden wij EdgeZero aan, een nieuwe manier van kijken naar de vele verhalen die elk jaar geproduceerd worden, met als doel te komen tot een –betaalde- publicatieselectie van het beste werk dat in Nederland in het voorgaande jaar geproduceerd of gepubliceerd is. Daar horen dus verhalen uit de genoemde wedstrijden bij, maar ook genreverhalen uit andere publicaties. Onze aankondiging leverde 116 verhalen op, een goed resultaat voor een eerste keer.

Een team van acht ervaren redacteurs/uitgevers/lezers/recensenten/schrijvers boog zich vervolgens over het ingezonden werk dat varieerde van het hoogst-geplaatste tot het laagst-geplaatste werk van de wedstrijden. Dit alles werd in een geautomatiseerd websysteem bijgehouden, waarbij de auteurs bijna live – volgens velen zenuwslopend spannend- op de hoogte werden gehouden van de voortgang van hun verhalen.

Na de longlist kwam de shortlist en de uiteindelijke selectie van de verhalen. Ongeveer een derde zal lezers van Wonderwaan bekend voor-komen, dit zijn verhalen die eerder in Wonderwaan zijn verschenen. Een derde komt uit de Harland Awards en het laatste deel uit Fantastels. Stuk voor stuk topverhalen die aantonen dat er veel talent is in Nederland.

En nu komt het zware werk: deze verhalen zo breed mogelijk in de markt zetten en een zo groot mogelijk lezerspubliek zien te bereiken. Deze Wonderwaan editie is daar een uiting van. Maar deze verhalen zullen ook online te lezen zijn, in ebook formaat via allerelei retailers, in paperback formaat en wat we nog meer kunnen bedenken. Dus zegt het voort, allen!

Daar houdt het niet op. Voor de meeste schrijvers is het hoogste doel te worden gelezen, het liefst door zoveel mogelijk mensen. Wij willen daarom die lezers ook bij EdgeZero betrekken en de schrijvers laten zien dat hun werk gewaardeerd wordt en dat de lezers een mening over hun verhalen hebben, de interactie stimuleren zodat de schrijvers nu eindelijk eens kennis maken met hun publiek. En het publiek nu eens ziet wie ze voor zich hebben. Die betrokkenheid moet uiteindelijk ook vertaald worden in een prijs, een award, maar dan van de lezers van de verhalen, die daarmee hun waardering kunnen uitspreken. Denk daarbij aan zoiets als de Hugo awards. (hoewel op wat meer Nederlandse schaal)

De organisatoren van EdgeZero hopen op een jaarlijks terugkerend fenomeen dat schrijvers een extra doel geeft naast het schrijven voor de diverse genrewedstrijden, namelijk een kans op betaalde publicatie, aandacht van een breder publiek en, voor de beste auteur van een jaar, de EdgeZero Award.

Dat, beste lezers, bereiken we alleen met uw hulp. Alvast onze dank daarvoor!

EdgeZero
Mike Jansen & Peter Kaptein

Colofon

Wonderwaan EdgeZero editie. Deze editie is een speciale uitgave voor leden van het NCSF.

ISBN: 978-90-818265-3-2
ISSN: 1874-2688

© Wonderwaan en individuele auteurs, 2016

Meewerkende auteurs:
Frank Norbert Rieter,
Jorrit de Klerk,
Jack Schlimazlnik,
Rik Raven,
Mike Jansen,
Peter Kaptein,
Jeffrey Dionet,
Tom Thys,
Tais Teng,
Mark J. Ruyffelaert,
Killian McNeil,
Jan J.B. Kuipers,
Ben Adriaanse,
Marcel Orie,
Jaap Boekestein

Wonderwaan wordt elk kwartaal gepubliceerd.
Wonderwaan-redactie: Jaap Boekestein, Marcel Orie & Roelof Goudriaan.
Gastredacteur, cover design en opmaak: Mike Jansen
Kopij etc bij voorkeur per e-mail: redactie@ wonderwaan.info
Postadres: Redactie Wonderwaan, Frederik De Merodestraat 7, 2800 Mechelen, België

Leden en abonnees van het NCSF krijgen Wonderwaan thuisgestuurd. Zie www.ncsf.nl voor meer informatie.

Website en digitale nummers: **www.wonderwaan.info & www.edge-zero.com**

Artwork:
Cover artwork door Tais Teng, opmaak door Mike Jansen
Illustratie voor "De knipoog van de meermin": fotocollage Roelof Goudriaan, onderliggend materiaal Ewald Rübsaamen, Ernst Haeckel, een anonieme anischtkaartenmaker.
Illustratie voor "De poppen van Dr. Edelweiss": fotocollage Roelof Goudriaan, onderliggend materiaal van Wellcome Images en Roman Harak.
Illustratie voor "Een paard met een gierenkop": fotocollage door Roelof Goudriaan, met onderliggend materiaal van Doris Ullman en Sponchia.
Illustratie voor "De eer van André Fantone": Jaap Boekestein, met onderliggende foto van William Henry Jackson.
Illustratie voor "De Nagedachte", "Brieven aan Randolph Carter": Gidion van de Swaluw
Illustraties bij Koningin van Mars: Peter Kaptein.
Illustratie bij 'Reset' door Maxim Lardinois.
Overig artwork: Mike Jansen

OPROEP

Geachte lezer, de EdgeZero jury heeft naar beste kunnen een selectie gemaakt van de topverhalen uit 2015. Wie deze bundel gehaald heeft, behoort tot die top. Maar smaken verschillen nogal, dus we willen onze lezers, het publiek dus, betrekken bij de keus voor de EdgeZero Awards, de publieksprijs voor het beste verhaal van het voorgaande jaar, over alle genrewedstrijden en –publicaties gezien.

Hoe kunt u meedoen? Heel eenvoudig. Mail ons uw eigen top 3 van de verhalen in deze bundel. Vertel ons daarbij in twee of drie regels waarom u uw nummer één gekozen hebt. We willen nog het een en ander verloten onder de inzenders die het best de uiteindelijke top 3 hebben voorspeld, dus het is handig, maar niet verplicht, uw NAW gegevens mee te sturen.

Stuur uw email voor 1 december 2016 naar: slush@edge-zero.com

Inhoudsopgave

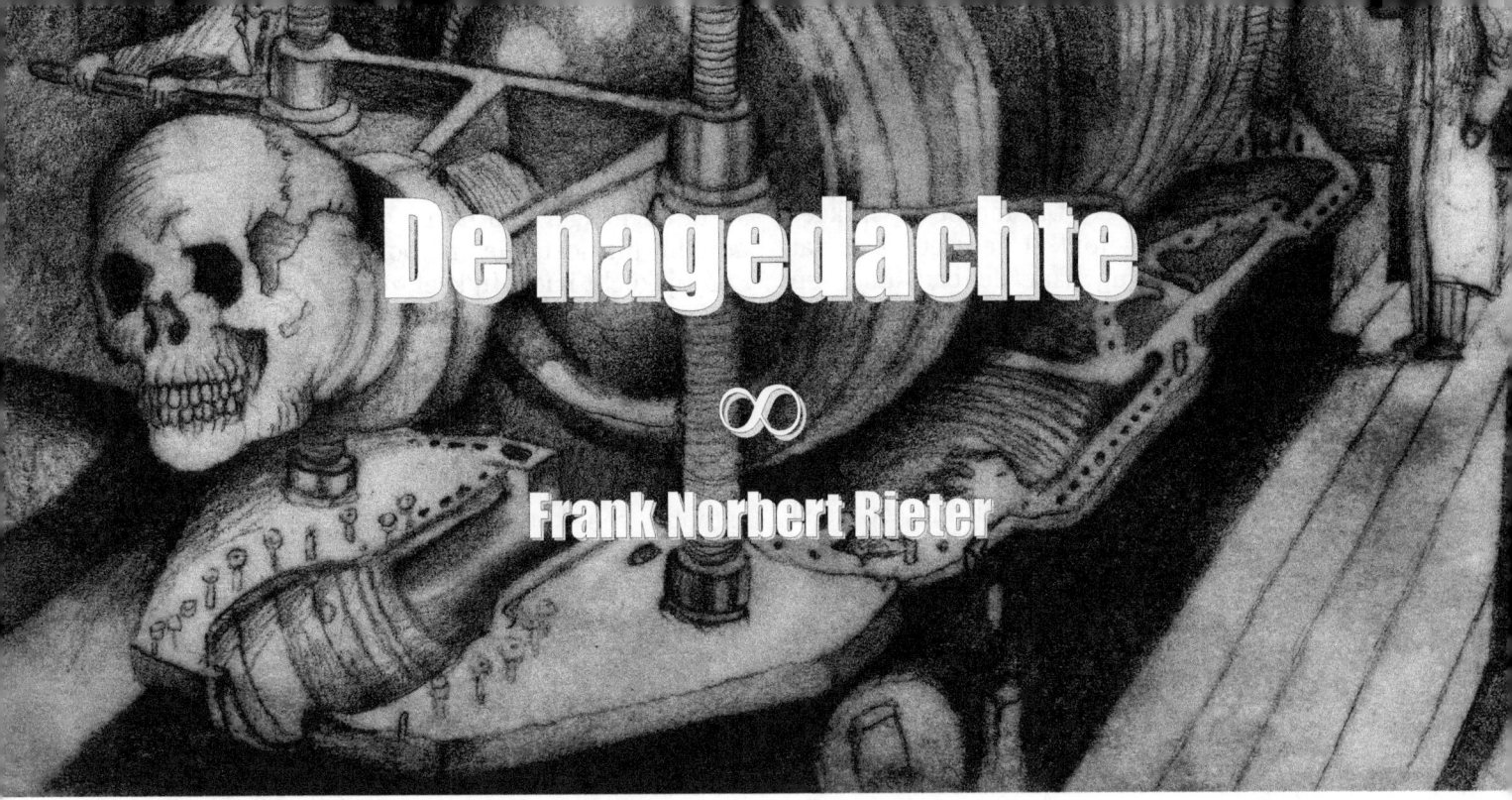

De nagedachte

∞

Frank Norbert Rieter

De wekker ging en ik wist meteen dat het een andere dag zou worden. Mijn man sloeg niet meteen op de snoozeknop. Ik gaf hem een por in zijn rug. Welke idioot zet een wekker voor zondagochtend? Ik zuchtte en kreunde. Ik was nog niet uitgeslapen, maar het irritante gepiep viel onmogelijk te negeren. Ik klauterde lomp over de slapende massa naast me heen en gaf het onding zelf een klap. Mijn man onderging het zonder een krimp te geven. Ik viel weer neer op mijn eigen helft, maar was natuurlijk alsnog klaarwakker. *Dan toch maar opstaan.* Ik wierp een verwijtende blik op mijn wederhelft.

Roerloos lag hij daar, alsof hij dood was. Nog even was dat een nonchalante gedachte die zo weer zou vervliegen. Dus stond ik op en ging naar de badkamer om te douchen. De kraan draaide ik nog open, maar ik stapte niet onder de straal. Het roerloze stilzwijgen zat me niet lekker. Ik liep terug.

'Ik ga vast douchen,' riep ik hard. 'Zet jij zo een raam open!'

Geen reactie. Geen spoor van beweging. Mijn maag en darmen trokken samen.

Gisteravond was hij nog kiplekker geweest. Alhoewel. Hij hijgde als een trekpaard tijdens ons 'intiem kwartiertje' en hij ging vroeg naar bed terwijl ik opbleef voor de nachtfilm. 'Ik ga vast,' had hij gezegd, zonder toelichting. Zonder nachtzoen. 'Ik kom later,' zei ik daarop. Toen ik uiteindelijk naar bed ging had ik hem niet meer wakker gemaakt. Ik had hem niet meer gekust of welterusten gezegd. Hij kon niet dood zijn. Zo mocht het niet aflopen.

Ik liep om het bed heen, draaide de alarmwijzer van de wekker door tot hij opnieuw afging. Ik hield het piepende onding naast zijn oor. Zijn huid zag bleek. Zijn mond hing open, op niet echt charmante wijze. Het had iets koddigs. Mijn beer in winterslaap. Als hij maar wel zo wakker werd.

Hij kon niet dood zijn. Hij had zo vaak gezegd dat ik mij geen zorgen hoefde te maken. We zouden als we eenmaal oud, versleten en ongezond waren, samen een drankje nemen om er een einde aan te maken. En als er al iemand eerder zou gaan, zou ik het zijn. Hij was wel tien jaar ouder, maar ik was degene met de vage kwaaltjes. Hij was kerngezond. Hem mankeerde nooit iets.

Maar hij haalde geen adem, of niet dat ik kon bespeuren. Hij lag op zijn zij, met zijn gezicht aan de rand van het bed. Ik hoorde geen gesnurk. Geen zuchtje kwam over zijn lippen. Ik zette me schrap en draaide hem op zijn rug, half op mijn helft. Zijn huid voelde koud, niet alleen op zijn bovenarmen, waar het vet altijd koud was, maar overal. Zijn voorhoofd, zijn handpalmen en borst. Ik legde mijn handen op zijn buik en voelde onder de deken tussen zijn dijen. Een weeë geur kwam me tegemoet. Het leek alsof hij het een beetje had laten lopen. Overal was hij koud en klam.

Ik liet de betekenis ervan niet tot me doordringen. Ontkennen en verdringen, dat waren mijn beproefde tactieken voor zo'n beetje alles waar ik geen zin in had. En ik had hier helemaal geen zin in.

Hij kon niet dood zijn. We hadden ons leven net zo goed op orde. De hypotheek was afgelost. De kat was eindelijk dood. We hadden net een appartementje gekocht in Torrex Costa. Nog een paar jaar en hij kon met pensioen. Dit paste helemaal niet in de planning.

Het leek me beter om me eerst te douchen en aan te kleden. Misschien was ik nog niet helemaal wakker. Ik was door het irritante wekkerding in een soort mini-psychose geraakt. Dat moest er een keer van komen: ik had me altijd al geërgerd aan dat piepje. Ik liep snel terug naar de badkamer en stapte alsnog onder de stortdouche. Ik draaide hem eerst lekker heet en daarna flink koud en vervolgens weer terug. Ik zeepte mezelf goed in met zachte zeep en scrubde mijn huid met een ruw washandje om alle nachtgedachten te verdrijven.

Als ik was aangekleed, zou ik eerst voor het ontbijt zorgen. Ontbijt op bed, dat leek me een goed plan. Het idee sprak me zo aan, dat ik meteen de douche uit deed, me vluchtig afdroogde, mijn badjas aanschoot en naar beneden toog. Dat was al weer lang geleden dat we dat gedaan hadden: samen op bed ontbijten. Het hoefde niet heel uitgebreid te zijn, maar gewoon gezellig. Een paar beschuitjes en een kop koffie. Een mens kon niet echt wakker zijn zonder ochtendkoffie.

Voortvarend zocht ik alle benodigdheden voor de perfecte ochtend bij elkaar. Het beschuit, de hagelslag, de jam en de kaas. Ik had geen geduld voor versgeperste sinaasappels of dingetjes uit de oven. Ik wilde zo vlot mogelijk weer naar boven. Ik stofte het dienblad af terwijl de koffie doorliep. De ochtendzon strooide een paar stralen de keuken in. Ik kneedde een glimlach om mijn mond en voelde me echt even opgetogen. Ik was zo weggelopen uit een *blue band*-reclame.

Nog even snel naar het toilet, want ontbijt op bed liep altijd uit op ochtendseks, en ik was er helemaal klaar voor. Ik tilde het dienblad voorzichtig naar boven. Een paar stappen op de overloop en ik stond in onze slaapkamer. Er was niets veranderd.

Rustig zette ik het dienblad op de dekenkist aan het voeteneinde. Ik gooide de gordijnen open.

'Koffie,' zei ik. 'Lekkere ochtendkoffie.'

Geen reactie.

Hij was echt dood, drong het tot mij door. Er was geen andere conclusie mogelijk. Ik moet nu heel verdrietig zijn, dacht ik, maar ik voelde vooral verontwaardiging die langzaam aanzwol tot tierende woede. De hufter. Zo waren we niet getrouwd! Zo gemakkelijk zou hij er niet vanaf komen.

Ik kneep in zijn neus. En ik sloeg hem hard in zijn gezicht.

'Je hebt me beloofd nooit dood te gaan,' zei ik. 'Klootzak.'

Dat had hij natuurlijk nooit letterlijk zo gezegd, maar ik had helemaal geen zin om genuanceerd te zijn. Ik kon veel van hem hebben, maar dit niet. Wat ik allemaal wel niet doorstaan had. Nachten-

lang gesnurk. Zijn ochtendhumeur. Zijn midlife-crisis-dingetjes. Zijn motor. Het geflirt en geflikflooi met anderen.

Ik dacht aan zijn dertig jaargangen *Weird Tales* die hij uit nostalgie en voor veel te veel geld op e-bay gekocht had. Hij keek ze nooit in. Ik rende naar de werkkamer, greep een willekeurige tijdschrift-cassette en nam hem mee naar de slaapkamer. Ik smeet de hele bak door de kamer.

'Hier,' riep ik.

Er gebeurde niks en de tijdschriften fladderden doelloos rond. Eén landde er op het dienblad en stootte een koffiekopje om. Niets sneuvelde. Ik stapte naar voren, zette mijn handen onder het dienblad en gaf een ferme duw omhoog. Het volledige ontbijt vloog door de kamer. De koffie, de beschuitrol, de hagelslag. De kopjes braken. De jampot stuiterde over de vloer en liet putten in het laminaat achter. Het was me niet genoeg. Ik stampte op de beschuitrol en scheurde een tijdschrift aan flarden. Met een welgemikte trap vloog de lamp op zijn nachtkastje tegen de muur aan.

'Je ruimt het allemaal maar zelf op,' schreeuwde ik. 'Ik doe niks meer.'

Het luchtte niet echt op en door mijn hele lijf gierde een machteloze woede die ik nooit eerder gevoeld had. Als hij er vandoor was gegaan met een jonger ding had ik niet bozer kunnen zijn. Het was woede, maar meer dan woede. Ik voelde me verraden. Wraak, dacht ik. Ik moet je iets aandoen.

De lamzak lag er onaantastbaar bij.

'Wacht maar,' zei ik tussen mijn tanden. 'Ik weet wat ik ga doen.'

Ik greep mijn iphone van mijn nachtkastje en wist dat ik ergens nog de laatste vakantiefoto's had staan. Ik had er één gemaakt waar hij grondig de pest aan had. Op het naaktstrand. Hij boog net voorover om de zonnebrand te pakken. Alles hing erbij: zijn mannentieten en z'n vadsige padjakker-buik. Zijn trots leek minuscuul. Zijn mond hing scheef en hij keek me vanuit die positie aan alsof hij loenste. Het was een geweldige foto. Hij bezwoer me hem direct te verwijderen. Wat ik deed, maar natuurlijk niet ook uit de cloud.

Een paar klikken en hij stond online, te kijk voor de hele wereld.

Er waren meer foto's waar hij de pest aan had. Ik snelde naar de werkkamer. Daar klom ik op de Bekväm en greep naar de rode archiefdoos op de bovenste plank. Daarin zaten de albums met zijn kinderfoto's. Ik zocht snel naar de foto waarvan ik wist dat hij hem verafschuwde. Hij was een jaar of twaalf, door zijn moeder aangekleed voor zijn vormsel.

Hij zag er op die foto eigenlijk heel leuk uit. Echt zo'n mooi jongetje. Hij straalde helemaal, alsof hij werkelijk in de heiligheid van het ritueel geloofde. Ik weet niet waarom hij zo'n hekel aan die foto had. Ik zette de doos weg. Het voelde zinloos.

Ik plofte naast hem neer op het bed. Ik moet eigenlijk heel verdrietig zijn, dacht ik opnieuw. Ik hamerde een paar keer hard met mijn vuisten op zijn borstkast. Boos op hem, boos dat de tranen die ik in mijn ogen voelde, alleen tranen van frustratie waren.

Even meende ik een ademtocht op zijn lippen te zien.

'Ja,' zei ik. 'Doe je best maar.' En ik begreep ineens waarom er bij mij nog geen tranen kwamen. Het was nog geen tijd voor afscheid. Hij zou niet zomaar vertrekken en mij eenzaam achterlaten. Het ging om ons. Wij waren samen, voor eeuwig en altijd. Dat had hij beloofd en daar zou ik hem aan houden.

Zou het nog zin hebben om hem te reanimeren? Het viel allicht te proberen. Ik had nooit een EHBO-cursus gevolgd, maar ik had genoeg seizoenen *E.R.* gezien om een poging te wagen. Ik ging naast mijn beertje op mijn knieën zitten, vouwde mijn handen ineen en drukte een paar keer kort maar krachtig op zijn borstbeen.

Ik pakte zijn hoofd vast, trok het achterover en zette mijn lippen op zijn mond. Ik ademde diep uit. De lucht stroomde deels via zijn neus weer tegen mijn wang aan. Ik kneep zijn neus dicht, haalde even adem en blies opnieuw mijn longen leeg. Hoe vaak zou dit moeten, vroeg ik me af. Een *Smintje* had hem geen kwaad gedaan.

Ik duwde nog een paar keer op zijn borstkas en hoorde iets kraken. Ik was hier helemaal niet handig in en mijn knieën deden ook al zeer. Dit was niks voor mij. Ik moest iets anders verzinnen.

Ik zat op de rand van het bed. Nog steeds strijdlustig, maar een beetje *clueless*. Bij *House M.D.* kwamen ze als iemand een hartstilstand had altijd direct met van die elektrische dingen aan zetten. Terwijl ik dat dacht viel mijn oog op de lamp die op het nachtkastje had gestaan. De kap lag eraf en de peer was aan diggelen. Ik schroefde het restant van de peer uit de fitting. Ik verlegde één arm zo, dat de hand over de rand van het bed hing. Het was natuurlijk handig als de vingers een beetje van elkaar zouden staan dus duwde ik de *Vicks inhaler* die op het nachtkastje lag tussen pink en ringvinger. Geconcentreerd manoeuvreerde ik de fitting van de lamp zo dat de pink er netjes in stak. Ik klikte de lamp aan.

Zijn lichaam schokte even en meteen daarna hoorde ik een knal. Ik probeerde de plafondlamp, maar die deed niets. Weg stroom. Ik had nooit gesnapt waar dat goed voor was, zo'n stoppenkast. Je had er niets dan ellende van.

Ik rende naar beneden, deed in de gang de meterkast open, zette alle knopjes die ik kon vinden weer omhoog en rende terug naar boven.

Poging twee. Zelfde resultaat. Op deze manier kreeg hij wel steeds een korte stroomstoot. Het was niet handig om tussendoor heen en weer naar beneden te rennen, maar als dat was wat er voor nodig was...

Om wat te doen, eigenlijk, vroeg ik me nog eens af toen ik voor de veertiende keer hijgend boven kwam. Het zweet stroomde over mijn rug en mijn oksels walmden alsof ik in geen jaren gedoucht had. De stroomstoten gaven hem wel steeds een opdoffer, maar daarna lag hij er net zo lamzakkerig bij als altijd. Moest ik nog een keer heen en weer de trap op en af rennen? Ineens zag ik mezelf met dat dilemma op televisie naast dr. Phil zitten. Hij keek me peinzend aan en stelde de meest retorische vraag aller tijden. *How is that working for you?*

Ik gaf mezelf een paar petsen in mijn gezicht. Nee, ik ben er de persoon niet naar om tegen beter weten in dingen te blijven doen die niet werken. Ik moest iets anders verzinnen om mijn echtgenoot voor de poorten van het hiernamaals – hellepoort of hemelpoort, het zou me een worst wezen – weg te slepen.

Voor reanimeren was het misschien hoe dan ook een beetje laat. En als je van het piepen van onze wekker niet wakker schrok, hielpen een paar stroomstoten er ook niet meer aan. Het was tijd voor grover geschut. *Maar hoe,* dat was de vraag. Gelukkig hoef je zelf niet alles te weten. Ik zou het grote orakel raadplegen. Ik pakte mijn *iphone* en had met een paar tellen een handig youtube-filmpje te pakken dat stap voor stap liet zien hoe je zelf thuis met een ritueel een dode tot leven kan wekken. Het filmpje werd ingeleid door een nogal nerdy jongeman met een vies baardje. Hij was gekleed in een slecht genaaid gewaad van oude lakens. Hij stond in een betonnen keldergewelf dat sfeervol was gemaakt met kerstverlichting, plastic schedels en posters van Marilyn Manson.

Ik liet me door de entourage niet afleiden en luisterde aandachtig naar de hijgerige fluisterstem van de baardmans. Hij begon met een opsomming van alles wat ik nodig had. *Kaarsen om in een kring om het subject te zetten.* Kaarsen had ik genoeg in huis. Ik zette het filmpje op pauze en rende heen en weer naar beneden. Ik was van ons tweeën degene van de kussentjes, de frutsels en de sfeerverlichting. Je moet het in huis toch een beetje gezellig maken. En dus hamsterde ik iedere uitverkoop stompkaarsen, in de hoop op veel romantische hoogtijdagen. Het waren er veel. Kaarsen, dan. Ik kocht ze wanneer ik ze maar tegen kwam en het aantal romantische hoogtijdagen snoepte maar mondjesmaat iets van de voorraad af.

Dat kwam nu goed van pas: ik zeulde de hele voorraad naar de slaapkamer.

Kaarsen op bed was niet handig. Ik had meer ruimte nodig. Mijn beertje was niet de lichtste maar met omrollen kreeg ik hem wel uit bed. Met een doffe klap viel hij op het laminaat.

'Sorry,' zei ik. 'Het is voor de goede zaak.'

Hij lag er bepaald niet fris bij en met het beddengoed maakte ik hem een beetje schoon. De lakens draaide ik in elkaar en mikte de boel direct in de wasmachine.

Op de vloer van de slaapkamer was net genoeg plek. In een mooie cirkel kon ik de kaarsen niet zetten, maar het waren er wel genoeg om ze drie rijen dik om hem heen te plaatsen. Ik was zeker een half uur bezig om ze allemaal aan te doen – en de gasaansteker bij te vullen; zo'n ding is altijd leeg als je hem nodig hebt – maar toen zag het er prachtig uit.

Ik zette het *youtube*-filmpje weer aan. De baardmans hield een boekje omhoog. Een exemplaar van John Miltons *Paradise Regained*. Een dichtwerk. Mijn beertje verzamelde boeken zoals ik kaarsen en kussentjes verzamel. We hadden zoveel boeken in huis – stofnesten zijn het – dus ik twijfelde er niet aan of we zouden dit werk ook wel in huis hebben.

In de boekenkasten stond natuurlijk niets op alfabetische volgorde. Het was zijn domein, dus een chaos. En waar moest ik zoeken? In de kast met Engelse boeken? De kist antiquarische werken? De hoek met lievelingsboeken? De schap met dichtbundels? Ik verfoeide zijn intuïtief-thematische indeling. Als hij definitief het loodje zou leggen, zou ik alle boeken op kleur sorteren.

Ik haalde alle boeken één voor één uit de kast, en sorteerde ze stiekem meteen op kleur en grootte. Als ik dan toch bezig was, kon ik ze meteen even afstoffen en met een klamme doek afnemen.

Het is trouwens niet zo dat ik zelf niet van lezen houd, maar als ik ze uit heb, gaan ze meteen met het oud papier mee. Opgeruimd staat netjes. Sinds een paar jaar heb ik een e-reader.

Dan heb je zoveel boeken in huis, maar natuurlijk nooit precies het boek dat je nodig hebt. Uiteindelijk vond ik tussen de dichtbundels een boekje met de juiste titel. Het was door een ander geschreven, ene H.Marsman. Het moest maar voldoen.

Met het boekje onder de arm, startte ik het Youtube filmpje weer. De baardmans praatte verder.

'Very important,' benadrukte hij. 'A silver sacrificial knife.'

We hebben een complete bestekcassette in huis, dus toen ik de woorden *sacrificial knife* voor de zekerheid in *google translate* typte was ik er nog van overtuigd dat we zoiets zeker zouden hebben. *Een offermes.* Hmmm. Van zilver. Uit de voorkamer pakte ik de brievenopener en ik zocht in de keuken de wildschaar. Beide waren in ieder geval van zilver en met een beetje goede wil kon je zeggen dat ze voor rituelen geschikt waren. Ze moesten maar voldoen.

Terwijl ik de wildschaar met wat soda en aluminiumfolie in een teiltje aan het leggen was, hoorde ik een hels gepiep van boven. Ik was beneden langer bezig geweest dan ik had gedacht en was helemaal de kaarsen vergeten. Ik rende naar boven en zag op de trap al de blauwe rook over het plafond lopen. In de slaapkamer zag ik vlammen likken aan het behang.

Ik herinnerde me de eindeloze discussie die we ooit in de Ikea hadden over het al dan niet aanschaffen van een brandblusapparaat. Het ding was rood en ik wilde hem niet in huis. Mijn beertje hield voet bij stuk: ze waren in de aanbieding en hij nam er één mee. Het apparaat moest ergens in huis zijn, maar waar dan toch? Ik had het idee dat ik hem vanochtend nog had zien staan. In het gootsteenkastje stond zo'n beetje de hele huisraad aan gekleurde flessen, maar geen brandblusser. Niet in de boekenkast, niet bij de kaarsen. Ik vond wel een plaid, waarmee ik wellicht wat vlammen kon uitslaan. Die nam ik mee. Maar die brandblusser... Ook niet in het kastje waar de navulbus voor de gasaansteker lag. Ik moest even gaan zitten en rustig nadenken. Dan zou ik er zo opkomen.

Ineens bedacht ik me dat ik mijn beertje beter wel uit de vlammen kon halen als ik hem nog tot leven wilde wekken. Ik rende naar boven en kroop over de vloer de slaapkamer in om niet met mijn hoofd in de rook te lopen. De halve slaapkamer stond inmiddels in lichterlaaie, maar mijn beertje lag er relatief ongeschonden bij. De kaarsen hadden alleen zijn rechter arm in de hens gezet. Ik gooide de plaid over hem heen en hoopte dat het gebrek aan zuurstof de vlammen zou doven.

Hij moest hier weg, realiseerde ik me. Gelukkig was onze laminaatvloer redelijk glad en daarom lukte het me om mijn beertje te verplaatsen. Ik duwde en schoof hem de overloop op. Ik keek onder de plaid. Zijn arm zag er lelijk uit. Hij leek te smeulen. Water, dacht ik. Ik moet hem onder de douche zetten.

Ik kreeg warempel wat handigheid in het gezeul met zijn logge, naakte lichaam. Ik zette m'n worsteltocht voort en trok hem de badkamer in. Ik zette de douche aan en duwde hem er half onder, zodat zijn arm in de waterstraal lag.

Nu moest ik nog iets met dat vuur, maar wat? Toch maar de brandweer bellen? Ik had zo geen zin in werkmensen over de vloer.

Ineens hoorde ik zware stappen de trap oprennen. Snel bond in mijn ochtendjas goed dicht en liep de gang op. De deur van de badkamer sloot ik zorgvuldig achter me. In de slaapkamer zag ik onze buurman met een brandblusser in de weer. Wat een hoop schuim komt er uit zo'n klein rood dingetje. In een mum van tijd waren alle vlammen gedoofd. Buurman – hij heet Henk of Frits of zoiets, ik kon het nooit onthouden – gooide de ramen open en hij hoestte en rochelde de rook uit zijn longen.

Ik stond daar een beetje bedremmeld in mijn ochtendjas, met mijn handen in de zakken gestoken. Links voelde ik de briefopener, rechts de dichtbundel en mijn iphone.

De buurman hoestte nog een paar keer en spuwde een fluim het open raam uit. Hij draaide zich om, keek de slaapkamer rond. De kaarsen, de haastig terzijde geschoven resten van het ontbijt, het van linnengoed ontdane bed. De vloer was besmeurd met – ik wilde eigenlijk niet weten wat precies.

De buurman wreef even door zijn snor en een besmuikt lachje verscheen op zijn gezicht.

'Een beetje uit de hand gelopen romantiek?' vroeg hij. 'Dat is beter dan klussen aan een schrootjesplafond op de zondagochtend.'

'Ja,' zei ik en voor het eerst van mijn leven wist ik hoe het voelde om schaapachtig te grijnzen. Ik slikte. 'Mijn beertje is in de badkamer. Hij...' Wat moest ik zeggen?

'Ik begrijp het,' zei de buurman en hij gaf me een vette knipoog. 'Hij is natuurlijk voor de gelegenheid gekleed. Wij houden ook wel van een beetje *larp* om ons seksleven schwung te geven.' Hij kwam dicht bij me staan. 'We moeten eens afspreken, met z'n vieren.'

Ik rook het verse zweet in zijn zondagse kluskleding. Niet onappetijtelijk, maar mijn hoofd stond helemaal niet naar een flirt met een klussende buurman, 'Ja,' zei ik en glimlachte kort. 'Een avondje, om je te bedanken voor je heldendaad.'

'Je mag me ook nu wel bedanken,' zei hij hees en hij schurkte zijn dampende lichaam tegen mijn ochtendjas. Hij boog met zijn hoofd naar mijn oor en net toen ik dacht hij iets wilde fluisteren voelde ik zijn natte tong. Wat moest ik hier nou weer mee?

Ik greep hem stevig in het kruis, kneep hard en duwde hem van me af. 'Voor alles,' zei ik langzaam en duidelijk, 'is een tijd en een plaats. Zoals je nu gekleed bent... Jij gaat nu eerst je schrootjesplafond afmaken.'

'Jazeker,' zei hij met kopstem. 'Heerlijk.'

Ik keek hem met strenge blik na terwijl hij de trap afstrompelde. Hij had de brandblusser nog in zijn hand. Het was zo'n kleintje, van de Ikea, zoals wij ook hadden.

'Waar had je die vandaan,' riep ik hem na. 'Die brandblusser.'

Hij grijnsde. 'Die heb ik altijd paraat.'

Mijn blik sprak boekdelen en hij kromp ineen alsof ik hem opnieuw in het kruis had gegrepen.

'De meterkast,' mompelde hij. 'Daar staat hij in ieder huishouden.'

Terwijl ik hem beneden de voordeur hoorde dichtslaan, nam ik poolshoogte in de badkamer. Mijn beertje lag er niet echt comfortabel bij, maar zijn arm stak nog steeds onder de koude stortdouche. Van de verbranding zou hij hopelijk niet al te veel last hebben.

Waar was ik gebleven? Het ritueel. Ik verzamelde de stompkaarsen die nog bruikbaar leken en ik zette ze in de wastafel. Dat leek me een redelijk veilige plek. Daar stak ik ze aan.

Ik had de dichtbundel en de briefopener bij de hand. Ik had geen zin om de wildschaar alsnog schoon te maken, het moest zo maar voldoen. Ik pakte mijn iphone erbij voor het vervolg van het filmpje.

De mystieke baardmans gebaarde dat de kijker dichterbij moest komen. De cameraman voelde zich gelukkig aangesproken en volgde hem op de voet. Het laatste en belangrijkste ingrediënt, was een jong geitje. Een geitje. Hoe moest ik in vredesnaam op zondagochtend aan een jong geitje komen?

Uit de linnenkast haalde ik een kussen met zebraprint. Ook een beest met vier poten. Dat moest volstaan.

Ik werd een beetje moe van dat filmpje. Ik heb het geduld niet om zoiets helemaal af te zien. Ik klikte nog even halverwege en ergens aan het eind. Ik wist wel hoe het moest. Ik declameerde de hele dichtbundel van voor naar achter en weer terug op 78-toeren-tempo en speelde een potje Julius-Ceasar-in-de-senaat met het zebrakussen. Tot slot blies ik de kaarsen uit en er gebeurde helemaal niets.

Ik had het inmiddels wel een beetje aan voelen komen, maar niettemin: wat een sof.

Ik ging naar beneden. Door alle consternatie had ik nog steeds geen koffie of ontbijt gehad. Ik moest eerst maar eens goed voor de inwendige mens zorgen. Terwijl de koffie weer doorliep en de Danerolles in de oven stonden, poetste ik alsnog de wildschaar en dacht diep na over mijn opties.

Het orakel zou me niet verder helpen. Vage vragen en halve richtingen gaven altijd teveel antwoorden. Ik zou mijn moeder kunnen bellen, maar die zou dan éérst een uur willen praten over al haar eigen problemen. En tegen de tijd dat ik had voorgerekend hoeveel sloffen sigaretten je moest kopen voor je de benzinekosten heen en weer van Tiel naar Duitsland eruit had, had mijn beertje al drie keer de wederopstandig meegemaakt.

Ik wist eigenlijk niet precies hoe dat werkte met rigor mortis en ontbinding en dat soort zaken – misschien had ik vaker naar *CSI* of *Waking the dead* moeten kijken – maar mijn gezond verstand zei me dat een beetje haast waarschijnlijk geboden was. Maar toch niet zoveel dat ik mezelf er om moest verwaarlozen.

Ik nam mijn mok koffie en een vers croissantje – zonder jam – en ik zat in de woonkamer tussen de stapels boeken. De verzameling leek me zo'n beetje het enige tastbare dat hij achter liet. Het stemde me treurig. Een leven lang werken. Een leven lang getrouwd zijn. Zijn hobby's waren lezen en televisiekijken. Zijn hoofd zat vol met zinloze feitjes, waar hij iedere conversatie mee om zeep hielp. Wat liet hij achter? Niets eigenlijk. Een labiele wederhelft en een stapel boeken. En die boeken, een spiegel van zijn geest, had ik bij het afstoffen gesorteerd op grootte en op kleur. Het was nu een zinloze, dode verzameling. Er zat geen leven of karakter meer in. Ik voelde tranen over mijn wangen stromen. Hijgend en hikkend haalde ik adem.

Ik stond op en waarde door de kamer. Ik raakte alle boeken aan, in de hoop iets van zijn aanwezigheid te voelen. Hij mocht niet verloren gaan. In deze stapels lag toch zijn geest verscholen? Als het me zou lukken om te reconstrueren hoe de boeken stonden, zou hij ook weer tot leven kunnen komen. Dan zou hij er weer een beetje zijn. Ik verplaatste boek na boek en pijnigde mijn geheugen om me te herinneren hoe ze stonden. Op welke schap had iedere titel gestaan?

Regelmatig viel ik even stil tijdens het werk. Wat voor zin had het allemaal? Misschien kon ik beter hier wachten en niets doen, tot ik zelf van honger en dorst zou bezwijken. Het einde zou vanzelf komen.

Dan kreeg ik weer energie en mijn vechtlust laaide op. Nee! Ik kon het zo niet laten gebeuren. Hij had mij een belofte gedaan en daar zou ik hem aan houden. Hij mocht dan dood zijn, maar hij zou niet zomaar uit mijn leven verdwijnen. Dood of niet, er moest een mogelijkheid zijn om de situatie ten goede te keren.

Uiteindelijk hield ik een boekje in handen, waarvan ik werkelijk niet wist waar het gestaan had. Het was duidelijk ooit in de Ramsj gekocht. De kortingssticker zat er nog op. Vertwijfeld stond ik er mee in mijn handen en keek nog een keer naar de kaft. Langzaam drong de betekenis van de titel tot me door. *Leven na dood.* Met als ondertitel: *De dodencultuur van het oude Egypte.*

Dit was een teken. In de Egyptische dodencultuur lag natuurlijk de oplossing. Ik had op de e-reader een hele stapel detectives gelezen die in het oude Egypte speelden en vóór mijn TLC-verslaving had ik een lange Discovery Channelperiode gehad. Ik wist alles over mummificeren wat een normaal mens kon weten.

Ik zag het helemaal voor me, hoe hij keurig uitgedroogd en omzwachteld naast me zou liggen in bed. Dood, in zeker opzicht, maar toch niet helemaal. Hij zou een stuk lichter zijn dan ik gewend was, dus kon ik hem voor de afwisseling ook op andere plekken in huis neerzetten. Eindelijk zouden we gezellig samen naar alle Sissi-films kijken – zonder dat hij er de hele tijd doorheen zou praten. Geen gesnurk meer. Geen ochtendhumeur. Samen op vakantie, dat zou nog wel een uitdaging worden, maar ik wist zeker dat ik daar iets op zou vinden.

Ik kon me het beste richten op de positieve kant van het hele gebeuren en die kant begon er steeds aanlokkelijker uit te zien. Het vooruitzicht voelde goed. Minder rommel in huis. Geen gekissebis over de films en series die we zouden kijken. Heerlijk.

Er moest nog wel wat gebeuren natuurlijk. Het eerste was het verwijderen van al zijn ingewanden. Zo zou die wildschaar toch nog van pas komen. En daarna moest ik hem uitdrogen. Wat zou ik daarvoor kunnen gebruiken. Ik twijfelde tussen soda en zout. Misschien hadden we nog wel ergens een zak kattenbakvulling. Hoe dan ook zou ik een terraswarmer kopen. En ik kon er gewoon een uitzoeken die er leuk uitzag, zonder discussie over dat we er eigenlijk een moesten nemen die meer functies had. Ik kon gewoon zelf beslissen. Het voelde onwennig. Samen, en toch voelde het vrij. Ik zou er het beste van maken. Ik ging ervoor. Ik zou er van leren genieten.

Ineens hoorde ik boven gestommel. Zou mijn halfslachtig uitgevoerde ritueel alsnog effect hebben gehad. Het viel niet uit te sluiten. Nieuwsgierig stoof ik naar boven.

Op de slaapkamer trof ik de buurman aan. Hij was klaarblijkelijk met behulp van een ladder door het openstaande raam geklommen. Hij droeg een roze, fluffy konijnenpak en hij deed nu zijn uiterste best om zichzelf met een paar zijden stropdassen op bed vast te binden.

'Ik wilde je verrassen,' riep hij uit.

'Geweldig,' zei ik en ik hielp hem een handje. Toen hij met al zijn extremiteiten goed lag vastgesnoerd stopte ik een van de fluffy konijnenoren in zijn mond en liep de kamer uit. Van hem had ik voorlopig geen last meer.

Ik had andere dingen te doen. Waar lag de kattenbakvulling, dat was de vraag. En zou ik beter soda of zout kunnen kopen om de klus te klaren? En die ingewanden, zou ik die beter in tupperware kunnen bewaren of moest ik weckflessen kopen? Misschien zou het orakel met zulke concrete vragen wel raad weten. Waar had ik mijn iphone gelaten?

Terwijl ik mijn koude koffie en croissants wegwerkte zocht ik met behulp van het orakel in mijn iphone een faq op voor bij een huis-tuin-en-keuken mummificatie. Ik meed de aangeprezen youtube filmpjes die het allemaal stap voor stap zouden laten zien. Ik zat mij net lekker in te lezen toen ik een bekende stem hoorde.

'Wat doet de buurman in konijnenpak, vastgebonden op ons bed?'

Ik keek op en daar stond mijn beertje. Blijkbaar had het ritueel zijn geest toch teruggeroepen. Zijn stem klonk redelijk helder, maar ik vroeg me af of hij verder wel helemaal lekker was. Hij was naakt, nat en toch wel een beetje beschadigd. Zijn rechterarm zag er knapperig uit en de hand die er levenloos aan hing was waarschijnlijk *well done*. Zijn linkerhand hield hij op zijn borst. De pink zag een beetje geblakerd door de stroomstoten. Niettemin hield hij de dichtbundel en de briefopener vast. Zijn blik stond niet echt helder. Het was al met al een treurige verschijning.

'Ik kan het allemaal uitleggen,' zei ik snel.

Ik liep naar hem toe en gaf een kusje op zijn neus. Op zijn borstkast zag ik drukplekken en een soort van deuk van mijn pogingen om hem te reanimeren.

'Ik ben zo blij dat je er weer bent.' Zoals ik het zei klonk het oprecht, maar er was wel een spoor van twijfel in geslopen. Mijn beertje deed me denken aan een stuk fruit waar een deuk of een plekje op zit. Noem me een pietlut, maar ik hoef het dan niet.

'Je hebt me teruggehaald,' zei hij.

Zijn spraak vertraagde een beetje. Hij was er wel, maar hij zat niet helemaal lekker in zijn vel. Ik kon het niet aanzien. Ik moest hem helpen.

'Kom maar,' zei ik. 'We zullen je eerst weer een beetje opknappen en dan werken we samen de buurman het raam uit.'

Ik nam hem de briefopener en de dichtbundel af en duwde hem voor me uit de trap op. Ik sprak hem stimulerend toe.

'Gaat allemaal goed zo. Je kunt het. Ja, linkerbeen, rechterbeen. Stapje voor stapje.'

Op de overloop zakte hij neer, op één knie. Hij sloeg zijn armen om me heen en drukte zijn dikke lobbeskop tegen me aan.

'Je liet me niet zomaar gaan,' zei hij. 'Wat houd ik toch verschrikkelijk veel van je.'

Dat kon wel zijn – en ik natuurlijk ook van hem – maar ik had net bedacht hoe het allemaal verder moest. En nu was hij er weer. Ik legde een hand op zijn schouders. Hij voelde nog steeds koud aan. Of was zijn rug altijd een beetje koud geweest? Koud vet, warm vet, ik wist niet meer waar het allemaal precies zat.

'Dat is lief van je,' zei ik en ik knielde naast hem neer.

De dichtbundel liet ik uit mijn handen vallen. De briefopener stak ik, net onder zijn borstbeen, een beetje schuin omhoog naar binnen. Ik ben niet zwaar, maar mijn hele gewicht zat er achter en de opener verdween moeiteloos zijn hartstreek in.

'Fijn om nog even afscheid te nemen,' mompelde hij. Zijn ogen keken me waterig aan en een laffe glimlach bleef rond zijn lippen hangen.

'Ga nu maar, het is goed,' fluisterde ik hem toe. 'Ik kom wat later.'

Langzaam doofde het licht uit zijn ogen. Te laat bedacht ik dat ik hem nog had kunnen vragen waar hij de zak met kattenbakvulling gelaten had.

De eerste vorm van vergeving

Het is gek, maar vanochtend toen ik wakker werd, vroeg ik me serieus af of ik je ga missen. Misschien kwam het door de regen.

Zes dagen zijn verstreken sinds we de laatste van je geheugenbackups hebben gevonden en kapotgemaakt. Eén daarvan cirkelt in een vrijwel onverwoestbare bal in een baan rond de zon. Vier bevinden zich in de Gordel. Twee liggen op het oppervlak van Jupiter.

Zes dagen waarin geen overlap wil plaatsvinden tussen de door ons gekozen plaatsen en de door jou gekozen tijdstippen. Vijf van je duplicaatlichamen, op vijf verschillende locaties. Drie op Mars, één hier op Aarde en één op de grootste maan van Jupiter: Ganymedes. Maar ik ben geduldig, mijn liefste Yiannis. Ik kijk films. Ik lees korte verhalen. Ik lees romans. Ik weet dat je op het juiste moment weer naar je huis in Praag zal komen. Er zit namelijk een raar terugkerend patroon in je handelingen. Ik *weet* dat ik je spoedig weer op je balkon ga zien.

De middag begon met een nieuwe regenbui die de straten even blank zette en langs de stoepranden heerlijke kleine rivieren met stroomversnellingen veroorzaakten.

Nu staat de zon hoog en helder aan de hemel. Ik eet roomijs met glinsterende ijskristallen en het soort suiker dat lijkt te ontploffen als het mijn tong raakt. Ik bots bijna tegen wat kennissen aan en zeg *hoi* en *hoe gaat het?* en *tot later!* Ik wandel door een bomenrijke zijstraat van de Olšanská, drink thee in een kleine salon en overweeg een uitnodiging tot seks. Ze is mooi, interessant en adorabel met haar: *Ik heb een ding voor een vrouw als jij*, maar in deze dagen heb ik geen zin in iemand anders dan jou, Yiannis. Ik ben té opgewonden over wat komen gaat en dus kus ik haar en laat haar daar

achter. Alles wijst namelijk op een perfecte overlap, ruim vóór de eerste deadline van zeven weken die we onszelf gesteld hebben. Als dat waar is, gaat de wereld vanaf vandaag drastisch veranderen. In ieder geval op Mars, waar we vandaan komen.

Op het moment dat ik de straat weer betreed, voel ik een milde schok van één van mijn sensoren. Je bent eindelijk aangekomen!

Mijn hele leven stond in jouw teken, Yiannis. Vanaf die dag dat ik in jouw kweektank mijn ogen opende, tot dit moment, op deze mooie dag van vandaag.

Een nieuw uur verstrijkt na die eerste melding. Ik ben zo blij! Alles is perfect samengekomen! Je vijf incarnaties zijn precies waar we ze hebben willen. Ik weet dat ik straal! Waarschijnlijk wordt dít jouw ultieme dag!

Je kent me niet persoonlijk, Yiannis. Mijn naam is Lloyd57. Ik woon in een verlaten appartementencomplex aan de andere kant van deze stad. Ik ben een slapend onderdeel van jouw schaduwleger dat ongeveer vijfhonderd tot zevenhonderd lichamen telt en verspreid is over drie bewoonde werelden en zes bewoonde manen.

Ik ben al bijna zes maanden mezelf niet meer. Ik droom een nieuw soort dromen waarin ik je haat, bewonder, waarin ik zoek naar je totale verwoesting. En ik heb heel veel nagedacht. Onder andere over dit: hoe ga ik je loslaten als je weg bent? En dit: als mijn eerste kogel door je kop slaat, voel ik dan opluchting?

Meer sensors gaan af. Ik kijk op van mijn ijskoffie en reik uit naar mijn geweer.

Het dak van de toren, waar ze nu nog slaapt, is warm in het zonlicht. Het wapen geeft me haar ogen, vertelt me over de wind (die nu uit het noordwesten komt) en ze mijmert over de paar graden bijstelling die ze zal maken om het doelwit te raken.

En daar ben je dan!

Je komt aan bij je appartement.

De perfecte gentleman, charismatisch, edel en uitzonderlijk benaderbaar met je jongensachtige charme. Iedereen kent je als 'de man die interplanetaire reizen betaalbaar maakte', 'de held van Mars' en als de man die in triomf tot de wereld sprak: "Mars en de rest van het zonnestelsel zijn *vanaf vandaag* een haalbaar doel voor iedereen!"

Niemand kent de schaduwgebieden van je droom met die verborgen kankergezwellen met daaronder de stinkende, rottende plassen van giftig zwart bloed, waar meer dan een miljard kadavers liggen opgestapeld.

Je neemt de lift. Je gaat je appartement in. Daar! Daar ben je! Daar! Ik zie je! Je bent zo mooi! Je verschuift een stoel en loopt naar het raam, kijkt naar het plat, waar drie metalen stoelen staan en een enorme tafel met een vaas met verse rozen. Ik weet dat je naar buiten wilt gaan. Nog even iets verder, Yiannis!

Ik ga rechtop zitten, plaats mijn glas op haar schoteltje, want de hiel van je linkerschoen raakt het blonde hout. Je stapt verder naar buiten en ik krijg *eindelijk* het sein van mijn andere aspecten. *Nu!* Dit is de allerlaatste seconde, mijn lieve Yiannis. Besef je dat?

Word wakker! zeg ik tot mijn geweer en ze komt onmiddellijk tot leven, haar bewegingen soepel en steels, haar ogen op jou gericht.

Vuur!

De eerste kogel schampt je oor en slaat door de glazen deur. Dat is prima, want de tweede kogel doorboort je voorhoofd, verandert alles binnen je schedel met een klap in een bloedige pulp en barst weer naar buiten in een uitbundige sproeiregen van rood en grijs en witte botfragmenten.

Het is een heerlijk gezicht. Het is onderdeel van een perfect ballet van gelijktijdige moorden op vijf verschillende locaties.

De derde kogel doorboort je hart.

De vierde gaat recht door je ruggengraat.

En Yiannis, mijn hartje? Een vraag: weet je dat de computersystemen in je botten besmet zijn met een virus? Nee? Waarschijnlijk niet, want dat spul is totaal onzichtbaar voor al je scanners. We zien graag dat je helemaal niet meer teruggehaald kan worden uit je dood. Daarom hebben we drie maanden gewacht tot al die besmettingen je officiële geheugenbackups hebben overschreven met het soort diepe fractale besmettingen die niet meer ongedaan kunnen worden gemaakt. Je zult in je nieuwe lichamen en in je nieuwe bewustzijn zelfs je eigen naam niet meer kunnen herinneren als je ook daar keer op keer op keer weer doodgaat.

Maar hoe zit het met je oudere backups, vraag je? Die backups waar maar een paar mensen vanaf weten? Geen probleem. Ook dat hebben we gedekt. Als de weinige technici, die onze volgende reeks van aanslagen overleven, in wanhoop terugvallen naar je geheime databanken, of naar de kopieën van jezelf in de breinen van je schepen, zullen ze ontdekken dat we *óók die* hebben gevonden. En kapotgemaakt. Ben je niet trots op ons, Yiannis? Het was een heleboel werk om dit voor elkaar te krijgen zonder je aandacht te trekken. Je hebt ons goed gemaakt.

Een etmaal gaat voorbij. En nog een dag. Je bent nog steeds dood. Wat? Wat zeg je? Ja. Je hebt gelijk. Dat is niet het einde van de zuivering.

We moeten je echt bedanken voor dat zwartboek dat je ons gegeven hebt, voor die gevallen dat iemand zich tegen je zou keren. We moeten je echt bedanken voor de macht die je ons gaf, voor je eigen paranoia.

Je honderden zakenpartners? Dood. Je handvol echte vrienden? Dood. De duizenden mensen die je hielpen? Dood. De tienduizenden mensen die je steunden. Dood. Je honderden nabestaanden? Dood. Je drie erfgenamen? Dood. Je onvoorstelbare fortuinen en die zestig bedrijven die je had? Buiten je bereik. Je toekomst? Tenietgedaan. Want dit is hoe *ik* je vergeven kan, als ik dat ooit zou willen. Dit is hoe wij, de Lloyd, je eigen, trouwe, geheime leger, *jouw* geval onderhanden wilden nemen. We zien je graag als de man die we volledig hebben uitgewist.

Gaat dat je boos maken, Yiannis? Dit verraad? Vertel me. Vertel me Yiannis. Vertel me wat je gaat doen. Stel dat je over een jaar of over een maand uit één van die geheime cellen komt die we nog niet gevonden hebben. Stel dat een slaper-aspect van jouzelf ontwaakt en ontdekt wat er met jou en je imperium is gebeurd, wat doe je dan? Stel *dat* je opnieuw boven water komt? Alleen maar om te ontdekken dat je alles kwijt bent geraakt? Alleen maar om te ontdekken dat waar je ook gaat, één van ons op je staat te wachten? Vervuld van een diep verlangen om ook *die* versie van jou uit deze wereld te verwijderen? Wat dan, baas?

De tweede vorm van vergeving

Haar naam is Maya en ze ligt in een ziekenhuisbed op Mars. De chemische brand heeft haar ogen en haar lippen weggevreten. Haar longen zijn gespaard gebleven. Het heeft het vlees van haar benen en de opperhuid van haar heupen en haar dijen weggevreten omdat het schuim te laat naar beneden kwam. Het heeft haar moeder en vrijwel al haar klasgenootjes verteerd. Er zijn achteraf zelfs geen tanden gevonden.

Het was een 'waarschuwingsbombardement' om mensen de stad uit te jagen.

Op dit moment is het idee dat ze wraak zal nemen, dat ze de loyaliteit van velen zal perverteren, dat ze degene die verantwoordelijk is uit de weg zal ruimen niet meer dan een irrationele fantasie.

Op dit moment heeft ze andere zorgen.

Op dit moment probeert ze te begrijpen wat er gebeurd is.

Op dit moment probeert ze een plaats te geven aan haar pijn en haar schuldgevoel omdat ze maar een paar levens heeft kunnen redden, omdat – toen ze naar buiten reikte, schreeuwend van de pijn, wanhopig mensen manipulerend om te doen wat ze *moest* doen – omdat haar eerste zorg was te zorgen dat ze *zelf* zou overleven. En haar moeder is dood. Haar vrienden zijn dood en in plaats van *ook* dood te zijn ligt ze, voornamelijk dankzij haar geluk, niet in een nepziekenhuis waarin het *lijkt* alsof ze behandeld wordt, maar in een *echt* ziekenhuis waar ze *wel* behandeld kan worden. Alleen zijzelf. Niet haar buren. Niet haar vrienden. Niet haar familie. Alleen zijzelf.

Maya is veertien.

In slapende vorm lijkt haar talent nog het meest op bovenmatig geluk, maar als Maya ooit door de psi-politie gevonden en gescreend wordt, zal ze geregistreerd worden als een telepaat en een pusher, een manipulator van gedachten die gebruik maakt van illusies, waarna ze waarschijnlijk direct wordt doodgeschoten. Ze wil eigenlijk geen pijn veroorzaken, maar ze weet niet meer hoe lang ze zichzelf tegen kan houden.

Terwijl de dagen zich voortslepen is Maya zich meer en meer bewust aan het worden van de rol van Yiannis Lampros in haar bijna-dood en de vernietiging van haar wereld. Ze begint stap, na stap, na stap en geest, na geest, na geest in te zien hoe hij verantwoordelijk is voor de dood van haar moeder, haar klasgenootjes en de vernietiging van haar woonwijk.

Maya is een monster.

Ze wil soms met al haar macht uithalen om iedereen te raken die haar haar familie heeft vermoord. Ze wil echter geen pijn veroorzaken.

Een robot vervangt de gel op haar huid en met haar ogen op Maya's huidige status gericht denkt haar medisch technicus: *Dit kind gaat goed.* In haar optiek is Maya één van de kinderen van de middenklasse. Een van die kinderen waarvan de beide ouders nog in leven zijn. Met ouders die geldreserves op de bank hebben staan, die een baan hebben die er toe doet. Eén van die kinderen die op een plek was waar ze nooit had moeten zijn.

Ze hoort voetstappen en het scherpe getrippel van de pootjes van de robots. Ze wil dat de stemmen ophouden.

—Ik snap niet hoe de ziekenhuizen in de rampgebieden hun werk kunnen doen met dat gebrek

aan middelen, hoort ze de man in een ander deel van het ziekenhuis zeggen.

Plebs en terroristen, antwoord de vrouw in diezelfde kamer. *Waardeloos klapvee.*

Ze voelt de levenden terwijl ze zich door haar aura bewegen.

Heb je nog gevraagd naar zijn mening? vraagt een zuster, gevolgd door informatie over een behandeling.

Ze voelt de gestorvenen, voordat het bewustzijn uitdooft. *Ben ik dood?*

Ze voelt de mensen in de stad: *Als ook maar iemand zich laat zien, open dan het vuur.*

Ze kan de stroom van gedachten niet meer stoppen nu ze onder medicatie is. Niet tot ze zich weer dieper terugtrekt in zichzelf, in de diepe trance waar alles licht wordt, waar zóveel stemmen zijn dat ze allemaal naar de achtergrond verdwijnen.

Elk leven verdient respect, zei haar moeder altijd. *Elk leven is verbonden aan elk ander leven. Misbruik daarom nooit de macht die ik je gegeven heb.* Maar als dat zo is, waarom gebeurt dit dan? Als al het leven heilig is, waarom worden we dan doodgemaakt? Waarom kan Yiannis Lampros doen wat hij doet als dit een universele waarheid is?

Ze beweegt even naar links, in deze wereld van licht, in de richting waar hij is, waar ze zijn gedachten kan zien, als weerspiegelingen van beelden op het water. Ze *kan* die weerspiegelingen scherp krijgen zodat er geen vervorming meer is en zodat Yiannis Lampros nooit zal weten dat ze zijn gedachten heeft gelezen, maar ze doet het niet.

Ze is bang van Yiannis, want net als bij haarzelf hebben DNA-doctors dingen veranderd zodat hij met dat lichaam en die geest de gedachten van anderen kan lezen en haar nabijheid kan voelen, haar kan zien zodra ze hem direct aanraakt met haar gedachten.

En waarom is Yiannis geen monster?

Omdat zijn DNA-doctor erkend is en werkt met toestemming van de regering. Niet zoals Maya's moeder, die zonder vergunning, met een illegale kit van de zwarte markt en zonder toestemming met haar eigen eicellen werkte, de DNA in de eicellen van andere vrouwen veranderde en veel kinderen voortbracht die allemaal monsters zijn.

Allemaal voor niets.

Maya gaat dieper in haar trance, dieper naar dat licht, dieper naar de bron van alles en haar werkelijke zelf, drijvend langs manifestaties van buitengewone schoonheid en ze voelt de kracht van dat licht en die schoonheid naar binnen stromen.

Geef me wat verlichting, smeekt ze; een oogloos kind waarvan het gezicht is weggevreten. *Geef me het diepere nut achter al deze verwoesting, in al dit geweld dat me is aangedaan.* Maar ze vindt niets. Niets dan zichzelf. Een kaalgevreten huls.

De stemmen van de anderen in haar hoofd zijn te indringend als ze weer bovenkomt. Ze schreeuwen! Ze schreeuwen te luid! In pijn en wanhoop en angst en haat! Ze ziet de beelden in de geesten van de mensen die *handelden*. Die *veroorzaakten*. En des te meer ze beseft hoe smerig die donkere randen van haar wereld zijn, des te dichter ze komt bij dat punt waarin haar zoektocht naar vergeving omslaat naar haat, naar die euforische, glorieuze, koesterende haat die dingen in haar hoofd fluistert, zoals: *De mensen rondom je zijn zwak. Je kunt door hun barrières breken alsof het eierschalen zijn. Mamma wist wat ze deed. Ze heeft zich niet ingehouden toen ze jou maakte. Pak dat talent, pak die volledige kracht die je nooit mocht gebruiken en neem ze over!*

Soms, in de dagen die verstrijken, raakt haar hart even dat punt waarin vergeving mogelijk is. Alles wordt dan helder en stralend mooi, maar het is als grijpen naar een droom.

Ze huilt in die periodes daartussen vaak zonder tranen, of ze voelt de afkeer en het intense verdriet om alles wat verloren is gegaan en om de gruwelen die nog steeds door blijven gaan.

Als de zoveelste bom valt en het verband van haar nieuwe ogen wordt gehaald, komt het moment van haar omslag.

Dat moment is *nu* en Maya slaat genadeloos haar klauwen uit en ze neemt geest na geest na geest in kalme, weloverwogen stappen. Voorzichtig. In vol bewustzijn waar ze naartoe aan het werken is.

De derde vorm van vergeving

Het is middag. We bidden. We bidden voor de doden die ook vannacht weer gevallen zijn. Terroristen. Verraders. Monsters. Mensen. Kinderen van God. We bidden dat God zich over hen zal ontfermen. We bidden dat deze oorlog snel afgelopen zal zijn. We bidden dat we de levenden goede zorg kunnen bieden, ook al zijn onze middelen beperkt.

Onze zwever hangt boven het brandende deel van deze stadswijk. De mensenteller gaat nog steeds naar beneden, met sprongen van dertig tot honderd doden per seconde. We kunnen niets anders dan wachten. Wachten tot de gewonden uit de vuurzee komen. Wachten terwijl het dodental blijft oplopen.

Er is niet voldoende materieel in deze stad. Er is weinig meer over van de wilde, prachtige droom van Yiannis Lampros. De witte torens zijn gebroken, de glazen bruggen versplinterd, de zwevende huizen zijn op het Marsoppervlakte neergestort.

Dit is Blauw.

De andere vijf stadstaten van Mars heten Rood, Groen, Geel, Paars en Grijs en elke week veranderen we de volgorde waarin we die kleuren toekennen aan de stadstaten, omdat we geen partij mogen kiezen, geen afkeer mogen voelen voor de mensen die we tegenkomen, geen standpunt mogen nemen in deze hele situatie. We zijn hier om te helpen. Niet om te oordelen.

Na anderhalf jaar wil ik ook niets anders meer dan die kleuren. De steden bij hun werkelijke naam noemen is bijna net zo erg geworden als een vloek.

Blauw heeft drie satellietsteden, die nu leeg zijn. Blauw heeft een prachtig centrum dat tot nu toe grotendeels gespaard is gebleven.

De laatste bom! Een nieuwe flits in het midden van een groep huizen. Het sein klinkt. De bodem klapt open en we laten ons vallen. Wij zijn zestien afstand-bestuurde eenheden. Een team. Onze radiobakens identificeren ons als Rode Kruis. Wij *zijn* van het Rode Kruis, laat ik daar duidelijk over zijn.

Mijn naam is Prijan.

Ik heb te weinig geslapen in de afgelopen zestig uur, omdat de aanvallen onafgebroken door blijven gaan en alles begint zo langzamerhand in mijn hoofd in elkaar over te lopen.

De vlammen zijn hier gedoofd. We scannen de omgeving. Lichamen worden gevonden en gemarkeerd in mijn zichtveld. *Journalist!* Een van de slachtoffers is een journalist.

We vinden hem onder het puin, zijn arm afgeklemd. Onze avatars zijn sterk genoeg om het puin op te tillen, om bij hem te komen.

'Wat maakt *hem* belangrijker dan de anderen?' roept één van ons.

'Stil!' zegt iemand anders.

We schieten een robot-kit onder het puin, om te zorgen dat hij kan blijven ademhalen, om te voorkomen dat hij sterft door rookvergiftiging. Tien seconden later waaieren we verder uit.

'Wat maakt hem zo belangrijk?' vraag ik me later af.

Zes mensen van Blauw sterven onnodig door dit tijdverlies, door deze ondoordachte actie.

We redden mensen. We redden nog meer mensen. De soldaten komen. Er worden mensen doodgeschoten op de plekken waar we net zijn geweest. Levensmonitoren gaan van geel naar rood en dan

naar zwart. Ik blijf staan, loop terug, begin te rennen.

'Prijan!'

'Prijan, stop!' roept iemand opnieuw in mijn oor en ik zie ze: drie soldaten. Hun uniformen zijn wit, hun gezichten zijn verborgen achter maskers. Twee draaien zich om. Eén van hen heft een moment haar wapen, richt de loop in mijn richting. Haar gebaar is overduidelijk: *stop*. Haar naam verschijnt op mijn display: Amena von Lichtenstein. Haar foto verschijnt. Ze is beeldschoon. Ze heeft donker haar dat een vosrode glans heeft in het zonlicht.

Ik stop. Dit kunstmatige lichaam is niet het mijne en ik zal niet doodgaan als ze de trekker overhaalt, maar er zijn er niet zoveel meer van over, hier op Mars.

'Jullie hebben het recht niet deze mensen te doden!' schreeuw ik kwaad. 'Ze staan onder bescherming van het Rode Kruis!'

'Niet meer,' zegt Von Lichtenstein kalm, haar linkervoet vlak naast de resten van de man. Zijn hoofd is vrijwel geheel verpulverd. Hij heeft een prothetisch been en een prothetische arm. Het ademmasker dat ik hem een paar minuten geleden gegeven heb is door de klap aan stukken gescheurd. Het profiel op zijn identiteitskaart geeft verschillende waarschuwingen. Dit is één van de 'monsters', een telepaat.

'Heb je de nieuwsberichten in de gaten gehouden?' vraagt ze.

Kalm.

Ik moet kalm blijven. Er was geen enkel excuus om mijn geduld te verliezen.

Verifieer je eigen bronnen. Ik open de lijst met berichten van de afgelopen dag. Ik zie niets. 'Team?'

'We zijn op zoek naar meer info. Bied je excuses aan.'

'Het spijt me,' zeg ik tegen Amena von Lichtenstein op Mars, trillend van woede en met gebogen hoofd. 'Ik had me niet zo mogen laten gaan.'

'Het is je vergeven,' zegt ze. 'Je bent waarschijnlijk moe.' De onverwachte menselijkheid verwarmt mijn hart, verzacht mijn woede. Ik zou verliefd kunnen worden op Amena von Lichtenstein en ik weet wie ik in gedachten zal hebben als ik me vanavond stiekem aftrek en ik háát die reactie.

Ze is van de politie. Ze doet alleen maar haar werk.

Moord.

Het vermoorden van mensen die gewond zijn.

'Ik zie het bericht!' zegt een van ons. 'Het is net binnengekomen. Mijn God! De gewonden in Blauw staan niet langer onder onze bescherming!' Mijn hartslag is nog steeds te snel. Ik wil een nieuwe stap naar voren doen.

'Kalmeer, Prijan!' roept een van ons. Ik kan niet...

Iemand van ons begint een litanie van kalmte. Ik stop mezelf, prevel mee.

'We zijn hier om te helpen, Prijan. Niet om te vechten.'

Ik doe een stap naar achteren, draai me dan om. Zeventien nieuwe doden. 'Waar kunnen we de gewonden naartoe brengen?' vraag ik aan de groep. 'Deze moordenaars mogen niet nog meer slacht-offers maken.'

'Let op je woorden Prijan. Dit zijn *officieren* van *Blauw*. Geen moordenaars.'

Ik sluit mijn ogen, beweeg mijn hand omhoog om mezelf los te koppelen, af te haken. Het zijn moor-denaars. Zelfs als deze mensen hun vijand zijn. Zelfs als dit een bevolking is die in opstand is gekomen tegen haar eigen regering. Zelfs als illegale genetische manipulatie nieuwe monsters heeft gecreëerd. Ik ben zó moe. Ik stop mijn hand-beweging. Ik kan niet weglopen van mijn plicht.

Er klinkt een doffe klap. Opnieuw gaat het licht van een levensmonitor op zwart. Als ik me omdraai zie ik Amena bij een nieuw slachtoffer staan. Haar wapen is omlaag gericht.

En het is *genoeg*! *Mijn God, het is genoeg!* Ik geef een harde ruk en met een scheurend geluid laat mijn masker los en ik ben helemaal terug in mijn cocon op Aarde en ik kan eindelijk mijn echte handen voor mijn echte gezicht slaan. Voor het eerst in maanden gebruik ik krachttermen die ik tot dan toe heb vermeden. Het is of dat, of toegeven aan de zinloze haat die fel oplaait. *Ik had dit nóóit moeten doen. Mijn moeder is eigenaar van de geheugenbanken. Vrijwilligerswerk staat dan wel*

goed op mijn CV, maar ik heb niemand iets te bewijzen. —Dat is niet waar. Ik heb *mezelf* iets te bewijzen. Dat ik geen zwakkeling ben, bijvoorbeeld. Dat ik mijn nieuwe geloof serieus neem.

'Je kunt nu niet weggaan, Prijan,' klink het in mijn oren. 'Neem je verantwoordelijkheid,' zegt iemand anders. Ik weet dat ze de verlaten avatar op Mars bedoelt.

'We zijn een team, Prijan. Blijf sterk. Samen uit, samen thuis.' 'Ik snap je reactie. Ik zou hetzelfde voelen. Denk aan wat je geleerd hebt. Denk aan je ademhaling.'

Ik plaats het masker weer over mijn gezicht, ben terug op Mars over de directe verbinding.

'Ik vergeef je,' zeg ik tegen mezelf. 'Je weet niet wat je doet. Ik vergeef je. Ik vergeef je. Ik zet mijn oordelen opzij.'

'Ik weet niet wat je tot dit moment heeft gebracht,' zeg ik naar Amena von Lichtenstein, onhoorbaar omdat ik de uitgaande audio heb uitgeschakeld. 'Of wie. Ik vergeef je, Amena von Lichtenstein.'

Kalmte daalt neer in mijn hart. In mijn lichaam. De haat is echter nog steeds daar. 'Ik vergeef je,' vervolg ik. Ik minacht je. 'Ik vergeef je.' Ik haat je. 'Ik vergeef je.' Ik hoop dat je dood gaat. 'Ik vergeef je.' Ik zet mijn eigen gedachten opzij. 'Je weet niet wat je doet. Ik weet niet wie je bent, Amena von Lichtenstein. Ik ken je wereld niet goed genoeg om een oordeel te kunnen vellen. Het is mijn plaats niet om te oordelen. Ik vergeef je.'

Het team moedigt me aan, versterkt me. 'Goed zo, Prijan!' 'Zo hoort het!' Ik voel de kalmte verder neerdalen als ik terugloop naar de anderen.

We bidden voor kracht terwijl onze avatars terug-vliegen naar onze zwever. We weten dat God ons op een bepaald moment zal belonen met een plek in de hemel. We weten dat de politieke druk van de Gordel en Aarde op een gegeven moment de on-schendbaarheid van de gewonden zal herstellen, maar dat kan gemakkelijk meer dan tachtig uur tijd gaan kosten.

En dan komt de opluchting. *O God! Een dag géén veldtrips!* Misschien zelfs een paar dagen slaap! En met die opluchting komt schrik: *Vergeef me voor deze gedachten!* Hoe laag ben ik gezonken? Groen licht overspoelt me als ik mijn ogen sluit. Ik voel koestering in dat licht, woede. Dit is nieuw. Het fluistert beloftes naar me.

Is dit God? Of is dit de duivel?

En wat is het verschil als God vanuit Zijn Einde-loze Genade deze oorlog toestaat? Wat hebben deze mensen gedaan dat ze Zijn wraak hebben verdiend?

De laatste vuren in deze wijk van Blauw doven langzaam uit als we wegvliegen.

De vierde vorm van vergeving

Het is bijna avond. Yiannis Lampros staat in het hart van zijn negende huis in het gouden licht van de gereflecteerde en versterkte zon. Dat licht werpt vier schaduwen aan zijn voeten.

Hij is niet bang voor de bommen, niet bang voor een mogelijke dood. Dit is slechts één van zijn lichamen en zijn bewustzijn is onsterfelijk. Elk moment van zijn leven gaat naar vijftien ontvangers op vijftien verschillende locaties in het Zonnestelsel.

Hij is niet bang voor zijn directe vijanden. Al zijn financiële middelen zijn veilig gesteld, buiten bereik van de interplanetaire wettelijke machten.

Hij opent zorgvuldig zijn mentale barrières, strekt zijn geest uit, gebruikt de gave van telekinese die sinds een paar maanden onder zijn controle is. *De wonderen van genetische manipulatie, het gemak van vervangbare lichamen.* Hij omhult de fles op de tafel die tien passen van hem verwijderd is, neemt de glazen stop, laat de bloedrode wijn in het glas stromen. Hij opent zijn hand terwijl het door de lucht zijn kant op komt. Alles lijkt kneedbaar als klei. *Zó makkelijk.* Hij opent het voorgeselecteerde nieuws van Mars, drinkt, kijkt en leest terwijl de geselecteerde verhalen voorbijkomen.

Er zijn sinds vandaag drie kampen minder rondom de stad.

Een derde golf van arrestaties vindt plaats vanwege de vermeende smokkel van gestolen medische middelen naar andere ziekenhuizen. De ziekenhuizen zijn noodziekenhuizen van het Rode Kruis.

Verschillende stromen van vluchtelingen komen uit de andere vijf steden, wanhopig op weg naar betere plaatsen. Ze zijn misleid door de sjacheraars in hun oude wijken en financieel uitgekleed door de handelaars en de mensensmokkelaars, die beweren dat ze een gevaarlijke maar haalbare doortocht kunnen bieden.

De gestolen medische middelen zullen nooit aankomen, denkt Yiannis.

De helft van de vluchtelingen zal binnen negen dagen dood zijn. Gestorven in de woestijnen rondom de steden. Verdronken in de zoetwateroceanen tussen de continenten.

Eén miljard mensen op Mars. Dat was honderd jaar geleden de stand, in 2191 AD. Vandaag staat de teller op negentig *miljoen.* Vooral de laatste tien jaar is het hard gegaan met de dodentallen.

Hij draait zich om, kijkt naar het reliëf op de grote blinde muur. Het weerspiegelt zijn volledige visie, vanaf de lanceringen van de eerste schepen in 2095 tot de bouw van deze laatste stad in 2213. Yiannis Lampros, charmeur, zakenman, investeerder, erfgenaam van miljoenen, een multi-billionair geboren op Aarde. Leider van de nieuwe Mars-beweging die werd mogelijk gemaakt door crowdfunding: *'Eerst brengen we de zaaischepen. Dan de robots. Dan meer zwaartekracht. Dan het water. Pas als de steden staan en de lucht adembaar is: de mensen.'*

Een simpele droom. Een perfecte slogan. In de dertig jaar dat Mars groen werd bleef het geld binnenstromen, tot hij de schepen kon laten bouwen die iedereen naar zouden Mars brengen, tot hij de steden kon bouwen waarin één miljard kolonisten zouden komen te wonen.

Hij reikt uit naar de journalist, die in de andere kamer op zijn uitnodiging wacht. Marialis Kun. Haar geest is slechts gedeeltelijk afgeschermd en hij kan haar opwinding en angst voelen. *De bommen kunnen zelfs hier neervallen.* Ze is uitgeput, net als duizenden anderen in het gebied rondom hem. Ze vraagt zich af of de blokkade van de ruimtehavens aan het einde van deze maand opgeheven zal zijn. Hij geeft het sein. Ze ontvangt via haar armband zijn uitnodiging om verder te komen.

Yiannis Lampros schudt haar hand, beantwoordt de krachtige druk, buigt beleefd en heft zijn glas. 'Kan ik je iets te drinken aanbieden?'

Ze schudt haar hoofd en loopt vrijwel direct naar het reliëf op zijn muur, bestudeert even de afbeeldingen. Haar gedachten zijn afstandelijk, niet echt verbonden met de wereld om haar heen. Ze is nog nooit in de oorlogsgebieden geweest. Ze heeft de doden slechts gezien via de rapportages van haar collega's.

Ze denkt dat ze alles weet, de situatie begrepen heeft. Voor haar is Mars een mislukt experiment van een charmante zakenman uit een vorig tijdperk, een bittere tentoonstelling van menselijk falen.

Yiannis Lampros is, zover als zij het ziet, de man die op groteske wijze heeft geprofiteerd van de Mars-kolonisatie, zonder ooit iets terug te geven, later, toen het fout ging. Geprofiteerd met zijn enorme vloot van schepen die geheel zijn gefinancierd met het geld van zijn kolonisten. Hij had levens kunnen redden.

Ze ziet hem als haar prooi.

Marialis draait zich om, tikt even met haar wijsvinger tegen haar lippen, stelt dan haar eerste vraag. 'Had je ooit verwacht dat je droom zou eindigen in deze nachtmerrie?'

Hij schudt zijn hoofd.

'Nee. Ik had niet verwacht dat Mars zo lang in oorlog zou zijn.' Hij laat een korte pauze vallen. 'Maar eindigen? Nee. Dit is niet het einde.'

'Ben je een optimist?'

'Optimistisch,' zegt hij. 'Er komt een moment waarop ook deze wereld een stabiel punt bereikt. En vanaf dat punt is er zo veel nieuws mogelijk.'

'In 2163 werd je verkozen als president van Mars. Heb je na die regeringsperiode ooit opnieuw het verlangen gehad om in te grijpen?'

'Nee. Ik was dom bezig, toen.'

'Dat zijn harde woorden naar jezelf.'

'Ik ben nooit weggelopen van de realiteit, Marialis. Politiek is niet mijn ding. Mensen dachten dat— nee *ik* dacht dat ik een nieuwe oorlog kon voorkomen. Ik had het mis.'

'Vijf aanslagen op je leven.'

Hij knikt. 'Waarvan drie succesvol.'

'Er wordt gesuggereerd dat je een persoonlijk belang hebt in deze honderdjarige oorlog.'

Hij lacht kort en bitter. 'Welk belang zou dat zijn?'

'Opschoning van de bevolking.'

Hij knikt. 'Er wordt wel meer beweerd. Ik ben niet aan dit avontuur begonnen om een honderdjarige massamoord te plegen. Ik heb geen enkel belang in deze gruwel. Wat mij voor ogen stond was een bevolking van wetenschappers, met een goede staat van welvaart, zoals dat heet.'

'Waar ging het mis? De "menselijke factor"?' In gedachten smaalt ze om zijn reactie. Haar gevoel van superioriteit zou hem ooit tegen de borst hebben gestuit, maar meer dan twee eeuwen van leven heeft hem vrijwel ongevoelig gemaakt voor dit soort oppervlakkig snobisme. Hij zet zijn glas op tafel.

'Ja. Wat anders? Wat is er anders dan dat? Alles wat we doen, alles wat we verzinnen, elke impuls die we voelen is geworteld in ons evolutionaire verleden als zoogdieren van Aarde. Wat is er méér dan dat? Wat is er meer voor ons dan die menselijke factor?'

'Het goddelijke?' zegt ze.

'Je hebt gezien wat daarmee is gebeurd. Hoe vreemd en onmenselijk en ondienstbaar dat uiteindelijk was.'

Ze lopen naar de noordelijke vleugel van zijn huis. Grote ramen kijken uit over de zee van groen, met de eilanden van huizen. Een zee die steeds zwarter wordt naarmate de afstand toeneemt. Zwarte rook stijgt uit verschillende delen van de stad. Wat ooit hoge torens waren, zijn nu gebroken zuilen. 'Wat is mijn winst, Marialis?'

Hij neemt haar mee door de poort naar het andere huis, op een ander deel van Mars. Het landschap is veranderd. Het beeld hetzelfde. Rook. Stadswijken die in puin liggen. 'Deze massamoord is het gevolg van cultuur, het gevolg van de zelfgemaakte keuzes van de bevolking.'

Ze is daadwerkelijk geschokt door zijn botheid. Het is een weinig populaire mening. Niemand op Aarde heeft dit sinds 2203 meer openlijk durven beweren. 'Wat wil je daarmee zeggen? Dat dit *de schuld van de bevolking is*? Dat *dit* hun eigen schuld is?'

'Je kent de stelling. 'Elke crisis is het gevolg van menselijke hebzucht en menselijke domheid in een omgeving die dat stimuleerde en toestond.' Het is de schuld van de media. Van journalisten. Van analisten. Van gebrekkig onderwijs en een gebrek aan politieke betrokkenheid van de bevolking. Van wetgevingen die in het belang waren van een bepaalde groep en tegen de belangen van anderen. Van de regeringen die kwamen en weer gingen. Van de Aarde. Van de Gordel. Van verkeerde prioriteiten en verkeerde investeringen. Van onzin-regelingen en manipulatie van de bevolking.'

'En de schuld van jou?'

'Ja. Ook van mij.'

'Hoe voelt dat?'

Hij steekt zijn handen in zijn zakken, zwijgt even. 'Klote.'

De jongensachtige houding is verdwenen, net als alle emotie van zijn gezicht. Ze wacht op meer, observeert zijn houding, zijn gezicht. Hij heeft niets meer te zeggen.

'Waarom ben je hier gebleven?' vraagt ze uiteindelijk. 'Vier van je lichamen zijn nog hier, als ik de officiële bronnen mag geloven.'

'Dat kun je. Dat klopt.'

'Waarom ben je niet naar Aarde gegaan? Of naar één van de manen van Jupiter?'

'Wat zou jij doen? Als je huis in brand staat? Je kinderen levend verbranden, je droom verwoest wordt? Wat doe je? Loop je weg? Ik blijf hier. Tot het voorbij is.'

'Waarom grijp je niet in, Yiannis Lampros? Je hebt miljarden. Je hebt duizenden schepen waarmee je de bevolking zou kunnen steunen.'

'De kernvraag,' zegt hij.

Hij opent drie schermen op de muur, toont haar de projecties van mogelijke toekomstige versies van Mars na zijn ingrijpen.

'Oorlog. Meer oorlog. Nog meer oorlog.'

'Waarom *doe* je niets? Ik sta hier in het midden van het werkelijke imperium van Mars, met de man die in de tweeëntwintigste eeuw *zeven procent* van de Aardse wereldbevolking over heeft gehaald om naar Mars te komen. *Zeven procent!* Je zou niet de eerste zijn die dwang en media gebruikt voor heropvoeding van een bevolking. Je hebt de mogelijkheid om de *redder van Mars* te worden. Om dit *alles* te *eindigen*. Om niet als een monster en niet als een medeplichtige de geschiedenis in te gaan...'

'Een monster?' sneert hij. Dan wijst hij naar het heldere licht van de planeet vlak boven de horizon. 'De Aarde kijkt al een eeuw lang toe. Als we dan toch over monsters spreken— Politiek is niet *mijn* verantwoordelijkheid.'

Hij haalt diep adem.

Hij toont haar projecties van donaties. 'Elke actie die ik doe, elke donatie die ik maak, leidt tot de steun van de organisaties van misdadigers en terroristen. Zelfs mijn steun aan instanties als het Rode Kruis leidt uiteindelijk tot meer doden. Mijn geld was een deel van de brandstof van de machines die deze massamoorden mogelijk maakten...'

'Je hoopt door niet investeren en niet te handelen uiteindelijk deze oorlog te verkorten?'

'Ja.'

'Een dictatuur zou beter zijn geweest,' zegt ze zacht.

'Nee. Mars is voor de mensen.'

'Zelfs als dat tot *dit* leidt?' ze wijst naar buiten.

'Politiek is niet *mijn* verantwoordelijkheid.'

'Je blijft dat herhalen,' zegt ze.

'Omdat teveel mensen blijven hopen op mijn interventie. "Waarom doe je dit niet, Yiannis, waarom doe je dat niet?" Ik blijf dit herhalen omdat teveel mensen blijven weglopen van hun verantwoordelijkheden.'

'Zoals jijzelf?'

Hij geeft haar de namen van Aardse politici, Aardse beleidmakers, Aardse belanggroepen. Hij geeft haar de namen van politici uit de Asteroïdengordel en de manen van Jupiter. 'Elk van hen had in kunnen grijpen, het tij kunnen keren. *Kijk* naar het resultaat hier. Elk van hen is verantwoordelijk voor dit bloedbad. Elk van hen is een moordenaar.'

'Toch wordt jij de laatste maanden steeds vaker aangewezen als het monster dat geen stappen ondernam,' zegt ze.

Hij haalt zijn schouders op. 'En dus? Het kost weinig inspanning de schuld naar een ander te verplaatsen. Wat hype is voldoende. Het verandert echter niets aan de werkelijkheid... Als de volksmedia er voor kiest om mij tot monster te verheffen, is het wel zo netjes om ook hun eigen rol in deze genocide te erkennen.'

'En jij bent onschuldig?'

'Ik ben *net zo schuldig*.'

Voor het eerst in het gesprek klinkt hij ongefilterd fel, vol pijn en verontwaardiging.

'Het spijt me,' zegt ze, als ze aan het einde van het interview zijn hand grijpt. 'Ik hoop dat je vergeving voor jezelf zal vinden.' Haar medelijden is een leugen. Het idee dat hij in deze positie zit doet haar goed. Háár handen zijn schoon. Het geeft haar een gevoel van superioriteit over hem.

Mars is een diep, zwart, monsterlijk gat dat niet meer te redden is.

Ze keren terug naar het gebouw waar het interview begonnen is. Ze neemt afscheid. Hij keert terug om een moment stil te staan bij het bas-relief dat zijn droom weergeeft. Bijna afwezig betast hij de schepen in de leegte tussen Aarde en Mars.

Maak van waarheid een leugen, en van de leugen een waarheid, denkt hij. *De beste manier om weg te komen met misdaden op wereldschaal.* Dan loopt hij naar buiten. Het zal niet lang meer duren voordat de bezemacties zijn afgerond.

Dit is *zijn* planeet. Er is geen democratische regering. Er is nooit een democratische regering geweest. De oorlog is slechts een moordend theaterspel voor de andere werelden. Over vijf jaar is Mars zo goed als leeg. En op dat moment is Mars zoals hij het hebben wil, alle grondstoffen nog steeds intact in de bodem onder zijn voeten.

De vijfde vorm van vergeving

Amena von Lichtenstein staat op van haar kant van het bed en slaat het dek terug over het matras. Haar andere lichaam is al weg.

Er zijn niet genoeg sociopaten in de wereld om al de moorden te kunnen plegen die nodig zijn voor het behoud van deze vrede. Daarom laat ze zich al jaren injecteren door een kleine biofabriek in haar linkerschouder.

Twee dagen geleden is ze haar linkeroog kwijtgeraakt. Haar nachtmerries zijn toen begonnen: een ongewenst neveneffect van haar werk op Mars, in het stadsgebied dat Cheimos Vier wordt genoemd.

Even staat ze zwijgend in het midden van hun kamer, een witte ruimte met een wit bed. Er is *iets anders* aanwezig. Iets dat net onder de grens van haar bewustzijn hangt en vol van een soort haat zit die glad en rond aanvoelt.

'Hmm,' zegt ze en haar geest gaat door de verschillende mogelijkheden, komt tot twee conclusies. Eén: de medicinale cocktail van hormonen en chemicaliën uit de kleine biofabriek werkt niet meer zoals vroeger. Twee: er is een nieuw monster achter de grenzen van deze wereld, achter de poorten van de slaap, dat door de barrières van haar geest is gebroken. Dit monster is anders. De vraag is *aan welke kant* het staat. De hare?

Ze voelt geen behoefte om een melding te maken.

De balkondeur van haar kamer glijdt open als ze haar hand heft en haar pols draait. Een frisse bries komt naar binnen. Even blijft ze staan, dan loopt ze naar buiten. Mensenhanden zijn nodig om de trekkers over te halen, zodat de oorlog door kan blijven gaan. En haar handen zijn daar twee van.

Zover ze weet was haar aanmelding bij het politiekorps vrijwillig. Zover ze weet waren de bombardementen gerechtvaardigd. Ook al was dit tegen eigen bevolking.

Net zoals veel andere kleine dingen begint ze ook dat te betwijfelen.

Ze kijkt afwezig uit over het landschap beneden haar, ziet niets dat haar plezier doet. Tussen de frisse vlakken van malsgroen gras lopen de paden van de rode aarde van Mars. Aan de hemel is de rand van één van de spiegels zichtbaar die het licht van de Zon weerkaatst zodat de dagen warmer zijn. Verder beneden deze heuvel ligt Cheimos Drie, een stad die volledig tot puin is gebombardeerd in een oorlog die niet bestaat. Een oorlog die voornamelijk de onderlaag van de bevolking raakt.

Ze stapt naar voren toe, leunt zwaar met haar handen op de balustrade en opnieuw komen de beelden terug van haar eigen werk.

—*Een peuter* op de stenen vloer, het merendeel van zijn hoofd weggeblazen door de energieklap uit haar pistool. *Brandende mensen* op het plein, hun huid zwartgeblakerd onder de woeste vlammen, het lichaamsvet nieuw brandstof onder de opkrullende huid. 'Terroristen'. *Huilende kinderen*, weggedoken in het puin van een verwoeste school, duidelijk zichtbaar voor haar camera's. 'Mutanten'. Als ze klaar is met haar werk, is iedereen dood. De fragmenten van botten en vlees zijn niet voldoende om die levens te herstellen.

Het voelt niet langer meer juist.

Ze kijkt op. Aan de gouden horizon stijgt een vrachtschip naar het koude, harde vacuüm van de ruimte.

Als de oproep binnen komt, gaat ze weer terug naar binnen. Een arrestatie. Amena kleedt zich met tegenzin in haar uniform, pakt haar badge, stelt haar poort af op een andere poort, honderd kilometer verderop, loopt door het alles-absorberende zwarte vlak dat afstandloos is en komt uit in een garage. Vijf minuten later landt haar zwever op een landingsplek van het volkshospitaal.

Deze plek is anders dan haar eigen ziekenhuis. Er is minder staf, er is geen geld voor onderhoud. Er is meer verval. De robots zijn goedkope constructies uit goedkope printers. Stafleden rennen door de gangen.

Haar naam is Amena von Lichtenstein. Ooit was ze een zwakkeling, maar dat is lang geleden. Haar wapen rust licht en vertrouwd in haar handen. Ze is haar eigen, eeuwige erfgenaam.

Haar eindeloze rijkdom en de rijkdom van haar familie komt van de stervenden en de doden. Haar sociale status is bijna gelijk aan die van Yiannis Lampros en die status maakt dat – ook zonder haar badge – elke deur voor haar opengaat.

Niemand stelt vragen als ze met dit specifieke lichaam door de gangen van het hospitaal loopt, een witte lap over haar nieuwe linkeroog.

Ook dít hospitaal heeft nut. Mars kan haar eigen bewoners niet zomaar dood laten gaan. Niet zonder repercussies van de regeringen van Aarde, van de Gordel, van de manen van Neptunus en de nederzettingen op Venus.

De eerste zaal telt twintig bedden. Ze ziet mannen en vrouwen zonder armen en benen. Ze ziet mensen van wie de huid is weggevreten door chemisch vuur, rode skeletten zonder ogen, met beschadigde longen en een kloppend hart. Diegenen die hier zijn, hebben geluk. Dit grondgebied is neutraal. Het ziekenhuis staat nog niet op de lijst van doelwitten van de vijand. De mensen hier krijgen *in ieder geval* een behandeling.

Amena weet beter dan dat: de hulp van Aarde, de hulp van de Gordel zijn welkome bijdragen in de laatste fase van dit dodelijke toneelspel waarin afzijdigheid gelijk staat aan medeplichtigheid.

Dit ziekenhuis heeft een slechts één politiek doel: het opwekken van medelijden en opluchting voor de levenden, zodat de miljoenen doden sneller vergeten kunnen worden. *We deden tenminste iets*, kunnen de mensen op Aarde en uit de Gordel zeggen. *We zaten niet werkeloos aan de zijllijn. Zelfs niet als we vluchtelingen weigerden.* De regeringen hier op Mars saboteren elke effectieve vorm van humanitaire hulp. En wat wel doorkomt wordt gekaapt, verwoest of besmet middels terroristische aanslagen.

De arrestatie die straks plaats gaat vinden sluit perfect aan op die structurele sabotage: het leidt tot de verdere verzwakking van het personeel zodat de zorg per patiënt nog slechter wordt.

Ze passeert de volgende deur.

Een warme traan biggelt over haar wang. Ze strijkt het vocht verbaasd weg, dwingt zichzelf door de opening te stappen, om stil te staan en te *kijken*.

Ze dwingt zichzelf de gezichten te *zien* die bedekt worden door een goedkope en nauwelijks effectieve gelei, de gelei die slechts helpt om de ontstekingen tegen te gaan in het bloedrode weefsel van de enorme open wonden op de huid van de vrouwen en kinderen om haar heen. De vrouw die haar aandacht trekt is niet ouder dan veertig en ze heeft geen ogen, geen haar, geen lippen. Een machine houdt haar in leven. Ze lijkt vredig in slaap.

Amena opent haar mond, alsof ze iets wil zeggen. Het verdriet dat ze de afgelopen dagen steeds vaker voelt, lijkt zich een weg door haar keel en haar hart te willen bijten. Bijna geeft ze toe. Bijna schreeuwt ze de woorden die in haar hoofd galmen: *Vergeef me, vergeef me!* maar de koude, mentale hand van haar andere *ik* stopt de woorden.

Ze weet verdomd goed dat die schreeuw om vergeving voornamelijk een schreeuw van een slappeling is, een schreeuw uit eigenbelang, een schreeuw om een leugen van haar slachtoffers. Een leugen die die *andere* Amena zal helpen om korte tijd haar eigen pijn te vergeten, die haar andere ik kort zal helpen om de schuldgevoelens rondom haar eigen daden weg te wassen en uit te wissen totdat Amena opnieuw naar buiten gaat om diezelfde daden te herhalen. *Vergeef me!*

Haar gezicht verstrakt. Dé Amena von Lichtenstein heeft geen behoefte aan een armzalige stoplap voor de bloederige, rottende en geïnfecteerde gaten in haar eigen ziel.

Als ze later, na de hardhandige arrestatie van één van de artsen, weer in de gang staat, voelt ze die prachtige, zachte haat nog dieper in de kern van haar wezen doordringen. Ze doet niets om dit monster tegen te houden. Het is duidelijk wat haar te

doen staat. Haar nieuwe doelwit is Yiannis Lampros.

De zesde vorm van vergeving

Er woedt een nieuwe storm. Op de achtergrond, in de werkelijkheid voorbij deze realiteit, woedt een nieuwe storm, van iemand die ik nog nooit eerder in mijn leven gevoeld heb. Haar haat resoneert met de pijn van deze planeet. Ze heeft talenten als de mijne, maar ze is oneindig sterker.

De kleur van haar haat verandert regelmatig, ook nu: naar geel, naar goudgroen. De geur is die van appels en limoenen. Haar naam? Haar identiteit? Het is maar goed dat ik die niet ken.

Een jongen, niet ouder dan dertig, kijkt op als ik even naast het enorme noodhuis van schuimplastic blijf staan. Hij is een van de oorlogsverslaggevers die al een eeuw als vliegen over het stervende vlees van de steden kruipen. Zijn blik gaat naar de goedkope prothetische arm en mijn goedkopere prothetische been, de vormen duidelijk zichtbaar onder de stof van mijn overall.

Hij aarzelt even, klapt dan een stoel open.

'Meneer?'

Ik weet dat hij niets kan opnemen, dat mijn verhaal alleen in zijn hoofd zal blijven voortbestaan. *Hij* weet dat hij gevaar loopt te verdwijnen.

Er is geen privacy hier. Dit is een gebied vol vijandige troepen. Infiltranten, terroristen, mutanten. Genetisch gemodificeerden, spionnen, slapers, moordenaars.

'Ik heb niets voor je,' zeg ik.

Je wilt weten wat er speelt? zeg ik in zijn hoofd en ik onderdruk zijn eerste reactie. *De oorlog is geen oorlog tussen de verschillende facties van Mars, maar een oorlog tégen de bevolking die hier leeft. We worden sinds het moment dat we aankwamen, stelselmatig vermoord. Wat je hier zit is het eindstadium van een honderdjarige genocide.*

Ik onderdruk zijn tweede reactie.

Alles wat je weet is half waar en half gelogen.

Wie is hier dan verantwoordelijk voor? vraagt hij.

Onze eigen regering, zeg ik.

Ik voel zijn gedachten werken, vorm nemen. Hij is snel, zijn gedachten als kwikzilver.

Nodig me opnieuw uit tot zitten.

'Ga zitten,' zegt hij. 'Alsjeblieft. Ik heb maar een paar vragen.'

Ik blijf staan.

Wat is de reden? vraagt hij.

De zes regeringen van Mars zijn nooit van plan geweest om ons in leven te laten. Waar heb je immers een bevolking voor nodig als energie-winning en de productie grondstoffen en van goederen niet meer gebonden zijn aan menselijke arbeid? Deze wereld is een vernietigingskamp. Deze honderdjarige oorlog is politiek beter te verkopen dan het dumpen van een miljard kolonisten, *voordat ze aankwamen op deze wereld.*

Hoe weet je dit zo zeker?

Wat denk je zelf?

Welke rol speelt Yiannis Lampros hierin?

Wat denk je zelf?

Hij zwijgt even. *Alles.*

Waarom? vraagt hij dan.

Je kent het antwoord al. Yiannis Lampros is een parasiet. Wie financierden de schepen waarmee we hier kwamen? Waar kwam het geld vandaan voor deze terraforming? Wie maakten de werkelijke schulden voor de faciliteiten van deze nieuwe wereld?

Jullie voorouders.

Ja. Ze hebben nooit een kans gekregen. De armoede bond hen aan de stadssteden. Die steden zijn dodelijk gebleken. —Nodig me uit om te gaan zitten.

'Alstublieft, meneer, ga zitten,' zegt hij. 'Ik heb maar een paar vragen.'

Stel dat dit waar is: haat je Yiannis Lampros? vraagt hij.

Nee. Ik heb hem decennia lang geleden al vergeven. Yiannis en zijn medeplichtigen zijn een slachtoffer van hun eigen situatie.

Vergeven? Slachtoffers?! Ik vind dat moeilijk te begrijpen, zegt hij en ik onderdruk zijn woede. *Hoe kun je je eigen— moordenaars vergeven?*

Wat zijn de andere opties, Joffry? Haat naar die ander? Medelijden met mezelf? Wat verandert dat aan mijn eigen lot? Ik heb gevochten en gefaald. Ik heb elk stadium gezien en beleefd. Deze planeet is een wereldomspannend, dodelijk pretpark. Elke stap langs elke moordzuchtige attractie is zorgvuldig uitgewerkt. En er is geen uitgang.

'Zit, alsjeblieft,' zegt hij voor de laatste keer.

Ik strompel weg door de hoofdstraat.

Er woedt een nieuwe storm en ik weet niet of ik blij moet zijn, of verdrietig. Wie het ook is, is te laat. Wat het ook gaat brengen, is net zo smerig als het werk van Yiannis Lampros.

Elk leven verdient respect. Moord is niet de enige manier om structurele intermenselijke problemen op te lossen. Maar misschien gaat dat idee al lang niet meer op, hier.

Het ontwaken van Lloyd57

Hoi, Yiannis...

Ik weet niet waar ik moet beginnen. Hoe doe je dit soort dingen, als je weet dat je eigen wereld onder je eigen voeten vandaan is gevallen?

Ik ben Lloyd57. Ik kom uit jouw kweekvaten. Ik ben de vrouwelijke variant en ik ben onderdeel van jouw geheime politiemacht. Mijn lichaam is een instrument van jouw wensen. Mijn morele kompas is nooit aangebracht. Mijn gezicht en mijn identiteit kunnen elke dag veranderen. Mijn instructies en mijn geld en mijn wapens komen van bronnen die moeilijk te achterhalen zijn.

Meestal doe ik strategische moord, net als veel van mijn broers en zussen. We vermoeden al een hele lange tijd dat je ons voornamelijk gebruikt omdat je vaak te lui en te ongeduldig en te egoïstisch bent om een deel van je shit met normale diplomatie op te lossen.

Ben ik trouw aan je, Yiannis Lampros?

Ja en nee. Niet meer.

Ik kijk omhoog naar de stenen boog van de *Arc de Triomphe*, met een raar gevoel of zo, weet je wel? Het is alsof ik wakker ben geworden uit een psychotische droom en tot de ontdekking kom dat de werkelijkheid nog erger is dan ik al dacht. Alsof de medicatie die ik ontvang niet meer werkt zoals het moet.

Nee. Dat is niet waar. Alsof ze *anders* werken. *Iets* is anders vandaag. Ik had zojuist hallucinaties van dingen die echt zijn en ik zie glimpen van andere plekken, van Mars! Het is fijn om weer een stukje van thuis te zien. Zelfs als dat thuis bedekt is door een deken van rook en veel van mijn favoriete plekken verwoest zijn en een aantal van mijn favoriete mensen dood.

Het voelt alsof een nieuwe opperheer uit de lucht is komen vallen. Blam! 'HIER BEN IK. JE NIEUWE KONINGIN! JE BENT VANAF NU DE MIJNE!'

Ik kan het wroeten voelen waarmee ze de stroom van mijn gedachten verandert.

Hoi lieve pusher, denk ik. *Hoe is het?*

Maar wacht! Had dit niet het eindresultaat moeten zijn van een glorieus gevecht? 'Lloyd tegen de monsterlijke krachten van de anti-Lamprosiaanse duisternis!'

Wie is dit?

Was het niet de bedoeling dat ik hier niets van zou weten? *'Parapsychische infiltratie van de vijand moet ongemerkt plaatsvinden,'* en meer van dat soort onzin. Het is alsof ik gekoesterd word, alsof ik alleen maar mijn ogen hoefde te openen voor de waarheid: dat je onze moeder hebt vermoord en onze klasgenootjes, dat je ons misbruikt hebt voor de bouw van je imperium. En wat een heerlijke vorm van haat! Ik weet wat er gebeurd is en toch voel ik geen behoefte mezelf te verzetten. Wat een kracht! Beter dan de zon en de maan en de sterren! Fantastisch!

Ik ken je, Yiannis Lampros. Je was mijn heer en meester en voormalig eigenaar van dit gekloonde lichaam. Je bent onsterfelijk, oppermachtig, genadeloos, charmant. Je bent de God-keizer van Mars en van je eigen transport-imperium. Je hebt vrijwel geen zwakke plekken, behalve de drie, vijf en zeven die nu duidelijk beginnen te worden via mijn nieuwe god. En wat ik nu niet weet, zal later helder worden.

Maak je geen zorgen, Yiannis, mijn leven staat nog steeds helemaal in het teken van *jou*. En van je dood.

Ben je er klaar voor?

Prijan en zijn zilveren munt

Het huis van mijn moeder staat op een heuvel in Ankara, waar alles groen en mooi is. In mijn broekzak zit een kleine, ongeregistreerde biochemische fabriek die niet groter is dan de nagel van mijn pink en die ik op een zilveren munt heb geplakt.
Ze verwelkomt me hartelijk en ik groet familieleden die in de tuin staan en het bruidsquintet dat stralend op het podium staat. Het feest is nog niet begonnen.
Mijn tante vraagt me hoe mijn werk voor het Rode Kruis gaat, hoe de situatie op Mars is en ik geef een ontwijkend antwoord. Ik geef mijn moeder de zilveren munt en druk haar hand dicht. Er is geen uitleg nodig. We weten beiden voor wie dit is. Niet voor Yiannis Lampros, maar voor al zijn partners die bij haar zijn aangesloten. Naast de geheugenbanken beheert mijn moeder ook de genenbanken voor hun kloonlichamen.
Er is een briljant Aards moordspel dat gebaseerd is op infectie en sluimerende defecten die elk gewenst moment geactiveerd kunnen worden. Ik kijk naar mijn vader, in de tuin. Ik weet nog niet wat ik voor hem ga doen als hij dood neervalt.

In de diepzee van Jupiter

Daar!
De druk is zo hoog dat gassen vloeibaar worden. De robots van Yiannis Lampros zijn als krabben. Ze dalen moeiteloos af in de diepte.

Dit onderhoud is echter geen onderhoud. De geheugenbank, verbonden met Yiannis, wordt stelselmatig verwoest.

Omdat dit binnen de veiligheidsparameters valt, gaat er geen alarm af en lijkt alles nog te werken.

De hand van Amena von Lichtenstein

Haar sociale status is bijna gelijk aan die van hem en niemand stelt vragen als ze het huis van Lampros binnenstapt en de lift omhoog neemt, hem in zijn salon ontmoet.

Op het moment dat ze zijn arm grijpt en zijn hand schudt, begint de besmetting van zijn innerlijke systemen, want zelfs Yiannis Lampros is niet van alles op de hoogte en zelfs de Aarde heeft een schaduwzijde waarin dingen worden ontwikkeld die beter niet losgelaten kunnen worden.

Haar enige werkelijke doel is de dood van deze man. Haar vrije wil is niets meer dan een illusie, net als haar leven en haar lichaam.

Uiteindelijk zal ze haar eigen leven nemen.

De Asteroïdengordel

Wat een planeet had kunnen zijn, is een ring van puin tussen Mars en Jupiter. De mensen die hier leven zijn nomaden in een uitgestrekte samenleving met een ongeëvenaard sterke sociale cohesie.

De vijf databanken van Yiannis Lampros hebben geen enkele meetbare aanwezigheid. De enige manier waarop ze gevonden kunnen worden is via complexe berekeningen die relatief zijn aan de laatst gemeten positie. Eén voor één worden ze gevonden en uitgeschakeld.

Koningin van Mars

Maya staat in de kern die het leven is, de eeuwigheid, de bron en haar werkelijke zelf. Negen maanden zijn verstreken sinds haar moeder stierf en Yiannis Lampros is nu acht dagen dood. Mars heeft geen regering meer. Mars heeft nauwelijks nog een bevolking, maar de hemel is nog steeds blauw, de wolken wit en het ochtendgloren van puur goud.

Ze is inmiddels vijftien Aardse jaren oud en haar handen zitten vol bloed. Ze is een monster dat nooit vrij had mogen komen van haar innerlijke beperkingen.

Yiannis Lampros is dood! Eindelijk dood!

Ook al is dat waarschijnlijk van korte duur.

Ze wil lachen. Ze wil huilen.

Het is nog niet voorbij.

Zelfs met de ondermijning van al zijn bronnen, de moorden op al zijn handlangers is dit niet voorbij. Yiannis maakte plannen voor de eeuwigheid.

Ze komt uit de trance, stapt uit de wagen. Bedienden hebben haar gezond gehouden, gevoed en verzorgd in de tijd waarin ze vrijwel in constante trance was, opgeslokt door de complexiteit van de taak die ze zichzelf ooit gegeven heeft. De lijken aan de voet van de heuvel, waarop het gebouw staat, zijn verwijderd door de Lloyds. Tot zes dagen geleden zat daar nog een regering. Maya heeft ze allemaal naar buiten gedreven. Recht in de armen van vier van haar Lloyds. Ze klimt omhoog over het harde pad van grof zandcement dat naar een zijingang leidt.

Het is zó vredig!

Een gedachte valt haar in: *Werkelijk niets weerhoudt me om de nieuwe heerser van Mars te worden. Ik ben sterk genoeg om deze hele wereld aan mijn voeten te werpen.* Ze slaakt een trieste, diepe zucht.

Het is genoeg geweest. Ik wil rúst.

Ze kijkt één maal omhoog. Het marmer van de bogen is zeldzaam groen en wit. Struiken in grote potten vormen een rij langs de rand van de grote trappen naar beneden. Slechts een deel van het gebouw ligt in puin. Binnen staan de portalen, die naar verschillende punten op Mars leiden. Ze is van plan om één daarvan te nemen naar een besloten plek die aan de andere kant van deze kleine planeet ligt.

Een Lloyd groet haar. Zijn gedachten springen speels rond, als een puppy. Hij knikt even vriendelijk, loopt dan door, onbewust wie ze is. Zijn idool, zijn godin heeft geen gezicht, geen stem.

Ze is een massamoordenaar en een lafaard. Ze heeft nooit geprobeerd om de oorlog tot staan te brengen, uit angst om gevonden te worden, uit angst dat ze daarmee teveel uitwegen zou creëren voor Yiannis Lampros. Ze is een profiteur en een egoïst van het ergste soort. Miljoenen hadden dezelfde behandelingen kunnen krijgen als zijzelf.

Maar Maya deed niets, zodat ze in vrede kon herstellen. Die miljoenen zijn nu dood.

Haar voetstappen klinken eindeloos en hol op de stenen vloer van de lege zalen. Dan is ze in de transportzaal.

Yiannis Lampros was een parasiet.

Wie financierden de schepen waarmee we hier kwamen?

Waar kwam het geld vandaan voor deze terraforming?

Wie maakten de werkelijke schulden voor de faciliteiten van deze nieuwe wereld?

Yiannis Lampros was een parasiet.

De AI van de zaal zoekt contact met de computers in haar lichaam en vindt niets, omdat *haar* soort dat niet nodig heeft volgens de mensen die ze beneden de dood in heeft gedreven.

Ze draait zich om, steekt haar hand op naar de vrouw die de zaal binnenkomt.

'Waar wil je naar toe?' vraagt ze.

'Lustoord zes,' zegt Maya. Het spiegelende vlak van één van de poorten wordt dofzwart, dan diepzwart. Maya doet vier stappen naar voren, overbrugt met één stap meer dan achtduizend kilometer en loopt dan naar buiten.

Er is een boom waar ze nu al maanden van droomt met een hotel vlakbij dat nog steeds draait, zelfs nadat de leiding zichzelf een paar dagen geleden collectief verdronken heeft.

De derde dag begint met een prachtige zonsopgang. Een stevige, frisse wind ruist door de hartvormige bladeren en streelt haar wangen. Maya zakt weg in een diepe trance.

Geen angst meer. Kom tot jezelf.

Ergens binnenin haar sluimert het zaad van een gemeende vorm van vergeving. Een vorm van vergeving, die niet gevoed hoeft te worden door medelijden of zelfbedrog of valse liefde of voorgewende compassie, dat slechts vraagt om een diep en eerlijk en allesdoorbrekend en liefdevol begrip van zichzelf en de wereld rondom haar.

Ze is een monster.

Ze voedde zich negen maanden lang met haat.

Die tijd is nu voorbij.

Een paard met een gierenkop, op een veld van zilveren manen

Tais Teng

Thuata de Brendaan:

Alle vertellers zullen het beamen: er bestaan maar twee juiste aanzetten voor een goed verhaal: vurige liefde en vunzig verraad. Alle andere zaken zijn slechts aankleding: de zoektocht naar een fabuleuze schat of een verdwenen vader, de reis naar een eiland drie horizonten verder, extatisch inzicht als je recht in de stralende ogen van je god kijkt.

Begin met vurige liefde en vuns verraad, waarbij natuurlijk gruwelijke wraak hoort. Dan kan het domweg niet meer mis gaan.

Sar Sionnach van de negen Strijdwagens vluchtte op het enige overgebleven paard van zijn renstal. Achter hem brandde zijn fort en het was Elaine, zijn eigen vrouw, die de poorten voor de vijand had geopend. Al zijn trouwe vazallen afgeslacht en zijn schatkamer geplunderd, dat viel nog te overzien. Onverdraaglijk was dat hij nog steeds van vrouwe Elaine hield. Hij zou er alles voor geven om het gewicht van haar borsten in zijn handen te voelen, haar beet in zijn oorlelletje.

Wat was er misgegaan? Was heer Hermelijn zijn fort binnengeslopen om in de oren van sar Sionnachs vrouwe te fluisteren? Bracht een witte uil haar te middernacht een brief waarop een enkele dwingende rune gepenseeld stond? Een rune die zich in haar hoofd nestelde en haar tot de willoze marionet van een boself maakte?

Ik heb talloze vijanden, overwoog sar Sionnach, zoals het een ware leider betaamd. Zachte heelmeesters en stinkende wonden: hij wist er alles van.

Hij keek om. De rook was opgetrokken en aan de hoogste toren wapperde een banier die hij absoluut niet kon thuisbrengen. Een paard met de kop van een aasgier? Op een veld van zilveren manen?

Kies je vijanden met zorg had zijn vader hem aangeraden. Het doet er wel degelijk toe wie jou uiteindelijk met een strop om de nek de hoogste eik in hijst. Hij schudde zijn hoofd. Dit was beslist geen vijand die hij uitgekozen had.

'Waarom een paard met een gierenkop?' vroeg Elaine aan haar ware liefde. 'En al die manen? Ik telde er achtenveertig.'

'Zo'n paard is symbolisch pure kletskoek en daar kunnen aristocraten als sar Sionnach behoorlijk zenuwachtig van worden. En die manen? Een voor elke maand dat ik mijn lippen niet op de jouwe kon drukken.'

'Dat moeten we in zien te halen.' Ze streelde zijn wang, kuste hem opnieuw. 'Hij stak een zwaard in je buik toen hij mij schaakte. Ik zag je ingewanden naar buiten puilen en nu hink je niet eens.' Ze tuitte haar lippen. 'Ben je eigenlijk dood? Niet dat het mij iets uitmaakt. Je voelt warm genoeg.'

'Nee hoor, het was volkomen legitiem. Een heks streek neer in de vorm van een aasgier.

'Je bent aan je gereutel te horen, dood aan het gaan. Was dat je bedoeling?'

'Nee,' kreunde ik. 'Red mij, schone vrouwe!'

Ze goot water uit de bron van de heilige Alfrieda in de wond, duwde mijn ingewanden terug en naaide mij dicht.'

'En dat deed ze gratis en voor niks?'

'Ik moest haar vier jaar dienen. Slijm zevend op zoek naar versteende demonenogen. In een land vol ijskoude mist en geweeklaag. Alle kikkers hadden naaldtanden en het enige voedsel bestond uit sponzige boleten en bittere waterkers. Daarom kon ik nu pas naar je op zoek gaan.'

'Je noemde haar 'schone dame',' zei Elaine. 'Was ze erg mooi?' Ze reikte naar een kan en schonk hem een glas port in.

Hij lachte. 'Voor een heks wel. Prachtige kromme neus, overal wratten en haar als gebroken stro. Vrees niet, dames als zij halen hun neus op voor sterfelijke mannen die maar één penis hebben. Die bovendien niet half zo lang als een winterwortel is.'

Elaine streelde het voorwerp in kwestie en goot met haar andere hand de port terug in de kan. 'Hij komt er niettemin aardig in de buurt. Ontspan je toch.'

'Het zit mij niet helemaal lekker,' bekende haar ware geliefde. 'Sar Sionnach ontkwam op het snelste renpaard. Amper een dag verder woont zijn broer.'

Elaine giechelde. 'Hij heeft geen dag. Voor ik de poort opende, schonk ik hem een glas port in. Het gif doet er een uur of drie over voor het zijn lever tot een bloederige brei oplost.' Ze knikte. 'Ik heb het uitgeprobeerd op zijn favoriete jachthond.'

'Garm, dat beest dat hij op mij afstuurde en mijn been zowat doorknaagde voor hij zijn zwaard gebruikte? Oh, jij vrouw van mijn hart!'

En zo lagen ze lachend en keuvelend in elkaars armen tot de ochtend aanbrak. Als je elkaar vier jaar niet gezien hebt, valt er een boel te vertellen.

Vlak nadat de derde maan onderging, voelde sar Sionnach een steek van pijn. Hij trok aan de teugels, stapte af en gaf over. In het maanlicht leek het braaksel zwart als gal maar hij wist dat het waarschijnlijk bloedrood was. Zijn knieën knikten en ineens lag hij ruggelings in de heide.

Een witte aasgier streek neer, veranderde in een wanstaltige heks.

'Je ligt hier te steunen en te rochelen. Volgens mij ga je dood. Was dat de bedoeling?'

'Nee, smerige feeks! Red mij of snij in ieder geval mijn keel door. Deze pijn is onverdraaglijk!'

De heks streek over haar spitse kin. 'Die ander wist beter hoe het hoorde. Hij noemde mij 'schone vrouwe'. Daarom zul je mij negen jaar moeten dienen in plaats van vier.'

'En dan red je mij? Genees je mij?'

'Ja. Luister, er is een land vol ijskoude mist. Daar zul je negen jaar slijm moeten zeven op zoek naar versteende demonenogen. Alle kikkers hebben naaldtanden en het enige voedsel is sponzige boleten en bittere waterkers.'

'Die negen jaar zullen als negen dagen zijn! Mijn vurige liefde voor Elaine zal mij verwarmen. Dat en mijn hoop op gruwelijke wraak!'

'Drink dit,' zei de heks en ze zette een fles aan zijn lippen.

'Uch. wat vreselijk bitter! Nu ja, dat zijn medicijnen altijd.'

Ze bleef toekijken terwijl hij voor de tweede keer braakte en een hand ophief. Zijn adem stokte en de hand viel terug.

Ze nam een aanloop, klom de hemel in met twee, drie krachtige vleugelslagen.

Hij had mij geen 'smerige feeks' moeten noemen, dacht ze en huiverde, Stel je voor, negen jaar in zijn gezelschap...

Tais Teng
Artist in Residence

http://taisteng.deviantart.com

Brieven aan Randolph Carter

∞

Mark J. Ruyffelaert

Eerste brief

Ik heb je raad gevolgd, dode vriend, en ben bewust en creatief gaan dromen. Telkens als ik inslaap aan de onveilige dagzijde, muteert mijn kolossaal hemelbed tot een zwarte drakar die mij langs vertikale grotten neerwaarts zuigt naar eindeloze droomgebieden. Zo heb ik mijn eigen inwendige nachtstad bijeen gedroomd, en zo ontstond het wetteloze Bubastis, mijn hemel èn mijn hel.

O, laat mij vertellen van het liederlijke, zinnenstrelende Bubastis, van het zondig oord dat ik betreed door je twee baardige monniken in hun onderaardse vlammentempel te overtuigen. Zo verschalk ik beide bewakers van de dalende trap met duizend treden.

Het is vroeg in de morgen. De metropool ontwaakt bij het geluid van Cthulhu-aanroepingen. Bubastis, waar een hoge vulkaan naar de melkweg wijst, en bij het kratermeer een massief klooster parasiteert op gans de stad. De lucht hangt vol wierook, grafbloemengeur en kamelenmest. Stuur een blinde naar hier, en zodra hij in de buurt komt zal hij door de veelheid van balsemgeuren, de typische stank en de peperrijke lucht weten dat hij in Bubastis aangekomen is. Overal wapperen enorme vlaggen aan lange zijden linten, en bij de minste bries weerklinken waardevolle klokken in kristallen harmonie.

Schoonheid moet bizar zijn.

Hier teert een ongezond bedevaartoord op ziekelijke gebeden van vreemdsoortige allochtonen. Zij bevolken honderden tempels, maar zijn ook gewaardeerde klanten in de meest gewaagde plaatselijke bordelen.

Besef, Randolph, dat de stad ouder is dan de mensheid, gesticht door wezens die van elders komen, en hier hun doodsdromen geprojecteerd hebben. Hier is de sluier tussen bovenwereld en dodenwereld het dunst...

Lopen door Bubastis is hallucinant. Langs paleizen, kerken en bordelen doorkruis ik de eindeloze, mistige stad vol beroete monumenten, gedurfde minaretten en liederlijke standbeelden. Mijn tocht begint steeds langs lugubere plaatsen die ik mij herinner uit vorige dromen, dwars door theatrale ruimten, de gevangenissen van Piranesi waardig. Victoriaanse steegjes dalen af naar de mistige baai en het inktzwarte water van de dokken. In de onbetrouwbare havenbuurt hokken dode helers samen met jonge dieven. Graag volg ik hier de grote kroegentocht. Bewuste dromers willen genieten van hun totale straffeloosheid, en de toog is een interessante hogeschool. Ja, Randolph, ik wens het gezelschap van allochtonen. Die hebben veel gereisd, en zijn nuttige tolken in omliggende mysterieuze streken. (Waar zij durven gaan, ga ik ook.) Multiculturele bandieten zijn nuttiger dan heiligen, en stellig niet zo gevaarlijk als je ontmoetingen in New York.

Dit hier lijkt mij een geschikt rovershol, en binnen vind ik een bende gekleurde zuiplappen. Wat jij eerst voor kopergroen zou houden, is hun ware huid. De meest gruwelijke dragen porseleinen maskers. In zulke kroegen, waar zelfs de meest gezochte illegalen zich veilig voelen, recruteer ik perfecte monsters als bodyguards. Ook ik voel mij graag veilig.

Bewust mijd ik plaatsen die ik reeds lang ken, zoals de wijk der veel te grote kerken, boven en in elkaar gebouwd. Oude kerken, waar nog steeds stil mis gelezen wordt door priesters die Latijn prevelen, met de rug naar hun gelovigen. Ook mijd ik dié rosse buurt vol jongens met meisjesallures, en zelfs het Colosseum waar leeuwen voor de Christenen gegooid worden. Liever plunder ik de rijke wondergraven van dode verzamelaars die versteend liggen in hun sarcofaag, omringd door al hun schatten. Ik ben archeoloog, Randolph, al noemen sommigen mij een lijkenrover...

Dwars door Bubastis loopt een ondiepe, slijkerige stroom naar de zwarte lagune. De inwoners schijnen het wormstekelige water van hun trage rivier bijzonder te vrezen, en nog meer de onduidelijke vormen die samen met het slib meegevoerd worden. Dat verklaart misschien het waanzinnig aantal bruggen. Het idee die stroom te bevaren zou bij niemand opkomen. Is het moeras een maag, dan is de Dymfna een darm.

Nu sta ik op het glibberige punt waar de Dymfna rottend water braakt in de oliezwarte zee. Hier komen slechts zwarte schepen voorbij, met in het ruim de zielen van doden. Men fluistert dat de zeilen der boten reusachtige vleugels van vleermuizen zijn, en dat hun ruim bestaat uit vochtig leer om hun vracht te verteren.

De rol van de zwarte schepen blijft geheimzinnig. Over hun afvaart wordt slechts fluisterend gesproken. Jij, Randolph, hebt ze beschreven, Druillet heeft ze afgebeeld, en biddend worden zij bezongen in afgelegen tempels tussen Tibet en Bali.

Een goed afgebakend deel van de oude haven is hun gebied. Grote aantallen vermoeide doden begeven zich aan boord van die wachtende, duistere vloot. Een onheilspellende aanwezigheid, zonder metastasen naar andere wijken.

In Bubastis een eigen huis bezitten is voor de creatieve dromer een dwingende voorwaarde om aanvaard te worden. Zelf ben ik verre van onbemiddeld, want mijn plantages bevinden zich aan de zonzijde van de droomwereld, en al mijn slaven hebben dezelfde hobby: katoen plukken.

Drie opeenvolgende dromen hebben volstaan om een ruim nachtverblijf te bouwen. Met vrucht bezocht ik rijke musea als de bewakers sliepen. Gewoon opladen en wegwezen. Ik had maar te kiezen. Ik heb mijn huis dan ook volgestouwd met antieke meubelen en waardevolle incunabelen, naar eclectische Victoriaanse geest. Van bibliotheek en keuken hou ik het meest. Hoeveel ruimten ik precies overlaad is zonder belang. (Een huis waarvan ik exact het aantal kamers ken is mij het bewonen niet waard.)

En verder: personeel zat! Mijn eenzaamheid heb ik wel bijzonder fraai bemeubeld. En goedkoop...

De grote, centrale nachtbibliotheek fascineert mij. Daar staan alle boeken, ook de werken die nog moeten geschreven worden. Is het ongewoon dat eerder luie schrijvers in hun droom deze rekken afzoeken tot zij hun eigen naam vinden? Ik herken opvallend veel fantasten. Hier raadplegen zij vrij je 'Necronomicon', Randolph. Of het half-mythische boek 'Tegrath', gebonden in vrouwenleer, en geschreven op vrouwenperkament. Een praktische gids voor omgang met doden. Erg nuttig in dit menggebied, omdat het soms moeilijk is doden te onderscheiden van droomfiguren of mededromers.

- Ik lees: "Zo gij, binnentredend in uw woonkamer, een pas begraven familielid vindt zitten in uw beste zetel, blijf dan hoffelijk. Wees barmhartig. Schik bloemen, ontsteek de open haard, brand reukwerk en breng gepaste muziek ten gehore. Hij zal u dankbaar toelachen, en verdwijnen."

- Maar: "Wanneer gij, binnentredend in uw plaats een onbekende dode vindt zitten in uw beste zetel, handel dan kordaat. Toon u verbolgen door zo'n gebrek aan savoir-mourir. De ander, wellicht een beetje nonchalant van natuur, zal oplossen."

- Of: "Zo een kind u stoort, dood het niet. Wandel er mee naar stromend water, waar een brug is. Blijf staan midden op de brug. Een vreemdeling, gekleed in het zwart, zal de hoede komen overnemen. Het kind zal u nooit meer storen."

- Er staat ook: "Als gij slapen gaat en merkt dat er een lijk in uw bed ligt, plechtig en als opgebaard, haal dan een spiegel en verplicht de dode er in te kijken. Vervang de lakens."

- En zelfs: "Zo uw vrouw u langzaam vergiftigt, lok ze dan mee naar een plaats waar het water diep is en snel stroomt. Dat volstaat. Werp geen witte bloemen in het water, haar achterna. Die zouden meteen bloedrood kleuren."

En er staat nog zoveel meer...

Kom deze nacht nog, Randolph, de cyclopische muren bewonderen van een gigantische Potala, gebouwd bij het kratermeer binnen een hoge, deels ingestorte vulkaan. Langs steile binnenwanden hangen meerdere kloosters: een voor elke hoofdzonde. Een verkillend oord, afstotelijk èn verslavend. Langs verschillende neergelaten kantelpoorten en vele hangbruggen bereikt de uitgeputte pelgrim het kolossale benedenklooster der Gezalfde Grootheren van Droom en Dood. Niemand kwam er ooit weer buiten.

Onder het spaarzame licht van een zwarte zon worden in occulte kapellen Andere Goden aangeroepen. (In deze heilloze tempels werd ooit de eeuwigheid bedacht door Grote Ouden zonder ziel.)

Ver uittorenend boven deze reusachtige etterbuil tekent zich hoog tegen de immer vale nachthemel het silhouet af van het gigantische bovenklooster, waar nooit licht brandt omdat de Opperste Goden die er thuis horen voortdurend afwezig zijn. Daar staat, in een rijke bibliotheek, je verzameld werk, Randolph. Want de Goden lezen je niet te overtreffen verhalen!

O kom nog deze nacht, mijn vriend: ik nodig je uit! Laten we afspreken in de grote nachtbibliotheek, om dan samen lekkere glazen wijnbloed te gaan drinken in bruine taveernen waar schaarsgeklede jongeren de klanten entertainen. Stoor je vooral niet aan de doden. Die praten wat langzamer, dat is alles. Ik zal je door Bubastis gidsen. Zo'n belevenis vergeet je nooit.

Tot schrijvens, beste.
M.J.R.

(Deze brief laat ik bezorgen door een Shantak. Zo komt die zeker op z'n bestemming.)

Tweede brief

Beste Randolph, vriend boven vriend,

Je hulp, raad en bijstand heb ik nodig, o mijn bijna-broeder, want ik word opgejaagd door Grote en Andere Goden.

Het lichaam dat ik nu bewoon wordt oud en is aan vervanging toe. Zo ben ik verplicht mijn eigen dood te organiseren, want de dagwereld is mij veel te

gevaarlijk geworden. Dat wordt reïncarneren of mij blijvend vestigen in Bubastis.

Er zijn twee tegenstrijdige mogelijkheden, plan A of plan B.

'A' lijkt aantrekkelijk, maar is vol gevaren. Ik nam contact op met het CBR, (Centraal Bureau voor Reïncarnatie), en daar kon geen enkele priester mij garanderen dat ik na overglijden mijn IQ en privé-herinneringen kan bewaren. Opnieuw het pamper-stadium moeten overdoen is buiten kwestie.

Herboren worden als puber is uitzonderlijk wel mogelijk, maar dat kost geld. (Daarom zijn kloosters zo rijk.) Wel moet mijn geest die van de 'andere' verdringen. Kwestie van assimilatie. De bovenwereld beseft niet aan welke gevaren een slaper blootstaat... Zo maar een ander lichaam mogen uitkiezen is natuurlijk hoogst opwindend. (Nu eens een vrijgevochten vrouwtje worden? Een prikkelpop?)

Maar het kan mis gaan. Een erg beroerde reïncarnatie is die van ene Hitler tot vrome Jood. Het toeval heeft zin voor humor.

Reïncarnatie als vluchtweg wordt de laatste tijd fel aangemoedigd. Zoveel zielen zijn er nu ook niet en er gaan veel te veel mensen geboren worden die nog langer gaan leven ook. Men voorziet mensen zonder ziel, levende doden die zich gaan voeden met lijken van hun slachtoffers. Zombies, nu in Amerika reeds een rage.

Blinde reïncarnatie staat voor de eeuwige wederkeer. Dan zou ik dit eigen moment reeds miljoenen malen beleefd hebben, en bestaat mijn toekomst uit oneindig veel jaren van hetzelfde. De mens is dan vastgebonden op het rad van het Noodlot, en de goden zijn dan ordinaire sadisten! 'Der Ring der Ringe, der Ring der Wiederkunft', zoals Nietzsche mij onlangs verzekerde. Dan is de tijd een lege zandloper.

Hoe zie jij dat, Randolph? Bubastis dan maar?

Plan 'B' betekent, na mijn dood, mij definitief vestigen in het mij nu reeds zo vertrouwde Bubastis, stad van doden, dromers en droomfiguren. Daar loeren eveneens gevaren. Er is de nachtpolitie, die onvoorzichtige doden meteen naar de Zwarte Schepen brengt. Het schijnt dat hun ruimen reusachtige magen zijn, die hun inhoud langzaam verteren. Maupassant noemt ze 'la chose qui tue les morts' - het ding dat doden doodt.

De dood kan mooier zijn dan het leven, Randolph. De dood die een dromer de ogen opent. Eigenlijk verkies ik de wrede schoonheid van Bubastis boven de trein der traagheid, richting mijn verleden. Slechts als ik mij een mooi domein koop aan de zonnekant van die heerlijk perverse stad, kan ik eindelijk genieten van de kunstschatten die ik bij leven in dezelfde droomwereld gestolen heb. Ja, Randolph, ik ben archeoloog, al noemt men mij een grafrover...

Ik bezocht het klooster aan de rand van het kratermeer, en besprak met de doodshoofdpater de termen van mijn eventuele overgangsriten. Mijn begrafenis zou ik hier beneden vieren, want dan kan ik die bijwonen. Ik wens een dodenmis volgens de strenge tridentijnse ritus. (Ik was nooit godsdienstig, maar wel zeer religieus.) Wierook, stervende bloemen, orgelgebrul, liturgische kleuren en dodelijke, gregoriaanse muziek zijn mij als zoveel handen, uitgestoken naar een God die ik nooit begrepen heb. Nu reeds bezit ik in dat gebied van droom en dood weelderige katoenplantages waar, zoals ik reeds meldde, al mijn zwarte slaven dezelfde hobby hebben: katoen plukken. Ik zie mij reeds, moe maar tevreden na een lange werkdag, aan mijn tafeltje genieten van een frisse rhum, nachtelijk, vlak bij de slavenbarakken. Die olieachtige lichamen dansen dan naakt bij grote vuren. Negers zijn esthetisch de mooiste wezens die bestaan, Randolph, alhoewel ik je persoonlijk standpunt ter zake ken en eerbiedig.)

Dan zou ik vooral hoogranke Tutsi kopen, die rijzige meesters van ritme en dans. Hun zangen zijn polyfonisch, en hun jonge lichamen zijn die van puberale goden in de dansende gloed van hun laaiende lansen. Een lust voor oog en oor. Natuurlijk ligt dan op dat tafeltje, binnen handbereik, een geladen geweer. Men weet maar nooit...

Esthetiek is mijn enige moraal. Principes staan geluk toch maar in de weg.

De tijd dringt, Randolph, want terwijl ik dit met de ganzenveer schrijf, leest iemand mee over mijn schouder. Daar staat mijn persoonlijke Engel van de Dood voorover geleund, naakt tussen zwarte vleugels. Hij zit vol puberaal vuur, maar zijn ogen zijn die van een uitgeputte, oude man. Mijn zandloper is bijna leeg, want de kleine voetjes achter mijn wanden lopen reeds ongeduldig heen en weer. Rondom mij hoor ik dingen fluisteren die ik niet begrijp. Zo nadert de Zwarte Grot op fluweel.

Mijn verstand zegt 'A'. Mijn gevoel wenst 'B'. Oordeel, Randolph, en schrijf mij snel. Er is haast bij, want als ik langer talm, mis ik mijn trein, en je kent de straf: eeuwig werken in de steengroeven van de Tijd!

M.J.R.

Derde brief

Goede vriend,

Meteen met de deur in huis: ik heb een zeer merkwaardig boek gestolen uit de klooster-bibliotheek, afdeling vervloekte manuscripten: het mysterieus geïllustreerde handschrift 'VOYNICH'. Een occult document bewoond door hogere krachten. Ik vermoed een parallel met het 'Boek Tegrath' waarmee ik vroeger experimenteerde. (Verder overbodig, daar doden oproepen hier in Bubastis overbodig is. Die omringen mij gewoon.)

Volgens mij bevat dat perkament een cipher, een boodschap die tevens een reisgids is, net zoals de 'Unaussprechlichen Kulten' waarvan het laatste nog bestaande exemplaar in je eigen bibliotheek staat, Randolph.

Een rottende pater is mij verschenen, met kalend, brandwit geschilderd hoofd. Hij stelt zich voor als pater bibliothecaris, en komt erg ontevreden zijn bezit terugeisen. Het lèf van die man! De aanstellerij!!

Het boek zindert en komt op mijn schoot zitten. Als een occult boek zich een meester kiest, is dat voor eeuwig en altijd. Die rotpater durft aan te dringen, en stelt dat het waardevolle document ontdekt werd door ene Pater Voynich, een notoire doch geniale gek die als enige mens teruggekeerd is uit het boek. Hij maakte die gevaarlijke reis heen en terug. Vandaar zijn volslagen krankzinnigheid.

Hij leeft verder binnen het klooster in de uitgedoofde vulkaan, vastgekluisterd in zijn cel. Pater Voynich is te gevaarlijk, zelfs voor zijn lotgenoten. Van hem rest een brallende zombie, meer niet.

De bibliothecaris blijft doordazen. Ik voel in mij de lava stijgen en mijn razernij kleurt donkerrood. Dat vervelende mannetje krijgt van mij 'volledige bescherming' (nazi-term voor ogenblikkelijke euthanasie).

Met Bijbelse wreedheid laat mijn parabellum zijn witte kop ontploffen. Dat wordt herbehangen.

Pas nu kan ik ongestoord genieten van mijn jongste aanwinst, opgesteld in de tekentaal der alchimisten. Een elegant mysterie vol naakte vrouwen, elk met een groene ster in de hand. Uitklapbladen, zes pagina's groot, vormen een soort plattegrond met negen eilanden als cirkelvormige diagrammen, verbonden door verhoogde wegen en met een klooster binnenin een uitgedoofde vulkaan. Die eilanden zijn wijken van een grote stad.

De stijl van de eerder schaarse kledij dateert uit de periode tussen 1450 en 1520. Zonnebloemen verwijzen in die ontdekkingsperiode naar Zuid-Amerika, wat mijn datering bevestigt.

Met veel bravoure uitgebeelde purperen planten die naar beneden uitlopen naar eerder onfris groen vormen schijnbaar een astrologisch geladen herbarium. Het is veel meer. Het 'Boek Voynich' toont een hemels land waar goden leven. Melk en honing stromen hen door de aderen en een koor van nachtegalen parfumeert de lucht.

Mij fascineert een onregelmatig diepgroen object met vele armen (tentakels?) verwijzend naar een onbekend melkwegstelsel.

Sommige taferelen zijn cellen, gezien door een ouderwetse microscoop, die verbanden leggen met algoritmen of instructies naar een verborgen doel.

Dit is het meest raadselachtige handschrift ooit. De tekst duiden is overbodig, daar slechts de afbeeldingen tellen. De ongewone letters zijn slechts een afleidingmanoeuvre. Die tekst betekent gewoon niets.

Het boek werkt in als de Lorelei, Randolph, want na lang staren naar een van de eilanden (dat met de blote vrouwen) komen flitsen vrij. Het landschap treedt uit zijn eigen mist, en er ontstaat beweging. Planten verplaatsen zich naar het water toe. Op dat eiland staan steencirkels in volle natuur, groene steen, bedekt met slijmerig mos. Er lopen mensachtigen rond die mij schijnen op te wachten.

Het 'Boek Voynich' is de bijbel van een reusachtige, toekomstige God, stil als een berg, stromend als een rivier, met grote ogen en armen als lianen (tentakels?) die een uitdaging vormen voor mijn evangelische betweterij. Die God heeft bewogen onder mijn ogen. Wanneer komt Hij? Moeilijk te voorspellen, want godsdiensten tellen met eeuwen.

Ik wens af te reizen, Randolph, maar alleen Pater Voynich zelf kan mij daarbij helpen. Hem opzoeken in zijn cel kan niet, en geesten van levenden verschijnen minder gemakkelijk dan die van doden.

Vanavond haal ik mijn 'Boek Tegrath' (rechten- en plichtenleer tussen levenden en doden) onder het stof vandaan.

Er staat: 'Als de raad van een levende u noodzakelijk is, beveel dan zijn geest te verschijnen. Ga naakt voor de spiegel staan, zodat uw spiegelbeeld volledig weerkaatst wordt. Raak met uitgestoken wijsvingers die aan van uw alter ego. Open uw geest voor alles wat u weet over de andere. Spreek zes maal mijn naam uit: - "Tegrath" - ik, de boekenduivel die als laatste op aarde bleef. Zo wordt uw spiegelbeeld de afzender, gij de ontvanger. Want razend van witgloeiende woede zal hij voor u staan. Trek de vingers terug. Stel vragen, hij moet antwoorden.'

Het monster Voynisch staat recht voor mij. Gelukkig is hij niet naakt.

'De sleutel tot je boek,' eis ik.

'ph'nglui mglw'nafh Cthulhu R'lyeh wgah'nagl fhtagn,' brult hij mij toe.

Ik vraag hem te herhalen om exact te kunnen noteren.

Nu weet ik genoeg, en steek met twee vingers zijn ogen uit. Zwart bloed vloeit, terwijl hij uitzinnig weer naar zijn cel verdwijnt.

Een aangename gifpijl doorboort mijn hart, en mij overvalt het gevoel een Ulysses te zijn die op een mooie reis vertrekt. Ik zal terugkomen als vermorzelde pad of als jonge god, want Iemand wacht op mij in zijn bronzen gevangenis vol mist en sterren.

Ik ga je verlaten, goede vriend Randolph, want ik hoor incantaties en treed het boek binnen.

Bid voor mij.

M.J.R.

Vierde brief

Dag Randolph, wiens eigen droomwereld de mijne overheerst. Tentakels uit de ruimte houden mijn hersenen blijvend omzwachteld. De beeldjes in maansteen die jij me geschonken hebt, zijn uitgegroeid tot mijn intieme Lares-goden, die vanaf hun altaartje bij de ingang al mijn bezittingen beschermen.

Ik ben verliefd, Randolph!

Een schattig, poedelnaakt smeerlapje schoot mij een van zijn pijlen recht het hart binnen.

O Randolph ... Francesca is de zon, ik de schaduw. Zij is de oase, ik de woestijn. Zij is Venus, ik ben overjarig en onaantrekkelijk. In mijn Bubastisch-Venetiaans Palazzo heb ik de goddelijke Francesca luxueus genesteld. Zij schijnt gelukkig.

Ik niet, want 'hij', mijn spiegelbeeld, is weer gaan rebelleren. Van een spiegelbeeld wordt gehoorzaamheid verwacht, maar net zoals tijdens mijn romantische jeugd tart hij mij opnieuw bij de griezelig glazen grens.

Dat het carnaval in Bubastis ronduit wreedaardig en gevaarlijk is, heb jij, Randolph, ooit aan den lijve ondervonden. Maar haar iets verbieden kan niet in mijn situatie. En als zij, zoals een nieuwe rage het hier opdringt, absoluut naar een naaktbal wil, kan ik slechts toegeven. (Als ik zelf maar bedekt kan blijven.) Ik ga dus voor de klassieke zwarte cape tot aan de grond, het stijve, spierwitte dodenmasker met uitdagende mond en op de kruin een sepulchrale driesteek.

Zoals steeds bij dit vervloekte zottenfestival hebben Grote en Andere Goden de stad tijdelijk verlaten, zodat ik op Hun steun nu niet kan rekenen.

Ik voelde mij veilig. Tot gisteren...

De reusachtige spiegelzaal is verlicht a giorno. Het meestal jonge publiek is de decadentie voorbij. Velen, vooral de vrouwtjes, zijn naakt, op hun alles tartend, feeëriek masker na. Mijn grote liefde draagt een vernuftig kleedje dat haar, met een druk op een knop, zelf toelaat de doorzichtigheid van haar enige omhulsel te doseren. Ik zie in de zaal niets lelijks, maar ben hier niet om te bewonderen. Wèl om mijn liefdesnestje Francesca te entertainen met een zwier die zij van een oude man stellig niet verwacht. Op aanvraag van het gezelschap zet het orkest de fantastische wals van Berlioz in. De zaalbrede spiegel, zijwand van gans het verderfelijk oord, weerkaatst een wereld van pornografie. Ik dans mijn nu poedelnaakte liefde recht op de overgrote spiegel af, gewoon om mijn spiegelbeeld te tergen. Maar de spiegel liegt, want mijn spiegelbeeld staat onbeweeglijk voor ons, en kijkt mij spottend aan. Natuurlijk is hij identiek uitgedost. Er is geen verschil. De wals is beeldverslindend. Geen zedige hoepelrokken, maar een wervelwind van naakte esthetiek, walgelijk mooi. Ik zie Francesca in de spiegel. Maar zij walst... met mijn spiegelbeeld!!? De schurk heeft haar de spiegel binnengetrokken, en zij, simpele duif, heeft zich van persoon vergist. Zij denkt voorwaar dat zij met MIJ danst! Zonder gène ontbloot zij haar smalle heupen en kleine, ronde derrière. Mijn alter ego werpt mij vuile blikken toe, maar beweegt met elegantie,- ik wist niet dat ik zo goed kan dansen. De spiegel is vol. Wanhopig loop ik naast de spiegelwand, in de krankzinnige hoop die te kunnen binnendringen. Ik wuif verwoed in haar richting. Ik schreeuw met een stem die bomen velt en sla met volle vuist tegen glinsterende grens die niet bestaat. Zij merkt mij niet op, en valt 'hem' onzedig in de armen.

Ik neem dit niet langer, en grijp een enorm zware fles champagne. Met de bovenmenselijke kracht van wanhoop en onmetelijk verdriet keil ik de magnum tegen die verdoemde feestvierende wand.

De spiegel ontploft in duizenden stukken. En de zaal is... leeg.

Ik heb mij nog nooit zo rot gevoeld, Randolph.

M.J.R.
Ganda, 28-3-'13.

Vijfde brief

Mijn meest schimmige Vriend onder mijn vrienden,

Help mij, Randolph, want het groene, tentaculaire noodlot achtervolgt mij halsstarrig, en drijft mij richting Dood.

Het begon nochtans veelbelovend, toen mijn vrouw besloot in onze grote diepvriezer te gaan wonen. Wroeging ken ik niet, maar toch gaf ik haar een coole GSM mee. Gevolg: zij belt mij nooit. Koppig mens!

Tot daar het goede nieuws, want er opent zich een akelig oog, en ik voel mij niet zo vrij als ik gepland had. Ja, Randolph – elke slaap is mij voortaan ontzegd. Een akelige, spierwitte oogbal met een gemene, lichtgevende pupil kijkt mij star de ogen binnen.

Angstig ineengedoken in mijn bed, in foetushouding, onderga ik de blik van een hogere intelligentie zonder enig medeleven. O, Carter – een groene god observeert mij onder zijn reuzenmicroscoop.

Duidelijk zit ik te dicht bij die verdoemde diepvriezer, stel ik. Vluchten moet ik dus, ver de duistere nacht in. En stellig zonder omkijken. Misschien de kille rust opzoekend van een begripvol kerkhof.

Aarzelend steek ik de gestrekte hand uit naar de ijzeren ring die de zware, gietijzeren kerkhofpoort afsluit. Maar tevergeefs, want net achter de ring ontvang ik de diepvriesblik van een groot, fluorescerend oog.

Als een mens zich alle wegen verspert ziet, dan begint hij te bidden, Randolph. "Verberg mij" brul ik de goden toe. "Verberg mij op een plek, allerakelig als het moet, waar dat glazen kunstoog van een hebberige groene reus mij niet kan vinden. Wees voorzichtig, o mijn goden, want net achter dat Octopusoog vermoed ik lange vangarmen die thuishoren in diepe duisternis. Hoed u, dagdagelijkse goden, voor de berg die Chtulhu heet!

Ja, Randolph Carter, in je persoonlijk exemplaar van ons aller 'Necronomicon' dat je mij zo gul uitleende, heb ik veel (te veel) gevonden om het grote groene niets te kunnen lokaliseren. Van mijn vertrouwde, eigen goden hoor ik slechts hoongelach en bittere spot. Ik vlucht een kathedraal binnen. Bij het hoofdaltaar brandt een rode lamp. Ik nader, recht op eender welke god af. Maar als ik het gouden tabernakel open, glanst middenin de enorme ciborie het onverbiddelijk oog als een afstotelijke stralende bol. Moge dit bouwwerk meteen instorten...

Ik bouw een burcht, een citadel. Allen die voorbijkomen, laat ik de ogen uitsteken. De bouwstenen van mijn ultieme grens zijn granieten blokken, onderling vastgeklonken door gegoten ijzeren klauwen. Eindelijk zal ik rust vinden, en boven de poort laat ik de zin uitbeitelen: "Verboden toegang voor god".

Ik ga schuilen in mijn gravenburcht, en wel in de diepste abyssen waar niets of niemand mij kan zien, en ikzelf niets meer zie. De poorten van mijn graftombe laat ik dichtmetselen.
    Maar liggend in mijn ruwhouten kist bemerk ik het oog IN mijn graf, en dat staart mij sarrend aan...

Zesde brief

Hoera, O Carter, die in mijn hart woont! Driewerf hoera, want deze nacht heb ik bij het pokeren een huis gewonnen. Uniek, want ik speel zeer slecht. Welk soort huis het is, weet ik niet, maar bouwgrond plus bakstenen betekenen toch snel verdiend geld.
    Mijn verslagen tegenstander leek niet treurig om zijn verlies – zelfs een beetje opgelucht. Ik verdenk hem er zelfs van mij met met opzet te hebben laten winnen.

En nu, Carter, rond middernacht, gaat deze nieuwe eigenaar zijn aanwinst keuren.

Het gebouw is hoogst oninteressant, zowel qua gevel als van binneninrichting. Antiek schenkt niet noodzakelijk meerwaarde.
    - Er meteen vier appartementen van maken, denkt mijn financieel bewuste geest. Voor het ogenblik intrigeert mij de torenhoge zolder, net onder de dakpannen. Ik klim, alleen, de gevaarlijke trap op

en vind, gans bovenaan, een massieve toegangsdeur die op paniekerige wijze gebarricadeerd lijkt door het genie dat slechts schijtbroeken kennen.

Is er leven achter die overdreven barricade? Loert daar de Hond van de Baskervilles? Hangen daar vampier-vleermuizen? Een aapmens? Een mensaap? Niet het minste idee.

Ik ontplooi het groezelig papiertje dat de vroegere eigenaar mij toegestopt heeft. Hij schrijft: "Achter die gepantserde deur leeft (?) mijn broer. Hij is een dier." Dierlijk denken is niet te onderschatten, maar mijn eigen bovennatuurlijke kennis van de zeven zwarte kunsten nog veel minder.
    (Carter, ik ben terecht gekomen in een van je griezeligste verhalen...)

De groene goden dankend, laat ik de heerlijke Necronomicon openvallen op een willekeurige bladzijde, net zoals jij het mij leerde. Ik prevel de gepaste formule, en vijf Neanderthalers verschijnen uit het ijs der tijden, bedoeld als bewaking voor die ontaarde broer. Ambiance verzekerd. Want 's nachts jagen zij schaars geklede jonge deernen achterna die uit een verdachte dancing opduiken en in de bosjes wellust zoeken. De schedels en dijbeenderen van die lekkere slachtoffers worden de zieke broer toegeworpen zodat die, langs de muren van zijn gevangenis tot tegen het plafond, een orgie van de puurste menselijke vormen kan aanbrengen.

Het resultaat oogt zeer fraai, en ik moet toegeven dat kunstzin hem niet vreemd is. Dieren hebben nu eenmaal gevoel voor moderne kunst.

Het gaat grondig mis, Carter. Het monster krijgt lederachtige vleugels aangegroeid, en eet nog slechts meelwormen. Ik heb er mijn huisdokter op aangesproken, maar de wetenschap is niet geïnteresseerd.

Nee, Carter, ons genre is het hunne niet. Artis toont belangstelling, maar ik moet dan wel betalen voor kost en inwoning.

Geloof mij, Randolph, voor geen goud wens ik die tegennatuurlijke plaats nog langer te bezitten. Vanavond ga ik pokeren voor grof geld. En ik zet meteen dat huis in!

Dapertuto is mijn tegenstander. Als pokergrootmeester ging hij er ooit prat op mij (bij de allereerste les die hij mij gaf) overwonnen te hebben. Omhooggevallen stuk onbenul, slechts terend op het fortuin van zijn vrouw! Ik haat die mooiprater diep. Tenslotte is mijn oude familieleuze: "Nemo me impune lacessit"! (Niemand beledigt mij ongestraft.)

Ik hoef niet eens vals te spelen, Randolph, want mijn goede vriend Dapertuto zal toch winnen. En zo wordt hij de nieuwe eigenaar van het vervloekte pand. Met gitzwarte gevoelens schenk ik hem de toegangssleutel.

Deze nacht nog gaat hij triomfantelijk poolshoogte nemen. Grote Goden, wat verkneukel ik mij... Want ik heb gans bovenaan de volledige barricade weggenomen. De Neanderthalers hebben hun vrije dag, en de brandkastdeur is niet eens op slot.

Laat het kwade het kwade uitroeien.

M.J.R. fecit.

Bloedrode bloemen op een sneeuwwit slagveld

∞

Killian McNeil

Op een dag verscheen uit het niets een fel, wit licht aan de hemel. Het vloog over ons dal en kruiste de baan van de allerhoogste.

Wij, dun gezaaid en ziekelijk, bleven kijken tot het achter de heuvels verdween. Donder volgde, de grond trilde. We knikkebolden met onze te zware hoofden op te dunne stelen en begrepen niet wat ons werd gezonden. Enkele omwentelingen later kwamen de eerste anderlingen en wisten we dat zij het geschenk uit de hemel waren. Nu zijn we weer talrijk en bloeit ons dal als nooit tevoren.

Twee van hen kijken vanaf de heuvelrug naar ons, die wuiven in de wind. We wachten op hun nadering. Dankbaar voor hun komst buigen we nederig onze bloemhoofden en geven ons zaad mee aan de wind.

Samen met haar zoon Jarro van bijna tien staat Tica op een lage heuvel. Haar armen heeft ze beschermend om de blonde jongen heen geslagen. Elk jaar staat ze hier en denkt ze aan haar man, die zich tien jaar geleden in de laatste veldslag heeft doodgevochten.

Tica zuigt de ijle lucht naar binnen en kijkt uit over het dal van de Bloedrivier. Een besneeuwde laagvlakte bezaaid met bloedrode bloemen, zo ver het oog reikt.

Haar voorouders waren overlevenden van de stervende Aarde. Na een lange reis, met een gammel schip hadden ze een noodlanding moeten maken op deze bizarre, winterse planeet. Het leek een bevroren oase van rust, ongerept en onbezoedeld.

Zij konden ook niet weten, of zelfs maar vermoeden, wat de onomkeerbare en onontkoombare gevolgen zouden zijn van hun komst.

Er loopt Tica een koude rilling over de rug. Ze laat Jarro los, trekt haar omslagdoek strakker om zich heen en luistert naar het zachte, rinkelende ruisen van de halfbevroren bloemen. Ze weet dat iedereen hier is gegijzeld en ten dode opgeschreven, generatie op generatie. Een traan bevochtigt haar wang terwijl ze kijkt naar de bloemenzee op de besneeuwde dodenakker.

De bloemhoofden wiegen in de wind. Ze lijken te kijken naar de einder waar een laagstaande zon wordt versluierd door de roze wolken van de ondergang. Een enkele droge sneeuwvlok dwarrelt neer en hecht zich aan de teer uitziende bloembladeren. De bloedrode bloemen verspreiden een aanlokkelijke, weeë geur en bedwelmen Tica. Ze geeft zich er ongewild aan over en denkt terug aan de zomer waarin ze haar geliefde voor altijd verloor.

De zomer van de laatste veldslag was warm geweest, net als deze zomer. Er was weinig sneeuw en de wegen waren modderig en slecht begaanbaar. Agressieve kruipers waren voor het eerst sinds jaren uit hun warme holen gekropen en zochten naar prooi. De mannen hadden zich er niet door laten tegenhouden. Hun drang om te doden was te groot geweest. Ze hadden geen controle meer over hun handelen en werden gestuurd. Er was geen verweer, geen weg terug.

Tica ziet de silhouetten van de leiders van toen weer voor zich. Zittend op hun fiere paarden keken ze toe hoe de jongens en mannen van die generatie willoos hun dood tegemoet reden.

Jarro trekt aan haar schort en vraagt om aandacht. 'Waarom huil je nog ieder jaar mamma? Het is allemaal al zo lang geleden.'

'Ik huil om het verlies dat nog moet komen,' zegt Tica. 'De onredelijkheid ervan.' Konden we de bloemen maar uitroeien, denkt ze even, maar een hevige hoofdpijn zet haar op andere gedachten.

Jarro knikt, alsof hij haar woorden begrijpt.

De slag was volgens de overlevenden hevig geweest. Het levensvocht van de vele doden had de rivier rood gekleurd. Vanuit het veilige kamp in het achterland had Tica de kanonnen horen bulderden en de blauwwitte rook gezien, die vanaf het bloed-doordrenkte sneeuwveld met een lichte bries werd meegevoerd. In haar slaap hoort ze de mannen nog altijd schreeuwen terwijl er bajonetten in hun lichaam worden rondgedraaid.

Haar vingers verkrampen en knijpen onbewust in de schouders van de jongen.

'Mamma, au! U doet me pijn!' roept Jarro. Hij maakt zich los uit haar armen, draait zich om en kijkt in haar betraande gezicht. De jongen omklemt haar handen. 'Niet huilen, mamma,' zegt hij terwijl hij haar probeert te troosten.

'Je bent een lieve jongen,' zegt ze en streelt zijn haren. Automatisch bukt ze zich voor een Fladder die log overzeilt en insecten uit de ijle lucht zeeft. Het dier verduistert de lichtroze hemel terwijl zijn schaduw over het weelderige, rode bloementapijt strijkt.

Tica houdt Jarro stevig tegen zich aangedrukt en denkt aan de jongens en mannen van toen die onvrijwillig ten strijde trokken.

Ook haar man was tien winters geleden bereid geweest te sterven. Tegen beter weten in had ze zich toen vastgeklampt aan de zinloze gedachte dat hij misschien wel als één van de weinigen terug mocht komen. Angstig had ze gewacht.

'Het zijn toch je lievelingsbloemen?' hoort ze Jarro vragen. 'Zullen we er wat van plukken en mee-nemen voor in een vaas?'

Tica wil heftig nee schudden, maar knikt alleen maar. Ze denkt hem te kunnen tegenhouden, maar haar handen laten hem los. Hij rent glijdend en hijgend door de natte sneeuw de heuvel af. De bloemen wuiven in de wind. 'Kom,' lijken ze te zeggen. 'Kom bij ons.'

De slag was zoals altijd onbeslist gebleven. Beide partijen hadden zich teruggetrokken, hun wonden likkend en hun doden achterlatend op de rood-gekleurde deken van sneeuw.

Tica kijkt naar Jarro, die steeds meer op haar man begint te lijken. Dezelfde loop, dezelfde manier van doen en hetzelfde zachte karakter. Het zal zwaar zijn als de doodsdrang in hem wakker wordt en ik ook hem moet laten gaan, denkt ze. De onmacht vreet aan haar.

'Kom je, mamma?' roept de jongen, 'dan plukken we samen.'

Met bloedend hart kijkt ze naar hem. Een jongen zonder zorgen. Ik wou dat we konden vluchten, denkt ze. Weg van dit veld des doods. Ze veegt met de punt van haar schort de tranen weg en loopt voorzichtig naar beneden.

Een wolk stuifmeel onttrekt Jarro even aan haar zicht. Ze zwaait met haar armen en blaast het van zich af.

Hij lacht en laat haar een bosje bloemen zien. De kelkjes buigen en kijken haar aan. Ze wil de bloemen het liefst uit zijn handen trekken en ver-trappen onder haar met bont gevoerde laarzen. Door plotselinge steken in haar hoofd krimpt ze kermend ineen. Rustig haalt ze adem en denkt aan wat anders, waardoor het gevoel langzaam weer wegebt. 'Daar staat een mooie!' zegt ze met tranen in de ogen. Ze wijst naar een wat grotere bloem. Voorzichtig, zonder de uit de sneeuw stekende botfragmenten te beroeren, loopt ze er samen met haar zoon naartoe.

Jarro legt het bosje bloemen dat hij vasthoudt neer omdat hij moet niezen. 'Vervelend hè, mam, al dat stuifmeel,' zegt hij en proest nog een keer.

Ze geeft hem haar zakdoek.

'Waar ligt pappa ongeveer?' vraagt hij onverwacht.

Tica schrikt van die vraag. 'Het kan hier overal zijn,' zegt ze nadat ze haar tranen heeft weggeslikt. 'Ik mocht er niet meer naartoe toen hij was gestorven. Wij vrouwen bleven in het kamp, zoals het hoorde.'

'Moet ik later ook meevechten?' vraagt Jarro. Hij kijkt haar aan.

Ze meent de eerste tekenen van de doodsdrang in zijn ogen te zien. 'Mamma, ik wil helemaal niet vechten!' zegt hij vervolgens. De woorden luchten haar op.

'De anderen hebben me nooit iets gedaan, dus waarom zou ik ze willen doden?'

'Je vader wilde ook niet vechten,' zegt Tica, 'maar hij had geen keus.'

Haar zoon knikt. 'Kijk mamma!' zegt hij. 'Nu ben ik een Fladder.' Hij rent met gespreide armen tussen de wuivende bloemen door.

Laat hem alsjeblieft toch nog even onbezorgd zijn, denkt Tica en geniet van zijn spel. 'Kom Jarro!,' roept ze even later. 'We hebben genoeg bloemen voor op de vaas.' De jongen komt aansloffen.

Tica gaat gehurkt voor hem zitten, klopt zijn kleding af en trekt hem even tegen zich aan. Hij laat haar begaan en moet weer niezen. 'Ik voel dat ik verkouden aan het worden ben, mamma,' zegt hij.

Ze veegt zijn neus af en pakt hem bij de hand. Samen lopen ze over het modderige karrenspoor naar hun dorp, nagekeken door de bloedrode bloemen tot ze achter de heuvel zijn verdwenen.

Het zaad van enkelen van ons heeft zich vast-gehecht aan het neusslijm van de jonge anderling en zoekt een weg naar zijn brein.

Als de tijd rijp is, sturen we hem naar de rivier om te doden en te sterven. Ons zaad zal ontkiemen, wortelen en zich voeden met zijn ontbindende lichaam. De bloemlichamen zullen groeien, door de gevriesdroogde huid van de dode breken. We zullen bloeien, wiegen in de wind en kijken naar de einder waar de allerhoogste wordt versluierd door de roze wolken van de ondergang.

Dankbaar voor de komst van de anderlingen zullen we dan nederig onze bloemhoofden buigen en ons zaad weer meegeven aan de wind.

http://killian-mcneil.blogspot.nl/

De knipoog van de meermin

Jack Schlimazlnik

De Dari Mana was aangemeerd in Pulau Tamera, een kleine haven op een eiland waarvan de vulkaan grotendeels in tropisch groen verloren ging. De moessonregens kletterden op het dek alsof de zondvloed was ingezet. Het water van de kleine baai leek te zieden onder het natuurgeweld. Ontdaan van haar ballonnen, met ingevouwen vleugels en gereefde zonnezeilen, leek het schip net zo klein en kwetsbaar als de vissersbootjes van de plaatselijke bevolking.

Aan de bamboe droogrekken op de kade hingen voornamelijk inktvissen die dropen van de regen en een uur in de tropische wind stonken. Hooploper Roger Nelson was mede daarom, net als het overgrote deel van de bemanning, van boord gegaan. In Pulau Tamera verwachtte hij geen stad met een uitgebreid havenkwartier voor het nodige vertier, maar zoals de meeste nederzettingen waren de eerste levensbehoeften er te vinden: drank en hoeren. Zelfs in de stromende regen werd die nering gedaan.

Aan de kade stond een eenzame, jonge vrouw te wachten. Ze hield een paraplu vast, waardoor ze steeds in het water dreigde te waaien. Zonder veel omhaal bracht ze de zeelui van de Dari Mana naar het enige bordeel van Pulau Tamera. De dames die er op de rood verlichte veranda wachtten, sprongen enthousiast op toen ze hun klanten zagen. Ze trokken hun kleding naar beneden, waardoor prachtige tatoeages te zien waren. Ze dansten, de vrouwen, hun tatoeages leken in de rosse gloed op hun huid mee te dansen als in een oeroud ritueel.

Het bordeel kende slechts enkele kamers en was daarom snel vol met degenen die het meeste geld boden voor een paar uur vergetelheid. Nelson slenterde door, op zoek naar een kroeg; hij ging uiteindelijk liever zijn eigen weg. De wegen van Pulau Tamera waren drasland geworden in de onophoudelijke stroom regen. Hij hoorde dikke druppels ratelen op de bananenboombladeren die als een dak boven de nederzetting hingen, hetzelfde ritme tikte op de daken van zink en palmbladeren. Hij kwam onderweg langs een tatoeage-toko. De plaatjes in de etalage waren een mengeling van rituele motieven en de gebruikelijke souvenirs voor zeelieden. Het bleek niet alleen de populairste, maar ook de enige kunstvorm van het eiland te zijn. Waar de inkt vandaan kwam, liet zich raden: ook hier hingen inktvissen aan droogrekken, zorgvuldig ontdaan van hun inktreservoir.

'Wanna tattoo?' vroeg de tatoeëerder vanuit zijn toko.

Nelson, die onder het afdak voor de toko schuilde voor de regen, schudde zijn hoofd. De lekkende inktvissen gaven hem een gevoel van onveiligheid. De primitieve instrumenten van de tatoeëerder, voornamelijk vervaardigd uit bamboe en vulkaanglas, deden de rest. Hij had kerels gekend die nachten hadden liggen kermen door een onzorgvuldig uitgevoerde tatoeage die, tegen de tijd dat ze weer aan boord waren, een drab van bloed en etter was geworden.

Snel liep Nelson verder. Even verderop zag hij een soort terras aan de haven. Het terras was, onder de niet aflatende regenbui, uiteraard leeg. De bijbehorende havenkroeg was wel geopend. Deze had uitzicht op de baai, voor zover dat uitzicht niet door de regen werd belemmerd. Van de Dari Mana zag Nelson slechts de grijze omtrekken, alsof het schip als een spook opdook uit de nevel.

De kroeg was gebouwd van ruwe lavasteen. Het dak was een bamboe constructie met daarop zinken platen. Een normaal gesprek zou door het klateren van de regen niet te verstaan zijn; de stamgasten keken daarom zwijgend voor zich uit. Nelson voelde zich onmiddellijk thuis: niemand die hem iets wilde aanpraten, zijn gedachten wilde vormen of zijn tijd zou verdoen. Rottende palmbladeren moesten de kille, natte windvlagen buitenhouden, maar Nelson merkte dat het weinig effectief was. Hij had spijt dat hij zijn scheepstrui aan boord had gelaten. Het bevreemde hem dat de stamgasten, blijkbaar plaatselijke vissers, in slechts een katoenen hemd bij de deur zaten.

Hij ging naar de bar. 'Bier!' riep hij. Hij gebaarde naar het vat waaruit hij even daarvoor het goudgele vocht getapt had zien worden. Tegelijkertijd legde hij een paar stuivers op de toog.

In de schaduwen achter de toog bewoog wat. Het was de waard: hij strompelde moeizaam op een bamboepootconstructie tussen toog en vaten. Het was er duister, want de walm van het flakkerende olielampje was dikker dan het licht. Toen de waard aan de toog verscheen, zag Nelson dat de man bijna zwart zag van het vulkaanstof. Daaronder glansde dof een koffiebruine huid met ondefinieerbare tatoeages. De man had goudgele ogen en een vriendelijke glimlach waardoorheen een gouden tand glinsterde. Hij overhandigde Nelson een kroes vol schuimend palmbier.

Nelson trok zich met zijn bier terug in een hoekje van de kroeg. Hij zag hoe de waard achter de toog redderde. Er kwamen heerlijke geuren van gekruide rijst en geroosterde vis uit die richting.

Plotseling waaide de kille wind naar binnen. Nelson keek verschrikt op. Het vuur van de oven en de vlam van het olielampje flakkerden op, waardoor de tatoeages op de huid van de waard in het licht leken te dansen. In de deuropening was een zeebonk komen te staan, wiens gestalte de gehele kroeg verduisterde. Toen hij een pas naar voren deed, drong het grijzige daglicht weer binnen, waardoor Nelson de nieuwaangekomene goed kon bekijken.

De man had een postuur als een gorilla. Hij droeg een oude zeemanspet op zijn kalende hoofd. Wat hem aan haar op zijn hoofd ontbrak, werd meer dan goedgemaakt door de weelderige grijze krullen van zijn baard. Een oud hemd omspande zijn borstkas. Het was mouwloos, zodat de uitbundige tatoeages op zijn bovenarmen goed te zien waren. Hij droeg een oude broek, bijeengehouden door een zware leren riem, waartussen een fikse dolk was gestoken. Zijn voeten waren in stevige laarzen gehuld. De man maakte een gebaar naar de waard, die boog en blijkbaar een bestelling voorbereidde.

'Jij komt van de Dari Mana?' vroeg de man aan Nelson. Zijn stem was even imposant als zijn gestalte.

Nelson knikte. Hij vermoedde dat iedereen in Pulau Tamera moeiteloos kon aanwijzen wie de pas gearriveerde vreemdelingen waren. De grote man was echter geen inboorling, daarvoor waren zijn ogen te blauw en was zijn grauwe huid te blank.

'Ik ben vijf jaar geleden hier gestrand en gebleven. Harold Taylor, Brits onderdaan, geboren en getogen in Southampton,' stelde de grote man zich voor. Toen draaide hij zich naar de toog, waarop een enorme kroes palmbier was verschenen. Hij greep de kroes, zijn biceps bolde. De zeemeermin die erop was getatoeëerd, leek naar Nelson te knipogen.

De knipoog deed Nelson denken aan zijn grootvader. Ook die had diverse tatoeages gehad. Hij had zijn kleinkinderen ermee vermaakt door met bepaalde spierbewegingen de tatoeages tot leven te laten komen: een jongedame met opwippende blote borstjes, een deinend schip, een draak met een kronkelende staart, een tekening rond een huidplooi die op een manier bewoog waarover de oudere jongens hadden moeten lachen, waardoor Nelson had begrepen dat het iets schunnigs was.

Zelf had hij ook tatoeages, maar geen bijzondere. Op zijn linker bovenarm had hij een rafelig hart met daaronder het woord 'moddur'. Na dat fiasco, een souvenir uit Amsterdam, had hij op zijn rechterbovenarm een astrolabium en een anker laten zetten. Het had hem een fortuin gekost in Bombay. Ten slotte had hij in Tobago nog een kruis op zijn linkerborst laten zetten. Nu hij Taylor bekeek, kriebelde het weer: zou hij niet nog een meermin op zijn schouderblad laten zetten?

Opnieuw knipoogde de zeemeermin. Nelson zag het, maar Taylor leek het niet te merken. Was het een geheim teken? vroeg Nelson zich af. Een flirt? Hij had natuurlijk de nodige verhalen gehoord over de zeden in de havensteden, voor zover hij zelf niet het een en ander had meegemaakt. Met zijn twintig jaar en zijn bescheiden achtergrond kon hij niet kieskeurig zijn terwijl de bordelen van de meeste havens onbetaalbaar waren met zijn inkomen. Hij besloot te doen alsof hij het niet had gezien.

De waard richtte zich tot Nelson. 'Malak nasi goreng, koemikoemi rendang?' Hij hield een stomend bord omhoog. De sterke geur van kruiden kriebelde in Nelsons neus. Hij merkte dat hij trek had. Hij nam het bord aan in ruil voor een handvol stuivers. De rijst was gebakken met groenten, fruit en ei, daar bovenop lag het vlees in een donkere, stomende saus.

'Inktvis,' zei Taylor. 'Een delicatesse in deze contreien. Gewoonlijk eet men hier alleen oedang: garnalen.'

Even twijfelde Nelson. Inktvis? Hij vermande zich, zijn maag was evenmin als zijn lendenen kieskeurig en hij had wel vaker vreemd voedsel gegeten. Soms had het zelfs geen naam gehad, soms was het nog een beetje in leven. De inktvis was tenminste dood en goed doorbakken. Het smaakte uitstekend, stelde Nelson even later vast. Hij genoot van elke hap.

'Denk je dat ik kan aanmonsteren op de Dari Mana?' vroeg Taylor tussen twee slokken bier door.

Nelson at zijn mond leeg. 'Ik durf het niet te zeggen. Onze bemanning is in principe compleet.' Hij monsterde de oude zeebonk. 'Bovendien moeten we op het gewicht letten, nu we onze lading nog moeten afleveren in Batavia.'

Taylor sloeg zichzelf lachend op de buik. 'Deze toko is te goed voor me geweest, de afgelopen vijf jaar! En nu is ze mijn noodlot geworden!' De meermin op zijn biceps liet een glimlach zien.

In het duister achter de toog glom een gouden tand: ook de waard lachte mee.

De regen viel nog steeds met bakken uit de hemel toen Nelson en Taylor de kroeg verlieten. Bij een logement in een zijstraat van de markt haalden ze de persoonlijke bezittingen van Taylor op. Ondanks de regen leek er toch leven in de havenplaats te zitten, want er klonken luide kreten uit de buurt van het bordeel, noordelijk van de markt - genot en pijn, zo wist Nelson, konden dicht bij elkaar liggen. Hij haastte zich, na enige aarzeling zijnerzijds, met Taylor door de regen, over de modderige kaden van het eiland, naar de glibberige steiger waar de Dari Mana lag aangemeerd.

De kapitein stond in de deuropening van zijn hut. Hij keek somber vanonder zijn zuidwester. Toen hij Nelson en de zeebonk in de gaten kreeg, probeerde hij wat opgewekter te kijken. 'Ahoy, Nelson!' riep hij door de regen.

'Ahoy, kapitein. Dit is Harold Taylor. Hij wil graag aanmonsteren.'

'Goddank,' verzuchtte de kapitein. 'Kom binnen.' Eenmaal in de kapiteinshut wisselde hij zijn zuidwester voor zijn kapiteinspet. Hij ging achter zijn balsahouten bureau zitten. Hij vouwde zijn handen, rustte zijn kin erop en leek een kort gebed te zeggen. Toen draaide hij zijn zeegrijze ogen naar

Nelson. 'Twee van onze mannen zijn onwel geworden in het bordeel. Ik kan ze niet meenemen. Als ze ooit weer opstijgen, zal dat tot God zijn.'

'Dat spijt me,' zei Nelson.

Ook Taylor betuigde zijn medeleven.

'Met andere woorden, ik kan wel wat handen gebruiken als we onze reis voortzetten,' zei de kapitein. Daarna wikkelde hij het formele gedeelte snel af. Hij wees Taylor een kooi toe in dezelfde hut als Nelson.

Nelson begreep dat hij zijn vorige hutgenoot, Arthur Swift, nooit meer zou zien. Hij vroeg zich af, wat er in het bordeel kon zijn gebeurd. Arthur was een stevige, gezonde kerel. Tegenover de dames was hij altijd vriendelijk geweest. Hij kreeg een behoorlijke wedde, waarmee hij niet te koop liep, ook had hij nooit schulden gemaakt. Hij gaf zich niet over aan overmatig drankgebruik, opium of gokken. Wat had hem noodlottig kunnen worden? Nelson ging in zijn eigen kooi liggen, piekerend over Arthur. Hij hoorde dat Taylor zijn spullen in de kast plaatste, waarna hij zich naar de oudere man omdraaide.

Taylor trok zojuist zijn hemd uit, zodat de enorme getatoeëerde draak op zijn rug zichtbaar werd. De staart verdween tussen de broeksband, de kop ging schuil achter de weelderige baard van de Brit. De ruggenwervels van de zeebonk waren tevens de wervels van de draak. Een kort moment leek de draak te leven in het grauwe avondlicht.

Nelson draaide zich met zijn rug naar Taylor. Hij voelde zich na de uitbundige maaltijd erg moe en voldaan. Het was een drukke dag geweest, waarbij hij door de furie van de tropische storm alle zeilen had moeten bijzetten om een voorspoedige landing af te dwingen. Hij had duizend angsten uitgestaan toen onder hen de muil van de vulkaan gloeide en zwavelgassen rookte. Ze hadden het er goed vanaf gebracht. Hij sloot zijn ogen.

Jeuk trok over de huid van Nelsons armen. Hij weerstond de neiging te krabben. Wantsen, vlooien, kakkerlakken, hij had meer beesten in zijn bed gehad dan vrouwen en hij wist wat het effect ervan was. Even later voelde hij een steek in zijn maag. Hij onderdrukte het gevoel te moeten braken door diep adem te halen. De lucht was warm en klam, werkelijk tropisch. Hij zweette, wat de jeuk verergerde.

Het is niet de eerste keer dat ik in de tropen ben, dacht Nelson. Ik ben er nooit ziek van geworden. Hij woelde onder het dunne linnen. Wat was er in het bordeel gebeurd? vroeg hij zich af. Had Arthur zich ook zo miserabel gevoeld toen hij onwel werd? Zou er iets op het eiland kunnen heersen, een ziekte, een besmettelijke, dodelijke ziekte? Hij hijgde om voldoende zuurstof uit de dikke lucht binnen te krijgen. Zo viel hij in een onrustige slaap.

De volgende ochtend lagen de wolken op de horizon, doch boven het eiland scheen de zon. Nelson stond op het dek en rekte zich uit. Hij had slecht geslapen, waardoor hij zich miserabel voelde. Hij keek omhoog. De top van de vulkaan was nu goed zichtbaar, ook door de rookpluim die geheel verticaal oprees. Het felgroene oerwoud op de hellingen dampte. De plakkerige warmte van de nacht werd een verzengend hete en vochtige dag, er was geen briesje te bekennen.

Nelson trok zijn kiel uit, putte water uit de haven en waste zich daarmee. Het was tamelijk zinloos, want waar hij zijn zweet wegwaste, droogde de onbarmhartige zon zijn huid om hem daar opnieuw te doen zweten en jeuken. Het water uit de haven, waar het water ondiep en daarom lauw was, bezorgde nauwelijks enige verkoeling.

Taylor kwam naast hem staan. Ook hij putte water waarmee hij zijn indrukwekkende lichaam waste.

Verlegen wendde Nelson zijn ogen af. Schielijk bekeek hij zijn eigen tatoeages: het anker, het astrolabium, Jezus, en, met spijt, het gerafelde hart. Hoewel, nu hij wat beter keek, dat hart er beter uitzag dan hij in herinnering had. Hij greep zijn kiel, wat een spierbeweging veroorzaakte die het hart deed kloppen. Omdat hij dacht dat het te kinderachtig was om mee te spelen, trok Nelson zijn kiel weer aan om zijn plaatjes te bedekken. Hij wierp een blik op Taylor.

De meermin knipoogde naar de jonge hooploper.

De kapitein was samen met de stuurman in de weer met de sextograaf. De stuurman draaide aan de hendel, het interieur klikte en tikte terwijl het rekende, de kapitein las de gegevens af van de vele wijzerplaten en het mechanische astrolabium. Steeds wierp hij een blik opzij, naar de meteometers.

'We moeten binnen een uur vertrekken,' riep de kapitein naar zijn manschappen. 'Dan hebben we nog een gerede kans de volgende storm vóór te zijn.'

'Aye, aye, kap'tein!' riep de bemanning. Elk ging heen en kweet zich van zijn taak. De pompen werden bediend om de ballonnen op te blazen, de zeilen werden gehesen. Het luchtroer werd gecontroleerd. Met oliekannen werd de roest van de raderen geweerd. Vanuit de nederzetting werd het laatste proviand aangevoerd, waaronder veel fruit, net als enkele vaten vers water en bier.

De scheepsfluit klonk luid over de haven. Enkele ogenblikken later werd de loopplank binnengehaald. Vanuit de stegen en straten van Pulau Tamera kwamen nieuwsgierige kinderen om te zien hoe het luchtschip zou vertrekken, want dat was in deze streken blijkbaar geen alledaags verschijnsel.

Door de donkere rookwolken en de sissende waterdamp durfden ze niet dichterbij te komen, misschien was het ook de stank van de gedroogde inktvissen die hen van de steiger hield. De raderen aan weerszijden van het schip kwamen in beweging. De schoepen maalden krachtig door het water, dat al snel over de kade spoelde. Het schip leek te kreunen door de krachten die op haar inwerkten. Toen sprongen de trossen los, waardoor het schip vooruit werd gekatapulteerd. De wind kolkte onder de vleugels, die nu hun brede schaduw over de haven wierpen. Ze bewogen op en neer, aangedreven door de raderen. De zeilen stonden bol door de tropische zonnestraling. Diep in het schip bromden de aethercylinders en zoemden de deteronische fromboezters.

Nelson had zich stevig vastgehouden aan de reling, zodat hij tijdens de start goed uitzicht had op het eiland. Nogmaals zag hij in de diepte onder zich de vulkaankrater, een helse keuken met dito dampen, alsof het in de tropen niet heet genoeg was. Spoedig daarna bestond het uitzicht alleen uit zee, Pulau Tamera slechts een puntje op de horizon van de herinnering. De kim was gevuld met wolken die rap naderbij kwamen. Een rilling trok over Nelsons rug. De jeuk werd heviger.

Taylor stond ineens naast hem, een dekzwabber nog in zijn hand. 'Zolang we hoog boven het water zeilen, hoeven we niet bang te zijn.' Hij spuwde over de reling. 'De tentakels van de kraken en hun duivels gebroed reiken niet tot hier. Een luchtschip, eindelijk.'

'Je hebt op in Pulau Tamera op een luchtschip gewacht?' vroeg Nelson verbaasd.

Taylor knikte. 'Ik ga toch niet vijf jaar op een eiland zitten als ik met een gewoon schip elke maand had kunnen vertrekken?' Hij maakte aanstalten nogmaals te spuwen, doch bedacht zich. Hij zou albatrossen of garoeda's kunnen treffen, wat ongeluk aantrok. Hij keerde zich af van Nelson en zwabberde verder terwijl hij een oud zeemanslied door zijn tanden floot: De wolkenkoppen sloegen kapot op de voorplecht...

De kapitein was nog steeds bezig met de sextograaf, waarbij hij bezorgde blikken in het luchtruim wierp. De Dari Mana was wel een stootje gewend, maar de lading was kostbaar. Daarom twijfelde Nelson of hij de kapitein zou storen. Hij besloot het niet te doen. In plaats daarvan sprak hij de bootsman aan. 'Ik voel me niet lekker,' zei hij.

'Is het besmettelijk?' vroeg de bootsman.

Nelson schudde zijn hoofd. 'Ik denk dat ik iets verkeerds heb gegeten.' Hij dacht aan de rijst van de vorige dag, met de heerlijke gebakken inktvis. Of was het dat palmbier geweest dat hem onwel maakte?

De bootsman knikte dat hij naar zijn kooi in het vooronder mocht gaan.

Eenmaal in zijn hut trok Nelson zijn kiel weer uit. Het textiel maakte het jeuken alleen maar erger. Hij krabde de huid op zijn armen. Het leek niet te helpen, het was alsof de jeuk onder zijn huid zat. Maar nu hij eenmaal was begonnen met krabben, viel het hem moeilijk ermee te stoppen. Voor hij het wist, had het gerafelde hart een rode kleur. Hij zag hoe het bloed langs zijn arm vloeide, waarop hij vloekte.

Het anker en het astrolabium op zijn andere arm schrijnden onder zijn huid. Met het bloed nog onder zijn vingers en tegen beter weten in begon Nelson ook daar te krabben. Hij stopte even, om de ruwe huid te zien. Hij knipperde met zijn ogen: had het astrolabium bewogen? Het moest een speling van het licht zijn. Het was immers schemerig in de hut waar slechts een kleine patrijspoort daglicht binnenliet. Nelson stak de olielamp aan om zijn huid beter te kunnen bekijken.

Daar, het bewoog weer! Hij wist nu zeker dat hij zich niet had vergist. Zijn spieren moesten op een vreemde manier spastisch zijn om het astrolabium te kunnen laten draaien, God wist dat hij de spieren van zijn arm niet had gebruikt. Hij hijgde. Door de spanning leek de lucht in de hut te snijden. De stank van de bezwete kooien maakte het er niet beter op. Hij hield zich vast aan de rand van zijn kooi om niet onderuit te gaan.

Terwijl hij daar hijgend stond, hoorde hij hoe iemand de trap af liep naar het vooronder. Hij merkte dat zijn hartslag sneller werd en het zweet hem meer uitbrak dan eerder. Het zout prikte in de verse wonden. De Jezus op zijn borst kronkelde wanhopig aan het kruis. Ik heb vast koorts, dacht Nelson. Moeraskoorts misschien, de gele koorts, builenpest, scheurbuik of een ziekte met een nog engere naam die hem heftig deed ijlen. De tropen zaten er vol mee, dat wist hij wel. Vers fruit kon niet alle kwalen voorkomen.

'Nelson!'

Het was de stem van Taylor die hij hoorde. De zeebonk kwam achter hem staan in de benauwde hut. Hij voelde de ruwe knuisten van de man op zijn schouders rustten.

'Het is sterker dan de mens.' Taylor klonk murw. Hij verplaatste zijn handen naar de bovenarmen van Nelson. Zijn eeltige vingers streelden de tatoeages.

Het gaf Nelson een vreemde sensatie. Niet dat een oudere man hem streelde, want dat was hij inmiddels wel gewend van de wilde vaart. Het was de reactie van zijn huid. Er trok en wrong daar iets wat hem de stuipen bezorgde.

Taylor draaide de jonge man om, zodat ze elkaar aankeken. Niet dat er veel te zien was, want de indrukwekkende gedaante van Taylor verduisterde de patrijspoort. De olielamp had hij op een laag pitje gezet.

'Het zit in je,' fluisterde Taylor. 'Je kunt er niets tegen doen.' Hij trok zijn kiel uit, daarna zijn onderhemd. De tatoeages op zijn torso werden daardoor zichtbaar, voor zover ze niet door zijn baard werden bedekt. Zijn huid was vrijwel geheel bedekt met plaatjes: alle wezens -tijgers, olifanten, herten, wolven, adelaars en albatrossen- keken met hun inktogen naar Nelson.

Het verbaasde Nelson niet, want hij was veel te bang om verbaasd te kunnen zijn. Hij voelde nu hoe hij rilde, niet alleen zijn huid, maar zijn hele lichaam.

Taylor trok zijn broek uit. Ook daaronder had hij de nodige tatoeages: zeemonsters en bloemmotieven. Op zijn penis prijkte een slang, die gulzig omhoog oogde vanuit het schaamhaar. 'Je hoeft niet bang te zijn,' mompelde Taylor terwijl hij Nelson uit zijn broek hielp.

Nelson liet het gelaten over zich heenkomen: het hele zware lichaam, de strelingen van de gelooide handen over zijn gloeiende huid. Hij lag achterover in de klamme lappen van zijn kooi, wanneer hij zijn ogen open deed, zag hij de meermin knipogen vanaf Taylors huid. Het serpent vond een hol, het hart bloedde.

'Het is,' kreunde Taylor, 'sterker dan mezelf.' Hij keek over zijn schouder naar de patrijspoort. Daarbij ontblootte hij de schouder waarop de kop van de draak rustte.

De draak knipoogde naar Nelson, zoals de meermin eerder had gedaan, doch minder schalks. Daarna sprong het monster van de huid om zich in de jonge man vast te bijten. Het hele drakenlichaam kwam tot leven, het wrong zich uit de poriën van de zeebonk. Daarbij nam de draak de ruggenwervels van Taylor mee, die ongewerveld naar adem snakte.

Met de zware man op zich, kon Nelson geen adem halen. Zijn kreten werden erdoor gedempt. Hij voelde hoe de tranen over zijn wangen liepen, door het zweet heen. Zijn huid leek te scheuren, pijnlijk als kloven, vanaf het punt waar de draak hem had gebeten.

'Je bent geen slechte jongen,' fluisterde Taylor. De blik in zijn ogen was troebel. 'Vergeef me.' Hij slikte hoorbaar. 'Het zijn de parasieten van de inktvis...'

'Taylor!' riep Nelson en hoewel hij er kracht achter zette, was hij nauwelijks te horen. Hij hijgde. De zeebonk lag zwaar op hem. De man ademde niet meer. Met al zijn kracht lukte het Nelson zich vrij te worstelen. Zwetend en nahijgend liet hij zich op de vloer zakken. Hij probeerde alles op een rijtje te zetten, maar slaagde er nauwelijks in.

Hij moest van het lijk af. Daarom kleedde Nelson zich aan, ging het dek op en riep de bootsman. 'Taylor heeft een aanval gehad. Ik ben bang dat hij dood is.'

'Het is toch niet besmettelijk?' vroeg de bootsman.

Nelson schudde zijn hoofd. 'We kunnen hem zijn zeemansgraf geven. Zo snel mogelijk.' Hij liep met de bootsman in zijn kielzog terug naar zijn hut in het vooronder. Onderweg merkte hij dat zijn huid niet langer jeukte. Het was inmiddels een tintelend gevoel geworden.

De bootsman tilde Taylor op en legde hem in de kooi. 'Haal de kapitein,' zei hij tegen Nelson.

Nelson deed wat hem opgedragen werd. Even later keerde hij terug met de kapitein. Die deed zijn pet af, fluisterde een paar stichtelijke woorden en sloeg een kruis.

De bootsman had de Brit ontkleed, op diens onderbroek na. Hij had de ogen van de overledene gesloten en diens armen gekruist op de borst. Het viel Nelson op dat de Brit een erg blanke huid had voor iemand die zeker vijf jaar in de tropen had doorgebracht. En hij dacht dat Taylor veel meer tatoeages had gehad, hoewel hij daarover twijfelde omdat hij zijn hutmaat slechts eenmaal met ontbloot bovenlichaam in het zonlicht had gezien.

'Het wordt zwaar, maat,' zei de kapitein tegen Nelson. 'Hij is immers niet de eerste die ons is ontvallen op deze reis.' Hij knikte naar de matrozenpet van Arthur Swift, die nog altijd aan een haakje in de hut hing. Vaderlijk legde hij een hand op Nelsons schouder.

Ze hielden enige ogenblikken stilte. Toen pakten de bootsman en Nelson zwijgend het laken en tilden Taylors lichaam daarmee op. Het was even moeilijk het vooronder te verlaten met deze bepakking. Aan dek gekomen, werden ze begroet door de rest van de bemanning voor zover die even tijd vrij kon maken. Ieder stond daar zwijgend, de petten en mutsen plechtig in de hand.

Nelson voelde zich verplicht Taylor persoonlijk in zijn zeemansgraf te helpen. Hij had immers zelf de Brit mee aan boord genomen. Hij zweette in de zon terwijl hij de ballast op het laken legde. Hij deed zijn hemd uit, legde het terzijde. De zeilmaker naaide de geïmproviseerde lijkwade dicht. De bootsman had de plank klaargelegd. Met vereende krachten tilden ze de forse Brit op de plank. Nelson liet de plank kiepen, waarna het lichaam naar beneden tuimelde. Honderden vadems lager raakte het lichaam het wateroppervlak en werd het verslonden door de gretige golven.

Nelson keek tot er beneden de Dari Mana niets meer was te zien dan vlakke zee. Hij riep de herinnering op aan de laatste uren van de zeebonk en schudde zijn hoofd. Het was een vreselijke manier van sterven geweest. Hij herinnerde zich de pijn in Taylors ogen, voordat die dof waren geworden. En de spierkrampen in dat forse lichaam! Het was alsof Taylor zichzelf niet meer was geweest zoals hij had gehuild en gerild. Nelson rilde bij de gedachte: alsof de draak de wil van Taylor had overgenomen, zodat die niet meer zelfstandig kon denken of handelen.

Als een laatste afscheidsgroet luidde de scheepsbel langzaam en met lage tonen. Nelson keek om. De manschappen verlieten het dek om hun werk weer op te pakken.

Toen zag Nelson de tatoeage van een zeemeermin op zijn schouder. Ze knipoogde naar hem en hield een drakenei vast, waarin al enkele breuken te zien waren.

Nelson krijste. Hij sprong over de reling, de vrijheid van geest en een wisse dood tegemoet.

En op de achtste dag...

∞

Jeffrey Dionet

Luttele seconden voordat we ons vastrijden in de verkeerschaos op Fifth Avenue ontdek ik de eenhoorn. Zo'n vijfhonderd kilo aan gejaagde purperen schepping, gevangen tussen twee rijen personenauto's, dendert halsoverkop op ons af. Met haar flanken schuurt het langs portieren; links en rechts knappen er autospiegels af. Geringe bijkomende schade.

Zach klapt uit voorzorg de zijspiegel aan de bestuurderskant in. Terwijl het gevaarte briesend langs onze auto galoppeert, vraagt hij droogjes: 'Anatomisch correcte eenhoorn, Kenz?'

'Leek er anders verdacht veel op,' zeg ik.

Dezer dagen zijn eenhoorns bepaald geen bijzondere verschijning meer, maar negen van de tien keer beschikken ze over buitenproportioneel grote tekenfilmogen die ze te danken hebben aan de hyperactieve Aziatische tekenfilms die men op de zaterdagmorgen uitzendt. Niet deze eenhoorn.

Voordat hij uit de auto stapt, tikt Zach tegen de rand van de cowboyhoed die hij zichzelf zojuist heeft aangemeten. Ik activeer een beveiligde verbinding met onze uitvalsbasis, hier in Manhattan. 'Meldkamer, Kaplan hier, Harrison is de eenhoorn achterna. Locatie van de schepper?'

'Begrepen, Kaplan. Naomi Harper bevindt zich nog altijd voor 767 en Fifth. Geen nieuwe scheppingen gemeld.'

Nadat ik ben uitgestapt en de januari-kou over me heen heb laten komen, trek ik een sprintje om Naomi zo snel mogelijk te kunnen bereiken. Eén eenhoorn tijdens de spits is al erg genoeg, maar een op hol geslagen purperen kudde zou rampzalige gevolgen kunnen hebben.

Politie. Twee agenten ontfermen zich over de moeder, de anderen doen aan grensbewaking. Ze zien er nerveus uit, maar ze houden zich aan het opgestelde protocol: ze zijn erin geslaagd om de directe omgeving om de schepper te ontruimen en ze hebben hun dienstwapens nog niet getrokken. Ik ben gedwongen mijn identificatie langs zeker vier ongemakkelijke blikken te halen voordat ik door de diffuse barrière - die foto's en filmopnames onmogelijk maakt - heen kan stappen en ik door kan stomen naar de moeder. De meeste ouders van scheppers zijn een en al schaamte, ook deze jonge moeder is daarop geen uitzondering. Ik stel mezelf aan haar voor: 'Mentor Mackenzie Kaplan.'

'Audrey... Audrey Harper,' stottert ze.

'Hallo Audrey. Wat is hier precies aan de hand?'

'Mijn dochter Naomi? Ze had haar zinnen gezet op een knuffel. Vroeg of ik die voor haar wilde kopen? Ik zei nee. Ze maakte stampij.' Ongemakkelijke glimlach. 'Typisch gedrag van een vijfjarige. En toen...'

'Regenbogen, eenhoorns?'

'Alleen... alleen de eenhoorn...'

'Eerste keer?'

Audrey knikt, stopt met haar vingers het traject van een traan af.

Ik leg een hand op haar schouder. 'Noemen jullie haar Naomi? Kan ik haar zo aanspreken?'

'We korten het meestal af naar Nomi. Daar luistert ze beter naar.'

'Maak je geen zorgen, Naomi zal niets overkomen, maar wat er ook gebeurt, Audrey, ik zou graag hebben dat je even uit haar buurt blijft. Oké?'

Zodra Audrey dat heeft beloofd, wend ik me tot hoofdagent Drummond. 'Prima werk tot dusver. Goed als ik het hier overneem?'

Drummond, zoals altijd niet bereid om zijn minachting voor scheppers te verbergen, antwoordt met een kortaf: 'Mij best, mentor.' Hij benadrukt mijn titel, alsof het een scheldwoord betreft, laat zijn hand echter uiterst demonstratief op zijn dienstwapen rusten.

Ik begin aan mijn toenadering. Naomi zit op het trottoir voor de etalage van de speelgoedwinkel, met haar neus naar het uitgestalde speelgoed. Ze heeft zich verstopt onder de capuchon van een schattig dik gevoerd paars winterjasje en heeft haar armen verontwaardigd voor haar borst over elkaar geslagen. De kou maakt haar adem zichtbaar.

'Hoi!' fluister ik.

Naomi verroert zich niet, reageert niet op mijn groet.

'Mag ik naast je komen zitten?' vraag ik.

Het kleine meisje schokschoudert. Ze weigert me aan te kijken.

'Nomi, mag ik naast je komen zitten?'

Nog een schouderophalen. Dus ik besluit om naast haar op het trottoir te gaan zitten. Zo volg ik haar blik. In de etalage van de speelgoedwinkel ontdek ik een paarse eenhoorn, zeer waarschijnlijk de knuffel die haar moeder niet voor haar wilde kopen. De eenhoorn tilt gracieus haar hoeven op, welhaast dansend, alsof ze deelneemt aan een dressuurwedstrijd. Onder het pluche gaat moderne androïde technologie verborgen; een poging van speelgoedfabrikanten om zich te meten met schepping. Naast de eenhoorn klautert Spider-Man moeiteloos tegen een wolkenkrabber omhoog. Bijzondere gaven, immense verantwoordelijkheid.

Naomi's reflectie is zichtbaar in het glas: grote zeegroene ogen, dopneusje, getuite lippen en boos gefronste wenkbrauwen, omlijst door een explosie van ravenzwarte krullen. Ze lijkt op haar moeder. Ik steek een hand op en zwaai naar haar spiegelbeeld, maar Naomi zwaait niet terug. We zitten zo'n dertig seconden muisstil naast elkaar op het trottoir, voordat ze stiekem een blik op me werpt. Ik besluit niet direct oogcontact te maken.

'Is je haar eraf gevallen?' vraagt ze.

'Nee, ik heb het laten afscheren.'

'Waarom? Je bent toch een meisje? Meisjes hebben lang haar.'

'Ik hou niet van lang haar. Kriebelt teveel. Vind je het niet mooi?'

'Nee,' geeft Naomi toe. Een buitengewoon eerlijk antwoord.

'Nou, ik vind jouw krullen wel mooi hoor,' zeg ik. Mijn compliment laat haar blozen. 'Ik heet Kenzie.'

'Kenzie?' herhaalt ze onwennig.

'Ja.'

'Dat is een leuke naam,' besluit ze, voordat ze zich weer focust op de eenhoorn in de etalage. 'Waar is het paard heen?'

'Dat is weggelopen,' zeg ik tegen haar.

'Komt het nog wel terug?' vraagt ze.

'Het komt wel terug.' Naomi realiseert zich nog niet dat zij degene is die de eenhoorn heeft gecreëerd. Ander onderwerp: 'Hoe oud ben je?'

Naomi begint hardop te tellen: 'Een, twee, drie, vier, vijf!' Ze tilt haar linkerhand op om me te laten zien hoeveel vingers dat precies zijn, maar lijkt te zijn vergeten dat die vingers schuil gaan onder een want. 'En jij?'

'Vijfentwintig, zesentwintig, zevenentwintig, achtentwintig, negenentwintig.'

Naomi schiet in de lach. 'Dat is oud!'

'Dat is het zeker,' moet ik toegeven. 'Toen ik vijf was hadden we niet van dit soort knuffels. Eigenlijk had ik helemaal geen knuffels. Maar toen verscheen Astra.'

'O.' Ze knikt. 'Wie?'

Ik laat Astra boven mijn schouder verschijnen. Een fragiele fee, gedragen door de ragfijne vleugeltjes van een libelle en gestoken in een scherp gesneden jurkje van herfstbladeren. Zodra ze is geland klautert ze als een volleerd acrobate naar het uiteinde van mijn rechterschouder en tuurt met haar felblauwe amandelvormige oogjes nieuwsgierig naar Naomi.

Naomi kan alleen maar ongelovig naar de piepkleine fee staren.

'Maak maar een kommetje van je wanten,' zeg ik.

Dat doet ze.

Astra bestudeert het kommetje, kijkt naar mij en dan weer naar Naomi. 'Toe maar,' zeg ik. 'Nomi bijt vast niet.' En tegen Naomi fluister ik: 'Astra is een beetje verlegen.'

Naomi knikt, strekt haar armen nog iets verder voor zich uit, waardoor Astra niet langer twijfelt en mijn schouder verruilt voor de wanten. Daar maakt ze het zich gemakkelijk.

'Wat ben jij?' vraagt Naomi nieuwsgierig.

Astra zingt een antwoord bestaande uit hoge toontjes.

'Wat zeg je?'

'Astra praat niet zoals wij,' leg ik uit.

'O. Wat zegt ze dan?'

'Dat weet ik ook niet,' moet ik toegeven. 'Maar ik weet wel dat Astra een fee is. En dat ze begrijpt wat je tegen haar zegt.'

'Ze is wel heel klein.'

'Feeën zijn niet zo groot.'

'Heeft Asta het niet koud?'

'Astra is wel wat gewend.'

'Ik vind Asta lief.'

Ik kan een glimlach niet onderdrukken, omdat Naomi de naam van de fee op haar schouder schattig verkeerd blijft uitspreken. Astra vliegt op, zoemt voorzichtig voor Naomi's gezicht heen en weer, klampt zich dan vast aan een van haar krullen en plant een kusje op de wang van het meisje. Daarna slingert ze met behulp van de lok haar naar Naomi's schouder en zingt er een tevreden deuntje.

'Ze vindt je ook lief,' interpreteer ik en ik knik naar de androïde knuffels in de etalage. 'Wij hebben geen knuffels nodig, Nomi.'

Naomi werpt nog een blik op de eenhoorn en dan knikt ze.

'Heb je het niet koud?' vraag ik. 'Want ik heb het wel een beetje koud gekregen, zo op de stoep.' Ik sta op en steek mijn handen uit naar Naomi. Ze laat zich overeind helpen. Op haar schouder houdt Astra zich met uitgestoken armen in balans, voordat ze een beschut plekje besluit te zoeken tussen Naomi's krullen onder de capuchon.

'Kenzie?' Naomi's ogen vinden de mijne.

'Ja?'

'Komt mijn paard al terug?'

En daar is de bevestiging dat Naomi nu begrijpt dat zij degene is die de eenhoorn heeft doen verschijnen.

'Mijn vriend Zach is haar voor je aan het ophalen,' zeg ik. 'Zodra hij haar heeft gevonden brengt hij haar hier naartoe.'

Naomi kriebelt aan haar neusje met haar linker want. 'Ik weet niet waarom ze wegging.'

'Was je bang van haar toen ze verscheen?'

'Ze was heel erg groot!' roept Naomi.

'Ze was bang van jou, omdat jij bang was van haar. Daarom is ze weggegaan.'

Onze emoties zijn overdraagbaar op onze scheppingen. Naomi begrijpt dat misschien niet, maar dat komt nog wel.

'Mama was ook bang,' zegt ze. 'Ik weet ook niet waar mama is.'

'We hebben mama gevonden.' Ik wijs haar op Audrey, die nog altijd op zo'n vijftig meter afstand naast de twee agenten staat. 'Kijk, daar is ze. Je hoeft je geen zorgen te maken over mama, oké?'

Dan ziet de vijfjarige al die mensen die naar haar staren vanachter het gele lint dat de politie inmiddels gespannen heeft om de gestelde grens iets tastbaarder te maken. 'Zijn die mensen ook bang voor mijn paard?' vraagt ze.

Ik kan niet liegen. Naomi moet weten dat er consequenties verbonden zijn aan haar gave. 'Ja, Nomi. Ze zijn bang.'

'Waarom?'

'Omdat jouw paard ze pijn kan doen.'

Ze schudt haar hoofd. 'Mijn paard is lief. Net als Asta.'

Naomi weet niet dat New York de ravage die Nicholas Malloy zevenenveertig jaar geleden in deze stad aanrichtte nooit zal vergeten. Nadat voorbijgangers waren geschrokken van het draakje op zijn schouder, hield een politieagent de jongen staande. Toen het beestje uitdagend naar de agent begon te klapkaken, trok de man zijn wapen. Daarop galmde er een oorverdovend gebrul tussen de flatgebouwen en de lange nek van een immense onyxzwarte draak krulde zich om de fundering van het Chrysler Building. De draak begroef zijn klauwen in het beton en staal van het Chrysler Building en begon aan zijn destructieve klim naar de top van het monumentale gebouw. Gruis en glas spatten in het rond en er takten zich diepe scheuren af in het beton. Onderweg naar boven legde de draak twaalf verdiepingen in de as. Zevenenvijftig New Yorkers kwamen daarbij om het leven. Toen Nicholas een zwerm van draakjes op de agent afstuurde opende de man het vuur. Een van de kogels trof Nicholas in de borst, een ander doorboorde zijn halsslagader. De jongen bloedde leeg op het trottoir, zijn draken vielen uit de lucht. Dertig verdiepingen boven zijn schepper verloor het grootste exemplaar zijn grip op het art deco en stortte naar beneden, maar raakte de grond niet, spoorloos verdwenen op het moment dat Nicholas' hart het begaf.

'Mijn paard is lief,' houdt Naomi stug vol en dat is precies het rotsvaste geloof dat ik bij haar wilde opwekken. Als dit meisje gelooft dat haar eenhoorn lief is dan zal het dier dat ook zijn.

Hoeven op het trottoir. De menigte splitst zich voor Zach en de eenhoorn die hij berijdt. De grijns op zijn gezicht vertelt me dat hij de verleiding niet kon weerstaan om een ritje te maken. Als kind schiep

Zachary Harrison nooit dieren. Toen mentors hem te hulp kwamen in Bayonne, New Jersey waren de negenjarige jongen en zijn ouders ternauwernood ontsnapt aan het vuur dat hun huis in de as had gelegd; het vuur dat Zach in zijn dromen over het plafond van zijn slaapkamer had zien golven. Onder de eerstegraads brandwonden omdat zijn dekbed al vlam had gevat voordat hij wakker schrok, kon hij zijn slaapkamer nog net op tijd ontvluchten. Die nacht verloor hij zijn hamster en de complete bovenverdieping van zijn ouderlijk huis aan zijn gedroomde vlammenzee. Er waren vier jaar aan rigoureuze training voor nodig en mentors die over hem waakten wanneer hij sliep, om het zelfvertrouwen te kunnen kweken dat nodig was om zijn dromen onder controle te krijgen.

Drie van de tien ongetrainde scheppers creëert onderbewust tijdens rem slaap. Ik heb nachtmerries zien rondwaren tijdens mijn waakdiensten op onze slaapzalen; echte monsters onder het bed, daadwerkelijk in staat om schade aan te richten.

Zach stijgt af en leidt de eenhoorn aan de hand onder het politielint door, terug naar haar schepper. Naomi pakt mijn hand, ietwat geïntimideerd door het vooruitzicht haar schepping onder ogen te moeten zien. Het is inderdaad een meer dan behoorlijk sprookjespaard en niet alleen vanuit het oogpunt van een vijfjarige.

Wanneer Zach de eenhoorn vlak voor haar de pas in laat houden, kijkt Naomi vol verwondering omhoog. Ook Astra lijkt onder de indruk. Vanuit haar schuilplaats onder Naomi's capuchon, spiekt ze nieuwsgierig naar de lila manen van de eenhoorn.

'Nomi? Hoe heet je paard?' vraag ik.

Ze kijkt me aan. 'Ik weet niet hoe ze heet.'

'Geef haar maar een naam.'

'Max!' roept ze enthousiast.

Max briest haar goedkeuring.

'Dat is een stoere naam voor een dame! Maar Max is nog wel een beetje groot. Vind je ook niet?'

Naomi knikt.

'Je kunt haar kleiner maken.'

'Echt?'

Ik fluister: 'Ik heb Astra zo klein gemaakt, niet doorvertellen hoor, maar jij kunt dat ook met Max doen.'

'Hoe moet dat dan?' fluistert ze terug.

'Doe je ogen maar dicht.'

Naomi sluit haar ogen.

'Denk aan Max. Kun je haar zien?'

Naomi knikt.

'Oké. Nu moet je haar in gedachten kleiner maken.'

Naomi fronst haar wenkbrauwen en vrijwel onmiddellijk begint Max de eenhoorn te krimpen. Ons publiek reageert met ontzag, waardoor het kleine meisje van de wijs gebracht wordt en het krimpen van de eenhoorn heel even hapert.

Ik fluister: 'Je doet het heel goed hoor. Je bent er bijna.'

Naomi knijpt in mijn hand en zet door. Zodra Max even groot is als de androïde waar ze haar bestaan aan te danken heeft, laat ik Naomi haar ogen weer openen. De vijfjarige kijkt Zach aan, die vriendelijk naar haar glimlacht, zijn enige nog resterende wenkbrauw optrekt en Max aanwijst. Naomi hurkt net op tijd om de onstuimige begroeting van de kleine purperen eenhoorn op te kunnen vangen. Max springt in haar armen en ze belanden samen op het trottoir. Max hinnikt, Naomi giechelt en Astra schiet de lucht in en vindt mopperend haar weg terug naar mijn schouder. Een mix van verontrust en vertederd gefluister bereikt mijn oren; ons publiek weet nog altijd niet goed wat het met ons aan moet.

Ik help Naomi overeind en zwaai naar Audrey. Zodra Naomi haar moeder ontdekt, toont ze haar trots de eenhoorn in haar armen. 'Kijk, mama!'

Audrey omhelst zowel haar dochter als Max.

#

'Waar gaan we heen?' vraagt Naomi.

We hebben de stad achter ons gelaten. Audrey, Naomi en Max zitten op de achterbank.

'Ergens waar het veilig is, lieverd,' laat ik weten.

Sinds Nicholas Malloy en zijn draken weet de wereld dat creaties niet kunnen bestaan zonder hun scheppers. Sindsdien zijn er tientallen aanslagen gepleegd op ontdekte scheppers. Er zijn politieke bewegingen die al jaren pleiten voor een hardere aanpak en er wordt gefluisterd dat de farmaceutische industrie werkt aan een oplossing: een paardenmiddel waarmee onze gave kan worden onderdrukt. Gelukkig zijn er de Veilige Havens, afgelegen opvanghuizen over heel de wereld waar we kinderen als Naomi kunnen begeleiden totdat ze zo gedisciplineerd zijn dat hun gaven geen gevaar meer vormen voor de samenleving.

Dat is echter niet het enige waar de Havens voor dienen. Zodra jonge scheppers hun gaven onder controle hebben, wordt ze geleerd dat ze de mensheid ermee kunnen helpen. Scheppers die de elementen beheersen, zoals Zach, worden ingezet om brand te weren, orkanen te laten afzwakken en overstromingen in te dammen. De wereld telt een kleine vijftien chirurgen die met behulp van schepping de extreemste gevallen genezen, patiënten die zonder tussenkomst van schepping geen menswaardig leven meer hadden kunnen leiden. Op vliegvelden over de hele wereld staan scheppers stand-by om vliegtuigongelukken te voorkomen. Iedereen kent de beelden van Boeing 777 vlucht 79 naar Indira Gandhi International Airport, New Delhi, die in de klauwen van de reuzenadelaar van schepper Kaya Kapoor veilig naar de grond werd gevlogen.

Ook Naomi zal uiteindelijk positief kunnen bijdragen, ook al heeft ze nu enkel aandacht voor Max. Ze vraagt niet wanneer ze weer naar huis mag, zoals de meeste kinderen die we net hebben onderschept dat doen. De waarheid is dat je nooit meer naar huis kunt. Het valt nu eenmaal op wanneer een kind van de ene op de andere dag zonder opgaaf van reden uit huis wordt geplaatst. De omgeving zal haar conclusies trekken en die bevestigd zien wanneer het kind in kwestie tijdens de kerstdagen weer opduikt onder begeleiding van een mentor, een hoogst ervaren schepper die in staat is de gaven van de onervaren schepper in bedwang te kunnen houden.

Toen ik op mijn zeventiende bekwaam genoeg werd geacht om in de maatschappij te kunnen terugkeren, had ik geen thuis meer. Mijn moeder had zich met haar nieuwe echtgenoot gevestigd aan de westkust van de Verenigde Staten; een leven waarin ik niet meer paste. Dus besloot ik om in de Haven te blijven wonen en door te studeren voor mentor. Ik leerde er hoe ik de creaties van anderen in bedwang kon houden. Als het nodig was gebleken hadden Zach en ik Max kunnen laten verdwijnen. Vaak voldoet echter al een kleine aanpassing. In de omgang met andermans creaties is voorzichtigheid geboden. Max maakt net zozeer deel uit van Naomi's psyche als Astra dat van de mijne doet; ze moet hanteerbaar zijn, maar haar bestaan mag haar niet ontzegd worden.

In de achteruitkijkspiegel vang ik een glimp op van mezelf, als zesjarig meisje met roodbruine lokken dat haar vaders hand vasthoudt. Ze leunt tegen zijn arm, haar duim in haar mond. Haar moeder zit aan haar linkerzijde. Verstijfd, alle kleur lijkt uit haar gelaat weggetrokken. Het meisje en haar ouders zijn onderweg naar de Veilige Haven voor scheppers in upstate New York, omdat haar moeder om hulp heeft verzocht.

Op de avond van mijn zesde verjaardag stapte mijn vader mijn slaapkamer in, terwijl mijn moeder mij mijn favoriete verhaal voorlas: een geïllustreerd verhaal over de avonturen van een kleine fee genaamd Astra. 'Zal ik haar de rest van het verhaaltje voorlezen, Gillian?' stelde hij voor.

Hij zag er exact hetzelfde uit als op de ingelijste foto die er van hem op mijn nachtkastje stond. Lijkbleek liet mijn moeder het voorleesboek uit haar handen vallen. Ze rende mijn slaapkamer uit en de trap af.

Mijn vader ging zitten, alsof er niets aan de hand was en las me de rest van het verhaaltje voor. Omdat mijn vader al ruim een jaar overleden was, arriveerde er een mentor.

Uiteindelijk kreeg mijn toegewezen mentor me zover dat ik bereid was mijn vader los te laten. Nadat hij me een laatste kus had gegeven, verdween mijn vader voorgoed.

Scheppers nemen één belangrijke regel in acht die nooit mag worden overtreden: we creëren geen mensen, of die nou denkbeeldig, levend of dood zijn. Zo proberen we de wereld ervan te overtuigen dat wij geen goden zijn.

Aan het einde van mijn achtste dag, op mijn nieuwe slaapkamer in de Veilige Haven, verscheen Astra boven de schouder van mijn mentor die me mijn favoriete verhaaltje aan het voorlezen was. Astra is altijd bij me gebleven.

'Waar is papa?' vraagt Naomi aan haar moeder.

'Papa komt eraan lieverd,' belooft Audrey.

Naomi knikt en knuffelt haar eenhoorn. 'Mama?'

'Ja, lieverd?'

'Denk je dat hij Max ook lief vindt?'

Een moment van twijfel, Naomi zal daar niets van merken, maar Audrey Harper twijfelt voordat ze haar dochter het antwoord kan geven dat ze verwacht. 'Natuurlijk, Nomi. Natuurlijk vindt hij haar lief.'

Naomi glimlacht. Tevreden. 'Hoor je dat, Max? Iedereen vindt je lief!'

Het is het onbegrensde optimisme van een kind. En wie weet? Misschien zal Naomi die aanname ooit bevestigd zien. Misschien loopt ons sprookje inderdaad goed af. Ik help het haar hopen.

Diabolik

∞

Tom Thys

Dit was het voor vandaag, liefste luisteraars. Naar goede gewoonte verwelkomen we de nacht met een klassieker. Tot volgende week.' Amber legde *Wicked World* van Black Sabbath op. Dat nummer weerspiegelde haar humeur vanavond, eenzaam en wantrouwig. Vaak was ze jaloers op het leven dat rocksterren leidden. Het rauwe, onbewerkte leven zoals zij dat noemde, het tegenovergestelde van het keurslijf waarin zij gevangen zat. Ze snakte ernaar, maar besefte dat het niet voor haar was weggelegd. Hun plaatjes draaien kwam het dichtst in de buurt, al was het niet meer dan een placebo zonder het gewenste effect.

Terwijl de rauwe uithalen van Ozzy door de luidsprekers van haar luisteraars schalden, bekeek ze nogmaals de cassette die vandaag per post was aangekomen. Het was een demo door een haar onbekende band die zichzelf Diabolik noemde. Het gebeurde wel vaker dat beginnende groepjes hun demo opstuurden in de hoop dat Amber het op de radio speelde. Soms deed ze dat, maar meestal niet. Ze was kieskeurig. Haar luisteraars verwachtten immers kwaliteit van haar, en als ze eerlijk was, moest ze vaststellen dat veel debutanten gewoonweg niet aan haar standaard voldeden. Weinig origineel, technisch niet genoeg onderlegd, slappe teksten, geen bezieling, het was altijd wel wat. Maar af en toe had je die uitzondering ...

Amber werkte al twee jaar voor Radio Metaal, een klein radiostation dat slechts enkele uren per dag in de ether was en opereerde vanuit een in onbruik geraakte watertoren nabij de Schelde. De toren stond op de linkeroever, een eenzaam silhouet in een niemandsland van grijze velden en vergeten herinneringen. Haar studio keek uit op de rivier en de jungle van verloederde fabrieken aan de overkant. Op een of andere manier was Amber verknocht geraakt aan al die lelijkheid; ze was erin verankerd. Nadat Ozzy uitgezongen was en ze uit de ether ging, stak ze de demo van Diabolik in de speler. Dit was altijd een bijzonder moment, een nakende ontdekking, een intieme ontmoeting waarbij haar de grootste geheimen werden toevertrouwd, en ze koesterde elke seconde tussen het indrukken van de play-knop en de geboorte van de allereerste noot. Vanavond was geen uitzondering. Eerst hoorde ze geknisper, daarna een gitaar die de hele wereld doormidden leek te scheuren.

Het nummer duurde precies zes minuten en zesenzestig seconden en was een miasma van klanken waar geen richting in zat, het was één grote chaos. De zanger bereikte de laagste en de hoogste tonen die Amber ooit in één stem had gehoord. Muzikaal viel het met niets te vergelijken wat ze kende, ook al werd er gespeeld met eenvoudige gitaren en een drum. De combinatie van dit alles ademde een etherische sfeer, iets ontastbaars dat zich desondanks in haar ziel wortelde. Amber had geen idee wat ze zonet eigenlijk gehoord had. Ze fronste haar wenkbrauwen en spoelde de cassette terug zodat ze het opnieuw kon beluisteren. Eenzelfde gevoel als toen ze The Velvet Underground ontdekt had, overspoelde haar. De muziek was bezwerend op een bepaalde manier, maar ze kon onmogelijk zeggen dat ze het goed vond. Nog niet. Daarvoor was het te ... anders. Sommige platen moesten nu eenmaal groeien.

Het was al na middernacht toen Amber de lichten in haar studio doofde en de watertoren verliet. Terwijl ze met haar wagen langs de onrustige rivier reed, zette ze nogmaals het nummer op. Het heette *Voices from Beyond* en zo klonk het ook, alsof stemmen uit een andere wereld haar bereikten, haar aandacht opeisten, dwingend en onderhuids. Om een onverklaarbare reden kreeg Amber er kippenvel van. De muziek had iets onbehaaglijks. Om zich van dat plakkerige gevoel te verlossen besloot ze de radio op te zetten. Normaal had ze een hekel aan de hitparade en doordeweekse popmuziek. Het gebeurde dan ook zelden dat ze de radio opzette in haar wagen, maar nu brachten de voorspelbare melodieën de rust en harmonie die ze nodig had. De rit naar huis duurde ongeveer een kwartiertje. Eenmaal thuis warmde Amber naar vaste gewoonte nog een magnetronmaaltijd op en zette zich in de zetel voor de finale van een onbelangrijk snookertoernooi. Het scherm werd gedomineerd door groen en spuwde zalvende geluiden van ballen die tegen elkaar tikten en haar langzaam in slaap wiegden.

Enige tijd later schrok Amber wakker. De koude lasagne stond nog op haar schoot en de televisie gaf alleen maar sneeuw. Ze merkte dat haar hart in haar keel bonsde, alsof ze net een marathon gelopen had. In een opwelling van angst klikte ze het leeslampje aan. Het plotse licht prikkelde haar ogen. Ze zuchtte opgelucht bij het veilige gevoel dat dit haar bezorgde, want ze had net een nachtmerrie gehad. De finale was al lang beslecht. Ze zapte naar een andere zender waarop een nieuwsanker presenteerde, zodat ze zich niet alleen hoefde te voelen. Het was nog geen maand geleden dat ze Simon had gedumpt, maar Amber had de breuk al verwerkt. Ze had eigenlijk nooit echt van hem gehouden, dus dat maakte het gemakkelijk. In feite had ze de relatie al veel eerder willen beëindigen, maar ze had de breuk uitgesteld omdat ze er niet tegen kon om alleen te zijn. Momenten als deze waren de enige waarop ze naar zijn gespierde armen rond haar lichaam hunkerde. Amber had het warm. Zweet parelde op haar voorhoofd. Ze had eng gedroomd en wist niet over wat. Krampachtig probeerde ze zich te herinneren wat haar zo brutaal uit haar slaap gerukt had, maar ze zag alleen maar felle witte figuren tegen

een zwarte achtergrond, zoals wanneer je een staarwedstrijd met de zon verliest. De vormen die ze zag bewogen ... ze leken te leven. Het waren gedaanten die in haar geest waren binnengedrongen.

Omdat ze wist dat ze de slaap toch niet meer zou kunnen vatten, besloot Amber iets te gaan drinken. Ze woonde boven een café dat nooit zijn deuren sloot en waar eeuwige dronkaards met schele ogen van hun bierglazen dronken. Ze kwam er zelden, maar toch vond ze het een geruststellende gedachte dat ze er altijd terecht kon. Amber bestelde een biertje en ging aan een tafeltje naast een flipperkast zitten van waaruit ze de aanwezige klanten perfect kon observeren. Er werd gelald over politiek en dikke wijven en tussendoor werd er een schunnige mop verteld. Als ze niet zo geprikkeld was omwille van die onbehaaglijke nachtmerrie, zou ze wellicht gelachen hebben om die flauwekul. Nu drong het nauwelijks tot haar door.

Na twee biertjes moest Amber hoognodig. De toiletten waren achterin en stonken naar een mengeling van verschaalde urine, braaksel en goedkope wc-blokjes. Er was maar één vrouwentoilet en het leek of het al een jaar niet meer gepoetst was. Stront hing tot op de bril en op de tegelvloer had zich een plas gevormd. De leidingen lekten. Amber mompelde een vloek en ze wilde terug naar buiten gaan, maar toen zag ze op de deur – die waarschijnlijk niet op slot kon, want er zat niet eens een deurknop op – een affiche hangen. De naam van de band die haar de demo had opgestuurd, sprong onmiddellijk in het oog. De rode letters dropen van de zwarte affiche. Ze staarde ernaar en fluisterde de naam van de band en opnieuw voelde ze kippenvel, opnieuw moest ze aan die nachtmerrie denken. De schimmen, de lange schaduwen en die ongrijpbare stem die tussen haar oren bleef galmen. Diabolik trad volgend weekend op in de stad, niet ver hiervandaan. Ze memoriseerde de datum en het uur, maar twijfelde of ze wel zou gaan.

Twijfelen deed ze de ganse week, maar ze kreeg dat nummer niet uit haar hoofd. Tevergeefs googelde ze de band, het enige wat ze vond was een obscure Italiaanse horrorfilm en een stripfiguur met dezelfde naam. Toeval, waarschijnlijk. Als ze meer te weten wilde komen, moest ze wel naar dat optreden gaan. In afwachting daarvan beluisterde ze de demo niet meer. Ze wilde de live-ervaring onbevangen tegemoet treden. Bovendien was haar geest niet klaar om dat nummer nog een keer te horen. Muziek deed dat wel vaker met haar. Sommige nummers speelde je alleen in bepaalde omstandigheden. Zoiets voelde je aan. Zelfs haar favoriete albums zette ze maar enkele keren per jaar op, om de magie te conserveren, alsof het een colafles was die na elke keer openen meer koolzuur verloor tot de drank helemaal plat was. Dat was een van de redenen waarom ze zo'n hekel had aan de hitparade. Muziek werd er kapot gespeeld.

Amber maakte één uitzondering tijdens haar radioshow. *Gouge Away* van de Pixies doofde langzaam uit en ze begon in de microfoon te spreken. 'Liefste luisteraars, ik heb vanavond nog een verrassing voor jullie in petto. Net zoals jullie houd ik ervan om nieuwe muziek te ontdekken en af en toe draai ik een plaatje van een onbekende band. Ik zou het wel vaker willen doen, maar jullie, liefste luisteraars, verdienen enkel het beste. En laten we eerlijk zijn, er wordt gewoon veel troep gemaakt tegenwoordig. Ik was dan ook aangenaam verrast toen ik eerder deze week een demo toegestuurd kreeg van Diabolik. Hebben jullie al van deze band gehoord? Ik niet. Normaal verwelkomen we de nacht met een klassieker, maar deze keer doen we het met *Voices from Beyond*.' Amber sprak de woorden op onheilspellende toon uit. 'Ik wist niet wat me overkwam toen ik de demo voor het eerst opzette. De geluidskwaliteit van de opname is niet optimaal, maar de muziek is ... enfin, oordeel zelf maar.' Amber zette het cassetje op. 'En oh, voor ik het vergeet, Diabolik treedt dit weekend op in metalcafé *De Kerker*.'

Met gesloten ogen en de hoofdtelefoon stevig tegen haar oren gedrukt, luisterde Amber mee. Koude rillingen kropen opnieuw vanaf haar staartbeentje over haar ruggenwervel naar haar schouderbladen. Die stem ... ze sneed door merg en been. Het was beangstigend en tegelijk ontroerend hoe een mens zo bij je kon binnendringen. Een inbreker in je ziel.

Onderweg naar huis bleven de klanken en de melodieën aan de binnenkant van haar schedel kleven. Het voelde alsof ze bezeten was. Amber scheurde langs de Schelde door de duisternis, toen ze opeens schimmen in het licht van haar koplampen zag opdoemen. Ze dansten als in een zoötroop die te traag werd rondgedraaid, schokkerig en slechts ten dele zichtbaar. Amber gilde en trapte op de rem. Haar wagen kwam met gierende banden tot stilstand. Op haar achterbank ratelden lege colablikjes en enkele oude cd's schoven van de bank op de grond. Amber zette de radio zachter en liet de situatie gedurende enkele seconden tot zich doordringen. Ze had niets geraakt, dat wist ze zeker. Het enige wat ze zag, waren de witte lijnen op het asfalt en wat verderop het skelet van een boom. Ze drukte haar neus tegen het venster en speurde in het licht van de koplampen naar iets, al wist ze niet wat. Toen daagde het haar dat ze de schimmen al eerder had gezien, in haar nachtmerrie. Het was als een aaneenschakeling wazige, overbelichte foto's die in

een flits voor haar geestesoog verschenen waren. En dan niets meer. Een hallucinatie?

Amber verzamelde al haar moed en opende het portier. Haar handen trilden en ze merkte dat haar adem, die in wolkjes voor haar uitdreef, haperend uit haar longen kwam. Ze wilde zekerheid dat haar zintuigen haar niet bedrogen. Daarom daagde ze zichzelf uit om één keer rond de wagen te lopen en zichzelf ervan te overtuigen dat ze het allemaal had ingebeeld. De confrontatie met de angst. Dat voornemen bleek moeilijker dan ze had gevreesd. Schichtig stapte ze weg van de veilige open deur en ondertussen raakte ze met haar vingertoppen het metaal van de wagen aan, zonder één keer te lossen, als ware het haar laatste houvast met de realiteit. Ondertussen hoorde ze de radio spelen. Stemmen van vergane popsterren ontsnapten in de ether. Na tien tellen was Amber terug bij de motorkap, stond ze in de lichtdriehoek en was ze trots op zichzelf omdat ze dit had aangedurfd, ook al betekende het niets. Daarna liep ze snel weer naar het portier en stapte in haar wagen, die nog steeds stond te draaien. Ze duwde het gaspedaal in en reed weg. Iets in haar deed haar naar het cassettebandje van Diabolik op de passagiersstoel lonken en ze kreeg prompt een onbehaaglijk gevoel vanbinnen.

De week in aanloop naar het concert had Amber in een waas geleefd. Diabolik had iets met haar gedaan, alleen begreep ze niet hoe zoiets kon. De band had vat op haar gekregen op een manier die ze met geen enkele andere band ooit had meegemaakt, zelfs niet met Black Sabbath of The Velvet Underground waar ze als puber zo mee dweepte. In haar dromen werd ze achtervolgd door de stem van de zanger en de onheilspellende melodieën hielden haar voortdurend in de klem. Ze kon aan niets anders meer denken, ook al had ze de demo niet meer gespeeld sinds ze hem tijdens haar radioshow gelanceerd had. Het eigenaardige was dat het enthousiasme waarmee ze aanvankelijk vervuld was, nu gedomineerd werd door onrust en wantrouwen. En zo kwam het dat ze op vrijdagavond in *De Kerker* onwennig in een hoekje van de naar opgedroogd bier en nicotine ruikende zaal stond te schuifelen tot Diabolik het podium opkwam. In afwachting telde ze de sigarettenpeuken op de vloer. Ze bekeek de andere aanwezigen. Meisjes met donkere mascara, zilveren juwelen en gescheurde nylons en bleke jongens met lang vettig haar en zwarte T-shirts. Het normale volk dat hier elk weekend kwam. Ze slurpten onwetend van flessen rode wijn die ze aan elkaar doorgaven en rookten kruidnagelsigaretten. Amber keek al die tijd naar het nog lege podium waar slechts enkele stroomkabels overheen liepen. In haar hoofd maakte ze zich een voorstelling van hoe de zanger eruit zou zien en of hij live even mysterieus zou klinken als op cassette.

Na een tijdje kwamen de leden van Diabolik op. Amber nipte vol verwachting van haar biertje. Ze waren slechts met drie, drie schimmen, deels gehuld in de schaduwen van de coulissen en deels overbelicht door de blauwe spots. Hun gezichten waren nauwelijks te herkennen. Even leken ze op de schimmen uit haar nachtmerrie. Ergens in die speling van licht en donker ontwaarde Amber de contouren van de bassist en de vrouwelijke drummer. Ze posteerden zich op het podium, begonnen hun instrumenten te stemmen.

Amber verwonderde zich op dat moment nogmaals over hoe ze met zulke elementaire doch eenvoudige instrumenten dergelijke bezwerende muziek konden produceren. Opeens stapte de zanger als een Messias uit het licht. Het was een donkerharige man wiens lokken als draperieën voor zijn gezicht hingen, hij magnetiseerde haar blik. Hij was niet mooi, maar bezat toch een onweerstaanbare aantrekkingskracht. Hij definieerde het woord charisma. De spots waren nu zo gericht dat het podium goed verlicht was. De bandleden zagen er vrij normaal uit, teleurstellend normaal bijna. Wat had ze dan verwacht? Vleesgeworden demonen? Aan hun muziek te horen was die verklaring alleszins aannemelijk geweest, want al bij de eerste noot viel er een soort duisternis over het publiek, een kille greep die iedereen in de ban hield, die iedereen ontwrichtte.

Diabolik zou in totaal een uur spelen. Na vijf nummers, met lange gitaarpartijen, poëtische teksten en een stem die meerdere tonen tegelijk kon halen en rauwe grunts schijnbaar moeiteloos afwisselde met sacrale uithalen vanuit het diepst van de keel, waren enkelingen al van hun stoel opgestaan en gaan headbangen voor het podium. Amber niet. Zij zat als bevroren te luisteren. Tijdens sommige stukken kreeg ze werkelijk kippenvel van angst en andere stukken ontroerden haar tot tranen toe. En dan moest dat ene bewuste nummer nog komen.

Haar bloed leek wel in ijswater te veranderen toen Diabolik de apotheose inzette. Live had het nog zoveel meer effect. Een ijzige kilte sloop door haar ledematen en balde samen in haar onderbuik. De roes waarin ze gevangen zat, slingerde heen en weer tussen euforie en angst. Ze keek om zich heen, speurend naar de reacties van de anderen, om te zien of zij hetzelfde ervoeren, maar zij scheen de enige te zijn, alsof alleen zij vatbaar was voor de magie van Diabolik. Het voelde als een voorrecht. Zij was uitverkoren.

Na het optreden zocht Amber de bandleden op. Ze moest zich haasten, want ze waren zonder hun afscheid aan te kondigen langs een achterdeurtje naar buiten geslopen. Ze beende naar de andere kant van de keet, opende de deur en zag hoe ze een beetje verderop hun instrumenten in een oude bestelwagen laadden. Ze hoorde hoe de zijdeur dichtschoof. 'Wacht,' riep ze, en ze rende naar hen toe. De gitarist zat al achter het stuur, de zanger was net aan het instappen, maar de drumster bleef staan en keek over haar schouder. Amber stelde zichzelf voor. 'Ik weet het,' onderbrak de drumster haar, 'jij bent die meid van de radio.'

'Juist.'

'Ik ben Rozemarijn, bedankt dat je ons demo draaide.'

'Hé, dat is volledig jullie verdienste. De muziek was ... hoe zal ik het zeggen ... bezwerend. Net zoals jullie optreden trouwens.'

Rozemarijn glimlachte. Ze leunde even nonchalant als elegant tegen de motorkap, haar duimen verstopt in de zakken van haar lederen broek. Het zilveren ringetje in haar neusgat fonkelde in de nakende nacht. Met haar hoofd knikte ze opzij naar de andere twee bandleden. 'Dat zijn Sebastian en Molokai,' zei ze.

Amber keek door het stoffige vensterglas. Molokai, de zanger, had iets raadselachtigs over zich, zelfs wanneer hij daar doodgewoon op de passagiersstoel zat te wachten tot de auto vertrok. Vluchtig keek hij naar Amber, zonder woord of gebaar.

'Hij kan niet praten, hij kan alleen zingen, zoals een nachtegaal,' verontschuldigde Rozemarijn zich in zijn plaats. Op dat moment had Sebastian de motor al aangezet. Hij opende het portier en vroeg wat er aan de hand was. 'Dit is die meid van de radio.' De basgitarist mompelde iets onverstaanbaars en maakte enkele vreemde mondbewegingen, als een hyperactief kind met een tic. Daarna stapte hij uit en zei: 'Radio Metaal.' Het was geen vraag, gewoon een vaststelling. Zijn rechteroog knipperde enkele keren als een kapotte lamp en weer ging die mond schijnbaar ongecontroleerd open en toe. Amber bedacht zich dat ze zoiets al vaker had gezien bij drugsverslaafden. Het kon kloppen: hij had ingevallen wangen en slechte tanden. Bovendien waren zijn pupillen groter dan normaal. De jongen – hij leek de jongste van de band – had het soort gezicht dat als je het slechts eenmaal zag, je het je tien jaar later nog met sprekend gemak zou herinneren. Molokai bleef al die tijd zitten, stoïcijns als een Griekse filosoof. Hij leek niet geïnteresseerd in het gesprek, noch ergerde hij zich aan het oponthoud.

Amber realiseerde zich nu dat ze eigenlijk zonder aanleiding naar de bandleden van Diabolik gerend was. Het was gebeurd in de roes waarin ze tijdens het optreden had verkeerd. Wat was in feite haar bedoeling? Ze had natuurlijke alle recht om hen te begroeten, ze had namelijk hun demo gedraaid, haar nek voor hen uitgestoken. Gelukkig hoefde ze geen verantwoording af te leggen, want Rozemarijn vroeg: 'Kunnen we je misschien een lift geven?'

Amber moest even nadenken. Ze keek naar Molokai en dan naar Sebastian die een psycho-pathische grijns veinsde, alsof het het meest idiote idee zou zijn om van hem een lift te aanvaarden.

'Let maar niet op hem,' zei Rozemarijn en ze gaf hem een por. 'Waar moet je zijn?'

Het was een heel eenvoudige vraag met een heel eenvoudig antwoord, maar diep van binnen hoopte Amber dat het lot die nacht voor haar een totaal andere bestemming voorzien had dan haar beklemmende appartementje. Vaak had ze gemijmerd over vage wensen en onvervulde verlangens, over de duistere kant in de mens en de scherpe randjes aan zichzelf. Allemaal zaken waarvan ze op haar eenendertigste dacht dat ze niet (meer) voor haar weggelegd waren en waarvan ze niet wist dat ze zodanig met elkaar verweven waren, dat ze in feite functioneerden als een gestalt. En op een gelijkaardige manier hoopte zij die nacht het ontbrekende element te kunnen zijn dat Diabolik zou verheffen tot zoveel meer dan een aanstormende, talentvolle band. Een gestalt.

'Nergens,' zei ze uiteindelijk.

Amber nam plaats op een lederen stoel waarvan de bekleding gescheurd was en het gele schuim zich als etter uit een puist naar buiten wurmde. Het busje stonk naar een mengeling van slechte adem, bier en seks die hier niet zolang geleden had plaatsgevonden. Ze inhaleerde het aroma en moest lachen in zichzelf, omdat dit precies was zoals ze zich had ingebeeld hoe de tourbus van Nirvana destijds geroken moet hebben. Ze zag er de charme wel van in. De geur ebde weg toen Rozemarijn – 'zeg maar Roos' – een sigaret opstak en Amber er ook een aanbood. Amber rookte niet, maar nam de sigaret toch aan, als ware het een symbool voor haar nieuwe ik die zich onbewust in haar manifesteerde. Die andere kant, die iedereen wel heeft, ergens. Ze kuchte bij de eerste trek en Roos grinnikte. 'Je mocht gerust nee zeggen, hoor.' Ze had een steelse glinstering in haar ogen en Amber voelde meteen een vonk. Ze mocht haar.

Ze waren al een vijftal minuten aan het rijden en Amber lette niet meer op de weg. Ze was met Roos aan het discussiëren over wat eigenlijk de beste vampierfilm was. Hoe ze op dat gespreksonderwerp gekomen waren, wist ze al niet meer. 'Dan ga ik toch voor *Nosferatu*,' zei Roos resoluut.

'Welke bedoel je dan precies? Die uit '22 of die uit '79?'

'Meen je dat serieus? Die uit '22 natuurlijk. Weet je dat ik die ooit in zo'n arthouse-bioscoop heb gezien met live pianomuziek erbij? Die sfeer alleen al … niet te evenaren.'

'Ik begrijp de keuze,' zei Amber. 'Maar ik vind hem overschat.'

'Oh?' Roos trok haar wenkbrauwen op. Ze rolde gespeeld met haar ogen. 'Welke verkies jij dan? Wacht niets zeggen. Laat me even denken.' Ze deed een laatste trek van haar sigaret en gooide de peuk door het raam naar buiten. 'Eh … *Dracula*? Of nee, *Interview with the Vampire*? Ja, natuurlijk, die met Brad Pitt moet het zijn.'

Amber schudde haar hoofd. '*The Lost Boys*,' zei ze alsof er geen concurrentie was. Via de achteruitkijkspiegel kon ze zien hoe Molokai haar keuze zegende met een korte, maar onmiskenbaar bevestigende knik. Roos bekende dat ze die film nog nooit gezien had, waarop Sebastian haar ietwat pedant inlichtte: 'Dat is die film met een jonge Kiefer Sutherland en zijn geblondeerde nektapijt. En met dat prachtige nummer *Cry Little Sister* waarvan iedereen verkeerdelijk denkt dat het door The Sisters of Mercy uitgevoerd werd, maar verdomme, ik vergeet altijd die echte gast zijn naam.' Hij keek een seconde naar Molokai, in de ijdele hoop dat die hem zou aanvullen, hetzelfde ogenblik waarop Amber door het raam naar buiten tuurde en besefte dat ze deze weg niet kende. Ze had echter geen tijd om zich daar vragen bij te stellen, want in de lichtdriehoek van de koplampen verscheen plots een gedaante en net wanneer Sebastian zijn ogen terug op de weg richtte, weerklonk er een doffe klap.

Roos was de eerste die uitstapte. Amber bleef verstijfd op de achterbank zitten en probeerde in de stralenkrans het object te ontwaren dat de klap had veroorzaakt. Omdat ze niets zag en omdat ze niets kon afleiden uit de bijna apathische reactie van zowel Sebastian als Molokai, stapte ze ook uit. Gereutel was het eerste wat ze hoorde.

'Help me even, wil je,' zei Roos.

Amber zette enkele stappen dichterbij tot ze een flinterdun riviertje van donker bloed tussen haar voeten zag kronkelen. Tenminste, ze ging ervan uit dat het bloed was. Haar blik gleed stroomopwaarts en eindigde bij een harig wezen. De nerveuze toestand waarin ze verkeerde en de scherpe schaduw waarin het lichaam gekleed was, maakte dat ze pas na enkele seconden doorhad dat het een hond was.

'Kom op, help me even,' zei Roos nogmaals. Ze stond gehurkt over de hond. Hij leefde nog, maar was er slecht aan toe. Tussen het gereutel klonk af en toe gejank, het soort gejank dat je niet wilde horen op een verlaten weg als deze, midden in de nacht. Amber staarde naar het ene oog dat naar een willekeurige plaats gaapte. Het was niet te zien waar, maar het dier had meerdere beenderen in zijn lichaam gebroken en kon niet meer opstaan. Het lag daar gewoon te lijden, en te bloeden uit een wond op de plaats waar zijn achterpoten met zijn rug verbonden waren.

'Wat moet ik doen?' vroeg Amber. Waarom bleven Molokai en Sebastian in het busje zitten trouwens?

'Op de achterbank ligt een juten zak.'

Zonder erover na te denken liep Amber het bloedspoor ontwijkend weer naar de wagen. Ze grabbelde de zak van de achterbank en hield hem open, zodat Roos het dier erin kon stoppen. Pas achteraf, toen ze weer aan het rijden waren met de stuiptrekkende hond achterin het busje, vroeg ze zich af waarom ze hem niet gewoon de genadeslag hadden toegediend en in de berm hadden begraven. Sebastian had een lijn coke gesnoven en duwde het gaspedaal in. Molokai staarde dromerig voor zich uit. Roos stak een sigaret op zonder te roken en aaide af en toe zorgzaam over de bewegende bulten in de juten zak. Misschien had ze tranen in haar ogen, misschien ook niet. En Amber, die moest de hele tijd denken aan films waarin mensen spontaan begonnen te braken na een choquerende gebeurtenis. De geur van het warme bloed verspreidde zich in de wagen. Ze voelde zich misselijk. Toch liet ze zich meevoeren door Diabolik.

Helder denken lukte niet meer en daarom had ze de eerste keer niet verstaan wat Roos zei. 'Wat?' stamelde Amber.

'Of je het ziet zitten om ons gedurende een week te volgen en een reportage over ons wil maken.'

Amber keek eerst naar de vochtige juten zak en vervolgens via de achteruitkijkspiegel in de peilloze, donkere ogen van Molokai. Ze probeerde zijn gedachten te ontwaren, maar zag slechts oubliëtten waar ze het tegelijkertijd koud en warm van kreeg. Hij was een enigma.

'We hebben een camera waarmee je de docu kan schieten.' Roos zei het alsof alles op voorhand gepland was, alsof deze avond in scène was gezet. 'Je weet toch hoe zo'n ding werkt?'

Amber knikte afwezig. Enerzijds leefde de herinnering aan haar tijd op de kunstacademie weer op, waar ze aan verschillende filmprojecten had gewerkt, anderzijds verbaasde ze zich over het gemak waarmee ze zich in deze surrealistische droom liet meevoeren. Het was eenvoudig. Ze kon weigeren, naar haar appartementje gaan en de volgende dag gewoon weer gaan werken en enkele dagen per week plaatjes draaien op Radio Metaal. Anderzijds

was dit een unieke kans om aan haar banale bestaan te ontsnappen en de verhalen te beleven die gevangen zaten in het vinyl dat ze al sinds haar jeugd koesterde. 'Ja,' antwoordde een stem die niet de hare was, 'ik weet hoe zo'n ding werkt.'

'Goed,' zei Sebastian. Hij mengde zich vol enthousiasme in het gesprek. 'Je kunt bij ons blijven crashen. Plaats genoeg.'

'Wat Seb zegt.' Roos glimlachte innemend.

Amber ging ervan uit dat ze bepaalde instructies zou krijgen over hoe de docu tot stand moest komen, maar toen Roos haar beloofde dat ze artistieke vrijheid kreeg, begon ze al in haar hoofd over een aanpak, een invalshoek te brainstormen. In gedachten zag ze haar film gedraaid worden op het witte doek, het begin van een nieuwe toekomst.

In de bestelwagen, zo ver en toch zo dichtbij, klonk een nummer van Siouxsie & The Banshees en voor ze het besefte, was de bestelwagen tot stilstand gekomen bij een traliepoort. Amber sloeg haar blik neer en keek bezorgd naar de hond, die nog steeds stuipen had en jankte in de zak. Vervolgens wendde ze vol weerzin haar blik weer af. Ze drukte haar gezicht tegen het vensterglas om te zien waar ze terechtgekomen was. Sebastian stapte uit, opende de poort en reed de wagen het spookachtige terrein op. Verlaten gebouwen. Loodsen die op instorten stonden. Oude industrie. Fabrieken waar de band al decennia geleden gestopt was met rollen. Amber was terechtgekomen aan de overkant van de Schelde, waarop ze vanuit haar radiostudio uitkeek op dromerige avonden. Een stuk van de stad dat ze kende van in de verte, maar waar ze nooit eerder vertoefd had. Amber vond het best wel spannend om de deur te openen en de zware lucht die hier hing in te ademen. Een rare plaats als thuishaven voor een metalband ... of misschien net niet.

'Kom je?' vroeg Roos. Ze stonden nu aan wat de ingang van wat hun verblijfplaats leek te zijn. Een ijzeren deur die op een kier stond en zacht piepte. De andere bandleden hadden hun instrumenten al uitgeladen.

Amber keek weifelend naar de nachtelijke nevel en de sterren en vervolgens naar de deur. 'Is dit wel een goed idee?' Ze dacht hardop. Waren het haar eigen twijfels bij dit avontuur? Of het feit dat Roos de enige was die haar opnam in de groep, terwijl de andere twee zich niet om haar aanwezigheid schenen te bekommeren, wat op zich niet onlogisch was, want ze kenden haar tenslotte niet. 'Wat ik me al de hele rit afvraag ... was het jouw idee om de demo naar me op te sturen?'

Roos schudde van niet. 'Nee, het was Molokais idee.'

Dat volstond voor Amber om Roos tot aan de deur te volgen. Eenmaal binnen nam ze verrast het interieur op. Het was er snikheet. Lang geleden had het gebouw dienstgedaan als slachthuis. Dat was te zien aan de witte tegels die met opgedroogde bloedspetters besmeurd waren, de vale betonvloer en de kettingen met vleeshaken die aan het plafond hingen. De ruimte was niet groot. In haar gedachten rook ze de weeïge geur van moord en hoorde ze het gekrijs van de runderen die hier tot gehakt vermalen werden. Ze moest weer aan de hond denken.

'Ik weet het,' verontschuldigde Roos zich, 'niet het meest gezellige onderkomen, maar we kraken dit pand al enkele maanden en er is niemand die er een fuck om geeft.'

Amber knikte alleen maar. Ze was te zeer bevangen door het aroma van het verleden om iets te kunnen zeggen. Het felle licht van de tl-lampen die in rijen aan het plafond hingen, verblindde haar. Uiteindelijk vond ze haar stem terug: 'Dus dit is waar jullie leven en waar jullie muziek maken?'

Roos grijnsde. 'Yep. En jij bent uitverkoren om daar een week lang deel van uit te maken.'

En zo ervoer Amber het ook. Ze voelde zich vereerd, ondanks de sluier van onbehagen waarin ze gevangen zat. Flitsen van het 'seks & drugs & rock & roll leven' dat dergelijke artiesten leidden, flikkerden achterin haar hoofd. Dat was de kant die ze op wilde, de insteek van de documentaire die ze wilde maken, al was het maar omdat ze daar als puber zelf zo door gefascineerd was geraakt. Daardoor was ze van muziek gaan houden. Terug naar de roots. Obscure magazines met korrelige foto's van straalbezopen muzikanten, uitgeteld op het asfalt, televisiebeelden van wazige interviews met een gitarist die net een shot in zijn aderen had gezet, het geweld in de coulissen, halfnaakte groupies met uitstekende heupbeenderen en kleine tieten, de afgunst, de uitputting, het zweet, de stank van het lange onderweg zijn met tabak als enige maaltijd. Die eerlijkheid wilde Amber registreren. Nu ze hier in deze schimmige omgeving stond, met al even schimmige figuren die haar hiernaartoe hadden gebracht, wist ze meer dan ooit dat dit de juiste aanpak was. Rauw en ongecensureerd.

'Maar waarom ik?'

'Omdat jij ons groot zal maken, Amber.' Een onbewuste trek van haar mondhoeken en de lichtinval maakten dat Roos kortstondig op een cherubijn uit Rafaëls Sixtijnse Madonna leek. 'Zal ik je rondleiden?' vroeg ze. Zonder op een reactie te wachten beende ze al naar de belendende ruimte die zich zo'n vijftig meter verderop bevond, afgeschermd van de herinneringen aan gekrijs en uitgebeende karkassen.

Amber op haar beurt keek naar de ijzeren deur waarlangs ze binnen was gekomen en vroeg: 'En de hond dan?'

'Straks.'

Ze kwamen in een kamer die tamelijk groot was, maar door de overvloed aan rommel veel kleiner oogde. Amber nam de omgeving op en stelde vast dat een gedeelte gereserveerd was voor het maken en opnemen van muziek. Er stonden enkele instrumenten, mengpanelen en opnameapparatuur. Ongetwijfeld duur materiaal. In een andere hoek stond iets wat voor een keuken moest doorgaan. Eigenlijk stond er gewoon een fornuis waarop vlekken aangekoekt vuil zich rond de gaspitjes verspreidden als een uitbreidend virus. Ernaast stond een waterkoker op de grond, wat verderop een koelkast. De vloer was vuil. Alles was hier vuil, maar dat was niet wat Amber het eerste opviel.

Het was de geur van crack. Het was een subtiel aroma, nauwelijks te herkennen, maar in een ver verleden had ze een gast gekend die, ergens op een feestje waarvan ze al niet meer wist waar het had plaatsgevonden, dat spul had uitgeprobeerd. Inmiddels was hij overleden aan een overdosis van een of andere drug, maar die specifieke geur van crack is haar altijd bijgebleven, een beetje als brandend plastic. Ze keek naar Molokai en Sebastian die achteroverlagen in een ribfluwelen zetel met een gelukzalige glimlach op hun gezicht. Er stonden nog enkele zetels, sommige leeg, andere verscholen onder stapels boeken en gebruikte kledingstukken.

'Let niet op hen,' zei Roos. 'Wil je iets te eten?'

Amber walgde van de gedachte dat er op dat vieze fornuis voor haar gekookt zou worden. Toch knikte ze, al was het maar omdat ze zich volledig in het leven van Diabolik wilde onderdompelen. Ze nam zich voor de komende week gewoon te ondergaan. Roos zette een pan op het vuur en gooide er een rood stuk vlees in dat meteen begon te sissen. Amber durfde er niet van dichtbij naar kijken, uit angst dat ze maden tussen de vezels zou ontdekken. Terwijl Roos het vlees omdraaide, wees ze naar de camera die in dezelfde hoek als de instrumenten lag. 'Daar. Je kan alvast beginnen, als je wil.'

Het was een Super8. Amber nam het ding met beide handen van de grond en inspecteerde het. Het ding was in goede staat, ongebruikt zo leek het, hoewel het al enige ouderdom bezat. Roos riep haar toe dat er genoeg filmrollen waren, dus dat ze zoveel kon filmen als ze wilde. Amber zag het als een aanmoediging om het toestel aan te zetten en meteen een portret te schieten van de omgeving. Ze beeldde zich het ratelende geluid in van het draaien van de band op spoelen, wanneer de docu klaar was. Door de lens zag de kamer er nog groezeliger uit. Het was alsof ze zelf naar een film keek. Het soort film dat je leven voorgoed veranderde.

De biefstuk smaakte beter dan verwacht. Ze dronk er enkele biertjes bij. Amber keek op haar uurwerk en stelde vast dat ze zich in de afgrond tussen avond en ochtend bevond. Het moment waarop grootse dingen gebeurden. Molokai was ondertussen uit zijn roes ontwaakt en zat te jammen op zijn gitaar. Hoewel hij geen afgelijnde melodieën speelde, of misschien net daarom, hadden de klanken iets hypnotiserends. In de chaos zat een bepaalde structuur, het muzikale equivalent van een fractal. Zingen deed hij niet. Amber luisterde met gesloten ogen, dommelde langzaam in met de camera nog steeds draaiend, tot ze opeens de vlijmscherpe stem van Roos hoorde. 'De hond!' Het was duidelijk dat zij degene was die hier de touwtjes in handen had, organisatorisch gesproken dan, want Molokai was overduidelijk het creatieve brein als het op muziek aankwam. 'Snel,' maande ze de andere bandleden aan, 'voor hij dood is.'

Amber wist niet wat Roos precies bedoelde. Ze wist niet eens of ze de woorden wel juist verstaan had, maar in plaats van zich daarover te bekommeren, filmde ze Molokai en Sebastian die opstonden en Roos door het abattoir naar de bestelwagen volgden. Even later kwam Sebastian terug binnen met in zijn rechterhand de juten zak. Hij had een triomfantelijke grijns op zijn gezicht, dat er in het overvloedige tl-licht kwaadaardig maar vooral ongezond uitzag. Zijn jukbeenderen waren scherp als kliffen en zijn slapen ingevallen. Amber staarde naar de vormloze hoop in de zak. Ze dacht iets te zien bewegen, maar het kon evengoed een stofdeeltje op de lens geweest zijn dat deze illusie had aangewakkerd.

Ze brandde van verlangen om te weten wat er te gebeuren stond, met de hond en met het drietal. Allerlei scenario's speelden door haar hoofd. De vraag wat ze met dat beest gingen doen brandde op haar tong, maar toch slaagde ze er niet in deze te stellen. Amber beet op haar lippen. Wellicht, dacht ze, was het als buitenstaander beter om in haar rol te blijven, dat wilde zeggen dat ze uitsluitend mocht registreren. Deelnemen was niet voor haar bestemd. Nog niet. Iets in haar zei bovendien dat het beter was om de camera uit te zetten, maar ze wilde geen censuur. Zelf had ze een hekel aan films of docu's waarbij de camera op cruciale momenten wegdraaide. Zij wilde niet dat soort regisseur zijn. Ze wilde de waarheid op pellicule, ook al was die voor sommigen te choquerend.

Haar voorgevoel had haar niet bedrogen. Amber keek heel even naast de camera om met haar eigen ogen te kunnen zien of wat zich in het abattoir afspeelde werkelijkheid was en geen kronkel in haar verbeelding. Sebastian had de nog levende hond aan een vleeshaak gehangen. De ledematen van het dier schokten, het probeerde te huilen, maar kon niet en bengelde zachtjes heen en weer, enkele centimeters naar links, enkele centimeters naar rechts. Amber bleef filmen, maar sloot haar ogen. Toen ze ze weer opende, zag ze nog net hoe Molokai met een roodgekleurde sikkel in zijn hand naar het stromende bloed stond te staren. De uitdrukking op zijn gezicht was er een om het steenkoud van te krijgen.

Het bloed gutste in een rechthoekige kuip die gehouwen was uit witte, stenen tegels, met onderaan een afvoerbuis die in de grond verdween. Amber probeerde niet naar het gespetter te luisteren. Ze verbaasde zich erover hoeveel bloed er uit het dode lichaam van de tamelijk kleine hond vloeide. Het feit dat ze roerloos stond toe te kijken bezorgde haar een schuldgevoel, maar ze kon het niet helpen. Na een tijdje regenden er enkel nog dikke, stroperige druppels bloed op de bodem van de kuip. Een donkerrode spiegel waarin gezichten vervormd werden, dat was het enige verschil tussen leven en dood.

Roos vroeg of Amber alles onder controle had. 'Je beeft,' zei ze. Dat was ook zo. Amber kon de camera amper stilhouden. Rillingen sidderden van haar vingertoppen tot in haar ellebogen en weer terug. Vreemd genoeg was dat haar enige lichamelijke reactie op deze choquerende ervaring. Ze was niet misselijk, had geen braakneigingen, had ook niet het gevoel flauw te gaan vallen. Wel voelde ze weerzin, maar veeleer was ze verwonderd, omdat ze begreep dat er meer achter deze handeling zat. 'Het is een ritueel, nietwaar?' vroeg ze. Er was niemand die op haar vraag antwoordde, maar Molokai keek naar haar door de lens. Die blik, die gitzwarte glinstering in zijn ogen zei genoeg. Hij was de leider die het ritueel voltrokken had. Het was een kwestie van tijd alvorens Amber het 'waarom' ervan zou ontdekken.

Die nacht droomde ze over het ritueel. Ze lag op een oud matras ergens in de leefruimte onder een laken dat al maanden niet meer gewassen was. Net voor het slapengaan had ze een joint gedeeld met Roos, maar desondanks was ze onrustig in haar slaap. Beelden van het rondspattende bloed, de sneeuwwitte kuip en de zwarte glans in de ogen van Molokai teisterden haar dromen. Tegelijkertijd hoorde ze zijn stem ergens in de verte. Hij zong. Amber besefte dat ze hem nog nooit had horen spreken, alsof de enige bestaansreden van zijn stem het strelen was van hamer, aambeeld en stijgbeugel. Af en toe werd ze wakker, beefde ze ondanks de hitte in de kamer, staarde enkele minuten naar het plafond en luisterde naar de ademhaling van de andere drie, om vervolgens weer in een ondiepe slaap te vallen. De ochtend leek verder weg dan ooit.

Amber werd gewekt door de geur van gebakken vlees. Gebakken hond, vermoedde ze, ook al was die geur niet te onderscheiden van een ander stuk vlees. Ze zette de camera weer aan en bedacht zich op hetzelfde moment dat ze zichzelf rook, een mengeling van zuur zweet en vettige hoofdhuid, een idee dat ze anders nooit kon verdragen maar waar ze nu weinig belang aan hechtte. Sebastian zat op een kruk naast haar matras en bood haar een blikje bier aan. 'Goed geslapen?' vroeg hij. Hij lachte zijn okerkleurige tanden bloot: zwart omrande puzzelstukjes die al een eeuwigheid niet meer in elkaar pasten, de nachtmerrie van ieder kind.

Amber knikte, maar weigerde het bier. 'Een glas water zou me beter smaken.' Ze kreeg waar ze om vroeg, samen met een portie hond en een klodder mayonaise, al maakte ze zichzelf wijs dat het biefstuk was. Molokai lag wat verderop in de zetel met zijn ogen gesloten. Het viel moeilijk uit te maken of hij sliep of niet. Hij kon evengoed dood geweest zijn, maar dat was hij natuurlijk niet. 'Ik heb een voorstel,' zei Amber tussen twee happen door, 'ik zou jullie graag filmen tijdens een repetitie.'

Roos vond het een goed idee, maar Sebastian reageerde lauwtjes. Molokai reageerde helemaal niet. Misschien was het nog te vroeg voor zoveel enthousiasme, bedacht Amber zich. Het enige kleine venstertje in de kamer liet een streep grauw daglicht binnen, waaruit onmogelijk te bepalen viel hoe laat het ongeveer was. Het deed er ook niet toe. Later op de dag zou ze het nog weleens ter sprake brengen. Ondertussen at ze rustig verder. Eigenlijk smaakte het wel, zolang ze haar gedachten maar kon afwenden van dat bloedende karkas. Ooit had ze overwogen om vegetariër te worden. Het idee erachter steunde ze volledig, maar de wilskracht om vol te houden bezat ze niet. Na het ontbijt besloot ze met haar camera in en rond het abattoir te trekken en datgene wat ze registreerde te voorzien van opmerkingen die spontaan in haar opkwamen. Op die manier kon ze acclimatiseren en konden de bandleden van Diabolik ongestoord ontwaken. 'Trouwens, waar is het toilet?'

Blijkbaar hadden de bandleden een porseleinen toiletpot boven een afvoerput in het slachthuis geïnstalleerd. Het deed haar aan de scoutskampen denken waar ze vroeger zo'n hartsgrondige hekel aan had. De pot was vergeeld en er lag nog ontlasting in van de vorige gebruiker. Een systeem om door te spoelen ontbrak, tenzij de emmer water die

ernaast stond, maar die was leeg. Amber had een vaag vermoeden dat het nooit anders geweest was, los van de 'goede' intentie tot enige vorm van hygiëne. Ze hurkte zich boven de pot. Gaan zitten deed ze niet, om twee redenen: de bruine spetters op de rand en het feit dat het toilet bij een verkeerde beweging kon kantelen. Ze verschoonde zich met een zakdoek die ze nog ergens in haar broekzak vond, want papier was er niet. Niet dat het haar verraste.

Eenmaal buiten begaf Amber zich door steegjes van fabrieken en loodsen die al jaren in verval waren. Vaal beton, amateuristische graffiti, verroest ijzer en aan diggelen gegooide ramen waren het hoofdonderwerp van haar lens, die ochtend. De ondergang van de wereld leek hier als eerste te zijn ingezet. Wat ze ook merkte, was dat de omgeving volledig geurloos leek en dat belette haar bepaalde associaties te maken die voor een groot stuk haar nostalgie domineerden. Ze beeldde zich toxische dampen in en het geluid van machines waarvan de echo's al lang uitgestorven waren.

Na enkele uurtjes keerde ze terug. Niet omdat het begonnen was met regenen, wel omdat haar filmrolletje op was. Het duurde even voor ze het slachthuis terugvond, al was het niet onlogisch dat je in deze betonnen jungle even gemakkelijk kon verdwalen als in een bos. Amber hoorde een onbekende maar aanstekelijke gitaarrif toen ze het gebouw betrad. Diabolik was bezig met een jamsessie. Zo snel als ze kon, verwisselde ze het filmrolletje. Sebastian bespeelde de basgitaar met veel gevoel, Roos zat als een bezetene achter de drums en Molokai beroerde zijn gitaar op een ingetogen manier, alsof het instrument een verlengstuk van zijn ziel was. Toen hij zijn keel openzette, kreeg Amber prompt tranen in de ogen. Weer begonnen haar handen te trillen, net zoals toen met de hond, maar deze keer van ontroering. Ze kon alleen maar hopen dat de opname geslaagd was.

De rest van de dag werd gevuld met lachwekkende conversaties over mongolen en Italiaanse kannibalenfilms uit de jaren tachtig, maar ook serieuze zaken, zoals de boeken van Poppy Z. Brite, de taboes rond SM, welke de efficiëntste slaappillen waren en of het nummer *Wait and Bleed* van Slipknot al dan niet geniaal of commerciële rommel was. Molokai luisterde, maar mengde zich uiteraard niet in de geanimeerde discussies, al meende Amber soms uit zijn gelaatsuitdrukking te kunnen opmaken of hij het al dan niet met iets eens was. Het bleef haar echter een raadsel wat zijn jeugdtrauma's waren, al had ze geen idee waarom die vraag haar precies bezighield. Ze kon zich niet voorstellen dat het iets banaals als spinnen of een donkere, vochtige kelder zou zijn. In haar verbeelding eigende ze hem een mysterieus verleden toe, één met littekens, ontembaar verdriet en donkere gedachten waar die van psychopaten bij verbleekten.

'Weet je wat we kunnen doen?' vroeg Sebastian opeens. Hij had net een lijn coke gesnoven en was ontzettend enthousiast over zijn voorstel: 'De elektriciteitsmast!' Zijn ogen fonkelden. Amber keek met gefronste wenkbrauwen naar Roos om wier lippen een smalend lachje danste. Ze schudde zachtjes haar hoofd heen en weer, maar op een manier die verried dat ze het eigenlijk wel een goed voorstel vond.

'Wat is de elektriciteitsmast?' wilde Amber weten.

'Pure adrenaline.' Sebastian snoof nogmaals. 'Vergeet zeker je camera niet.'

Amber had de elektriciteitsmast inderdaad opgemerkt tijdens haar ochtendwandeling. Het ding was net zoals het hele terrein in onbruik geraakt. Zelfs de stroomkabels hoog in de lucht waren doorgeknipt, alleen de mast stond nog overeind, een kolos ergens in een heuvelachtig veldje waar het onkruid eerder grijs dan groen was. Men had niet eens de moeite gedaan het ding neer te halen. Sebastian stond als eerste op. Hij boog enkele keren door zijn knieën, als een sprinter die zich voorbereidde op de honderd meter. Zijn gewrichten knakten. Amber had nog steeds geen idee wat haar te wachten stond, maar ze voelde hoe de opwinding van Sebastian en Roos op haar geprojecteerd werd. In haar buik danste een vlinder, zoals bij een kind dat zich tijdens verstoppertje verschanst.

Molokais gelaatsuitdrukking was eerder apathisch – wellicht omdat hij even daarvoor vijf Valiums naar binnen had gewerkt – maar uit het feit dat ook hij opstond en zijn lederen jekker aantrok, bleek dat hij uitkeek naar de adrenalinerush. Amber zette de camera aan en volgde hen naar buiten. De hemel had de kleur van een etterende wonde en stonk naar ozon. Amber snoof de lucht op, hoestte enkele keren en spuugde een fluim op een spoorweg waar ooit goederentreinen hadden gereden. Ze keek over de gebouwen, op zoek naar de mast. Ergens ten westen van het terrein zag ze zijn silhouet boven de loodsen opdoemen. Het was ongeveer vijftien minuten stappen.

Nu ze er vlak onder stond, was het gevaarte hoger dan Amber aanvankelijk dacht. In zekere zin was het intimiderend. Voor ze het doorhad, was Sebastian al enkele meters hoog geklommen. Ze filmde hem. Daarna gleed haar lens naar Molokai, die klaar stond aan de voet van de mast en Sebastian volgde. Met sprekend gemak klommen ze hoger en hoger, zonder enige vorm van beveiliging. 'Het ziet er roekelozer uit dan het is,' suste Roos, die nog steeds aan Ambers zijde stond. 'Je hoeft niet mee te komen als je niet wil, maar –'

'Maar?'

'Het verandert je leven.' Molokai en Sebastian waren ondertussen halverwege. Met handen en voeten bestegen ze de metalen staven. 'Ik snap dat het eng lijkt. Zeker als het je eerste keer is, maar het is zoals een ladder: als je een beetje oplet kan er niets gebeuren.'

Amber liet de camera zakken en keek omhoog. Ze haalde enkele keren diep in en uit.

'Het uitzicht is prachtig,' beloofde Roos, 'en als je wil, blijf ik bij jou terwijl we naar boven gaan.' Ze strekte haar hand uit om de camera aan te nemen.

'Ik weet het niet,' zei Amber. Ze keek nogmaals naar boven en hoorde hoe Sebastian een kreet van triomf slaakte. Het leek misschien wel gevaarlijker dan het was, maar je hoefde maar één keer mis te stappen en het was gedaan ... Ze ritste haar jasje dicht, een handeling om zichzelf een houding te geven terwijl ze nog steeds twijfelde over wat ze zou doen. Zonder iets te zeggen ging ze naar de voet van de mast en klom enkele meters omhoog, bij wijze van test, om te zien of ze het aankon. Daar bleef ze even zitten. Er stond een zachte wind. Ze voelde haar haren langs haar wangen wapperen. Die sensatie en het feit dat ze twee meter boven de grond zat bezorgde haar een gevoel van vrijheid. Het was spannend en geruststellend tegelijkertijd. Als ze van hieruit naar beneden donderde, kon ze hoogstens haar enkel verstuiken, tenzij ze verkeerd zou vallen en haar nek zou knappen als een twijgje.

Roos was ondertussen naast haar komen zitten. 'Wat denk je?' vroeg ze.

'Ik denk dat ik het leuk vind.'

'Ga je mee?'

Amber volgde in het spoor van Roos die traag en voorzichtig naar boven klom. Hoelang het precies duurde voor ze in de top zaten, viel moeilijk in te schatten. Hoewel ze geen hoogtevrees had, nam ze zich voor om niet naar beneden te kijken, wat natuurlijk niet lukte omdat de verleiding te groot was. Gevaar had nu eenmaal meer aantrekkingskracht dan gezond verstand. Nu ze boven zat, voelde het als een bevrijding. En het uitzicht was inderdaad adembenemend, letterlijk zelfs. De wereld onder haar was doods, afgezien van de zilveren glinsteringen die de maan over het gestorven landschap uitstrooide. Amber zette zich schrap door haar benen en rug stevig tegen het ijzeren geraamte van de mast te drukken. Ze speurde naar de watertoren aan de overkant van de Schelde, waar haar radiostation gevestigd was, maar omdat er geen licht brandde, kon ze hem niet vinden.

'Wel, wat vind je ervan?'

'Je hebt niet gelogen, het uitzicht is prachtig.'

'Geen spijt?' Roos overhandigde ondertussen de camera weer aan Amber zodat ze deze gebeurtenis kon vereeuwigen.

'Nee.'

'Ik wist het wel,' giechelde Sebastian.

'Doen jullie dit vaak?'

'Telkens wanneer we nood hebben aan adrenaline,' zei Sebastian zonder haar aan te kijken. Hij was op de bovenste punt van de mast gaan staan en balanceerde met uitgestrekte handen als een koorddanser.

Amber voelde haar hart in haar keel hameren terwijl ze door de lens keek en zijn waaghalzerij registreerde. Schichtig keek ze in Roos' richting, maar die stelde haar gerust met een sussende gelaatsuitdrukking. Molokai schonk weinig aandacht aan de acrobatieën van zijn maat. Hij stak een sigaret op. De rook dreef langs zijn gezicht op de wind naar het westen, waar de avondzon verdween in een abstract schilderij van perzik- en vanillekleurige vegen, zoals altijd op avonden die onvervulde wensen deden uitkomen. Hij reikte Roos en Amber het pakje aan, die elk op hun beurt ook een sigaret namen. Op het moment dat Amber haar eerste trek nam en met een half oog door de lens naar Sebastian keek, zag ze hem manisch zijn rotte tanden blootgrijnzen. Ze probeerde hem in close-up te vangen, maar opeens verdween hij uit beeld. Sebastian tuimelde naar beneden, gevolgd door een schreeuw. Amber schrok zo hard dat ze gilde en ze de brandende sigaret uit haar hand liet vallen. De camera kon ze nog net vasthouden aan het lint. Meteen daarop volgde een oorverdovend geschater dat haar tegelijkertijd geruststelde en met ontzetting vervulde. Sebastian was niet dood. Integendeel, hij was springlevend. Hij had zichzelf in de diepte gestort en slingerde helemaal onderaan als een gibbon aan de laatste ijzeren staaf, rond en rond en rond. Amber geloofde niet wat ze zojuist had aanschouwd. Ze zat gevangen in een vlaag van zinsverbijstering, als een kind dat tijdens een goocheltruc zonet de schaars geklede assistente doormidden had zien zagen. Terwijl ze deze illusie voor zichzelf probeerde te verklaren, legde ze zijn acrobatieën op pellicule vast.

Sebastian had beslist niet gelogen. Dit was pure adrenaline. Amber kon zich nauwelijks inbeelden hoe het voor hem moest zijn, zo slingeren boven een gapende duisternis die je na één misstap onverbiddelijk opslokte. Ze wilde het zich niet eens voorstellen. Het enige wat ze wilde, was zo snel mogelijk weer vaste grond onder haar voeten voelen. Toch zinderde ergens diep van binnen de wens om dit ooit nog een keer te doen nog, opnieuw die duizelingwekkende hoogte te bedwingen. Dat was het verraderlijke aan gevaar. Het werkte verslavend, net

als een drug. 'We blijven niet lang. Nog enkele minuutjes, dan gaan we terug naar beneden.' Roos beantwoordde daarmee de vraag die Amber had willen stellen, maar niet durfde. Ze moest waarschijnlijk de angst in haar ogen bespeurd hebben. Het ongemak, de overweldiging.

Eenmaal terug op de grond golfde de adrenaline nog steeds door Ambers aderen. Ze keek nog een keer omhoog en kon maar niet geloven dat ze daarnet in de top van de mast had gezeten. Het was zo onwezenlijk. 'Gaaf, hè,' zei Sebastian, die als laatste van het ijzeren geraamte sprong en met knakkende gewrichten op de grond landde. Amber kon dat niet ontkennen, maar ze slaagde er niet in om hetgeen ze dacht onder woorden te brengen. Dus zei ze niets en knikte. Er flitste te veel door haar hoofd. Toen keek ze nogmaals naar de top van de mast en betrapte ze zichzelf erop dat haar mond een brede glimlach vormde. De sensatie die ze zonet had ervaren viel moeilijk te beschrijven. 'Dank je wel,' zei ze opeens stomweg, en ze meende het. Ze was Diabolik dankbaar voor alles wat ze tot nu toe had gezien, meegemaakt.

Zonder iets te zeggen legde Roos haar arm over Ambers schouders. Hun blikken kruisten elkaar kortstondig en ze grinnikten. Amber keek nog een laatste keer achterom naar de elektriciteitsmast voor ze weer in de steegjes tussen de oude fabrieken verdween. De nacht was ondertussen zwart als inkt en de bries zacht als fluweel. Amber voelde zich aanvaard door Diabolik. Ze had zich aan hen bewezen en was nu een van hen geworden, zo voelde het althans.

Die avond consumeerden ze een feestmaal bedorven etensresten uit de koelkast, laafden zich aan bier en verder deed ieder zijn eigen ding. Terwijl ze willekeurig door de biografie van Iggy Pop bladerde, volgde Roos met dronken blik de route van een opaalkleurige vlinder die hier duidelijk verdwaald was. Molokai jamde hypnotiserend op zijn akoestische gitaar, op zoek naar nieuwe melodieën, en Sebastian tekende een abstract schilderij van bloed op de muur door veelvuldig met een heroïnenaald in zijn aders te prikken. Amber zoomde afwisselend in op de vlinder en het lijnenspel op de muur, waar in combinatie met de schimmelplekken een macabere versie van Picasso's *Guernica* ontstond.

Hier, in dit hol, werden alle drugs door elkaar gebruikt. Het hoorde erbij. Amber was niet zo naïef om te geloven dat ze in een theekransje terecht zou komen toen ze het aanbod had aanvaard om Diabolik een week te volgen. Molokai zat momenteel nog gevangen in de restanten van een lsd-trip. Hij was afgesloten van de rest, leefde in zijn eigen wereld. Amber had in haar jeugd hoogstens enkele keren een jointje gerookt. En ze was ook een tijdje aan de morfine geweest na een zware operatie. Het verdovende effect beviel haar wel, maar het was niet iets dat deel uitmaakte van haar dagelijkse routine, of iets waar ze naar hunkerde. Maar nu de gelegenheid zich aandiende – Roos bereidde twee doses heroïne voor – was ze te nieuwsgierig om het te weigeren. Amber observeerde Roos en imiteerde haar door het poeder op aluminiumfolie te verwarmen en het door een glazen buisje te inhaleren. Ondertussen liet ze de camera draaien.

Ze had al gehoord over de zogenaamde 'flash', maar had nooit durven vermoeden dat die zo intens zou zijn. Lichaam en geest werden overspoeld door euforie. Daarna volgde een aanhoudende staat van innerlijk geluk, van verrukking, genot en passiviteit. Denken was schier onmogelijk. Het was een kwestie van ondergaan. En op een bepaald moment tijdens die roes, zag ze hoe Molokai uit pure frustratie zijn gitaar stuk sloeg en afwisselend naar Sebastian en Roos keek. Amber was te suf om te reageren. In haar achterhoofd tintelde een gevoel van opluchting dat haar camera dit alles vastlegde, want zelf was ze niet meer bij machte om het toestel te bedienen. Roos stond op en richtte zich tot Molokai. 'Meer bloed?' vroeg ze. Hij knikte. Amber begreep niet waarover ze het hadden – de woorden klonken alsof ze onder water werden uitgesproken – maar ze moest meteen aan die hond denken. De hond, de kuip en het gutsende bloed.

Later die nacht, toen iedereen min of meer uit zijn trip ontwaakt was, stonden de bandleden op na een voor Amber onzichtbaar signaal. Ze deden hun jassen aan en na wat aarzelen deed Amber hetzelfde, al begreep ze nog niet waarom. Daar zou ze later wel achter komen. Ze stak een nieuw filmrolletje in de camera en volgde hen met lome benen. Ze zocht nog even vergeefs naar die prachtige vlinder, treurde dat hij misschien slechts een illusie was, en verliet de kamer. De kleurrijke wezens van *Guernica* wuifden haar uit. Amber zwaaide terug.

Het kon ook het geluid van de wind geweest zijn, maar Amber dacht dat ze Roos hoorde spreken: 'Is ze hier wel klaar voor?' Er kwam geen antwoord. Molokai, Roos en Sebastian hielden halt, draaiden zich om en keken naar elkaar en dan naar Amber. Ze voelde hoe hun blikken zich in haar ziel haakten. 'Waarvoor?' vroeg ze, vervuld van opwinding, onrust en het laatste restje onschuld dat weldra zou sterven. Roos zuchtte. Amber kon moeilijk inschatten wat die zucht betekende. Was ze bang om te vertellen wat er vannacht ging gebeuren? Was het zo verschrikkelijk dan? Was het een manier om zich over haar te ontfermen?

'Ze heeft de elektriciteitsmast toch overleefd,' zei Sebastian.

Stilte.

Niemand leek te weten welke waarde die stelling precies had, Amber nog het minst, omdat ze niet kon voorspellen wat haar te wachten stond.

'Ik bedoel maar ... ze kan wel wat hebben, nietwaar? Elk ander wijf zou het in haar broek gedaan hebben. Letterlijk, bedoel ik dan.'

Amber negeerde het compliment. 'Waar hebben jullie het over?' wilde ze weten. Ze stonden buiten. Het was lichtjes gaan regenen. Een aangename nazomerbui, meer niet.

'Misschien moet je gewoon meekomen. Dan kan je voor jezelf uitmaken of je het aankan of niet.' Roos leek overtuigd van haar voorstel. 'Tenslotte, wie zijn wij om dat in jouw plaats te bepalen?'

'En niemand zal het je kwalijk nemen als je afhaakt,' voegde Sebastian eraan toe.

Amber fronste haar wenkbrauwen en pulkte enigszins geërgerd aan een puist op haar kin. 'Maar ik weet niet eens waar jullie het over hebben?' Haar woorden gingen verloren in de maanloze nacht. Ze zag hoe drie schimmen voor haar uit liepen en besloot hen te volgen, als een hond die nooit anders geleerd had dan zijn baasje gedwee achterna te huppelen. De elektriciteitsmast was slechts een test geweest. Nu kwam het echte werk. Twijfel sloop in haar ledematen; het kon ook het laatste restje heroïne geweest zijn. De onwetendheid over haar bestemming maakte haar onzeker. Sebastian deed een vreugdesprong zoals Gene Kelly in zijn beste jaren. Natuurlijk deed hij dat, want er zou bloed vloeien vannacht ...

Onderweg naar de ondergrondse metro aan de stadsrand verzonnen ze om de beurt, Molokai uitgezonderd, betekenisloze palindromen die hen aan het lachen brachten. Het was verbazend hoe komisch sommige klanken waren. Het onnozelste 'woord' luidde: trapimopolopomipart. Roos struikelde meermaals over haar tong bij het uitspreken hiervan, tot groot jolijt van Amber, die blij was dat er weer even over banale dingen gepraat kon worden. Zelf had ze zeven pogingen nodig om de onzin te herhalen. Toen de bende uitgelachen was, doemde in de verte de gapende mond van de metrotunnel op. Het gat was donkerder dan de nacht en ademde uit een walm van oud vocht en wanhoop.

'Let there be light,' fluisterde Sebastian, en hij knipperde een zaklamp aan. Het was zo'n oud model waarin een handvol alkalinebatterijen met plakband op hun plaats werden gedrukt. De lichtcirkel was eerst zwak, maar toen Sebastian enkele keren tegen de zaklamp tikte, lichtten de sporen van de metro op. In de verte bogen ze af naar links. De schacht was smal. Naast de sporen was niet veel ruimte. Ambers jas schuurde meermaals tegen de vieze muur. Ze vroeg: 'Is dit niet gevaarlijk? Wat als er zo een metro aankomt?'

'Geen nood, op dit uur rijden er geen meer. De eerste komt pas over een halfuur. Tegen die tijd zijn we alweer weg.'

Amber keek op haar uurwerk, niet in staat om de grote wijzer van de kleine te onderscheiden. De heroïneroes had haar opvatting van tijd volledig vervormd. Over een uur zou de zon al opkomen. Haar benen voelden nog altijd loom. Haar tenen tintelden. 'Oké,' zei ze. Ze volgde de lichtstraal die als een gids voor hen uit liep en koos haar pad tussen de sporen in, gerustgesteld door het feit dat er geen metrostel voorbij kon vlammen. Af en toe schopte ze tegen een kei. Onbewust begon ze een nummer van The Stooges te neuriën en voor ze besefte welk lied het eigenlijk was, zongen Roos en Sebastian met haar mee. Hun stemmen weerkaatsten tussen het beton en vormden buitenissige echo's die in de verte nieuwe liederen baarden.

'Eigenlijk, als je er goed over nadenkt, is een banaan toch een ingenieuze vrucht, nietwaar?' Sebastian stelde de vraag aan niemand in het bijzonder. 'Ik bedoel, kent iemand een stuk fruit dat zich makkelijker laat ontmantelen dan een banaan? Je trekt aan de steel, de pel naar beneden, herhaalt dit nog twee keer en klaar: je kunt er zo van eten. Een geschenk van de natuur.'

Amber moest spontaan aan de albumcover van The Velvet Underground & Nico denken. Ze probeerde een handigere vrucht te bedenken, maar vond er geen. Natuurlijk bestond er ook fruit dat je niet eens hoefde te schillen, maar dan had je weer al die pesticiden op je tong. 'Doe mij toch maar een kiwi,' zei ze. 'Ik houd wel van dat harige jasje en dat felle, bijna fluorescerende groen vanbinnen. Geen enkele kleur is zo mooi als kiwi-groen.'

'Behalve het rood van vers bloed,' zei Roos met een kwinkslag.

Onbewust keek Amber in Molokais richting, alsof hij nu zou zeggen wat zijn favoriete vrucht was. Blauwe druiven pasten wel bij hem, vond ze. Elegant en chic en op een bepaalde manier ook mysterieus.

'Zie je daar dat licht?' Roos wees naar een paarse gloed in de verte. Amber had hem eerst nog niet opgemerkt. Ze knikte. 'Dat is een platform. De eerste halte van deze lijn.' Amber pikte die opmerking op als een aansporing om de camera scherp te stellen op het licht. Het was afkomstig van tl-buizen die, naarmate ze het platform naderden, zo fel bleken dat ze in de ogen prikten.

'Sst!' siste Roos. 'Stil wezen nu.'

'We wachten op de eerste reiziger van de nieuwe dag,' fluisterde Sebastian. Zijn ogen blonken van opwinding. Hij deed de zaklamp weer uit.

'En wat dan?' vroeg Amber.

Roos weer: 'Sst.'

Amber merkte dat ze nerveus was. Dat hoorde ze aan haar stem en de onrustige pasjes waarmee ze over de keien schuifelde. Met vier slopen ze naar het platform. Amber wist nog steeds niet wat haar te wachten stond, al had ze een naar voorgevoel. Ze liet de camera draaien voor het geval er een onverwachte gebeurtenis zou plaatsvinden. Zo kon ze alvast anticiperen op de mogelijke shock die haar zou overvallen. Die gedachte deed haar hart een versnelling hoger slaan. In haar hoofd maalde de rauwe gitaarchaos van The Stooges maar door en door. Het was koud, zo diep in de tunnel, en ze rilde. Ze ritste haar jasje dicht.

Roos maakte een handgebaar waarmee ze de anderen maande om te wachten. Als een volleerd agente keek ze om de hoek naar het platform. 'Er is nog niemand,' zei ze. Molokai en Sebastian gingen zitten. Ze leunden met hun rug tegen de muur en wachtten. Amber bleef staan, net als Roos, die op de uitkijk stond. De kille lucht in de tunnel was bezwangerd met een onheilspellende dreiging. Ze bevonden zich net buiten de bleke gloed van de tl-verlichting en het gezichtsveld van mogelijke passagiers.

Amber spitste haar oren. Ze hoorde hoe in de verte een roltrap in werking trad. Een doffe, maar duidelijk hoorbare plof werd gevolgd door aanhoudend gezoem. Opeens hield het gezoem op, gevolgd door het tikken van naaldhakken op stenen tegels. Amber telde de voetstappen. Het waren er exact tien. Roos keek nog één keer schichtig om de hoek met het risico betrapt te worden, maar dat werd ze niet; ze had schijnbaar genoeg ervaring. Ze keek naar Sebastian, fluisterde hem iets toe. Amber was niet zeker of ze alle woorden verstaan had, maar het klonk als: 'Geen bloed verspillen deze keer!'

Sebastian knikte en stond op. Zijn knie knakte en heel even schrok Amber van het plotse geluid. Niets aan de hand, suste hij met zijn blik. Terwijl hij over de sporen naar het midden van de halte kroop, zette Roos zich schrap. Molokai bleef onverstoord onder een graffiti-kunstwerk tegen de muur zitten en staarde voor zich uit. Wat was zijn rol in deze actie? Hield hij slechts toezicht, klaar om in te grijpen als het fout liep? Amber had geen tijd om er langer bij stil te staan. Ze stelde de lens nogmaals scherp, had moeite met het vinden van de juiste lichtinval, maar toen het beeld toch zichtbaar genoeg was, richtte ze naar Sebastian die op het platform kroop en naar de wachtende vrouw rende.

De vrouw, wier minirok en rode laklaarzen weinig misverstanden over haar beroep lieten bestaan, keek verbijsterd naar wat zich voor haar ogen voltrok. Ze was te geschrokken om weg te lopen en pas in tweede instantie in staat om voor haar leven te krijsen. Maar het was te laat. Sebastian had haar één rake vuistslag verkocht en was haar meteen daarna naar de keel gevlogen. Amber wenste dat ze dit niet gezien had. Zij sloot haar ogen, maar de camera was getuige van de doodstrijd die daarop volgde. Amber hoorde hoe de vrouw gewurgd werd, hoe ze naar adem snakte, hoe haar strottenhoofd verbrijzeld werd en hoe ze af en toe gilde, reutelde en uiteindelijk de doodstrijd verloor.

Dat was het moment waarop Roos zich op het platform hees en Amber weer haar ogen opende. Niet om naar de dode vrouw te kijken, maar om te vermijden dat ze op haar eigen schoenen braakte. Speeksel en bittere gal spetterden op de keien. Ze werd helemaal licht in haar hoofd, voelde hoe ze langzaam het bewustzijn verloor, maar Molokai ondersteunde haar net op tijd zodat ze niet viel. Uitgerekend hij. Wat daarna gebeurde, bestond enkel in vage herinneringen en enge dromen. Ze hoorde zichzelf hardop denken: 'Is dit werkelijk gebeurd?' En ze zag flarden van hoe Molokai, Sebastian en Roos het lijk naar het abattoir sleepten, met af en toe een rustpauze om de spieren in hun armen los te schudden en op adem te komen. De zon was al wakker en had de fabrieksruïnes in een bloedovergoten dageraad ondergedompeld, maar in dit niemandsland was geen levende ziel om het viertal te betrappen.

Zonder het zelf te begrijpen volgde Amber hen. Ze filmde en tilde af en toe zelfs een slappe arm van de vrouw, al kon dat ook in haar verbeelding geweest zijn. Ze voelde zich eenzaam, maar iets weerhield haar ervan om weg te gaan. Was het omdat iets in haar erop aandrong de documentaire die ze was begonnen af te maken? Misschien was ze bang dat als ze hen nu de rug zou toekeren, hier en nu een einde aan alles zou komen. Of was ze zo begeesterd door Diabolik dat ze voorbij het *point of no return* was gekomen en een van hen wilde worden? De gedachten waren te veel, te verwarrend om te verwerken. Het enige wat nu ze wilde, was slapen, maar daarvoor had ze twee Valiumtabletten nodig en een Temesta om de tremors te onderdrukken. Die kreeg ze van Roos. Ze wilde vergeten wat ze zonet had meegemaakt, in de veronderstelling dat als ze straks weer wakker werd, de realiteit haar geest met een mokerslag zou verpulveren.

Amber werd gewekt door het zachte geknisper van papieren zakken. Moeizaam opende ze haar ogen. De kamer baadde in een vurige gloed, afkomstig van tientallen waxinelichtjes die willekeurig verspreid waren. Ze rechtte haar rug, keek in de richting van het geluid en zag Roos, achterover gezakt in een zetel, links en rechts van haar een bruine papieren zak, etend van een vreemde vrucht. Amber snoof. De doerian had de volledige ruimte bedwelmd met een weeë geur.

'Heb je honger?' vroeg Roos.

Amber ging rechtop zitten. Sebastian en Molokai sliepen. Sebastian snurkte lichtjes. 'Hoe laat is het?' Ze deed niet de moeite om op haar uurwerk te kijken.

'Je hebt de hele dag geslapen', zei Roos. 'Ik heb ook kiwi's meegebracht, speciaal voor jou. Wil je er een?'

Amber knikte. Haar lippen en tong waren kurkdroog en ze had nood aan iets fris. Ze probeerde op te staan, wat haar enige moeite kostte, aangezien haar spieren nog verdoofd waren. Ze nam plaats naast Roos, die voor haar een kiwi uit de zak had opgediept en hem in twee gelijke stukken had gesneden, het soort symmetrie dat houvast biedt in moeilijke tijden. 'Ik zoek nog even een lepeltje,' zei ze, en ze graaide een lepeltje van een tafeltje waarin eerder die dag een heroïneshot geprepareerd was. Ze veegde het schoon met haar mouw en gaf het aan Amber. De kiwi was net rijp genoeg, de ideale balans tussen zoet en zuur, en zo sappig dat het voor even haar dorst leste. Maar ze wilde meer, keek in de zak en vond een bakje aardbeien. Ze at er zo lustig van dat ze eerst niet in de gaten had dat Roos Super8 hanteerde.

'Wat doe je?' Amber draaide verlegen haar hoofd weg. Ze was het niet gewoon het onderwerp te zijn. Tegelijkertijd was dit moment veelbetekenend voor haar verhouding tot Diabolik. Of dat hoopte ze toch. Misschien was het een teken van aanvaarding, waardoor het natuurlijk nog moeilijker werd, zo niet onmogelijk, om afstand te nemen. Anderzijds, wilde ze dat nog wel? Ze had het hier naar haar zin, ondanks wat zich tijdens het ochtendgloren had afgespeeld.

Roos zette de camera op de leuning van de zetel, verplaatste een van de zakken en schoof dichter naar Amber toe. 'Je bent erg mooi, wist je dat?'

'Ben je dronken?'

'Een beetje.'

Amber moest lachen. 'Dank je,' zei ze, en dan: 'Jij ook.' Ze meende het. Roos had lange koperkleurige krullen die als vlammen rond haar hoofd dansten en ogen als gletsjers. Vuur en ijs in één gezicht. Ze keken elkaar een tijdje aan zonder iets te zeggen. In haar ooghoeken trilde de gloed van de vele kaarsvlammetjes. Amber vroeg zich af of zij hetzelfde dacht als Roos. Het antwoord volgde enkele seconden later. Na een kleine aarzeling vonden hun lippen elkaar, gevolgd door hun tongen. Ze proefde de alcohol nog in Roos' mond, met een wrange nasmaak van iemand die al enkele dagen haar tanden niet had gepoetst.

Voor ze het goed en wel besefte was Amber naakt. Op haar sokken na. Ze keek een beetje bedeesd naar haar eigen lichaam dat in de nevelige kaarslucht de kleur had van boter. Een nog blekere hand bedekte haar linkerborst. De hand was aangenaam koel. De camera draaide nog steeds, miste niets, maar dat deerde haar niet. Ze liet Roos toe. Haar lichaam ontspande zich, geholpen door de Valium. Een tinteling zinderde door haar lendenen. Ze sloot haar ogen en legde heel zachtjes een hand op Roos' hoofd, dat zich tussen haar dijen bevond. De krullen kietelden haar naakte huid. Ze vond het fijn. Zo fijn dat ze voelde hoe haar mond tot een vredige glimlach krulde. Het was gek, ze viel niet eens op vrouwen, Roos ook niet, en toch voelde het ontzettend juist aan. Alsof dit het enige was wat steekhield, nu, op dit moment. Ze vreeën.

De medicatie was duidelijk nog niet uitgewerkt, want na haar hoogtepunt viel Amber meteen weer in slaap. Toen ze voor de tweede keer die nacht ontwaakte, waren de meeste kaarsjes vanzelf uitgegaan. Hier en daar flakkerde nog een vlammetje, een lichtpuntje in een waas van duisternis. Ergens in de verte snurkte Sebastian nog steeds. 'Roos?' fluisterde ze. Roos lag met haar hoofd op haar buik, maar sliep als een blok. Amber gleed onder haar vandaan. Ze moest dringend plassen. Haar blaas drukte zodanig tegen haar ingewanden dat het pijn deed. In slaapdronken toestand begaf ze zich naar het abattoir, nam zelfs niet de tijd om haar kleren aan te doen. Toen ze op het toilet ging zitten en haar blaas liet leeglopen, ontwaarde ze een silhouet in het schemerduister. Het duurde even voor haar hersenen registreerden wat ze zag, en even dacht ze zelfs dat ze droomde, ook al had ze meestal geen dergelijk gruwelijke nachtmerries.

De schim bengelde aan een vleeshaak die aan het plafond hing, het hoofd naar beneden, boven de kuip waarin die arme hond geslacht was. Amber stond op. Ze wankelde een beetje. Terwijl er nog enkele druppeltjes warme urine langs haar dijen naar beneden sijpelden, strompelde ze in de richting van de kuip. Ze herkende het profiel van Molokai. Hij lag in de kuip, het hoofd naar achter en de mond wijd open. Opeens was Amber klaarwakker en besefte ze wat er gaande was. En dat ze iets vergeten was. De camera. Nog geen twintig tellen later stond ze terug op dezelfde plaats. De camera draaide. De vrouw bloedde leeg in Molokais keel. Hij dronk en dronk en dronk. Amber hoorde hem slikken, hoorde hem het stroperige bloed tot zich nemen. Met haar ene oog dichtgeknepen en het andere geopend, tuurde ze door de lens, zonder ook maar één keer te knipperen. De schokkerige

schaduwen in het donker, de bevreemdende geluiden ... Amber was doodsbang.

De ware betekenis van het ritueel drong langzaam tot haar door. Molokai praatte nooit. Hij zong slechts. Al dat bloed ... had hij daaraan zijn engelenstem te danken? Amber had het met haar eigen ogen gezien. Ze vond het weerzinwekkend en toch voelde ze zich in zekere zin ook vereerd dit te mogen aanschouwen. *Geen weg meer terug.* Die gedachte greep haar als een ijskoude hand naar de keel. Ze kreeg geen zuurstof meer. Amber wankelde naar de poort, glipte naar buiten en snoof de broeierige nachtlucht op. Ze wilde niet naar huis, maar moest even weg van het slachthuis, dus slenterde ze langs de loodsen, braakte tegen een oude elektriciteitskast, ging zitten, keek naar de sterren en deed een poging om ze te tellen.

In de verte hoorde ze Molokais stem die plots de nacht brak. Etherische klanken zwierven tussen en over het grauwe beton en Amber plukte ze met haar oren uit de stinkende lucht. Het was zo mooi, zo betoverend. Ze kreeg er tranen van in haar ogen. Eén traan bleef hangen als een vlies voor haar rechteroog, waardoor ze troebel zag, de andere zigzagde in een warme lijn over haar wang. Ze was een gevangene van zijn stem en al die tijd hield ze haar adem in. Waarom zou ze ooit nog weggaan? Het enige wat ze nodig had, bevond zich hier. Ze leefde ervoor om Molokai elke dag opnieuw te kunnen horen. Ze zou er zelfs voor moorden. Ze grinnikte erom, maar wist dat ze het meende. Volgende keer misschien. Ze sloot haar ogen, concentreerde zich op de stem en fluisterde: 'Ik zou absoluut voor jou willen moorden.'

De nieuwe bundel van Tom Thys is nu verkrijgbaar!

63

Hart van steen

∞

Rik Raven

Wanneer de zon zijn hoogste punt bereikt, vormen de schaduwen kleine kringen rondom de standbeelden in het gras. Er liggen geen papiertjes of plastic bekers, geen verwaaide bladeren van de bomen achter de spijlen van het hekwerk.

De beelden zijn van steen; ze zijn niet gebeeldhouwd, maar uitgehard, zoals verf of klei. Beelden van jonge mensen die zijn weggerukt uit hun leven al voordat ze een zonde kunnen plegen die groot genoeg is om indruk te maken op volgende generaties. Jongens en meisjes. Maar een paar zijn ouder dan twintig jaar geworden.

De schittering van de zon maakt de tekst op elke messing plaquette een korte tijd onleesbaar, maar hun namen zullen door niemand vergeten worden.

Zelden klinken hier stemmen en is het voornamelijk de stilte die heerst.

Wanneer er geen geneesmiddel wordt gevonden, zal deze gedenkplaats nooit uit de schaduw treden en in een ander licht komen staan. Dan zullen de stemmen wegblijven.

Als een symbool voor medemenselijkheid.

De kerkuil spiedt over het land, zijn witte, hartvormige gezicht roerloos. De dalende zon zet zijn glanzende veren in een teer rozerood licht. Als hij opvliegt klinkt zijn snijdende gil en hij verdwijnt uit het zicht.

Vanuit haar slaapkamerraam op één hoog ziet Lara haar broer Fabian al een kwartier geboeid omhoog kijken, hurkend in het lange gras. In gedachten hoort ze hem kreunen van pijn terwijl hij voorzichtig omhoogkomt. Hij zoekt steun bij het tuinhuisje als hij de grote vogel nakijkt. Lara ziet de inspanning op zijn gezicht. Ze zou hem zo graag willen helpen.

Waarschijnlijk is dat een van de redenen dat ze hem in de gaten houdt. Een andere reden is dat ze zijn aandoening wil blijven monitoren, samen met haar ouders. Zijn symptomen zijn atypisch. Hij heeft geen pijn, zegt hij steeds weer. Hij weigert te klagen, want petrificatie komt altijd zonder pijn. Het is een virus, maar niemand kent de oorsprong en niemand heeft een geneesmiddel. Er is zelfs geen vaccin.

Iedere dag loopt hij minstens tweemaal door hun achtertuin, omdat hij zijn vogelobservaties nooit zal opgeven. Door haar raam ziet Lara de pijn die hij voor hen verborgen houdt.

In goede tijden was het tuinhuisje in gebruik als opslagruimte, maar er hoeft niet zo veel meer opgeslagen te worden, op de kapotte grasmaaier na. Fabian en de kerkuil lijken bijna een overeenkomst te hebben gesloten om elkaar daar te treffen.

Haar hart gaat uit naar Fabian omdat ze begrijpt waar zijn liefde voor vogels vandaan komt, want er is een stukje in hem dat als die vogel wil zijn, die wegvliegt,

weg van zijn pijn,

weg van de toekomst.

Ze legt hoofdschuddend haar kin op haar handen, zonder haar broer uit het oog te verliezen.

'Lara,' klinkt het gedempt vanaf de overloop. Haar moeder staat in de deuropening met een hand op de klink en in de andere hand haar mobiele telefoon - niet aan haar oor, want ze vindt het niet gepast om tijdens een sociale bezigheid in gesprek te zijn. 'Wil jij op Fabian letten? Ik ben zojuist opgeroepen en je vader heeft zijn rust hard nodig.'

"Tuurlijk, geen zorgen, mam. Hij zit buiten. Vogels spotten.'

'O, fijn, maak je je vader wakker als je zelf gaat?'

'Ik blijf lekker in de buurt, mam. Komt in orde.' Haar moeder, getrouwd met jonkheer Pieter Cullen van der Berckhout woonachtig in een imposant landhuis aan de rand van de stad, sluit de deur na een korte groet. Lara wist nog hoe haar ouders machteloos moesten toezien hoe alles sneller dan iemand kon verwachten bergafwaarts ging omdat de Wet van Murphy in werking trad. Het gezin kon een opeenstapeling van pechgevallen nauwelijks bolwerken met als gevolg dat vader, failliet geraakt, maar niet te trots, als nachtwaker aan de slag is gegaan in de haven, dat moeder twee baantjes heeft, als verkoopster en helpdeskmedewerkster, en dat ook Lara een sabbatical heeft genomen van haar studie taalwetenschap om bij te kunnen springen door een baantje op een administratiekantoor aan te nemen.

Dit alles om Fabian te sparen, om de vaste lasten van het grote herenhuis aan de Vrijheidsstraat te kunnen blijven betalen, geld opzij te kunnen leggen voor het noodzakelijke onderhoud en te voorzien in hun levensonderhoud. Er is te weinig geld voor een behandeling van Fabians ziekte in het centrale ziekenhuis.

Fabian heeft haar vaak gezegd dat hij niet gespaard wil worden, dat hij zich beledigd voelde. Een aantal maal heeft hij zelfs bijgesprongen om het budget aan te vullen door zich in te laten met Jens de Vrede, die Fabian uiteindelijk heeft kunnen diagnosticeren als petrificatiepatiënt. Jens is een talentvolle laborant die dit jaar zijn dokterstitel in de biotechnologie heeft behaald. Hij is ervan overtuigd dat hij degene zal zijn die petrificatie kan genezen. Lara had nog een relatie met hem toen hij begon als stagiair in een onderzoeksteam dat al bezig was met het ontwikkelen van een antivirusmiddel en inmiddels is hij de leidinggevende, trekt hij fondsen aan en houdt presentaties. Hij zegt steeds dat hij binnenkort een vaccin op de markt zal brengen.

Aanvankelijk was Lara trots dat ze kon zeggen dat haar exvriendje zo vastberaden was in het zoeken naar een medicijn en heel dankbaar dat hij Fabian onder zijn hoede wilde nemen. Echter, toen ze er achter kwam dat hij Fabian gebruikte voor zijn experimenten, was ze woedend en beëindigde ze de relatie. Ze waren dertien maanden samen en achteraf, realiseert ze zich, kon het weleens allemaal om Fabian te doen zijn geweest.

Fabian trekt zich weinig aan van haar bezorgdheid. Hij gaat zijn eigen weg en hij wil er alles aan doen om te genezen. Hij is anders dan andere patiënten, niet alleen vanwege zijn pijn, maar ook omdat hij geen laag intelligentiequotiënt heeft. Integendeel, hij denkt veel te veel na.

Fabian is twee jaar jonger dan zij en net achttien geworden, maar hij weigert haar toe te laten, alsof hij geen medeleven wil. Niemand had verwacht dat hij aan petrificatie zou gaan lijden. Ze had gedacht dat er meer vragen bij zouden worden gesteld, zeker van Jens, maar hij was de eerste die aanbood om Fabian te onderzoeken en behandelen. Blijkbaar worden de symptomen klakkeloos geaccepteerd. Wel lijkt het bij hem trager door te zetten, wat de reden zou kunnen zijn dat hij zo veel pijn lijdt. Hoe hij het laatste experiment heeft kunnen doorstaan, zal zij nooit begrijpen. Zij had geëist dat Jens en zijn team er mee stopten en niemand nam het haar kwalijk, alleen Fabian was boos geweest.

'Je hebt het recht niet te beslissen of ik pijn lijd, of niet,' had hij gezegd. 'Ik draag mijn steentje bij en ik doe dat op mijn manier, Lara. Vroeg of laat verander ik toch in een standbeeld.' Toen had hij zelfs even gelachen in het besef dat zijn woordgrap erg toepasselijk was.

Lara draait zich weer naar het raam en ziet dat Fabian een aantekening maakt in zijn notitieboekje. Hoe kan ze zich geen zorgen om hem maken? Hij is haar broer, ze lijken op elkaar. Allebei hebben ze donkerbruin haar, hoge jukbeenderen, een sterke neus en blauwe ogen, maar waar zij slank is, is hij mager en waar zij een roomwit gezicht heeft, is hij lijkbleek.

Fabian kijkt op alsof iets buiten zijn vogelwereld zijn aandacht trekt. Lara gaat een stukje over haar bureau hangen naar het raam. Er lijkt iemand achter het bouwvallige tuinhuis te staan, ze ziet een hand op Fabians arm. Fabian zet een stap achteruit, waardoor de onbekende zich bloot moet geven. Jens?

Fabian is uit de taxi gestapt en blijft, zoals altijd, nog even staan kijken, omdat het uitstappen energie vreet en hij op adem moet komen. Walter Koevoets is de taxichauffeur die hem stond op te wachten, alleen nu in de straat achter het herenhuis terwijl hij normaal zijn taxi voor het huis stopt. Walter kent alle patiënten die onder behandeling zijn in het ziekenhuis omdat hij de enige is die hen rijdt. Hij praat graag en heeft ook altijd een opbeurend woord klaar, maar tijdens deze rit zweeg hij. Fabian weet dat Walter en Jens elkaar kennen, want ooit heeft Walter hem verteld dat ze samen op school zaten.

Hij steekt zijn hand nog een keer op, maar Walter zit achter zijn stuur en kijkt niet eens, hij lijkt na te denken. Schouderophalend loopt Fabian Jens achterna.

Hij vindt het vreemd dat hij dit gedeelte van het ziekenhuis niet kent. Het zou een noodaanbouw kunnen zijn dat ze binnenstappen, zo'n witte blokkendoos die in elkaar is gezet met kleurloze gipsplaten. Ze lopen door een lange gang.

'We zijn er bijna. Het komt allemaal goed,' zegt Jens. Fabian weet nu heel zeker dat Jens niet op zijn gemak is. Er is namelijk altijd een stemmetje geweest aan de binnenkant van zijn oor dat hem waarschuwt als er zaakjes niet pluis zijn. Het vertelt hem als ogen te vaak knipperen, als een neus te rood ziet omdat er dwangmatig langs gewreven wordt, als een mondhoek hoger of lager staat dan eerder. Deze zenuwtrekjes zijn voor het stemmetje als flitsende neonlichten.

Fabian wil juist zeggen dat het hier erg stil is, wanneer er een jonge man in een witte doktersjas hen tegemoetkomt, even knikt en dan doorloopt zonder iets te zeggen. Fabian kijkt nog eens achterom, de man heeft een opvallende bos donkere krullen.

'Dat is Elroy, een collega-onderzoeker. Dit is een aparte vleugel van het ziekenhuis.'

'Zoiets als de pathologie?' vraagt Fabian. Het lijkt een redelijke vraag, alsof hij oprecht geïnteresseerd is, ook al bezorgt zijn stemmetje hem de kriebels. Het zegt dat Jens iets verzwijgt.

Fabian zit al een ongewoon lange tijd in de tweede van de drie fases die je met petrificatie moet doorlopen. Maar het is nogal een verschil of je net in de tweede fase bent aanbeland of dat je fase drie al in je nek voelt hijgen. Fase drie betekent dat je gewrichten aan de verstening zijn begonnen waardoor je bewegingen aanzienlijk belemmerd kunnen worden. Fabian weet nog dat Leon, wiens beeld intussen in de Beeldentuin staat, hem vertelde dat het aan het einde van de tweede fase leek alsof zijn knieën en polsen in snel verhardend cement werden gegoten. Leon was een goede vriend, geestelijk gehandicapt, maar pienter. Ze leerden elkaar kennen toen Fabian tijdens een proefles turnen van een brug viel en onderzocht moest worden in het ziekenhuis. Hij had het heel moeilijk gevonden te zien dat Leon meer en meer problemen kreeg weer in beweging te komen. Iedere keer kostte het hem net dat beetje meer energie. Maar het lukte hem, steeds opnieuw, tot wilskracht alleen niet meer voldoende was en zijn beweging stopte.

Dat is wanneer de smering volledig achterwege blijft.

Dat is wanneer het besef doordringt.

Fabian zit al veel langer dan de gemiddelde patiënt in de tweede fase en hij is zeer geliefd bij de onderzoekers.

Jens glimlacht en staat stil voor een deur, maar hij gaat niet naar binnen. Fabian ziet hem twijfelen. Zelf kijkt hij de gang nog eens door, kil, wit en kaal. Geen bloem, tekening of aquarel om de boel op te fleuren. Er ligt een geweven loper over de vloer die de kanten niet raakt waardoor aan weerszijden de witte ondervloer zichtbaar is. Jens staart nog steeds naar de deur.

'Wat is er?' vraagt Fabian. 'Waarom zijn we niet in het lab?'

'Ons lab is verhuisd, want wat wij doen is geheim.'

'Wegbezuinigd? Ik krijg toch wel betaald?' vraagt hij.

'Ja, nee, ja natuurlijk. Denk je dat Lara me nog heeft gezien?' Jens fluistert dit laatste.

Fabian merkt aan alles dat Jens nog stapelverliefd is. Hij mag dan aan petrificatie lijden, hij voelt die dingen. Zelf denkt hij dat zijn val van de brug, waarna hij lang hoofd- en nekpijn had en nog heeft, hem op empathisch vlak sterker heeft gemaakt. Zeker is dat hij daar het stemmetje aan te danken heeft. Het virus heeft dat niet verstomd.

Jens grijnst vals en zegt uiteindelijk beslist. 'Kom.' Hij opent de deur, die eerst nog wat klemt, waardoor hij bijna naar binnen valt. Fabian wacht tot Jens zijn evenwicht heeft hervonden en loopt een ruimte binnen in de vorm van een omgekeerde T, al even kaal en wit als de gang. In het lange stuk recht vooruit staan zes bedden, drie aan elke kant. Op het eerste bed rechts ligt een langwerpige ovale vorm. Als hij wat beter kijkt, schrikt hij. Het lijkt wel of daar iemand ingepakt ligt in een strakke witte zak – gebakerd als een baby in vroeger tijden. Hij denkt een hoofd te zien, hij ziet zwarte krulhaartjes, maar als hij ernaartoe wil lopen, doet een krachtige stem, die kriebelt in zijn nek, hem pas op de plaats maken.

'Jij bent Fabian?' In de stem klinkt een contrabas, waarvan slechts een enkele snaar wordt beroerd. Achter een bureau in de rechterpoot van de T – in de linkerpoot staat er nog zo één - zit een man. Zijn oogwit wordt geaccentueerd door een diepbruine huid en de botstructuur van het gezicht is grof met strakke lijnen en hoge jukbeenderen, een kin als een strijkijzer en dunne lippen.

Fabian kijkt niet naar Jens, omdat hij vreest spijt te zien op zijn gezicht. Daar heeft hij niets aan. Hij denkt dat Lara de reden is voor Jens' twijfel, maar er kon weleens meer achter zitten. Het stemmetje zegt het. Hij staat stil en kijkt naar de grond.

'Ben jij Fabian?' vraagt de contrabas nogmaals.

'Ja,' zegt Fabian. 'Wie bent u? Wat doet u hier? U bent niet van het team.' Elk lid van het onderzoeksteam draagt standaard een witte doktersjas met een naamplaatje.

'Dokter De Vrede, heeft u deze jongeman niet op de hoogte gebracht?' De man kijkt Fabian onderzoekend aan terwijl hij Jens de vraag stelt.

Jens houdt zijn hoofd scheef en lacht een glimlach die geen glimlach is, maar een gemiste kans. 'Ik heb Fabian inderdaad niet alles verteld.'

'Omdat hij het niet zou begrijpen?' Nu draait de man zich volledig naar Jens.

'O, vergist u zich niet. Fabian is niet achterlijk, integendeel, hij is zeer intelligent en volgens mij is hij de uitzondering die de regel bevestigt.'

'O ja?' vraagt Fabian. 'En waarom hoor ik dat nu pas?' Hij weet dat hij traag denkt door zijn hersenletsel, trager dan voorheen, maar hoeveel trager heeft hij nooit geweten. Hij is er altijd van uit gegaan dat zijn trage cognitie zijn intelligentie heeft beïnvloed en dat zijn iq wel op een laag gemiddelde zou zitten.

'Ik dacht dat je dat wel wist. Dat is ook de belangrijkste reden dat je ons favoriete studieobject bent, Fabian. Maar we zijn altijd voorzichtig.'

Fabian is nog even sprakeloos en kijkt beide mannen aan, Jens en de imposante, zwarte man. Een man die dermate uit de toon valt in de witte omgeving dat hij alleen daarom al respect verdient.

De grote onbekende moet de onderzoekende blik van Fabian voelen. Even lijkt hij zich te generen, de dunne lippen bewegen in een halve glimlach. Dan staat hij op achter het bureau. 'Mijn naam is Alexandre Decotoi.' Hij spreekt de achternaam uit als Deekootwa. 'Ik wil je laten kennismaken met mijn dochter, Elisa. Ze is nog maar half zo oud als jij en zit al in de tweede fase van petrificatie.'

'Dat is vroeg,' bevestigt Fabian. Ergens is hij blij dat het onderwerp verandert, want zijn iq is niet interessant, laat staan belangrijk. 'Ik kan haar helpen te genezen?'

'Je wilt meewerken aan de nieuwe behandeling?' vraagt Decotoi.

'Misschien wel, misschien niet.' Hij kijkt naar Jens. 'Heb je nog geen vaccin, dan?'

'Bijna, maar dit keer is het anders, Fabian, en je krijgt het dubbele betaald,' zegt Jens. 'Dit zijn geen medicijnen of een therapie die je in ongemakkelijke houdingen boven warm water laten hangen, want we gaan beginnen met een bloedtransfusie.'

'Dit klinkt heftig,' zegt Fabian gelaten. 'Hoe zit het met mijn bloed? Qua bloedgroep.'

'Jullie bloedgroepen zijn ideaal, voor elkaar gemaakt. Jij hebt 0 resus D-negatief, de universele donor, en Elisa heeft AB resus D-positief, de perfecte ontvanger.'

Fabians aandacht verslapt al bij de eerste resus, hij hoort het stemmetje met de naam Wantrouwen. 'En als het niet werkt?' vraagt hij. 'Waar zit de adder, het venijn?'

Jens kijkt hem niet aan, maar geeft het antwoord dat Fabian niet had willen horen. 'Als het niet werkt, ga je dood.' Jens blijft van hem wegkijken.

Jens is een lafaard, denkt Fabian, maar hij zegt: 'Tja, nou ja, je bent eerlijk. Oké dan, dood ga ik toch. Is het niet nu, dan later.' Hij denkt na. 'Je weet waar je het geld naar toe kan sturen.' Hij kijkt Alexandre Decotoi aan. 'Naar de familie Cullen van der Berckhout.' Fabians blik gaat heen en weer tussen Jens de Vrede en Alexandre Decotoi.

'Je doet het toch niet alleen voor het geld? Je wilt toch ook genezen?' Jens kijkt hem met een verachtelijke, kunstmatige hoop in zijn ogen aan. 'Heb jij nu pijn?'

Fabian fronst zijn wenkbrauwen. 'Waar wil je antwoord op? Ja, ik heb pijn, altijd, houd erover op.' Hij legt een hand in zijn nek en knijpt zachtjes. 'Ik begrijp nu waarom je dit in het geheim doet. Het ziekenhuis weet van niets, op een paar schimmige oncologen na, zeker. Dokter Heersma, bijvoorbeeld.'

'Je hebt gelijk, het is geheim, maar zelfs Heersma weet dit niet. Stel je eens voor dat het gaat werken. Dat jouw bloed Elisa beter maakt en dat jij door de transfusie van je pijn af bent.'

'Al wat ik me kan voorstellen, is de dood. Dat ik leegbloed, bijvoorbeeld. Misschien versteen ik wel onmiddellijk. Wat stel jij je voor dat er dan gebeurt?' vraagt Fabian. 'Denk je dat Lara je dan wel aardig vindt?'

Jens wendt ogenblikkelijk zijn ogen af. 1-0 voor mij, denkt Fabian. Hij schudt zijn hoofd en masseert zijn slapen.

'Zo moet je dat niet zien, Fabian,' zegt Decotoi met de stem die laag binnenkomt. Het geluid lijkt nog even na te trillen in Fabians oren. 'Hier zijn andere redenen voor.'

'Deze transfusie kan weleens het begin zijn van een heel nieuwe aanpak,' begint Jens.

Fabian komt tussenbeide. 'Waarom?' Hij wijst weer naar de witte zak waar een donker hoofdje bovenuit steekt, dat zich naar hem toe draait als hij zich in die richting beweegt. 'Ingepakt als een baby. Pure gevangenschap.' Fabian wappert met zijn handen, want hij wil geen uitleg, hij wil eerst zien wie daar ingepakt ligt. Het voelt helemaal niet goed.

Hij hoort Jens naar hem roepen, maar hij is koppig en steekt zijn middelvinger op. Ze doen maar. Hij komt bij het bed en wordt aangekeken door ogen en een donker hoofdje, omgeven door zwarte krulhaartjes. Een meisje met smalle ogen, in een dubbele plooi gevat, en ze gunnen hem de liefste blik die iemand hem ooit heeft gegeven. Hij is nooit verliefd geweest, maar aan deze ogen heeft hij nu al zijn hart verpand. Hij ziet echter ook dat haar mond wat openstaat, dat ze haar tong een stukje uit steekt en dat ze een hele kleine neus heeft. Ze lacht naar hem. Alleen haar hoofd kan ze enigszins draaien.

'Hoi, hoe gaat het met jou?' En direct daarna roept hij: 'Maak haar los.' Hij is kwaad, hij is pisnijdig. 'Zijn jullie helemaal gek geworden? Dit is schandalig.'

'Maar dat is Elisa,' zegt Alexandre terwijl hij samen met Jens dichterbij het bed komt.

'Nee, nee, nee, dit is helemaal verkeerd.' Fabian kan niet de meteen de woorden vinden waarin hij zijn woede wil uitdrukken, dus hij kijkt Jens en vooral de vader met grote ogen en een indringende blik aan.

'Nee, hoor,' probeert vader nog vergoelijkend.

Dit is het moment dat Fabian start met vloeken, en zich pas excuseert als hij adem moet halen. 'Sorry,' zegt hij dan hoewel hij het niet meent. 'Dit is totaal de verkeerde aanpak. Ze moet bewegen, hoe minder beweging, hoe sneller de gewrichten vast komen zitten en de botten verkalken.' Hij kijkt naar Jens, beschuldigend. 'Ze moet spelen, klimmen, rennen, zolang ze nog kan.'

'Nee, Fabian, daarvoor is het te laat, ze kan al lang niet meer lopen. Fabian, kom eens hier.' Alexandre Decotoi pakt hem bij zijn schouders en neemt hem een stukje mee, weg van Elisa die nog met dezelfde open mond en prachtige spleetogen om zich heen kijkt.

'Je ziet dat ze het syndroom van Down heeft? Ik had alle hoop verloren tot ik dokter De Vrede ontmoette. Elisa heeft nooit gesproken, maar ik kan met haar communiceren en mijn vrouw ook. Tierry en ik houden van Elisa. Ze is ons enig kind. We willen niet dat ze al vroeg moet sterven, eindigen als een standbeeld in de Beeldentuin.' Alexander moet ademhalen en Fabian knikt alleen maar. Alexander vervolgt: 'Recent hoorde ik dat doctor De Vrede al enkele jaren bezig is een medicijn te ontwikkelen en ik heb ook gehoord dat jij hem daarin heel goed assisteert.'

Fabian weet niet wat te zeggen, hij haat het neerbuigende toontje dat direct volgt op de oprechte wanhoop.

'Wat moet ik deze keer doen?' vraagt Fabian aan Jens. Fabian is een man van zijn woord en hij krijgt dubbel betaald, maar hij zal moeten doorbijten. 'Laat het niet weer dat zoutzuurachtige goedje zijn, want dan draai ik je de nek om.'

En hier ligt hij dan met een infuus in zijn arm naast het bed waarop een gebakerde Elisa ligt, die haar bevrijde rechterarm naast zich heeft liggen. Het is een heel dun armpje waar een grote naald in steekt en een dunne slang met bloed. De slang loopt naar een apparaat waar een doorzichtig zakje bloed in hangt. Aan de andere kant van de zak steekt een slang die naar zijn arm gaat. Ze heeft haar hoofd naar hem toe gedraaid. Ze lacht en het is wel duidelijk dat ze geen idee heeft waarom ze lacht, maar toch blijven haar ogen de mooiste die hij ooit heeft gezien. Fabian kijkt eens naar de naald die in de binnenkant van zijn elleboog zit. Door de slang stroomt zijn bloed. Naar buiten. Hij voelt zich slap.

Hij is echter allang blij dat hij niet zo'n pijn heeft als drie jaar geleden tijdens een van de eerste experimenten. Alle bedden waren bezet met jonge patiënten, de een nog zieker dan de ander van een of ander medicijn, maar zij waren zonder pijn. Elke patiënt moest zijn gekerm en geschreeuw aanhoren, totdat Jens – dokter De Vrede – het infuus uit zijn arm haalde, en de pijn iets draaglijker werd.

In deze zaal is het stil, op het murmelen van Elisa na. De bedoeling was dat Fabian zich ook vast liet binden, maar dat ging hem veel te ver. Hij weigerde.

'Ik stel me beschikbaar zodat jij je belangrijke werk kunt doen en jij bent zo dankbaar dat je me nog verder in mijn vrijheid wilt beperken? Ben je helemaal gek?'

'Het is voor je eigen veiligheid, Fabian.' Weer die neerbuigendheid. 'We weten niet hoe je lichaam reageert als er twee liter bloed wordt afgetapt.' Gelukkig kon Alexander Decotoi Jens tenslotte overhalen om Fabian niet vast te binden, maar alles goed beschouwd is hij toch een soort van gekluisterd door zijn laffe bloed dat hem verlaat en hem eenzaam achterlaat.

Hij mist zijn vogels, hij mist de buitenlucht. Hij mist de kerkuil die altijd even komt kijken als hij bij het tuinhuisje zit. Soms hebben ze hele gesprekken, soms genieten ze alleen van elkaars aanwezigheid. En zo nu en dan mag hij mee.

Dan vliegt hij.

Dan hoort hij het ruisen van de wind, proeft hij regendruppels op zijn lippen.

Dan is hij vrij, is er geen pijn. Alleen wind, licht en vrijheid.

Nu hoort hij stemmen. Lara? Hij wil rechtop tegen het kussen gaan zitten als Lara binnenkomt, maar hij voelt zich als een natte krant en blijft in het dikke kussen liggen. Achter haar, met zijn arm uitgestoken omdat hij haar probeert tegen te houden, loopt Jens en daarachter komt Alexander Decotoi, de vader van Elisa, die de koelheid zelf is. Lara heeft haar armen gespreid als ze naar Fabian loopt.

'Fabian, wat doe je nu toch weer? Je moet niet overal in meegaan. Wat is dit?' vraagt ze aan Jens.

'Een bloedtransfusie.'

'Dat werkt niet, is al lang onderzocht. Waarom krijgt hij geen extra bloed?'

'Fabian is speciaal. Straks.'

Lara schudt haar hoofd vanwege het nietszeggende antwoord en gaat naast Elisa's bed staan. 'Is dit je andere proefkonijn?'

'Iemand voor wie Fabian de laatste hoop kan zijn, Lara.'

'Wat kun je toch dramatisch doen, Jens. Waarom is ze zo ingepakt? Kan ook niet gezond zijn.'

'Lara,' fluistert Fabian. 'Laat nou maar, ik krijg dubbel betaald en als Jens nog iets voor elkaar krijgt, is het niet voor niets geweest.'

Lara tilt haar handen op in pure wanhoop. 'Er zijn tal van protocollen die je moet volgen bij een bloedtransfusie, en op deze manier lijkt het me sowieso niet toegestaan.'

'In de oorlog tegen petrificatie is alles toegestaan. Meneer Decotoi kent de risico's, Fabian stemde ermee in.'

'Fabian wil alleen maar geld, omdat hij zich schuldig voelt.' Ze kijkt naar Decotoi die naast zijn dochter gaat staan en op haar neerkijkt.

'Ze is wakker,' zegt Decotoi, ongelovig en verbaasd. Jens loopt onmiddellijk naar de andere kant van het bed en pakt haar pols.

'Stabiel,' zegt hij nadat zijn lippen ophouden met murmelend tellen. 'Laten we nog even afwachten.' Hij kijkt naar Fabian. 'Hoe gaat het met jou, kerel?'

Fabian voelt zich duizelig, kan maar met moeite zijn ogen openhouden en eigenlijk wil hij slapen.

'Ik wil vliegen,' komt een heldere, hoewel wat slepende meisjesstem van Elisa vandaan, een stem die nooit heeft gesproken, alleen geluiden en onverstaanbare kreetjes heeft uitgekraamd.

Fabian is wakker en rolt zijn hoofd opzij. Ze kijken elkaar in de ogen. Hij let niet op de consternatie die volgt omdat vader Alexander zijn dochter voor de eerste keer hoort spreken, evenmin merkt hij de hand op zijn arm op waarmee Lara zijn aandacht wil trekken.

Al wat Fabian ziet, al wat hij kan lezen en begrijpen in die prachtige, bruine ogen is hetzelfde als wat hij voelt. Ook zij wil vliegen.

Vliegen, weg uit dit leven.

Vliegen naar een nieuwe lucht, een open lucht, zuiver.

Vliegen naar nieuw leven.

En wat hij dan doet, is achterin de tuin tegen het tuinhuisje gaan zitten en met de kerkuil praten.

'Koppel ons af,' zegt hij hardop.

Niemand zegt iets, dus Fabian zegt opnieuw: 'Koppel ons af.'

'Het is nog niet voltooid, Fabian,' zegt Jens.

'Doe het, Jens, anders zal ik niet meer in staat zijn om Elisa te helpen.' Hij vermoedt dat er meer bloed is afgetapt dan twee liter. Hij had het kunnen weten.

'Wat? Je helpt haar toch?'

'Nu?' roept Fabian door de grote zaal en krijgt bijna een flauwte van de inspanning.

'Je had toch extra bloed kunnen pakken? Dan voelde je je nu niet zo slap, hoor,' zegt Elisa en kijkt naar de hand die de hare vast heeft als ze onderaan de trap van het ziekenhuis staan. Het is avond, de duisternis is een feit.

'Geen tijd,' hijgt Fabian. Hij kijkt naar de grote draaideur die maar blijft draaien omdat er constant mensen het ziekenhuis in en uit gaan. 'Volgt ze ons nog?' Hij ziet Lara nog niet en hoopt dat zijn zus hem en Elisa kwijt is vanwege een plotse openhoping van mensen bij een geldautomaat. Hij zou willen dat hij het zijn zus had kunnen vertellen, maar hij kan en wil er niemand bij betrekken.

Hij wacht niet op Elisa's antwoord en trekt haar opnieuw mee. Hij is dankbaar dat ze intussen een lange broek en een trui draagt die ooit zijn achtergelaten door patiënten. Ze kan hem goed bijhouden, hoewel ze op slippers loopt, met dikke sokken tegen de kou. Nu moet worden gezegd dat hij er zelf nog minder florissant bijloopt, hij hijgt als een dolle hond, zweet als een otter en ziet rood als een kreeft, de hele dierentuin. Elisa steelt de show met een paarsrode blos op haar donkere wangen en de korte krulhaartjes op haar mooie hoofd. Ze kijkt hem steeds aan met haar hoofd een beetje schuin en een glimlach op haar lippen, alsof zij hem ieder moment zal gaan vertellen wat hij moet doen.

'Wacht,' zegt Fabian. Op papieren benen stopt hij bij een boom, in de schaduw en buiten de lichtkring van een lantaarn. Met zijn hand tegen de ruwe bast en zijn hoofd gebogen spuugt hij in het zand, hij dwingt zichzelf niet te huilen van de pijn. Hij moet het echt kalmer aan doen. Het is niet alleen het bloedverlies, maar ook de pijn in zijn rug, zijn knieën en enkels. Hij bijt op zijn tanden. Eerst bijkomen, uit het zicht blijven. Hij ademt zwaar, maar glimlacht, denkend aan haar woordkeuze "extra bloed pakken", want het lijkt zo makkelijk. Het is waar, Jens heeft aangeboden om hem bloed bij te geven, zodat hij wat meer energie zou hebben, na eerst te veel te hebben afgetapt. Hij is een smiecht. Fabian zegt het bijna hardop.

Jens, Lara en zelfs Decotoi waren het erover eens dat Elisa onderzocht zou gaan worden en dat ze dan met haar vader zou meegaan zodat hij kon beginnen met de registratie van de mate waarin haar genezing zou doorzetten.

Maar Fabian weet wat Elisa werkelijk wil. En niemand kan zeggen hoe lang ze heeft. Hij legt zijn hand op haar schouder, een smalle schouder. Hij doet dat omdat ze een band hebben met elkaar, maar ook omdat hij de steun nu erg goed kan gebruiken. Alle steun is welkom; geestelijk en fysiek. Want hij twijfelt.

Is het wel mogelijk wat hij wil doen? Los daarvan: hij is nog maar achttien. Mag hij zo'n beslissing wel nemen? Het zal Elisa's leven bepalen of beëindigen. Wil hij die verantwoordelijkheid nemen? Hij ademt diep in, de pijn zakt wat, zijn adem normaliseert en hij kijkt rond op zoek naar een taxi, op zoek naar Walter. Zijn benen voelen nog slap, maar de duizeligheid is minder. Vlakbij hen, dichtbij de ingang, is de kleine parkeerplaats voor kort-parkeerders. Er staan enkele mannen op het trottoir bij hun wagens te praten. Dat moeten chauffeurs zijn, blijkens hun kostuum en stropdas. Hij zoekt naar een lange vent met zwart piekhaar en fel-blauwe ogen, maar Walter is er niet.

'Heb jij geld?' vraagt Fabian aan Elisa. Hij weet het antwoord voordat hij is uitgesproken. Nee, natuurlijk heeft ze geen geld, voor vandaag kon ze niet eens praten. Hij pakt weer haar hand en loopt naar de chauffeurs toe. Voor hen staat hij stil. De drie mannen stoppen hun gesprek als hij vraagt: 'Wie van jullie wil ons naar de Vrijheidsstraat brengen? Ik heb nu geen geld.'

Ze kijken elkaar aan en twee schudden hun hoofd als willen ze zeggen: daar begin ik niet aan. De derde chauffeur wijst over Fabians schouder en zegt: 'Ik denk dat je hem moet hebben.'

'Wachten jullie eens even,' zegt Walter die net aan komt lopen met een papieren beker in zijn hand.

'Walter,' zegt Fabian. Hij voelt hoe de moeizaam opgebouwde energie in een oogwenk zijn benen verlaat. 'Kun jij ons naar huis brengen?'

Walter heeft maar een moment nodig om te zien dat hier meer aan de hand is. Tenslotte heeft hij Fabian samen met Jens naar de onderzoeksunit gebracht. 'Ik breng je naar huis. Ongelooflijk dat De Vrede dit zomaar kan blijven doen. Waar is je begeleiding? Je zus is er toch altijd bij?'

'Nee, nee, ze is er niet. We moeten snel naar huis. Ik leg het wel uit in de taxi.' Fabian klemt zich vast aan een auto en Walter pakt hem bij de arm en houdt hem omhoog. Fabian zoekt Elisa en zij knikt hem geruststellend toe.

'Jij blijft hier gewoon even heel rustig staan,' zegt Walter en ondersteunt Fabian. 'Is hij jouw vriendje?' vraagt hij vervolgens aan Elisa. 'Jij moet toch wel iets beters kunnen krijgen?' Hij lacht breeduit.

Elisa wendt haar blik af en krijgt een paarsrode blos op haar donkere, glanzende wangen. Ze is een meisje van net geen tien jaar oud dat een compliment krijgt waar ze niet mee uit de voeten kan. Fabian kan amper geloven dat ze nog maar enkele uren eerder gebakerd op het bed naast hem lag, en dat ze vanwege de toediening van zijn bloed hier kan staan, als een prachtig meisje.

'Fabian,' zegt Elisa en buigt zich wat naar Fabian. 'Ik wil vliegen, hoor.'

'Ze wil wat?' vraagt Walter.

Maar Fabian glimlacht en Elisa en hij wisselen een blik van verstandhouding, zo'n blik die hij vaker heeft gezien als er iets verzwegen moet worden dat pijnlijk kan zijn voor de betreffende aanwezige.

'Stap in,' zegt Walter en zwaait naar zijn collega's. 'Heren, maak ruimte voor de familie,' hij pauzeert nadrukkelijk en kijkt naar Fabian, die aanvult: 'Cullen van der Berckhout.'

'Klopt ja. Van de Vrijheidsstraat,' maakt Walter het af. Hij leidt Fabian en Elisa naar een wagen aan het begin van de rij.

Ze stappen in en eenmaal in de wagen, als Walter de motor heeft gestart, vraagt Fabian: 'Denk je dat je getuigen nodig hebt, voor als wij niet betalen?'

'Je bent slim.' Hij kijkt hem via de achteruit-kijkspiegel aan, maar gaat er niet verder op in. 'Dat wordt de tweede keer vandaag.'

'Ja.'

'Dat grote huis kan wel een likje verf gebruiken.'

'Jij bent eerlijk, maar dat gaat gebeuren.' Fabian ziet Walters blauwe ogen in de spiegel, ze kijken naar Elisa en één ervan knipoogt.

'Heeft zij ook met Jens te maken? Wacht, zij heeft toch geen …?' Walter stopt midden in zijn zin.

'Waarom zeg je het niet? Petrificatie.' Fabian kijkt achter zich naar de ingang van het ziekenhuis. Hij ziet geen Lara, geen Jens of meneer Decotoi buiten staan.

Walter start zijn wagen, en volgt gelijktijdig Fabians blik naar de ingang van het ziekenhuis. 'Mijn zusje Wanda staat in de Beeldentuin.'

Fabian is even verrast, maar duikt weg als hij Lara uit de grote draaideur ziet komen. Ze spiedt om zich heen.

Walter rijdt meteen weg van de parkeerplaats. Het blijft een hele tijd stil op het zoemen van de motor na totdat Elisa zegt: 'Dat vind ik erg, meneer, van uw zus, maar ik word misschien wel heel oud. Fabian heeft me zijn bloed gegeven, want hij heeft het ook en nu ben ik ineens veel beter.'

Fabian wil haar zeggen haar mond te houden omdat er nog niets zeker is en omdat niet alles wat Jens doet even legaal is, laat staan ethisch geaccepteerd.

'Jouw bloed?' vraagt Walter en kijkt Fabian aan via zijn spiegel. 'Dit is toch niet oké? Ik zou weleens willen weten wat dokter Jens de Vrede daar allemaal uitspookt.'

'Ik weet niet of dat zo'n goed idee is,' zegt Fabian. 'Ja, door hem voel ik me nu als een dweil, maar deze behandeling zit nog in de experimentele fase.'

'Waarom jouw bloed?'

'Omdat ik ook petrificatie heb.'

'Dat zeg je en ik heb je al vaker gebracht, met en zonder dokter De Vrede, maar jij kunt geen petrificatie hebben. Ik heb nog nooit iemand met petrificatie ontmoet die zulke volzinnen spreekt als jij doet.'

'Daarom willen ze mijn bloed. Ik ben de uitzondering die de regel bevestigt. Ooit ben ik op mijn kop gevallen en daardoor kon het virus binnendringen.'

Het blijft even stil voorin de wagen, waarschijnlijk omdat Walter de snelweg opstuurt. 'Ik geloof het niet. In welke fase zou je moeten zitten dan?'

'In de tweede.'

'Ach, kom op. Dan zou je er veel erger aan toe moeten zijn. Je loopt goed, beweegt normaal. Hebben ze je onderzocht op reuma? Heb je pijn?'

Fabian kent al deze vragen. 'Ja.'

'Wat ja?' vraagt Walter ongeduldig. 'Heb je pijn?'

'Ja.'

'Wanda had geen pijn en de meeste petrificatie-patiënten hebben dat niet. Hebben ze je ooit getest op reuma?'

Fabian wil niet laten merken dat hij deze vragen al duizend keer heeft beantwoord en zegt: 'Waarschijnlijk wel, dit komt niet uit de lucht vallen. De Vrede heeft me grondig onderzocht, iedere keer weer.' Maar hij denkt ook aan Jens die zich een specialist op het gebied van petrificatie noemt en hem toch vraagt of hij pijn heeft, waar hij vervolgens niets mee doet.

Walter kijkt hem nog een keer aan vanuit zijn binnenspiegel en schudt zijn hoofd.

'Goed joh, ik vraag niets meer,' zegt hij en draait zich even snel om naar Elisa. 'Mijn naam is Walter Koevoets en ik heb de eigenschap dat ik overal binnenkom.' Hij lacht zijn tanden bloot. 'En wie ben jij?'

'Zij is Elisa Decotoi,' zegt Fabian.

'Hallo,' zegt Elisa.

Walter geeft een ruime knipoog in zijn spiegel en zijn voet duwt het gaspedaal diep naar beneden. De motor gromt luid.

Fabian vraagt Walter Koevoets of hij hen wil afzetten op dezelfde plek waar hij eerder vandaag stond te wachten. De poort is de enige manier om thuis te komen, omdat Fabian alleen een sleutel van de achterdeur bij zich heeft.

'Veel geluk,' zegt Walter als Fabian en Elisa zijn uitgestapt. 'Ik weet niet wat je van plan bent, Fabian, maar doe je voorzichtig met haar? Het is al laat en erg donker, houd je er rekening mee?'

'Natuurlijk meneer, bedankt,' zegt de ietwat beduusde Fabian en stapt uit.

Walter geeft gas en rijdt de straat uit. De banden piepen bij de volgende bocht. Opeens beseft Fabian dat Walter in zijn spiegel had gezien dat Fabian op de parkeerplaats bij het ziekenhuis in elkaar dook. Het was zo klaar als een klontje dat hij niet gezien wilde worden door iemand die voor het ziekenhuis stond.

'Wat is er? Moeten we hier zijn?' vraagt Elisa.

'Ja,' zegt Fabian, 'Ik woon hier. Ik wil je iets laten zien.'

'Wat leuk. Spannend,' zegt ze nieuwsgierig, maar Fabian merkt dat haar stem lager klinkt en haar woorden trager worden uitgesproken.

Niet veel later zitten ze samen in het gras bij het tuinhuisje, maar later dan hij had gewild omdat Elisa's bewegingen stroever worden. Gelukkig brandt er geen licht in het huis en Fabian vermoedt dat zijn vader al naar zijn werk is. Zijn moeder is ook niet thuis en wat Lara gaat doen, dat weet hij niet. Hij hoopt dat hem nog wat tijd is gegund met Elisa.

'Gaat het een beetje?' vraagt hij aan haar. Het stemmetje dat hem altijd waarschuwt, is ontspannen, voor het eerst in zijn leven is dat stemmetje helemaal zen. Alsof het goed is, alsof hij de enige is die weet wat te doen in deze situatie.

Elisa kijkt hem aan, spreekt niet en helt haar hoofd slechts langzaam in zijn richting. Hij hoopt dat hij op tijd is, hij hoopt dat de maan tevoorschijn komt, maar vooral hoopt hij dat hij haar mee kan nemen, de lucht in. Vliegen.

'Als je kunt, dan moet je blijven kijken naar die onderste tak, een dikke tak die is afgebroken en waar geen bladeren aan zitten.' Zijn vinger wijst en hij kijkt langs haar heen om zeker te weten dat haar blik is gericht op die ene goede tak.

Het geluk is met hen en slechts enkele minuten later landt de kerkuil met het witte hartvormige gezicht op zijn tak. Hij veert amper door, het is een stevige tak, zijn tak. Het beest draait zich rechtstreeks naar Elisa, zijn grote ogen roerloos, starend. Fabian weet bijna zeker dat de uil alles weet en dat hij wist wanneer te komen. Ze hoeven niet te praten. De witte hartvorm draait in hun richting en de uil knikt. Fabian twijfelt niet meer.

Elisa legt haar hand heel langzaam op zijn arm en hij legt er de zijne overheen, hij voelt hoe de warmte uit haar huid trekt. 'Kijk, lieve Elisa, ga met hem mee. Ga vliegen. Vlieg! Je vrijheid tegemoet.'

Haar gezicht draait traag omhoog.

Walter rijdt zijn wagen het voetgangersgebied op, stopt voor de trap naar de ingang van het ziekenhuis, gooit het portier open en roept: 'Als je Fabian en Elisa zoekt, moet je nu instappen.'

Lara staat er inderdaad nog steeds. Natuurlijk is ze al een keer terug naar binnen gegaan, maar direct voelde ze zich schuldig en liep terug naar buiten. Ze heeft de auto eerder wel met zijn lichten zien knipperen, maar besteedde er geen aandacht aan. Pas als ze geroepen wordt en ze Fabians naam hoort, springt ze op en rent naar de taxi toe.

'Waar zijn ze? Weet u dat?'

'Stap in,' is alles wat hij zegt en hij wacht niet eens tot ze naast hem zit en haar gordel heeft vastgeklikt. 'Ik ben Walter Koevoets.' Hij laat zijn standaard grapje voor wat het is en scheurt van het ziekenhuis weg.

'Luister naar me,' zegt Walter. 'Ik heb Fabian en Elisa, het mooiste meisje dat ik ooit heb gezien, naar de Vrijheidsstraat gereden. Ik ken Fabian omdat ik hem vaker in de taxi heb gehad, en jou ook, trouwens. Ik ben Walter Koevoets.' Ze kijkt hem gespannen aan en knikt kort. Ze herinnert zich hem als de taxichauffeur met die blauwe ogen die vooral petrificatiepatiënten rijdt. 'Elisa wil gaan vliegen,' vervolgt Walter, 'ze heeft petrificatie en ik zag haar voor mijn ogen verslechteren. Fabian had dit heel goed door en daarom wilde hij haar meenemen. Hij heeft een plan, ik weet niet wat, maar hij zal zich door niemand laten tegenhouden. Ook niet door jou.'

'Nee, ik wilde hem helpen. Alles is de schuld van Jens. Ik bespaar je het verhaal.'

Walter moest zich even concentreren op zijn scheurkunst om geen ongelukken te veroorzaken, maar zegt toch: 'Jens de Vrede. Ik ken hem.'

'Ja, jij hebt toch bij hem op school gezeten?'

'In dezelfde klas, hij was een uitslover,' grinnikt Walter. 'O ja, Lara? Die broer van je heeft helemaal geen petrificatie.'

Eigenlijk wil Lara haar schouders ophalen omdat Walter al de zoveelste is die dit zegt, maar ze doet het niet. Omdat ze steeds slechts één man op zijn woord heeft geloofd.

Wie zegt dat al die anderen ongelijk hebben?

Wie noemt iedere andere mening ongefundeerd en van enige medische kennis gespeend?

Jens.

Wie zegt dat een second opinion tijdverspilling zal zijn?

Jens.

Wie spint er garen bij Fabians vermeende petrificatie?

Jens.

'Walter?' zegt Lara. 'Gas erop.'

Walters moment van verrassing is kort en hij glimlacht verbeten als hij rechts de vluchtstrook oprijdt en twee trage auto's inhaalt, die beide stroken nodig hebben.

'Je hebt me een spiegel voorgehouden, Walter. Maar ik zag wel wat Fabians bloed heeft kunnen bewerkstelligen bij Elisa.'

'Wat ga je doen?'

'Misschien petrificatie genezen?'

'Ambitieus, jonge dame, maar ik sta achter je.'

'Jij gaat met me mee naar binnen. Ik weet waar ze zijn,' zegt Lara als hij de taxi op het trottoir van de Vrijheidsstraat zet en ze beiden uitstappen. 'Kom op.'

Walter rent achter haar aan met grote stappen en vangt nog net de voordeur op voordat deze in het slot valt. Door een lange gang met deuren aan beide zijden waarvan sommigen op een kier staan en waardoor hij meest kale ruimtes ziet met veel lichtinval. Hij ziet haar nog net door een grote woonkeuken rennen, die in tegenstelling tot de andere ruimten zeer knus is ingericht met veel planten, schilderijtjes aan de muren en keukenkastjes met diverse geschilderde afbeeldingen, als goed gelijkende reproducties van Van Goghs zonnebloemen of de Aardappeleters van Rembrandt.

Weer vangt hij de deur op voordat hij dichtvalt en hij staat ineens stil. Buiten. In het donker.

De maan werpt een vaalblauw licht op een grote tuin, op lange grashalmen en grote borders struikgewas. Langs het grasveld loopt een smal zandpad, dat grotendeels is overwoekerd door struiken.

Hij loopt naar een kleine blokhut, waar hij nog net de omtrekken van Lara ziet in de duisternis. Met grote stappen, en zijn lange benen zijn nu een voordeel, beent hij naar het tuinhuis, maar hij schudt zijn hoofd al. Ze zijn te laat.

'Nee,' fluistert hij.

Fabian zit in het gras tegen de houten hut en huilt zacht, zijn gezicht in zijn handen.

Naast hem zit een beeld. Een beeld van een jong meisje.

Haar gezicht is in opperste vervoering als ze omhoogkijkt alsof ze het grootste wonder van het bestaan aanschouwt.

Ze is blij, ze is verrukt en wil alleen maar vliegen.

Ze vliegt!

72

Kitesj

∞

Jan J.B. Kuipers

Ik, de vrouw van Kitesj,
ben naar huis ontboden.
ANNA AKHMATOVA

Hoe Fevronja haar broertje...

In andere versies is er soms sprake van
jammerend hoorngeloei op de achtergrond, van
obsceen bekkengekletter. De zon schijnt genadeloos; de vlakten zijn dor, in de verte hurken afge-
knotte, okeren bergtoppen.

In werkelijkheid was het maar een miezerige
affaire, die daad van Fevronja, een onopvallende
voltrekking ergens in een afgelegen woud. Het was
doodgewone broedermoord. Maar sommigen
menen dat de aanleiding toereikend was, en dat
deze vuige daad gerechtvaardigd was omdat er veel
was te winnen.

Hier, waar het berkenbos zich verdicht had tot een
groot en bijna ondoordringbaar woud, schaars bestrooid met open plekken als deze, woonde het
meisje Fevronja met haar broertje Absyrt in een
blokhut die hun vader ooit had gebouwd. Lang

geleden was dat, toen hij nog niet aan de rand van
de open plek rustte in de groeve, herkenbaar aan de
stenen die Fevronja en Absyrt erop hadden gesta-
peld en aan het achtarmige houten kruis dat ze erop
hadden geplant. De geslepen punt van dat kruis
stak door vaders borst, zodat hij nooit terug kon
komen naar het land van de levenden.

Acht maanden per jaar was het nat of bitter koud
en dan zaten Fevronja en Absyrt in de hut tegenover
elkaar, staarden over de vetlamp in elkaars bleek
oplichtende gezicht, dachten hun eigen gedachten
en vertelden verhalen om die gedachten te verbergen.

Een van die verhalen ging zo en het was Fevronja
die het vertelde.

'Vorst Joeri was helemaal over de Kaspische Zee
gevaren op een krijgstocht en toen hij terugkwam
had hij de zeer mooie prinses van India bij zich, die
hij in het Oosten had geroofd. Ze was bruin en
glanzend als een pas gevallen kastanje. Joeri's
vrouw, de fiere en heilige koningin Tamar, was
natuurlijk dodelijk jaloers en zinde op wraak. Ze
slachtte een ram en sneed die in stukken. Die
stukken gooide ze in een ketel kokend water en -'

'Ik heb honger,' klaagde Absyrt, knagend op een
stukje rapenschil.

Fevronja keek hem op een bepaalde manier aan, Absyrt sloeg zijn ogen neer.

'Ze gooide die stukken in een kokende ketel,' herhaalde Fevronja, 'en ze deed er kruiden bij die ze ooit had meegenomen uit haar verre keizerrijk Trebizonde. Tartaarse kruiden denk ik, niet te vertrouwen. En ook zout. En toen de boel goed had gekookt sprong er ineens een lammetje uit de ketel. 'Ik wil ook jong worden!' riep vorst Joeri toen hij dat zag, zodat hij zijn donkere prinses de hele nacht zou kunnen beminnen. 'Maak mij ook jong in die toverketel, Tamar!' 'Spring er maar in,' zei de koningin. Dat deed hij, en snel schoof koningin Tamar toen het zware deksel op de ketel. En dat was het einde van vorst Joeri.'

'En wat gebeurde er met de prinses van India?' vroeg Absyrt gretig.

'Die is opgehaald door de Ridder met het Pantervel, maar dat vertel ik misschien een andere keer.'

'Ik wil het nu horen en anders zal ik het nooit meer horen!' riep Absyrt.

'Doe niet zo raar,' zei Fevronja korzelig, met een ijskoude, onzichtbare hand op haar hart.

Toen de lente weer was aangebroken klonk er op een middag gekraak aan de rand van de open plek, en de stammen zwiepten. Een jongeman wurmde zich van tussen de dichte, bleke berken. Hij droeg een gewatteerd borstharnas over zijn rode tuniek en een lederen helm met een bontkraagje, en zijn gladde gezicht tussen zijn engelenhaar vertoonde een paar bloedige schrammen.

Een edelman, verdwaald tijdens de jacht natuurlijk!

De jongeman staarde gefascineerd naar Fevronja.

Absyrt stormde uit de blokhut op hem af met het zwaard van vader. Maar Fevronja greep haar langsstormende broertje in zijn kraag en kletste hem om zijn oren.

'Dit is een gast,' zei ze, 'schaam je je niet?'

'Er kan niets goeds van komen,' kermde de jongen, die niet meer gewend was aan andere mensen.

'Schitterend meisje,' zei de jongeman, 'Mijn naam is prins Oljeni Joerjevitsj, zoon van de vorst van Kitesj.'

'Verdwaald tijdens de jacht zeker?'

De prins knikte afwezig. 'En – hoe is *uw* naam?'

Absyrt rukte zich los en vluchtte het schemerige bos in, waar hij zich tussen de stammen verborg en naar de nu zonbeschenen open plek begon te gluren, als een mot in de kaarsvlam.

'Fevronja,' zei Fevronja, en likte haar lippen.

Het was onvermijdelijk, er zijn niet zoveel mogelijke patronen in de wereld: Fevronja en Oljeni werden verliefd en hij vroeg haar subiet ten huwelijk.

'Dan gaan we in Kitesj wonen zeker, in een mooi paleis met gladde houten zuilen en zware kleden aan de wand en torentjes met spinnewielen?' vroeg Fevronja.

'Ja.'

'Zullen we gaan dan.' Ze riep al om haar broer, en Absyrt kwam opgewonden als een hondje van tussen de stammen gerend.

'Het aantal patronen is beperkt,' zei Oljeni ineens op vlakke toon, alsof hij iets nazei wat hij helemaal niet wilde zeggen maar wel móest zeggen, *je krijgt wat en dat kost wat.* Het kost het meest kostbare dat je bezit.'

Fevronja's hart verkilde.

'Ik begrijp het al,' zei ze terwijl ze haar broertje weer in zijn kraag greep.

Hoe kwam ze plots aan vaders zwaard, hetzelfde zwaard dat in haar hand had gelegen toen vader op die ene fatale nacht bij haar in bed was gekropen, enkele winters geleden?

Hoe dan ook: ze zwaaide het en gebruikte het volleerd. Absyrts bloed kleurde het sappige meigras en in een wanhopige razernij sloeg ze toen zo woest op hem in dat stukken van de jongen door de lucht vlogen en overal op de open plek neerkwamen.

'Zo,' zei Fevronja tenslotte hijgend. 'Nu heb ik gedaan wat ik moest doen om jou te winnen. Het offer is gebracht en ons huwelijk is al besmeurd en besmet voordat het is voltrokken. Want zo is de wereld en hoe ik ook door wroeging word verteerd, ik zou het wéér doen, elke mei opnieuw.'

Oljeni, die een zachte prins was, had zijn handen voor zijn gezicht geslagen. Hij zei iets.

'Wat?' zei Fevronja dodelijk vermoeid. 'Doe je handen weg, ik versta je niet.'

'Waarom deed je dat?' vroeg de prins nog vermoeider en bleker dan haar.

'Je zei dat het iets kostte om je te krijgen. Het kostbaarste dat ik bezat.'

'Dat klopt,' zei prins Oljeni. 'Maar het kost iets *anders.* Iets anders dan *dit.*'

Bekkengeschal! Boosaardig loeien van archaïsche, heidense hoorns! En allemaal in Fevronja's radeloze hoofd. Ze stond te tollen op de open plek, het was alsof de hemel zwaarder en massiever was dan de aarde onder haar voeten.

Waarom de voorspelde toekomst onzekerder is dan de niet voorspelde

De nederzetting aan het immense meer valt nogal tegen. Zij bestaat uit hooguit tien haveloze houten huizen en schuren, waarvan enkele op palen in het water staan. Sommige huizen zijn afgebrand, zwarte staketsels steken krom en pervers in de lucht. Op het meer is het bij het gehucht een warboel te zien van fuiken, drijvers en wankele bouwsels van stammetjes waaraan kruisnetten hangen, druipend van alg. Een paar sloepen en roeiboten zijn op de oever getrokken.

Het is hier doodstil.

Tegen de laatste boom vóór het dorp zit een armoedige man. Hij lacht naar Fevronja en Oljeni, met schaarse zwartige tanden. Een afgebrand gehucht, ook in zijn mond.

'Welkom in Kitesj,' zegt hij. 'Ik ben Grisjka, de gebruikelijke dronkenlap.'

'Waar is het paleis met de torentjes?' vraagt Fevronja. Ze keert zich om naar haar prins. 'Als ik niet zo moe was van al dat dolen en lopen en nog verder lopen ging ik terug. O, arme Absyrt, ben je dáárvoor gestorven! En, Oljeni, waar is de menigte om ons op te wachten en ons toe te juichen, waar zijn de witte paarden en de bloemen die op me neer moeten regenen, waar zijn de dienaressen met de bruidsjurk over hun armen gedrapeerd, waar is vorst Joeri?'

'Dit is niet Kitesj,' zegt Oljeni vlak. 'Dit is *Klein-Kitesj*. Kitesj of Groot-Kitesj, de gouden stad met het paleis, ligt nog verder.' Vaag gebaart hij naar het meer.

'Dan moet ik eerst rusten,' zegt Fevronja.

Haar blik zoekt Oljeni. Maar de prins is al weg. Zeker om kwartier te zoeken, passend voor een bruidspaar van deze hoge rang. Dat zal nog niet meevallen in deze negorij.

Fevronja ploft neer naast de dronkenlap en krijgt een teug wodka.

'Ik vind dit heel beleefd,' zegt ze.

'Als ik een bard was zou ik je ook nog een mooie toekomst voorzingen,' zegt Grisjka. 'Maar ik ben hier nu eenmaal de zuiplap en ik kan dus alleen de spot drijven, en dat is óók goed.'

'Waarom is dat goed,' vraagt Fevronja.

'Omdat de voorspelde toekomst veel onzekerder is dan de niet voorspelde,' antwoordt de dronkenlap.

'Waarom dan?'

'De niet voorspelde toekomst omvat alles wat kan en wat zal gebeuren, terwijl de voorspelde toekomst de hele santenkraam inperkt tot maar een paar dingen.'

'Maar er *zijn* ook niet veel dingen, de wereld kent nu eenmaal niet veel patronen,' werpt Fevronja tegen.

'Dat is waar,' zegt Grisjka. 'Er zijn maar een paar patronen en nog minder zekerheden. Eigenlijk maar twee: de mens moet lijden en dan sterven. En tóch is de wereld vol schittering en heerlijkheid. Een eindeloze wereld is het: elke voorspelling is uiteindelijk even waar of onwaar.'

Dat ziet Fevronja pas een beetje in, of denkt dat in te zien, na nog een paar slokken wodka.

'Eigen stook,' zegt Grisjka. 'Niet van mij natuurlijk. Ik werk niet en ik stook niet. Ik ben een stinkende lelie des velds.'

'Waarom is het hier eigenlijk zo stil,' vraagt Fevronja.

'Bijna iedereen is dood,' zegt Grisjka.

'Waarom - de pest?'

'Nee,' zegt Grisjka. 'De Duitsers.'

Het verhaal van Grisjka

Het is niet de eerste keer dat hier een bruidspaar arriveert. De vorige Fevronja, zal ik maar zeggen, arriveerde hier ook met haar Oljeni. Het onthaal was feestelijk. Net toen ze met bloemen waren bestrooid en op de oever wachtten op de statieboot van vorst Joeri, werd het dorp overvallen door de Huurlingen. Duitsers waren dat en andere buitenlanders, Polakken, Bulgaren, in dienst van tsarina Jekaterina Velikaja natuurlijk, die duivelse manneneetster. Hun leider was een man met een steek en een pruik en kruislingse bandelieren over zijn borst. Zijn lange jas met de knopenrijen, zijn overmaatse manchetten vol vlekken... De ogen altijd zwervend, als zoekend naar iets wat *achter* de dingen zit. Geen wonder dat hij naar Kitesj was gekomen. Maar de mensen van Klein-Kitesj stroomden al uit hun hutten en vielen aan. De Huurlingen hieuwen op hen in met hun sabels, schoten hen neer met hun ingelegde pistolen, plunderden hun huizen, verkrachtten hun dochters en bonden hun zonen vast om die later op te kunnen eten. Want zo zijn ze, het zijn buitenlanders! Ook staken ze de boel in de fik. En al die tijd dat het tumult aan de gang was stond de commandant met zijn knopenjas en zijn laarzen en zijn manchetten op de oever over het meer te staren. Zijn handen op de rug. De staart van zijn pruikje stokstijf. En maar staren en turen. Alsof de slachting achter zijn rug hem niets aanging.

Toen het allemaal voorbij was en de onzen dood of gevlucht, werd ik voor hem geleid. Ik was niet dood of gewond. Ik werk niet en ik stook niet en ik vecht immers niet. Ik ben Grisjka, de dronkenlap en ik bezing de schittering van het leven.

'Ze zeggen dat jij de weg naar Groot-Kitesj kent,' sprak de commandant toen ik voor hem stond.

'Nee!' zei ik.

'Goed,' zei hij. 'Breng me erheen.'

O, waar Oljeni gebleven was? Oljeni was weer eens verdwaald, faliekant het slagveld af, en waarschijnlijk ontsnapt naar huis.

In Groot-Kitesj gaat vorst Joeri zijn volk voor in gebed. Hij benoemt de druipnatte, pas weergekeerde Oljeni tot bevelhebber van de strijdkrachten. Terwijl de soldaten wegmarcheren, daalt een gouden mist neer over Groot-Kitesj en de kerkklokken beginnen te luiden.

('En waar was ik gebleven dan?' vraagt Fevronja in verwarring. Grisjka lacht haar toe met zijn zwarte tanden. 'Jij? Jij bent immers hier.')

Als ik de Huurlingen naar een vooruitstekende plaats aan de oever heb gebracht, vanwaar Groot-Kitesj zichtbaar moet zijn, zien ze op het meer alleen een bleekgouden mist hangen, en roepen dat ze me zullen doden. De bezeten commandant loopt opgewonden heen en weer, en dreigt bijna het meer in te lopen, zo groot is zijn verlangen naar Kitesj.

Dan doemt het leger van Kitesj op uit de mist, een bezeten strijd op de oever begint. De mannen van Groot-Kitesj brullen hun aanvalskreet en blazen hun hoorns, de Huurlingen vloeken en tieren, terwijl ze naar hun pistolen en musketten en hun sabels grijpen. Gekletter van staal op staal als van gescheurde bekkens! Hier boort een archaïsche pijl zich in een oog, daar vliegt een arm door de lucht; gewonden liggen kermend in het riet en worden door paardenhoeven nog verder in de modder getrapt, schoten knetteren, de stank van bloed en ingewanden en buskruit, het demonisch krijsen van bajonet op kling. Het oevergras kleurt rood, het water bruin, stille lichamen drijven wiegend weg. De Huurlingen richten opnieuw een grote slachtpartij aan, maar moeten toch het onderspit delven omdat het meer onophoudelijk troepen baart. Ze vallen één voor een, die buitenlanders; sommigen, zoals hun eerloze commandant, weten te ontkomen in het hoge riet, ze verdwijnen als opgeslokt door onze moeder de Aarde. Tenslotte is er stilte, ook het leger van Kitesj lijkt opgelost als waterdamp. Maar de oever van het meer is over grote afstand getekend met het geheimschrift van wasbleke en roodgeverfde lijken van vriend en vijand. Onder hen was Oljeni, mooier dan ooit in zijn gewatteerde kuras en rode tuniek met gouden bies, alsof hij het sneuvelen had geoefend voor een spiegel.

'En zijn laatste gedachte, het laatste beeld voor zijn ogen gold jou, Fevronja, dat weet ik zeker,' besluit Grisjka.

'Het is een prachtig verhaal,' mompelt Fevronja, die nu behoorlijk dronken is. 'Maar waar is Oljeni *nu* eigenlijk, *mijn* Oljeni bedoel ik, de echte?'

'Dat vroegen we ons toen ook af,' zegt Grisjka. 'Toen we opnieuw keken konden we het lijk van die zachte prins nergens meer vinden.'

Intussen op de open plek

's Nachts zit er een beetje beweging in het achtarmige kruis op de groeve met de gestapelde stenen. Een klein beetje beweging, maar steeds een beetje meer. Naast de groeve ligt een andere, kleine groeve, haastig gegraven en niet gemerkt met stenen of een kruis. Boven deze groeve zweeft in het holst van de nacht nu en dan een dwaallichtje, als u het met alle geweld nóg mooier wilt maken.

De tweesprong

Terwijl Fevronja en Grisjka liggen te slapen, met tussen hen in de lege kruik, lijkt het bos een magische transformatie te ondergaan. De overlevering met haar onverbrekelijke patronen en motieven dringt zich verder en verder in het verhaal. Twee vitale clichés doemen op. De gekroonde, gelukbrengende vogel Alkonost met haar vrouwengezicht buigt zich over Fevronja en voorspelt dat ze zal sterven vóór Kitesj haar te pakken krijgt; de gekroonde vogel Sirin met dat andere vrouwengezicht, dat verdriet en treurnis brengt, buigt zich ook over haar en voorspelt dat ze omwille van Kitesj heel lang en misschien wel eeuwig moet leven.

Hier moet het ergens zijn!

Wiegend in een grote roeiboot op het uitgestrekte meer, met om je heen de ijle nevel, waar hier en daar het goud van de zon bleek doorheen breekt.

Het is de eerste keer dat Fevronja zich op zo'n grote watervlakte bevindt; ze durft zich nauwelijks in de boot te bewegen.

'Hier moet het ergens zijn,' mompelt Grisjka. Hij laat de riemen rusten en gebaart over het kalme water met de plechtig trage, theatrale beweging van de donkenlap.

'Hier? Hier is alleen water,' zegt Fevronja, die zich angstvallig met beide handen aan het boord vasthoudt.

'Je moet naar beneden kijken,' zegt Grisjka weer. 'In het meer moet je kijken. Weet je werkelijk niet dat Kitesj een verzonken stad is? Waar ben je al die tijd eigenlijk geweest?'

'Op de open plek met de blokhut, en in het stuk bos daaromheen,' antwoordt Fevronja. 'Vader sprak nooit over zulke dingen. Alles wat ik wist had ik min of meer zelf verzonnen. Dus Kitesj is een verzonken stad! Als ik dat geweten had, was ik nooit met Oljeni meegegaan. Wat heb ik aan een paleis met gladde zuilen en zware kleden als het onder water staat? Absyrt, o arme Absyrt, je bent voor niets gestorven!'

Grisjka lijkt verlegen met de situatie en kijkt maar weer in de diepten van het meer; hij buigt zich ver over het dolboord.

'Ik geloof – ik geloof dat ik de klokken hoor luiden!' roept hij dan, die zuiplap.

Nu buigt ook Fevronja zich bruusk over het water. De boot helt scherp, de wankele Grisjka stort voorover, hup overboord! Hoofd en schouders vooruit ploempt hij in het water en zinkt onmiddelijk weg; even is er een breed uitwaaierende rimpeling, dan alleen het grijsblauwe, haast spiegelgladde oppervlak.

Fevronja slaakt benarde kreetjes en staart radeloos in de diepte, haar knokkels wit van het kneden van de dolboorden. Van Grisjka geen spoor. Maar in de diepte meent ze nu een vage weerschijn te zien; een zweem van vergulde koepels, de donkere vormen van brede houten daken en gepolitoerde zuilen...

'Kitesj, Kitesj,' mompelt Fevronja met een brandend gevoel van verlies. 'Grisjka... Oljeni!'

De hemel is een koepel van mist en melkachtige walmen en een gouden waas, maar het meer is peillozer. Fevronja rilt en strekt zich geluidloos huilend uit op de natte, vieze bodem van de wiegende, wiegende boot. Het zoete water ruikt zwaar, een beetje naar relikwieënbloed en halfvergane herinnering.

Bruiloft in Kitesj

In de verzonken stad wordt Fevronja monter begroet door vorst Joeri.

'Welkom, lieve kind,' zegt hij en laat haar het enorme, maar bijna lege paleis zien. Achter honderd vensters loert het eindeloze meer.

'Kijk,' zegt Joeri, 'dit hier is de ketel waarin ik, of mijn vroegere ik, ooit vertwijfelde rondjes zwom.'

Hij wijst op een enorm vat met een deksel erop.

'Ik wil Oljeni zien,' dramt Fevronja.

'Al goed, kind, laat die oude vorst Joeri je maar ter bruiloft voeren, het is een voorrecht...'

Maar ineens schrikt Fevronja op. Die ketel! Ze beseft dat ze in de geschiedenis is beland waarin ze zelf vorst Joeri tot de dood in de kokende ketel heeft veroordeeld. Neemt ouwe Joeri nu wraak? Of is het de wrekende geest van Absyrt die haar kwelt?

'Ik wil weg! Laat me los!' gilt Fevronja, maar aan de ijzeren greep van de onheuglijke Joeri valt niet te ontsnappen.

'Laat me je ter bruiloft voeren, kind,' mompelt Joeri weer. Ze steken een binnenplaats over en ver boven zich, in een uitspansel van water, ziet Fevronja de duistere bodem van de roeiboot, als de buik van de grote vis die ooit Jonas verzwolg en weer uitspuwde. Dan gaan ze door een dubbele houten deur en betreden een enorme, naar schimmel riekende zaal. Hier is in geen eeuwen gelucht, de ontelbare houten zuilen zijn bekleed met groenzilveren webben van alg en rag. Ergens op de zachte, mossige vloer slingert een oud pantervel.

In het midden van de zaal staat een baar waarop een stille gedaante ligt, bedekt met dikke lagen stof. Door de vuiligheid heen ziet Fevronja enkele strengen engelenhaar, en het gedempte rood van een tuniek met gouden bies.

'Oljeni!'

'Kom kind, laat me je ter bruiloft voeren,' lispelt opnieuw de vorst van Kitesj, wiens ene hand de arm van Fevronja knelt en in wiens andere nu een zwaard ligt, dat verdomd veel op het zwaard van vader lijkt.

'Dit is wat het kost om te krijgen wat je wilt,' giechelt vorst Joeri in zijn witte baard. 'Het kostbaarste dat je bezit...'

De baar met het lijk van de duizendmaal gesneuvelde prins Oljeni nadert, en daarmee natuurlijk het laatste moment van Fevronja, die niet wil sterven, ongeacht de wijsheden die de zuiplap Grisjna over het lot van de mensen heeft verkondigd.

'Waarom is Kitesj eigenlijk verzonken en wat heb *ik* daarmee te maken!' gilt Fevronja in wanhopig protest – en alles staat dezelfde seconde stil in afschuw en verbijstering.

Waarom?

Ontnuchtering, onttovering! Ze rukt zich met één woeste beweging los; de vorst valt zielloos voorover als een levensgrote pop van lappen, het zwaard boort zich in de soppige bodem.

Zonder nog naar Oljeni te kijken keert Fevronja zich op haar schreden om, Joeri's losgeraakte arm wappert aan haar arm als een hoerige sjaal, tot de dode vingers zich ontspannen en de arm langzaam naar de bodem zeilt.

Intussen op de open plek

Er zit geen enkele beweging meer in het achtarmige kruis op de groeve met de gestapelde stenen. De kleine groeve ernaast is al overwoekerd door gras en sleutelbloemen, alsof die er nooit is geweest.

Slotscène zonder toneelaanwijzing

In het bos, dichtbij het meer, klinkt een droog pistoolschot, gevolgd door een woest gefladder als van een enorme vogel. Of misschien twee, of één die op twee lijkt. Er klinkt ook een grove, bijna wanhopige vloek.

'*Scheisse! Verfehlt!*'

Fevronja zweeft snel naar de oppervlakte van het meer, blijft nog even hangen onder die wiegende, zilverachtige scheiding die tegelijk aantrekt en afstoot. Maar dan slaat ze resoluut haar ogen op, bespeurt haar droge mond, de stekende hoofdpijn. Ze heeft voor het eerst van haar leven een verschrikkelijke kater, de wodka van Klein-Kitesj eist zijn tol.

Over haar heen buigt zich een gestalte. Het is die buitenlandse commandant met zijn pruik en vlekkenjas, die altijd maar aan de oever en de bosrand zwerft; zijn hand zweeft al aarzelend ergens boven haar buik, als een meeuw op de wind.

Hun blikken stoten op elkaar als botsende kometen, de dreun trilt na tot in hun bekken.

Ze zwijgen, draaien hun blik weg, loeren weer naar elkaar.

Ver weg op het meer klinkt een flard van een dronkemanslied.

'Grisjka!' zeggen ze allebei tegelijk, en lachen.

Even is het weer stil.

'Ik ben Fevronja,' zegt Fevronja dan.

'Ik ben Philostratos Buguraz,' zegt de Huurling, 'aangenaam kennis te maken.'

De krankzinnige namen van die buitenlanders! Maar je kunt altijd een betere naam verzinnen, één die je al kent. Van de vorige keer bijvoorbeeld. De duizend vorige keren die achter deze keer staan – het aantal patronen in de wereld is nu eenmaal beperkt.

'Ik weet de weg naar Kitesj, geloof ik,' zegt Fevronja in een opwelling.

Er trekt een pijnlijk floers over het gezicht van de onuitsprekelijke vreemdeling. Hij maakt een wegwuivend gebaar. 'Ach, Kitesj...,' zegt hij. Het klinkt berustend.

Dan daalt zijn hand langzaam op haar buik.

En zo eindigt het. Deze nacht en de laatste uren voor de Reset. Zoeklichten schijnen de hemel in, langs de tientallen zeppelins en andere formidabele luchtschepen die tussen de luchtdokken van de vele wolkenkrabbers heen en weer varen. Geroezemoes van vele stemmen stijgt met de lichten mee tot het een broeierige caleidoscopische deken van felle opwinding boven de straten van Nachtstad vormt.

Kortom, het einde van deze cyclus is nabij. Tijd om te vergeten.

Goedenavond.

Zoals te lezen is op het matglas van de deur: Mijn naam is *Sam Vrijman, privédetective.* Kantoorhoudend in het achtste district van Nachtstad. Niet het fraaiste gedeelte van de stad, geef ik toe. Maar ja, wat niet fraai is, is meestal interessant.

Hoelang ik al in Nachtstad woon weet ik niet. Dat heb ik besloten te vergeten.

Ik veeg over het schermpje van mijn TijdLijn en bepaal of er nog zaken zijn die ik niet wil onthouden. Herinneringen die ik wil wissen.

Nee. Het is afgerond. Ik verlang nog slechts naar een glas bourbon, zittend op de bank van mijn appartement, twee blokken verderop. De Reset wil je niet te nuchter meemaken. Ik pak mijn pistool van de stapel dossiers op het bureau en stop het in mijn schouderholster. Aan het bovenste dossier zit met een verroeste paperclip een morsige foto van een in de verte starende brave huisman geklemd. Een hardwerkende echtgenoot, altijd liefdevol, althans volgens de smekende brief die zijn vrouw stuurde omdat hij op een woensdagmiddag was verdwenen. Richting Nachtstad.

Kunt u hem vinden, mijnheer Vrijman? Ik maak me zo ongerust. Alstublieft, mijnheer Vrijman, het Bedrijf wil me niets vertellen.

Jawel, schatje. Ik vond hem in het achtste district, in een kamer met vier geslachtswisselende prostituees en meer dan dertig kilo *spaghetti bolognese con cocaïne.* Geloof me, het was geen prettig gezicht. Hij zal blijven, schreef ik terug, want hij is zijn oude ik, en u, al lang vergeten. Hij is nu een bewoner van Nachtstad. Sorry. Bijgevoegd vindt u de foto's en mijn onkostenrekening.

De prostituees zullen vast en zeker besloten hebben deze herinnering te vergeten—het voordeel van hun baan in Nachtstad.

Ik draai mijn pols en kijk op de display van mijn TijdLijn. Nog een paar uur. Dan is het voorbij en kunnen we fris beginnen.

Nachtstad is de stad van belofte, waar alles kan. En wat niet kan, wis je uit je TijdLijn en vergeet je. Eenvoudig. *Prijs de Reset.*

Ik pak mijn jas van de kapstok en knip het licht uit. Er klinkt een harde knal en de hemel achter het raam licht op. Rode, gele en blauwe sterrenregens werpen woest bewegende schaduwen over de wolkenkrabbers. Vuurwerk. Wild gejuich klinkt uit de straat.

In het donkere kantoor slaak ik een diepe zucht. Op één of andere manier ben ik opgelucht vanwege de naderende Reset. Een onbestemd gevoel. Waarom, ik weet het niet. Misschien is het een schaduw van een herinnering, vonken uit het verleden, een laatste restantje uit een vergeten vorig leven. Langzaam loop ik naar de deur.

Achter het glas verschijnt een schaduw. De silhouet van een vrouw doet de in spiegelbeeld staande letters van mijn naam verdwijnen. Ze wil aankloppen maar aarzelt. Mijn hand gaat al automatisch naar de klink tot ik twijfel. Ik wil naar huis, denk ik. Dan overwint nieuwsgierigheid.

De weelderige vormen behoren tot de prachtigste verschijning die ik deze cyclus heb gezien. Mijn ogen gaan—nee, glijden—over haar witte mantelpak naar haar benen die onder de hoge split van haar lange rok uitkomen. Eén been is gehuld in zwarte zijde maar mijn aandacht gaat naar haar andere been: kunstmatig en van blinkend welgevormd chroom. Het metaal vloeit naadloos over in een vlijmscherpe zilveren naaldhak. Haar andere voet zit in een bijpassende chromen pump.

Ze kucht.

Mijn blik gaat, langs de in haar zij geplaatste handen, naar haar gezicht waar twee amandelvormige ogen half verscholen zitten in de schaduw van een grote witte hoed, die op haar blonde haar drijft als een wit schip op een gouden zee. Tranen trekken zwarte golven van doorgelopen mascara richting haar vuurrode lippen.

Pas op, Sam. Een dergelijke dame kan maar één ding betekenen. Problemen.

'Bent u Sam Vrijman?' begint ze en de stilte smelt door haar sensueel donkere stem—die klinkt zoals verwacht—terwijl ze met een schuin oog naar de naam op de deur kijkt.

Hele grote problemen. Deur dicht, Sam!

Maar een ander, duister en dierlijk gedeelte, denkt hele andere zaken.

'Dat klopt,' zeg ik.

Ze kijkt over mijn schouder het donkere kantoor in.

'Wat kan ik voor je doen, pop? Ik zou er net vandoor.'

'Mijn naam is Kitty,' antwoordt ze. Haar stem doet wederom mijn knieën knikken. 'Kitty Janssen. En ik kom uw hulp vragen.'

'Lieve Kitty, kun je terugkomen na de Reset, pop? Vannacht wordt er niet meer gewerkt door ondergetekende.'

'Maar... Maar het is heel belangrijk dat u mij helpt. Ik moet Nachtstad verlaten. Ik moet naar de Grens. *Vannacht.*'

Ik schud mijn hoofd. 'Onmogelijk, pop. Niemand verlaat Nachtstad vlak voor de Reset.'

Haar ogen worden vochtig en de mascara daalt verder naar haar kin. Haar hand grijpt me bij de pols, vlak bij mijn TijdLijn en een trilling gaat door mijn lijf.

'Alstublieft,' zegt ze, 'u bent mijn laatste hoop.'

Woorden vechten om een plaats. Ik denk aan de Reset, aan de tijd, aan glimmend zijde over lange benen en chromen hakken tussen witte lakens.

'Ik kan u tienduizend betalen, als dat u kan overtuigen,' zegt ze, niet langer wachtend op een antwoord. Ik lach, staar op mijn TijdLijn, neem een stap terug mijn kantoor in en klik het licht aan. Een moment knipperen haar lange wimpers. Ik wijs naar mijn bureau.

'Nou, pop, vertel het maar. Je hebt mijn aandacht.'

Haar hakken tikken op het versleten parket. Als ze langs me loopt, word ik zacht gestreeld door haar geur. Een parfum dat te lang geleden is opgedaan, vermengd met de opgewonden geur van de straat: eten, zweet, aangeslagen feromonen, hoop en verdriet. Geuren passend bij haar donkere mascara-tranen, denk ik. Viooltjes die strelen en de straat die in mijn kruis schopt. Haar wiegende heupen krijgen mij bij elke stap meer in hun macht.

Verdomme, denk ik, terwijl ze gaat zitten. Ik neem tegenover haar plaats.

'Wat zeg je ervan dat je vanavond met mij meegaat? Genieten we samen van de optocht. Dansje maken, drankje drinken. Morgen rijd ik je hoogstpersoonlijk voor tienduizend nog met een fiets naar de Grens.'

Kitty kijkt me aan met een blik die water doet verdampen en even denk ik dat ze gaat schelden. Dan valt een zwarte traan op mijn bureau.

'Hij wil me vermoorden,' zegt ze.

'Wie?' vraag ik.

'Ik weet het niet, ik weet het niet,' herhaalt ze en legt haar hoofd in haar handen. Snel grijp ik een tissue—altijd gereed voor dergelijke gevallen. Ze pakt het doekje en dept haar wangen.

'Ik kan het me niet herinneren,' zegt ze. 'Wilt u me *alstublieft* helpen?'

Ik zou nee moeten zeggen.

Mijn handen liggen op het glas van de cabine van de zeppelin. Een raam dat naar voren helt zodat ik het gevoel krijg te vallen. Daar beneden zie ik duizenden mensen krioelen, als trage neurotransmitters door de zenuwbanen van de stad, de ontelbare straten en stegen van Nachtstad, langs de hotels, casino's. Hoerententen, discotheken, nachtclubs, noem het maar, hun namen in fel neon, groter geschreven dan de werkelijkheid. Vals licht. Beloftes in de nacht. Eenmaal in Nachtstad wil je nooit meer weg. Als je hebt ontdekt dat je de baas kan zijn over je herinneringen. Een oneindig feest met de Reset als hoogtepunt.

Prijs de Reset.

Ik hoor zacht gekraak van leer en draai me om. Kitty is in de zware, rode fauteuil gaan zitten. Met mijn bourbon loop ik naar haar toe terwijl ik de lijn van haar gehoekte benen bewonder, mij afvragend waarom één van chroom is.

Waar ben ik mee bezig?

Ik ga zitten. De leren stoel vormt zich naar de gespannen spieren van mijn onderrug.

'Was je TijdLijn helemaal opgeschoond?'

Kitty staart naar buiten, waar een andere zeppelin voorbij vaart en we zien dansende naakte mensen achter de ramen. Kitty kijkt me aan. Kort denk ik een rode blos te zien op haar wangen.

'Zo goed als,' zegt ze.

'Enige aanwijzing?' Ik wijs naar haar glimmende kunstbeen. Ze staart er een moment naar, alsof ze het nu pas opmerkt. Ze streelt kort het metaal.

'Geboren in Nederland. Waar weet ik niet. En ik kan nog achterhalen dat ik in Rio ben geweest. Heb je gelezen wat sommige vloedvluchtelingen doen? Wellicht ben ik één of andere specifieke seksfantasie die in Brazilië haar nieuwe bestaan heeft verdiend en er genoeg van had.' Haar knokkels worden wit.

'Dus je kwam hier om dat te vergeten?' vraag ik.

'Misschien,' zegt ze. 'Het enige dat ik nog had toen ik ontwaakte na de Reset was mijn TijdLijn en de meest primaire gegevens. Wachtwoorden. Mijn naam. Voor de rest, niets.'

'En toen?'

Ze buigt zich naar me toe.

'Ik ontdekte al snel dat ik werd achtervolgd. Ik wilde weg, weg uit Nachtstad. Maar ik wist niet hoe. Dus vroeg ik rond en zocht manieren om Nachtstad uit te komen. En toen hoorde ik jouw naam. Dat jij dingen wist. Routes. Buiten het zicht van het Bedrijf.'

'Maar *wie* zit er achter je aan, denk je? Iemand uit Rio? Een pooier? Als je bent gevlucht uit Rio is de kans groot dat iemand zijn investering terug wil.'

Voordat Kitty iets kan zeggen voelen we een schok. Het luchtschip begint af te meren aan één van de luchtdokken van een wolkenkrabber. Een zoeklicht tast door de rokerige cabine met lange levendige vingers van licht.

'Nog één halte. We zijn er bijna,' zeg ik. Ik hoor hoe een dek lager de buitendeuren van de zeppelin openen om passagiers in en uit te laten.

'Wie is de kennis van je, die we gaan bezoeken?' vraagt ze.

'Iemand die volgens mijn TijdLijn nog een gunst aan mij tegoed heeft. Mijnheer De Weduwe. Gespecialiseerd in... alternatieve routes.'

'Mijnheer De Weduwe? Wat is dat voor een naam?'

'Een naam voor Nachtstad.'

Kitty schudt haar hoofd.

'Ik ga me even opfrissen,' zegt ze en staat resoluut op. Ze loopt naar de toiletten. Een man volgt wellustig haar wiegende tred tot hij mijn blik opmerkt. Ik hef mijn bourbon, glimlach en de man richt zich geschrokken tot zijn glas.

Ik staar naar buiten, naar het vuurwerk en de zoeklichten. Wanneer ineens het geroezemoes in de salon wegvalt, draai ik me om. Een man stapt onzeker door de ruimte. Hij lijkt moeite te hebben om zijn evenwicht te bewaren. Hij struikelt, leunt tegen een tafeltje en kan nog net voorkomen dat hij omvalt. Ik zie dat hij geen TijdLijn om zijn pols heeft zitten. Ik slik.

Zijn blik gaat door de salon en blijft een moment op mij rusten. Een onpeilbare leegte in zijn fletse ogen, met irissen als zwarte gaten die het licht van de wereld lijken op te zuigen. Het is een *Verdwaasde*. Natuurlijk, denk ik. Dat kan er ook nog wel bij: Verdwaasden, mensen zonder TijdLijn, zonder naam, zonder herinnering. Niets. Pure digitale dementie.

De Verdwaasde loopt naar één van de vrije fauteuils en gaat zitten. De kleren die hij aan heeft zijn vreemd. Misschien iets dat hij droeg toen hij zonder TijdLijn kwam te zitten. Een modebeeld dat de rest van Nachtstad besloot te vergeten. Een purser komt de salon binnen en bekijkt de Verdwaasde met walging, alsof hij een stuk rottend vlees heeft ontdekt.

'Laat hem,' zeg ik, 'je kunt ze beter met rust laten.'

'Hij jaagt de passagiers de stuipen op het lijf.'

'Laat hem meevaren. Bemoei je maar niet met hem.'

Uit mijn ooghoek zie ik Kitty aankomen. De Verdwaasde merkt haar op en gaat staan. Snel stapt de purser naar voren en probeert zich tussen de Verdwaasde en mij op te stellen. Afwerend houdt hij zijn handen op. Maar de Verdwaasde loopt verder en lijkt de purser niet eens op te merken.

'Hé,' zegt de purser en wil de Verdwaasde bij zijn arm grijpen.

'Raak hem niet aan,' roep ik. Maar het is te laat. Kitty slaakt een gil. 'Dat is hem!' roept ze.

Voordat ik kan reageren, grijpt de Verdwaasde de purser. Tijd bevriest. Plots denk ik de Verdwaasde heel scherp te zien, scherper dan de rest van mijn omgeving. Even lijk ik de persoon te zien die de Verdwaasde ooit was. Bijna een vriendelijk man, denk ik, totdat de lege ogen zich weer op mij richten: gitzwarte knikkers die mijn ziel opzuigen. Mijn maag trekt zich samen in paniek en misselijkheid. Ik spring voor Kitty, net voordat de Verdwaasde in een snelle beweging de purser bij zijn nek pakt. Alsof de man een pop is, duwt de Verdwaasde hem met zijn gezicht naar de tafel. Met een hard, zompig geluid slaat zijn hoofd op het tafelblad. De Verdwaasde rukt de man omhoog, beweegt hem weer naar beneden, recht *door* een wegrollende fles. De glassplinters en bloedspetters vliegen overal heen. Mensen gillen.

De Verdwaasde kijkt verbaasd naar zijn handen, waar stukjes haar tussen de vingers zitten. Het slappe lichaam van de purser glijdt naar beneden en komt met een doffe plof op de dikke vloerbedekking van de rooksalon. Gerochel klinkt. Dan wordt het stil.

'Ga rustig achteruit,' sis ik naar Kitty. Ik houd mijn armen beschermend voor haar. Ik vraag me af wat ik kan uitvoeren tegen de agressieve Verdwaasde, die zich weer bewust wordt van Kitty en mij. Ik heb geen keus, grijp mijn pistool, haal de veiligheidspal over en richt het wapen op de Verdwaasde.

'Stop,' zeg ik. 'Stop!'

Maar de Verdwaasde loopt onverstoorbaar onze kant uit. Als mijn wijsvinger het koude staal van de trekker van het pistool streelt is er twijfel. Ik richt naar beneden, schiet, pal voor de Verdwaasde op de grond.

'Schiet hem toch neer,' gilt Kitty achter me.

Maar ik *wil* dat niet, besef ik. Dus los ik nog een waarschuwingsschot. Het maakt de Verdwaasde alleen maar woester. Hij grijpt de rode leren fauteuil waar ik een minuut geleden zat. Moeiteloos rukt hij de zware stoel van de grond en werpt deze, bijna achteloos, onze kant uit. Net op tijd bukken Kitty en ik. De stoel vliegt over ons heen en breekt door het raam van de zeppelin. IJskoude lucht waait door het gebroken glas naar binnen. Dan zie ik het.

'Kitty,' roep ik, 'we moeten springen!'

'Springen?'

'Als ik zeg *ren*, rennen we. Begrepen?'

'Wat?' vraagt ze terwijl ik nog eenmaal vuur voor de voeten van de Verdwaasde. Het weet hem net die ene seconde af te leiden die we nodig hebben.

'Ren!'

Ik grijp de hand van Kitty en ren zo snel mogelijk naar het gat waar een paar tellen geleden het raam nog zat. De handen van de Verdwaasde komen vlakbij, missen ons op een haar. We springen en de kille nachtlucht giert langs ons. Pijnlijk raak ik het harde beton van het luchtdok bovenop de wolkenkrabber. Kitty belandt op mijn rug. We rollen over het plateau. Meer pijn. Geen tijd om ons daarover te bekommeren.

Ik werk me op handen en voeten en ga staan. Snel trek ik Kitty overeind en staar naar de zeppelin waaruit we zojuist zijn gesprongen. De Verdwaasde staat bij het gebroken raam. Ik zoek het meertouw waarmee het luchtschip vastzit en ruk het los, net op het moment dat de Verdwaasde ook de sprong maakt. De zeppelin verwijdert zich al van de rand. De Verdwaasde heeft te weinig snelheid en vliegt met zijn armen wild maaiend door de lucht. Toch denk ik even dat hij het haalt. Maar hij haalt het niet.

Net niet.

Hij belandt op de rand van het plateau en glijdt naar achteren, naar de afgrond en de verre straat beneden. Even remmen zijn vingers op het beton hem af. Zijn mond gaat open, alsof hij iets wil roepen maar er komen geen woorden. Hij verliest zijn grip en nagels scheuren op het harde beton. Een ijselijke gil. Dierlijk bijna. Hij verdwijnt, over de rand. Ik ren, kijk naar beneden, zie niets. Omhoog, naar de wegvarende zeppelin. Aan het losse meertouw hangt de Verdwaasde. Eén tel kijkt hij me aan en dan verdwijnt hij in de nacht.

'Wat was dat voor iemand?' vraagt Kitty hijgend. Ik leun met mijn hand op het knoppenpaneel van de lift. Het ruikt hier naar zweet en schoonmaakmiddel. Ik staar naar de hoeken, waar kleine hoopjes stof en vuil liggen. Een oude krant met gele vlekken ligt op de vloer en de chromen kunstvoet van Kitty prikt erin. Een ladder loopt over de kous van haar echte been.

'Het is een Verdwaasde,' zeg ik.

Ik voel me licht in mijn hoofd.

'Waarom deed hij dat?' Kitty schudt haar hoofd.

'Deze mensen zijn niets meer. Personen zonder TijdLijn. Ongevaarlijk.' Ik zucht. 'Normaliter.'

Ik wil dit allemaal vergeten, terug naar mijn appartement en dit wissen uit mijn TijdLijn. Dan Reset, alstublieft. *Prijs de Reset.*

'Eens was er een zaak,' vertel ik. 'Een moord die gepleegd bleek te zijn door een Verdwaasde. Iemand had de voorgaande cyclus zijn TijdLijn verwijderd en hem opgesloten in een kamer en de naam van het slachtoffer op de muur geschreven met daarachter: 'Dood hem'. Toen kwam de Reset.

En het enige dat die Verdwaasde nog kon doen was dat. Zijn enige doel. Een gecreëerde, perfecte moordenaar.'

Ik sla met mijn vuist op de wand van de lift.

'Die lui uit Rio hebben een Verdwaasde achter je aan gestuurd!'

Kitty en ik kijken elkaar aan. Haar blonde golvende haar is nu een chaos, een verwaaide gouden storm.

'Waarom woon je hier in godsnaam?' vraagt ze. 'Wie wil hier leven?'

'Omdat je hier kan vergeten. Dat weet je zelf nu. Wie weet wat *jij* was?'

Ik kijk naar haar benen.

We zwijgen. Zwijgen tot een schorre gong klinkt en de liftdeur opent. De grote hal van het gebouw wordt verlicht door magistrale kroonluchters die duizenden kleine sterren verspreiden over een roodgeaderde marmeren vloer. Achter ramen zie ik de mensenmassa door de straat bewegen. Hoe dichter ik bij de deur kom, hoe beter ik de geluiden van de straat hoor. Gegil, gelach, muziek, nu nog dof. Bassdrums en Gomorra met het hoog eruit gefilterd. Ik grijp het koperen handvat van de deur en open deze. Een waanzinnige wereld van geluid spoelt over ons heen. Snel trek ik Kitty achter me aan. Ze komt dicht naast me lopen en haakt een arm in de mijne. We werpen ons tegen de stroom van dansende, zwetende en zwoegende mensen in. Met moeite komen we vooruit. Iedereen wil naar het centrum, wij juist de andere kant uit.

'Hoe ver nog?' vraagt Kitty.

'Vlakbij.'

'En dan?'

'Bidden.' Meer weet ik niet te zeggen.

Een paar mensen, gekleed in strak zittende witte pakken met veren op de rug, komen voorbij. Eén zet een feesthoedje op het blonde haar van Kitty. Iemand probeert mij te zoenen en ik duw hem hard opzij.

Wat doe ik hier verdomme op straat?

Ik kijk omhoog, de donkere nacht in. Allemaal zeppelins. Rook, licht, vuurwerk. Lawaai, herrie. Hysterie.

En iedereen zingt, neuriet. Een paar woorden. Als een mantra.

De Reset. De Reset.

Prijs de Reset.

Eindelijk, na drie blokken, zie ik de voorkant van de BinnenBuiten, de nachtclub van Mijnheer De Weduwe. Het aanzicht van de BinnenBuiten is een groot vlak van duizenden kleine gloeilampjes, die de symbolen van man en vrouw in rode lichtjes vormen. De pijl van het mannelijke symbool penetreert die van de vrouw, beweegt zelfs. Langzaam.

'Oh, mijn God,' zegt Kitty.

Voor de BinnenBuiten staat de uitsmijter, een meer dan twee meter lang wezen, met paarsig haar, overal, als een lilakleurige gorilla. Even vraag ik me af waarom iemand een dergelijk extreme cosmetische ingreep zou willen. Het effect is verwarrend, ontzagwekkend. Wat heeft deze persoon aan herinneringen achtergelaten?

'Hallo, Bibi,' begin ik tegen de gorilla. Priemende rode ogen flitsen mijn kant op.

'Ja?' kraakt zijn stem.

'Ik ben het. Sam. Sam Vrijman. Ik wil Mijnheer De Weduwe graag spreken.'

Bibi kijkt me aan en ik word bang dat zijn ogen in lasertjes zullen veranderen en mij doormidden snijden.

'Sam Vrijman?'

Diepe denkrimpels verschijnen in het gorillagezicht. Ik deins achteruit.

'Ik heb een gunst van hem tegoed,' zeg ik snel.

De dikke lippen van Bibi bewegen. 'Een gunst?'

'Ja,' antwoord ik. Bibi denkt nog één tel na, neemt dan een stap opzij en opent de deur van de BinnenBuiten. Ik durf weer adem te halen.

'Hallo, mop,' brult hij richting Kitty, 'leuk hoedje.' Hij knipoogt zelfs.

We gaan naar binnen.

De atmosfeer in de BinnenBuiten bestaat uit een dichte mist van rook en zweet die je met een kapmes doormidden kan snijden. Aan de tafels zitten vele gasten te drinken en te praten. Sommige mensen slapen al, een half gevulde fles drank in de ene hand, de andere veilig op hun TijdLijn.

Voor het grote podium, dat bijna een derde van de BinnenBuiten in beslag neemt, staat een man met gepommadeerd haar, in een korenblauw pak over een geel overhemd met zwarte strepen. Hij staart om zich heen alsof hij de nachtclub bezit. Ik stap naar het grote podium waarvan ik nu zie dat het uit één grote spiegelvloer bestaat, Kitty dicht achter me aan.

Vlak voordat we bij Mijnheer De Weduwe aankomen, begint een band te spelen. Jazz. Harde drums mengen zich in de melodie. Mijnheer De Weduwe begint te klappen, trekt aan een dikke sigaar.

Uit mijn ooghoek zie ik een groep cancandanseressen opkomen, gekleed in doorzichtige gele petticoats met zwarte strepen, met daaronder korenblauwe kousen.

Aha, denk ik.

De band begint nog wilder te spelen en het publiek lijkt wakker geschud. Bezoekers beginnen enthousiast te klappen. Na een paar laatste stappen voel ik de zweterige hand van Mijnheer De Weduwe in de mijne.

'Mijnheer Vrijman.'

'Mijnheer De Weduwe.'

'Wat kan ik voor u doen?'

'Ik heb nog een gunst van u tegoed,' zeg ik.

'Is dat zo?'

'Volgens mijn TijdLijn heb ik een zekere Mimi Makkinga voor u gevonden op de nacht dat de BinnenBuiten vol zat met een managementdelegatie van het Bedrijf en er niemand anders was om op te treden.'

'Het zegt me zo niets.'

'Wellicht moeten we onze TijdLijnen vergelijken.'

'Wat denk je,' lacht Mijnheer De Weduwe, 'dat een gunst niet in mijn TijdLijn staat? *Alles gesynchroniseerd.*'

De muziek zwelt aan. De cancandanseressen blijken aan lijnen vast te zitten en stijgen de lucht in. Hoog boven het publiek vliegen ze, tonen de binnenkant van hun petticoats en ik hoor bezoekers kreten van verbazing en lust slaken. Mijnheer De Weduwe staart ook omhoog. Een dunne, geniepige glimlach verschijnt op zijn gezicht. Hij grijpt me—hard—bij mijn schouder.

'Oké, Vrijman, laten we tot zaken komen. Volg me maar.'

Ik duik in elkaar als de hakken van een danseres wel erg dicht in de buurt van mijn gezicht komen. Mijnheer De Weduwe stapt voor ons uit, richting een klein trappetje dat naar een deur onder het podium leidt. Kitty werpt me een korte, ongeruste blik toe. Ik haal mijn schouders op en schud mijn hoofd.

Trap af. Deur door. Een kantoor met een overdaad aan luxe. De muren zijn van glanzend hout waaraan dure schilderijen hangen. Kleine spotjes schijnen in kasten gevuld met een verscheidenheid aan voorwerpen. Ik zie door het Bedrijf verboden elektronica. In een andere kast staan wapens op mahoniehouten displays: oude zwaarden, klassieke messen. Revolvers, en zelfs een katana, zo'n vlijmscherp Japans zwaard.

Boven me hoor ik gestommel en tot mijn verbazing zie ik de danseressen vliegen. Het plafond van het kantoor is doorzichtig en ik begrijp dat het oppervlak van het podium één reusachtige eenrichtingsspiegel is. De danseressen dalen, rollen in opwindende poses over het podium. Hun gezichten en lichaamsdelen zijn slecht een meter bij me vandaan. Ik zucht maar weer eens.

'Mijnheer De Weduwe, ik heb vervoer nodig.'

'Een taxi?'

'Waarheen ik vannacht wil, rijden deze niet.'

'We willen naar de Grens,' zegt Kitty. Mijnheer de Weduwe bekijkt Kitty van onder naar boven. Zijn blik blijft slechts kort rusten op haar chroom.

'De Grens? Met de Reset over een uur? *Heel onverstandig.*'

'Dat is onze keuze,' zeg ik.

Mijnheer De Weduwe kijkt ontevreden.

'Ik word achtervolgd,' zegt Kitty, 'iemand wil mij doden.'

'Er gebeuren wel meer vreselijke dingen vannacht,' zegt Mijnheer De Weduwe. Hij bladert door zijn TijdLijn en trekt aan zijn sigaar. De rook kringelt richting het doorzichtige plafond en blijft daar zweven als een ongrijpbare blauwige herinnering.

'Aha. Nou, Vrijman. Ik zie dat het klopt. En ik kom altijd mijn beloftes na. Je kunt mijn privé-luchtballon nemen. En ik zou het zeer op prijs stellen deze in één geheel weer terug te ontvangen.'

Mijnheer De Weduwe toont zijn TijdLijn aan me. De herinnering aan de gunst staat in beeld. Ik zoek mijn herinnering met dezelfde tijdcode. Met onze linkerhanden houden we elkaars polsen vast. Met de rechter drukken we tegelijkertijd op het rode kruisje om de herinnering te wissen. Een piepje klinkt. En daarmee is het afgerond. We geven elkaar een hand, hij draait zich om en loopt naar de drankkast.

'Sam,' fluistert Kitty.

Ik doe mijn hand in de lucht om aan Kitty duidelijk te maken dat ze nog even stil moet zijn.

'Sam,' herhaalt ze, harder. Ik draai me om. Ze kijkt me angstig aan en wijst naar boven. Ik kijk. Daar staat hij. De Verdwaasde van de zeppelin.

'Dit is niet het moment om naar de Grens te gaan.' Mijnheer De Weduwe praat door terwijl hij glazen met goudgeel whisky vult, zich niet bewust van het gevaar boven hem. Ik neem een paar voorzichtige stappen richting Kitty, die ademloos naar het plafond annex vloer staart. Ik hou mijn wijsvinger tegen mijn lippen. Nutteloos, want Mijnheer De Weduwe praat door.

'Morgen ben ik dit gelukkig vergeten. Zoals ik altijd zeg: Problemen worden vergeten in de cyclus waar ze ontstaan. *Prijs de Reset.*'

Ik grijp de pols van Kitty en zoek een alternatieve uitgang. Mijnheer De Weduwe draait zich om, twee glazen in zijn hand, en merkt onze spanning op. Ik probeer te gebaren dat hij stil moet staan, duidelijk te maken dat hij niets onverwachts moet doen. Maar hij begrijpt het niet. Zijn blik zweeft al naar boven.

Eén van de danseressen belandt, precies op dat moment, hard op de grond. Rode spetters bevlekken de spiegel. We zien andere danseressen gillen maar horen ze niet. Een gele petticoat scheurt kapot, dwarrelt naar het glas. Het wordt donkerder in het kantoor. De Verdwaasde loopt boven ons, snuffelend als een hond. De glazen whisky vallen. De Verdwaasde stopt en lijkt te rillen. We staan doodstil. Heel langzaam beweegt het gezicht van de Verdwaasde naar zijn voeten en onze hoofden. Alsof hij weet dat wij daar staan en niet onzichtbaar zijn onder het glas.

'Wie?' begint Mijnheer De Weduwe.

'Stil,' zeg ik, 'dit is degene die ons achtervolgt. Is er hier een andere uitgang?'

Mijnheer De Weduwe wijst naar één van de kasten. Hij stapt erop af, beweegt een voorwerp in de kast. Er klinkt een klik. De kast schuift opzij en ik zie een gang, verlicht door kleine, blauwe noodlampjes.

We rennen, terwijl iets zachts boven ons hard met het glas botst.

De geheime gang eindigt bij een ladder. Na tientallen meters klimmen, komen we op het dak van de BinnenBuiten, waar aan een krakkemikkig platform een klein luchtschip is afgemeerd. Stiekem had ik gehoopt op iets moderns maar ik zie een oude, rode heliumballon met kale plekken, boven een dichte gondel vol roestplekken en deuken.

'Moeten we daarmee?' vraagt Kitty. Ze stopt.

Ik haal mijn schouders op. 'Zolang het vliegt, vind ik het best.' Ik loop verder.

Mijnheer De Weduwe zegt: 'Dit is een klassieke *Skyfloater IX DeLuxe.* Een topstuk.'

'Een topstuk van honderd cycli geleden, zal je bedoelen,' flap ik eruit.

'Er zijn grenzen aan mijn incasseringsvermogen.' Mijnheer De Weduwe ontgrendelt het toegangsluik van de *Skyfloater IX DeLuxe.* Met zacht gesis gaat het open en hij stapt naar binnen. Ik zie witte leren stoelen, wit hoogpolige tapijt, witte hoogglanzende wanden. Achter me hoor ik Kitty een kreet van verbazing slaken.

'Een *DeLuxe*, ik zei het toch!' zegt Mijnheer De Weduwe en hij gaat op één van de stoelen zitten. Hij drukt op een paar knoppen en de motor start. Twee zilveren propellers beginnen te draaien.

'Ik kan zelfs de touwen vanaf hier losmaken,' roept Mijnheer De Weduwe over het luider wordende gebrul van de motor. Ik knik en draai me naar Kitty om te zeggen dat ze de gondel in moet stappen.

Het luik dat de geheime gang afsluit klapt open. De Verdwaasde verschijnt. Begint te rennen.

'Kitty, achter je!'

Dan zie ik iets vreemds. Het is net of ik, heel kort, een glimlach op haar gezicht zie. De Verdwaasde brult. Ik denk aan mijn pistool en probeer het onder mijn jasje uit te halen. Dan komt Kitty in beweging. Ze duikt in elkaar, haar ene hand gaat naar de grond en ze strekt haar kunstbeen naar achteren. Ze springt de lucht in. Vijf meter hoog.

Wat...

Er moet een soort veer in het been zitten, besef ik.

Na een korte vlucht landt ze, een meter voor de Verdwaasde. Onmiddellijk begint ze in de rondte te draaien, haar landing combinerend met een zwierende karatetrap waarbij haar voet in perfecte synchronisatie contact maakt met het hoofd van de Verdwaasde. Hij vliegt ver door de lucht en belandt hard op het dak.

Mijn mond valt open. Tot mijn verbazing komt de Verdwaasde weer overeind. Dan zie ik dat hij iets in zijn hand heeft. De katana. Ik probeer Kitty te waarschuwen. Maar ze heeft de volgende sprong al gemaakt. Links, rechts. Een harde trap. De Verdwaasde beweegt het vlijmscherpe Japanse zwaard en Kitty gebruikt haar dans en kunstbeen om de slagen af te weren. Staal op chroom. Vonken spetteren door de lucht.

Plots besef ik dat het dak en Kitty bij me vandaan bewegen. Met een ruk draai ik me naar Mijnheer De Weduwe en zie hoe hij aan een mahoniehouten stuur draait. Hij is opgestegen. Zonder te wachten op Kitty.

'Hé,' schreeuw ik, 'ben je gek geworden? Kitty is nog op het dak.'

'We moeten maken dat we hier wegkomen,' antwoordt Mijnheer De Weduwe, 'en zo te zien redt ze zich prima.'

Kitty. De Verdwaasde blijft haar nog steeds aanvallen. Hij doet een onverwachte uitval en ze valt op de grond.

'Nee,' gil ik.

De Verdwaasde aarzelt. Draait. Staart me aan. Langzaam stapt hij op Kitty af en heft de katana de lucht in.

Nee, denk ik. Nee.

Metaal tegen mijn vingers. Ik voel de trekker van het pistool.

'Schiet!' roept Kitty.

Ik richt. Haal de trekker over. Het eerste schot is mis. Stukken beton spatten op. De Verdwaasde aarzelt. Die blik. Die lege, trieste blik. Het volgende schot is raak, tussen zijn ogen. En dan verdwijnt zelfs de triestheid. Langzaam zakt de Verdwaasde op de grond. De katana rolt weg. Kitty komt overeind en staart naar de vertrekkende zeppelin.

Er is een paarse flits en daar zie ik Bibi de gorilla over het dak rennen, richting Kitty. Hij springt over de dode Verdwaasde, grijpt Kitty en rent naar de rand van het dak. Een reusachtige sprong en een paarse klauw grijpt de rand van de gondel.

Ogenblikkelijk hangen we scheef. Heel scheef.

Ik struikel, beland op het hoogpolige tapijt en begin naar de deuropening te glijden. Ik kan me nog net vastgrijpen. We komen nog schever te hangen.

'Laat los, laat los,' gilt Mijnheer De Weduwe.

'Grmph, grmph,' zegt Bibi.

Kitty klampt zich stevig aan Bibi vast.

'Grmph, grmph,' herhaalt de gorilla. Ik probeer te begrijpen wat de aap bedoelt. Dan pakt hij Kitty bij haar arm, trekt haar omhoog. Ze steekt haar hand uit, die ik vastgrijp. Ik probeer haar de gondel in te trekken.

We komen nog schever te hangen.

'Nee, nee, nee,' gilt Mijnheer De Weduwe, staat op uit zijn kapiteinsstoel, maar valt direct omver en rolt naar de uitgang. Net voordat Mijnheer De Weduwe naar buiten glijdt weet ik, met mijn allerlaatste krachten, Kitty naar binnen te trekken.

'Grmph, grmph.'

Twee armen zitten om de nek van Bibi. Mijnheer De Weduwe heeft de gorilla weten vast te grijpen. Vanachter de paarse haren kijkt hij me vernietigend aan.

Maar Bibi lijkt te glimlachen—voor zover een paarse gorilla kan glimlachen—en laat de rand los. Ik hoor Mijnheer De Weduwe gillen.

De gondel hangt weer recht. Op handen en voeten kruip ik naar de deuropening. Ver beneden zie ik Bibi, die naast een wild gesticulerende Mijnheer De Weduwe staat, vrolijk naar me zwaaien. Kitty komt naast me kruipen en zwaait terug. Langzaam varen we het duister in, richting de Grens.

Ik neem nog een slok van de bourbon die ik in de rijk gevulde drankkast van de *Skyfloater IX DeLuxe* heb gevonden. Kitty zit op de kapiteinsstoel en draait zachtjes aan het stuurwiel. De gebouwen en het licht van Nachtstad hebben we achter ons gelaten. Enkel de weg is nu te zien; de eenzame weg die vanuit Nachtstad naar de Grens loopt. Lichtmasten naast het asfalt zetten de kale omgeving in een groen spookachtig schijnsel.

'Waarom kiest iemand voor Nachtstad?' vraagt ze, terwijl ze vooruit staart.

'Omdat je hier opnieuw kan beginnen. Alles achter je laten.'

'Het voelt leeg.'

'Nee, het is bevrijdend. Al je slechte herinneringen zijn weg. Hier kun je daadwerkelijk zijn wie je wil zijn. *Prijs de Reset.*'

'Maar je vergeet degene die je vroeger lief had?' Ze schudt haar hoofd. 'Wat zijn we zonder die herinneringen?'

'Onze herinneringen zijn niet wat ons maakt. Dat is een vergissing. Het enige dat ons maakt is wat we willen zijn. Wat we op onze TijdLijn vastleggen.'

Een traan loopt over haar wangen.

'Nog een half uur,' zeg ik na een blik op mijn TijdLijn.

'Wil jij niet weg?' vraagt Kitty.

'Nooit,' zeg ik.

Kitty laat het stuurwiel los en staat op.

'Ga je mij onthouden?'

Ik glimlach.

'Ik denk dat ik deze avond wat te heftig vond. Blijf. Zo niet, dan vergeet ik je liever.'

Ze staart me lang aan, en ik voel me ongemakkelijk worden.

'Stuur jij maar even,' zegt Kitty. 'Ik denk dat ik nog één drankje nodig heb, als afscheid. Jij ook?'

'Ach ja,' zeg ik, 'nog eentje dan.'

Ik kijk naar de weg en hoor hoe ze de glazen vult.

Eindelijk zien we het blauwe schijnsel van de Grens. Ik neem de laatste slok van de bourbon en laat de ballon dalen naar één van de meerpalen. Met een zachte plof bereiken we weer vaste wal. Ik stap uit, langs een droef kijkende Kitty en maak het touw vast. Even verderop zijn de hekken van de Grens die tevens de reikwijdte van de Reset aangeven. Daarachter stopt het effect abrupt, weet ik.

We hebben het gehaald. De wereld van de ware herinneringen.

De weg loopt verder, naar een opening in het hek en een gesloten slagboom. Naast de slagboom zit een oude bewaker op een nog oudere houten stoel. Een pet bedekt zijn ogen. Als we dichterbij komen, wordt hij wakker. Met zijn wijsvinger duwt hij de pet omhoog. Zijn wenkbrauwen gaan omhoog en ik zie verbazing. Hij gaat staan.

'Goedenavond,' zegt hij met krasse stem.

Kitty loopt op hem af.

'Wilt u weg?' vraagt hij verbaasd.

Kitty pakt iets uit haar handtasje. Er klinkt een zacht plofje en twee draden boren zich in het uniform van de oude man. Blauwe vonken spetteren. De man begint in elkaar te zakken. Kitty vangt hem op en bijna teder laat ze hem weer op de stoel glijden.

'Sorry,' fluistert ze.

'Maar...' begin ik.

'Kom met me mee, Sam.'

Ik schrik van de toon in haar stem.

'Nee,' roep ik, starend naar de bewusteloze bewaker. 'Waar ben je mee bezig?'

'Ik wil dat je meegaat. Met mij. Hier vandaan.'

'Waarheen? Waar heb je het over? Ik blijf hier. Hier in Nachtstad!'

'Nee, Sam. Je begrijpt het niet. *Wij* horen bij elkaar. Je *moet* met mij mee.'

Er klinkt een dwingende piep vanaf mijn pols. Ik kijk naar mijn TijdLijn. De laatste minuten tikken weg.

'Maar... Waarom?'

'Eens,' begint ze, 'woonden Sam Vrijman en Kitty Janssen in Nederland, voor het onderliep, in een klein stadje genaamd Groningen. Sam woonde daar met zijn ouders. Hij had een vader die altijd dronk en sloeg. En op een ochtend was je moeder verdwenen.'

Kitty slikt. 'En die middag kwamen zij erachter dat ze zich voor een trein had gegooid. En de vader vond het allemaal de schuld van Sam. Arme Sam.'

Ik hoor de woorden maar ik wil ze niet horen. Ze doen pijn. Herinneringen doen pijn, had ooit iemand mij verteld, en het blijkt echt waar te zijn.

'En toen sloeg hij nog harder. Dus zorgden we ervoor dat hij je *nooit* meer kon slaan. En we gingen weg. Ver bij Nederland vandaan. Naar Rio, waar niemand ons kon vinden, en we waren gelukkig. Gelukkig!'

'Ik wil dit niet horen,' roep ik.

'Maar het werd jou teveel. De herinneringen aan je verleden, de herinneringen aan wat er was gebeurd. Wat je gedaan had. Dus wilde je naar Nachtstad. Om het te vergeten. Zelfs om *mij* te vergeten. Ik smeekte je te blijven. Maar je zei dat het mijn schuld was. Dat ik het jou had laten doen.'

Haar ogen vullen zich met tranen.

'Maar je ziet het verkeerd. Ik *hou van jou.*'

'Nee!'

Ik schud hard mijn hoofd, draai me om en begin terug te lopen. Terug naar het luchtschip. Terug naar Nachtstad. Terwijl ik loop word ik misselijk en de wereld om mij heen begint te draaien. Ik voel mijn benen zwaar worden. Ik neem nog een stap maar mijn benen lijken wel van lood en ik val op mijn knieën, op het harde asfalt van de weg. Nog net kan ik mezelf overeind duwen maar ik rol om en kom in het zand naast de weg terecht. Ik proef stof.

Ik draai mijn gezicht. Richt me op Kitty, die vlak voor de slagboom staat.

'Kom met me mee, Sam. Ik smeek het je. Vergeet Nachtstad.'

De bourbon, denk ik. De bourbon die ze voor me inschonk. Ze moet er iets in hebben gedaan.

'Nooit,' weet ik over mijn lippen te persen.

'Sam. Herinner me!'

'Nee. Ik wil hier blijven. *Ik wil je niet herinneren.*'

En dan is er stilte. Seconden. Minuten. Totdat er een piep klinkt. De laatste waarschuwing. Eén minuut tot de Reset.

'Het spijt me,' zegt ze eindelijk, 'het spijt me zo. Ik dacht dat het *dit keer* zou lukken. Dat je nu wel met me wilde meegaan.'

Ze pakt iets uit haar handtasje, een ingewikkeld uitziend apparaatje. Ze loopt naar me toe. Haar hand gaat naar mijn pols.

Nee, denk ik. Nee.

Ze plaatst het apparaatje over mijn TijdLijn en er klinkt een klik, daarna een sissend geluid als van ontsnappend stoom. Ik voel de neurale connectie verbreken. Ze staat op, de TijdLijn in haar hand. *Mijn TijdLijn.* Mijn herinneringen. Mijn keuzes. Mijn leven.

'Het spijt me, het spijt me. Nu zal ik het goed doen, de volgende keer ga je wel met me mee. Ik zal je terugkrijgen. Je terugvinden. Ik zal *mijn Sam* terugvinden.'

Dan besef ik dat ze niet meer tegen mij praat. Ze praat tegen *mijn* TijdLijn. Ze klampt het vast alsof hij haar dierbaarste bezit is.

En plotseling begrijp ik het. Te laat.

Ik *ben* mijn TijdLijn.

Ze stapt over de Grens, loopt weg en draait zich niet meer om.

Ik kijk naar het zand voor me. Met een laatste inspanning weet ik mijn wijsvinger in het zand te wurmen. Moeizaam krabbel ik letters.

De grond begint te trillen.

De hemel wordt wit. Onvoorstelbaar fel, wit en wissend.

Mijn hersenen worden ondergedompeld in iets dat voelt als ijskoud kwik.

Ik tuur naar mijn woorden in het zand.

Dood Kitty Janssen.

En zo begint het.

Reset.

De eer van André Fantone

∞

Jaap Boekestein

Het was dag, maar de lampen waren aangestoken. Regen sloeg onophoudelijk tegen de ruiten en zo nu en dan lichtte de duisternis op door een bliksemflits, gevolgd door zwaar gedonder.

Ik zat roerloos en keek naar het noodweer buiten. Eigenlijk zou ik moeten huiveren, want onweer jaagt mij gewoonlijk grote angst aan. Vandaag gleed het natuurgeweld langs mij heen zonder mij te beroeren. Niets kon mij raken vandaag. De dikke stapel kranten en periodieken niet, de diverse romans die halfgelezen lagen te wachten. Alles was leeg, nutteloos, sleur. Ik zat in mijn stoel en keek uit het raam. Een levend lijk gehuld in zwart.

André had natuurlijk nergens last van. Hij was druk bezig zijn schoenen te poetsen. Als soldaten stonden ze te wachten in gelid. André droeg een schort en had voor zich op tafel diverse potjes staan met een bijbehorende verzameling borstels en doeken. Het was bediendenwerk, maar André had nooit genoeg geld om bedienden te kunnen betalen. En ik ging het niet voor hem doen. Ik was zijn bediende niet. Enkel zijn hoer.

Door de regen heen zag ik op straat het donkere gevaarte van een koets naderen. Het voertuig werd verlicht door twee lampen en de arme koetsier zat helemaal weggedoken in zijn regenmantel. Tot mijn verbazing stopte de koets aan de overkant van de straat. De deur ging open en een regenscherm werd naar buiten gestoken en geopend. Een man met bolle wangen en een fikse knevel stapte uit. Hij keek even om zich heen en stak toen de modderige straat over. Zijn blik op ons huis gericht.

Ondanks dat ik veilig onzichtbaar verscholen zat achter de vitrage, trok ik mij schielijk terug. 'André, ik geloof dat we bezoek krijgen.'

'Hu, watte?' André was zo verdiept in het poetswerk dat hij niet had gehoord wat ik zei.

'We hebben een bezoeker.' Mijn woorden werden ondersteund door het geluid van de voordeurbel.

'O... Ah...' André sprong op en bekeek zijn schoenen en poetsgerij. Het was niet echt iets waarvan je wilde dat een bezoeker het zag. Ik was ondertussen opgestaan en liep naar de hal, waar de trap naar boven zich bevond. 'Doe je schort af,' adviseerde ik André terwijl ik met enig leedvermaak de treden beklom. Het gebeurde niet vaak dat André besluitloos was en ik putte er een geniepig genoegen uit.

Vijf tellen later kwam André, schortloos, de hal in. Hij wachtte totdat hij mijn kamerdeur hoorde sluiten. Ondertussen sloop ik terug over de overloop. Ik had mijn kamerdeur wel dicht gedaan, maar zelf was ik op de gang blijven staan. Ik was veel te nieuwsgierig wie de onaangekondigde bezoeker was. Verborgen in de schaduwen, net om het hoekje van de overloop, kon ik alles zien en horen wat er in de hal gebeurde.

De voordeurbel klingelde opnieuw.

Nonchalant opende André de deur, iets wat ik niet zo maar gedaan zou hebben, maar André was soms ontzettend roekeloos.

De man met de bolle wangen en fikse knevel stond voor de deur. 'Goedenavond. De heer Fantone?' Je kon aan de blik van de man zien dat hij al wist dat hij André tegenover zich had. Hoeveel albino dandy's waren er tenslotte in New Orleans?

'Goedenavond. Daar spreekt u mee. Wat is er van uw dienst?' André kon hoffelijk zijn, tegen derden. Jammer dat ik altijd de tweede was. Hij deed een stap naar achteren zodat de bezoeker binnen kon komen, uit de regen.

'Mijn naam is Richard Portman. Ik treed op namens de heer Barymore als zijn secondant. Hij daagt u uit voor een duel tot de dood.'

Ik zag alleen maar André's rug. Wat had ik er op dat moment niet voor over gehad om zijn gezicht te kunnen lezen! Was het net als mijn gezicht vertrokken in totale ontzetting toen de woorden inzonken? *Een duel tot de dood!*

André knikte, alsof hij een vriendelijke invitatie voor een avond naar het theater ontving. 'Het was onvermijdelijk. Ik accepteer het duel.' Hij klonk volkomen onaangedaan.

Op de overloop stierf ik een duizend maal. *Een duel tot de dood!*

Op zijn beurt knikte Richard Portman vromelijk. 'Wilt u het zwaard of het pistool?'

'Hm...' Ik had André op zo'n toon horen twijfelen over de ene of gene cravate. 'Het zwaard. Maar niet de *trihedral épée*, maar de sabel. Ik zal een set meebrengen.'

'Zo ook meneer Barymore. Schikt negen uur morgenochtend u? Wij stellen het oude Spaanse fort voor.'

'De tijd en plaats zijn adequaat,' sprak André. 'Ik zal er zijn.'

De besnorde bezoeker maakte een korte buiging ten teken van afscheid. 'De heer Barymore verwacht niet anders.'

André boog terug. 'Goedenavond meneer Portman.'

'Goedenavond meneer Fantone. O, meneer Barymore verblijft in het Saint Louis, als u zich nog mocht bedenken in de onderliggende kwestie...'

'Nooit.' Voor het eerst klonk er emotie in André's stem door. Het was ijskoude woede. 'Goedenavond.'

Richard Portman stapte terug in de regen en deed zijn regenscherm open.

André sloot de deur.

Ik snelde naar beneden. 'André! Wat is er aan de hand? Wie is die man?' Ik zocht in de herinneringen van Natalie Owen, André's oude geliefde, maar vond niets. Barymore en Portman waren geen namen die ze kende. Misschien waren de herinneringen vervaagd, maar ik had het gevoel van niet. Dit moest iets uit André's verleden zijn van de tijd voordat hij Natalie leerde kennen.

'Ik wil er niet over praten,' sprak André beslist. 'Het zijn geen zaken die je aangaan.' Hij negeerde het feit dat ik maar al te duidelijk op de gang had staan wachten.

'Geen zaken die mij aangaan!' Ik werd niet snel boos, maar dit keer was ik het wel. 'Natuurlijk gaat het mij aan! Wat moet ik doen als jij sterft?' Ik balde mijn vuisten. Het was vreselijk om afhankelijk te zijn, maar nog vreselijker om dat hardop te moeten zeggen.

'Ach...' antwoordde André plotseling slap. Het was duidelijk dat hij nooit had beseft dat ik zonder hem niets was. Hij zag mij als een manier om geld te verdienen, als gezelschap – een huisdier – op zijn best. Hij besefte zijn verantwoordelijkheid niet en had er ook duidelijk geen behoefte aan.

Woedend wendde ik mij van de albino man af. 'Ga maar naar dat duel! Laat je maar neersteken! Wat kan mij het schelen! Mijn mening doet er toch niet toe!'

Mijn woede voedde André's woede – een veilige uitweg voor zijn angst en onzekerheid. 'Ik heb jouw toestemming helemaal niet nodig! Ik heb je uit het graf gehaald! Ik ben je niets verschuldigd! Ik zal doen wat ik moet doen!' Hij sprong op en beende razend de hal uit.

Ik deed niet voor hem onder en stormde terug de trap op, naar mijn kamer. De klap waarmee ik de deur dichtsmeet, daverde door heel het huis. Hijgend viel ik op het bed. Ik was te verstikt van woede om te huilen. Mijn kaak was verkrampt, de nagels van mijn gebalde vuisten staken in mijn handpalmen en mijn hart ging als een razende te keer. Nog nooit was ik zo woedend geweest!

***

Toen ik weer beneden kwam was het donker en was het huis verlaten. André was uitgegaan, waarschijnlijk om zich te bezatten, of om een klein vermogen te vergokken, of om in de armen te vallen van een of andere lellebel. Morgen was hij misschien dood en wat deed hij? Hij verspilde zijn laatste uren met drank en ontucht. Ik aarzelde. Tijdens mijn uren dat ik vol verkrampte woede in bed lag, had ik een plan bedacht. Maar nu ik beneden stond, leek het geheel dwaas en zelfs gevaarlijk. *Wat heb ik dan te verliezen?* vroeg ik mijzelf. *Als André dood is, ben ik zelf ook ten dode opgeschreven. Ik heb hem nodig. Ik moet hem redden.*

Het was zo gemakkelijk bedacht. Maar de uitvoering... Ik besloot niet langer te aarzelen. Niet nadenken, maar dóen! Als ik te lang stil stond bij de mogelijke consequenties, zou ik nooit verder durven te gaan.

Ik ging terug naar mij kamer en kleedde mij om: de extra lange zwarte handschoenen, de hoed met de zware voile. Onherkenbaar in zwart, naamloos en gezichtsloos. Het enige probleem was nog geld, maar dat was gemakkelijk genoeg opgelost. André was altijd nonchalant met geld. Door het huis heen, in stoelen en op tafeltjes, in laden en jaszakken, was genoeg te vinden. Genoeg voor mijn doel in ieder geval. Buiten begon de avond te naderen. Gelukkig was het inmiddels droog geworden en zelfs de hemel klaarde wat op. De wandeling naar het verhuurbedrijf was niet lang, maar ik zag wel de blikken van de mensen. Het waren echter enkel nieuwsgierige blikken. Geen angst, geen woede, geen geschreeuw en geen geweld... Ik drukte de herinneringen weg aan de nacht als Betty Connogan. Er was niemand die mijn gezicht kon zien, er was niemand die mij kwaad wilde doen...

De wagenverhuurder was een lange Hollander met stroblond haar en fletse blauwe ogen. Een dikke sigaar hing uit zijn mondhoek. Hij haakte zijn duimen in zijn vestzakken terwijl hij boven mij uittorende. Zijn Engels was langzaam en slepend, vol vreemde Germaanse klanken. 'U wilt een rijtuig met koetsier huren? Nu? Geen enkel probleem, mevrouw.'

Soms waren zelfs heuvels niks meer dan lage duinen. Maar er waren altijd doornstruiken...

'U bent die vrouw van Fantone verderop, niet?'

Het verbaasde mij dat de baas mij kende. Toen besefte ik dat mijn verschijning onvermijdelijk over de tong was gegaan. André was al opvallend genoeg. En dan ikzelf, gehuld in mysterieus zwart... Genoeg mensen had mij uit het huis zien komen en in de koets zien stappen. Of ik het wilde of niet, ik had een reputatie. Natalie Owen had er ook mee geworsteld – als ongetrouwde vrouw inwonend bij een enigszins scandaleus figuur als André – maar ze had zich er uiteindelijk overheen gezet. Ik... Natalie Owen had haar liefde voor André. Ik had niets en daarom trof het mij onverwacht hard.

Er werd een koetsier opgetrommeld – blijkbaar één van de slungelige neven van de baas, waren al die Hollanders reuzen? – en ik mocht zelfs kiezen welke koetsje ik wilde hebben. Ik koos een *coupé* in plaats van de *landauer* die André normaal reed. Ik had behoefte aan beslotenheid. Vooral nu ik wist dat ik onherkenbaar was, maar zeker niet onzichtbaar. De baas hielp mij met instappen.

Toen ik eenmaal zat, keek hij mij aan met zijn blauwe kijkers. 'Mevrouw, als ik vragen mag, voor wie rouwt u?'

Sommige vragen zijn zo onverwacht dat ze in één klap de kijk op je wereld veranderen. Niemand had mij ooit die vraag gesteld. Nou had ik ook, buiten André, met bijna niemand anders gesproken als mijzelf. En niemand was geïnteresseerd in mij als persoon. Enkel wat ik kon leveren. De vraag van de Hollander was zo alledaags en normaal, maar daardoor tegelijkertijd voor mij zo bijzonder.

'Ik, eh... Ik ben in rouw voor een geliefde. Mijn zuster.'

De Hollander knikte ernstig. 'Sterkte mevrouw, u moet erg van haar gehouden hebben.' Als afscheidsgroet tikte hij met zijn vingers tegen zijn slaap.

De deur van het koetsje ging dicht en na een 'Huh!' vanaf de bok, zette het voertuig zich in beweging. De rit voerde door straten die ik grotendeels kende uit de herinneringen van anderen. Zonder verdere noemenswaardigheden kwamen wij aan op de plaats van bestemming. Het Saint Louis was een gloednieuw, luxueus hotel van vier verdiepingen, gebouwd in de stijl van de Oude Wereld. Het was een hotel voor de rijke Creolen die er dineerden en overnachtten als ze naar de stad kwamen om zaken te doen. Frans was er de voertaal. In de nieuwspagina's had ik al over diverse schandalen gelezen die in en rond het hotel hadden plaatsgevonden. De Creolen beschouwden zichzelf als de aristocratie van de streek en passies konden hoog oplopen over eer, vrouwen of geld, of alle drie tegelijk. Waarom zou die man Barymore André uitdagen voor een duel? Was het één van de drie redenen, of iets anders? André was zelf een Creool, maar zijn maanbleke huid en haar had hem grotendeels apart geplaatst. Hij had echter wel de smaak en passies van zijn volk.

De hal van het hotel was een enorme koepel met spiegels, palmbomen, verguldsel, marmer en kroonluchters. Heren paradeerden er met hun vrouw – of die van iemand anders, de dames droegen kleurrijke japonnen, kleine zwarte dienjongens in rood tenue renden af en aan.

Een kraai in een kooi met kwetterende zangvogels, zo voelde ik me. Ik negeerde de blikken en het gefluister. Het was niet dat de hele hal stilviel en naar mij staarde, maar zo voelde het wel. *O wat als ze zien wat ik echt ben! Geen mens onder mensen, maar een monster, een dode die speelt dat ze leeft...* Beelden van gegil en paniek speelden door mijn hoofd. Vast en zeker had één van de heren wel een degenstok, of een verborgen pistool of mes. Creolen hadden heet bloed. Zouden ze mij hier afmaken in deze hal die in een paleis niet zou misstaan? Of zouden ze mij de straat op sleuren om mij op te knopen aan de dichtstbijzijnde boom?

Gelukkig kon niemand zien wat er zich onder mijn sluier schuilhield en ongedeerd bereikte ik de balie.

'Madame? Hoe kan ik u helpen?' vroeg een klerk, een stijve man met een smal kaal hoofd en het soort Frans dat afkomstig was van de Oude Wereld.

'De heer Barymore, is hij aanwezig?' Het gezicht van de klerk vertrok geen millimeter, alsof het de normaalste zaak ter wereld was dat een zwaar gesluierde weduwe, alleen, 's avond informeerde naar de kamer van een heer. Misschien had hij vreemder meegemaakt, misschien was hij geselecteerd op dat onbewogen gezicht. Hij blikte even naar achteren, naar het rek met sleutels en postvakken. 'De heer Barymore is nog in het hotel. Moet ik een boodschap laten overbrengen, madame?'

'Nee dank u, ik bezoek hem zelf wel. Wat is zijn kamernummer?'

Discreet, o zo discreet, was de klerk. Hij schreef het nummer op een kaartje en schoof het mij over de marmeren balie toe. Gewapend met het kaartje en mijn sluier, en zenuwachtig als een stal vol paarden tijdens een orkaan, nam ik de lift naar de juiste verdieping. De gangen waren eindeloos, met rode lopers, gaslampen en prenten aan de muur van de landhuizen en het leven langs de rivier. Om de zoveel deuren stond er een mahoniehouten empiretafeltje met daarop een Chinese vaas vol verse bloemen.

Bij de juiste deur klopte ik aan.

'Ja? Wie is daar?' klonk het na een handvol tellen. Ik slikte, mijn keel was plotseling heel erg droog.

'Ik kom voor meneer Barymore.' Het klonk lang zo daadkrachtig niet als ik had gewild.

De deur ging open, op de ketting. Een man met een grote neus, woeste krullen en verbeten trekken rond zijn ogen en mond staarde mij aan. Hij was duidelijk verbaasd. 'Ik ben Barymore. Simon Barymore.'

'Meneer Barymore, ik wil met u spreken. Het betreft meneer Fantone.'

Simon Barymore blikte links en rechts van mij, maar ik was alleen. Hij maakte de ketting open en deed de deur verder open, langzaam, alsof hij er op bedacht was dat André plots als een duveltje uit een doosje tevoorschijn zou springen.

Ik ging naar binnen, bevend als een riet. Als ik maar slaagde! Er hing zoveel van dit gesprek af... Alles, eigenlijk. André's leven, mijn voorbestaan...

De deur werd weer gesloten en Simon Barymore deed de ketting er weer op. Hij had mij geen moment de rug toegekeerd, maar nu schonk hij mij zijn volledige aandacht. 'U komt namens André Fantone. Wie bent u, madame?'

Dat was een gerechtvaardigde vraag, maar één die ik niet kon beantwoorden. Ik koos voor de enige uitleg die Simon Barymore kon begrijpen. 'Ik ben... Ik ben de vrouw van André Fantone.'

Simon Barymore lachte. 'Een vrouw, maar niet dé vrouw van hem, durf ik te verwedden.'

Hij had gelijk natuurlijk, maar het raakte mij desondanks. Ik werd ingeschat als onbelangrijk, vluchtig. Een vrouw van losse zeden. Een maîtresse.

'Wij zijn niet getrouwd, maar ik... sta onder de zorg van André.'

De man maakte een gebaar dat het hem weinig uitmaakte. 'Wat komt u doen? Heeft Fantone u gestuurd om te smeken om zijn leven? Bespaar u dan de moeite, want dit keer komt hij er niet zo gemakkelijk vanaf!'

'De heer Fantone weet niet dat ik hier ben,' antwoordde ik koeltjes, wat mijzelf verbaasde. Op de één of andere manier waren plots mijn angst en zenuwen verdwenen. 'Maar ik kom wel om zijn leven smeken, ja.'

'Hm,' was het commentaar van Simon Barymore. Toen schudde hij zijn hoofd. 'Bespaar u de moeite, madame. Al had André de zorg voor een heel weeshuis en deelde hij zijn mantel met een behoeftige bedelaar, dan nog zie ik niet af van het duel. Wat hij heeft gedaan, kan enkel met bloed worden uitgewist.'

Maar wat heeft André dan gedaan? Ik stelde die vraag.

'U weet het niet? Ha, vanzelfsprekend niet.' Simon Barymore snoof. 'Het is geen zaak waar die kerel mee te koop loopt, dunkt me.'

'Ik weet alleen dat de kwestie al jaren speelt,' polste ik. Wat het ook was, welk conflict André Fantone en Simon Barymore ook met elkaar hadden, het moest hebben plaatsgevonden voordat André Natalie had leren kennen. Nergens in haar herinneringen was er iets te vinden over Simon Barymore of een duel.

'De kwestie speelt inderdaad al jaren,' gaf Simon Barymore toe, 'maar ik ben niet degene die u er over gaat inlichten, madame. Als hij morgen met een rein geweten wil sterven, kan hij wandaad vannacht nog bekennen aan de ene of gene. Fantones eer en zaligheid zijn zijn zaak, alhoewel ik betwijfel of hij van beide veel bezit.'

Het was vreemd, maar ik voelde toch de behoefte om André te verdedigen. Mijn stem was ijskoud. 'Hij heeft genoeg eer om morgenochtend een duel met u aan te gaan, meneer Barymore.'

'Alleen omdat hij weet dat er dit keer geen ontsnappen mogelijk is. Fantone weet dat ik hem na zal zitten tot het eind van de wereld als dat nodig is. Ik zal niet rusten voordat hij dood is.'

Een rilling trok over mijn rug. Simon Barymore zei het met zoveel overtuiging dat ik hem ook geloofde. Hij zou André doden en mijn weduwezwart zou dan opeens echt weduwezwart zijn... En zonder André's bescherming zou ik hulpeloos zijn. Ik moest alles op alles zetten om dat te voorkomen.

'Meneer Barymore... Simon. Ik smeek u, zie af van het duel! Ik... Ik heb er alles voor over om het niet door te laten gaan! Ik... Hebt u ooit een geliefde verloren?'

Simon Barymore lachte, luid en akelig. Hij lachte mij uit en reduceerde mij daarmee tot een geslagen hond, of nog minder zelfs.

'Madame! Wat u voorstelt is zo laag dat ik enkel met grofheid kan beantwoorden. Als ik een hoer nodig heb, dan zoek ik wel gezelschap in één van de vele plezierhuizen die deze stad rijk is. Die dames zijn professioneel en niet een afdanker van de man die heb gezworen te doden. André kan mij niet afkopen met zijn... vrouw.'

Mijn wangen gloeiden. Ik voelde mij oneindig klein. Ik had niet bedoeld dat... Maar het was precies wat ik wél bedoelde. 'Bent u dan nooit een vrouw verloren, een geliefde? Iemand waarvoor u

de wereld zou geven om haar terug te zien?' fluisterde ik.

'Nee. Dus uw praatjes hebben geen zin. Ik heb geen interesse in u en u hoeft mij ook niet op mijn gemoed te werken. Morgen zal Fantone sterven.'

Simon Barymore sprak de waarheid. Tenminste, de waarheid die hij kende. Ik hoorde het aan zijn stem. Er was geen wreed weggerukte liefde, geen verlangen naar een dode vrouw. Ik leefde van de mannen waar dat wel het geval was, maar ik was vergeten dat lang niet iedere man in die situatie verkeerde. Ik had Simon Barymore niets te bieden.

'Madame, het is beter als u nu vertrekt. Doe met Fantone wat u belieft, maar doe het wel vannacht. Morgen zal hij sterven.' En met die woorden zette Simon Barymore mij buiten de deur.

Terug in de koets vroeg mijn koetsier: 'Madame? Waarheen nu?'

'Eh...' Wat moest ik doen? Terug naar huis gaan? Of moest ik André zoeken om hem te bewegen met Simon Barymore te gaan praten, of wellicht om op de vlucht te slaan (Ik had misschien wel eer, maar niet genoeg om voor te sterven). Ik wilde André spreken, maar ik had geen idee waar ik hem moest zoeken. New Orleans was vol drank- en gokhuizen, en erger nog. Geen van de vrouwen die ik was geweest had ooit gelegenheden bezocht met zo'n slechte reputatie. En ik kon onmogelijk als vrouw — en vooral in mijn huidige verschijning — op de bonnefooi gaan zoeken. En wellicht was André al thuis... Uiteindelijk was er maar één besluit mogelijk: terug naar huis.

Teruggekomen wist ik al dat André er niet was. Het huis was donker. Ik ontsloot de deur en riep in de hal: 'André?' Er was geen antwoord. Zenuwachtig ging ik in de salon op hem zitten wachten.

***

Ik moest in slaap zijn gesukkeld en had heel de nacht in de stoel gelegen. Toen André eindelijk thuis kwam, was de zon nog niet op, maar het scheelde niet veel. Stijf en stram kwam ik overeind uit de stoel. De kamer stonk naar een olielamp die te lang niet was geknipt. Ik hoorde André in de hal de buitendeur vergrendelen. Daarna kwam hij de salon in.

André was verbaasd mij te zien. Hij zag er uit alsof hij de hele nacht had doorgebrast, iets wat hij ongetwijfeld ook had gedaan. Zijn ogen stonden vermoeid, zijn schouders hingen en zijn kledij zat vol kreuken en vlekken. De ontzettende ezel! Binnen een paar uur had hij een duel op leven en dood te vechten, en hij zag er nu al uit als halverwege het graf! Dit kon niet, dit mócht niet!

'André, je moet stoppen met dit duel! Je kunt het risico niet nemen! Wat als je sterft? Ik smeek je!'

Het was de tweede keer die nacht dat ik een man smeekte. En met evenveel resultaat. Het moet gezegd worden dat André dit keer niet tegen mij uitviel. Hij zei enkel: 'Ik moet dit doen. Er is geen weg terug. Het heeft al te lang geduurd.'

Wat heeft te lang geduurd? Laat het nog eeuwen duren! Zo lang hij maar blijft leven! Ik zweeg, ik kon niets meer zeggen wat al niet gezegd was. André zou naar het oude Spaanse fort gaan en daar duelleren met Simon Barymore. En er was niets wat ik daaraan kon doen.

'Ik ga naar boven, mij opknappen. De sabels bekijk ik straks wel.' Vermoeid als een oude man keerde André zich om en verliet de kamer. Voelde hij dezelfde doem die ik voelde? Zelfs als dat het geval was, dan maakte het nog niet uit, wist ik.

Een paar uur later kwam hij weer beneden. Hij zag er iets beter uit. In ieder geval weer als de verzorgde dandy die hij normaal was. Zijn witte haar was met olie strak in model gekamd en hij had schone kleding aangetrokken: een lichtblauw hemd, zwart vest en zijn bordeauxrode pak. Het geheel werd afgewerkt met een zwarte cravate met wit werkje, een gouden dasspeld in de vorm van een eikenblad, zijn beste gouden horloge en zijn favoriete manchetknopen met diamanten. Blijkbaar was dat de kleding waarin hij wilde sterven. Hij knikte mij toe – ik was niet naar bed gegaan, wat voor zin had dat nog? – en liep naar zijn studeerkamer. Hij kwam terug met een set sabels die volledig gelijk in lengte en afwerking waren. Hij deed zijn handschoenen aan. 'Ik vertrek. Ik weet niet... Ik weet niet of ik terugkeer.'

'Ik ga mee,' besloot ik. 'Ik wil er bij zijn. Als je sterft dan...' Mijn keel zat dicht en hoe hard ik ook tegen de tranen vocht, toch vulden ze mijn ogen en liepen langs mijn gezicht naar beneden. 'Ik moet er bij zijn!' *Alsjeblieft!*

André knikte. 'Kom mee dan.' Mijn hoed, mijn handschoenen. Ik was binnen enkele ogenblikken klaar. André stond al bij de deur te wachten, de twee sabels met hun schedes onder zijn arm. 'Wacht hier, dan haal ik de wagen.'

Ik schudde mijn hoofd. 'Nee André, laat mij dit keer aan je zijde lopen. Het is misschien de... de...' Opnieuw rolden de tranen over mijn wangen. Verborgen als ze waren onder mijn sluier, zag André ze niet, maar ik voelde dat hij wist dat ze er waren. Hij bood mij zijn arm aan en ik accepteerde. In het ochtendlicht liepen we arm in arm, heer en dame, dezelfde weg die ik de avond daarvoor alleen had afgelegd.

De lange Hollander was al weer op, maar er hing geen sigaar in zijn mond.

'Monsieur Fantone, madame...' Even laaide mijn angst op. Als de wagenverhuurder zijn mond maar hield! André wist niet dat ik met Simon Barymore had gepraat en hij hoefde het ook niet te weten. Dat zou op dit moment alleen maar voor afleiding zorgen die André niet kon gebruiken. Ik maakte mij echter voor niets zorgen. Ik had geen idee of er veel dames – of wat dat betreft heren – waren die in het geniep zich naar een hotel lieten vervoeren. Maar de Hollander was in ieder geval discreet. Hij verraadde niets van wat hij wist. '... uw gebruikelijke wagen?' vroeg de Hollander lijzig.

'Gaarne beste man.' Tien minuten later was de *landauer* klaar en vertrokken we naar het Spaanse Fort. Tijdens de rit werd er niet gesproken. Wat viel er verder nog te zeggen? Er waren momenten dat het leven was teruggebracht tot de simpelste keuzes: leven of dood, ja of nee. Op dat soort ogenblikken was praten nutteloos.

***

Het Spaanse Fort was verlaten, op Richard Portman en Simon Barymore na. Het was vroeg maar al zonnig, wat mij ongerijmd voorkwam. In mijn gedachten hoorde een duel gevochten te worden op een nevelig veld, met het gras en de bladeren nat van de dauw, en het schorre gekras van kraaien. In plaats daarvan zongen de vogels vrolijk in de bomen. André hielp mij uitstappen en daarna pakte hij zijn sabels. Samen liepen we naar de mannen toe.

'Monsieur Fantone, madame, goedemorgen,' sprak Richard Portman.

Simon Barymore zweeg enkel. Hij zag er niet zenuwachtig uit, maar was het ongetwijfeld wel, net als André.

'Goedemorgen,' antwoordde André kort. Hij richtte het tot Richard Portman, niet tot Simon Barymore. De beide duellisten negeerden elkaar intens.

'U hebt geen secondant?'

André schudde zijn hoofd. 'Geen *témoins*. Laten we voortmaken.'

Richard Portman knikte. 'U hebt een set sabels? De heer Barymore ook. Als u de wapens wilt inspecteren en een keuze wilt maken?'

Ik had begrepen dat er diverse regels waren wat betreft duelleren, maar dat weinigen het over die regels eens waren. Ik had ooit gehoord dat de rol van de témoins niet alleen bedoeld was om de duellist bijstand te verlenen. In vroeger dagen – en nog wel eens – gebeurde het dat één van de duellisten opdaagde met een groep handlangers om zijn vijand te overweldigen en te doden. De témoins waren bedoeld om dit soort praktijken tegen te gaan. Blijkbaar vertrouwde André er op dat Simon Barymore niet zulk bedrog zou plegen, of misschien had André niemand die voor hem als témoin wilde optreden.

De twee duellisten controleerden de wapens en kozen elk een sabel. Elk hield het op een van zijn eigen exemplaren. Beide mannen deden hun jas en vest uit, zodat ze genoeg bewegingsvrijheid hadden. Het had de formaliteit van een eeuwenoud ritueel.

'Heren,' begon Richard Portman. De man met de knevel en bolle wangen was duidelijk zichtbaar. 'Ik vraag u nog eenmaal, bent u bereid dit conflict op vreedzame wijze op te lossen?'

'Nee!' Het kwam gelijktijdigs uit André's en Simons mond, iets wat hen beide niet zinde. Ze wierpen elkaar duistere blikken toe.

Richard Portman haalde zijn schouders op. Het was duidelijk dat hij niet anders had verwacht.

Misschien was dat het moment geweest dat ik had moeten spreken. Ik had beide mannen tevergeefs gesmeekt, maar zou een laatste poging niet slagen? Ik hield echter mijn mond. Het was vreemd, maar ergens in een diep en duister deel van mijn hart wilde ik nu dat het duel zou plaatsvinden. Het was dezelfde soort gewaarwording die mensen beving wanneer ze op een hoge plek stonden en plots de bijna onbedwingbare lust hadden te springen. Of tijdens een beschaafd gesprek opzettelijk een grove *pas comme il faut* te maken.

'U beiden wilt een gevecht tot de dood. Dat betekent dat om kwartier gevraagd kan worden, maar dat het niet gegeven hoeft te worden. Begrijpt u dit, heren?'

'Ja.'

'Ja! Maar ik wil eerst iets zeker weten!' André rukte zijn hemd open. Zijn krijtwitte borstkas stak fel af tegen de lichtblauwe stof van zijn hemd. Zoals ik wist – uit de herinneringen van Natalie Owen! – waren zelfs zijn borstharen volledig wit. 'Zie hier, mijn vlees. Ik ben bereid te sterven voor mijn eer. Is Barymore daar ook toe bereid?'

Simon Barymore snoof woedend maar verwaardigde zich geen antwoord.

'U bedoelt...?' informeerde Richard Portman.

André legde de hand op zijn naakte borst. 'Ik draag geen enkele bescherming. Ik wil zeker weten dat mijn tegenstander even eervol is!'

'Eervol? Je weet niet wat eer is al zou je er over struikelen Fantone!'

'Heren!' sprak Richard Portman sussend. 'Ik ben er zeker van dat dit onnodig is...'

André schudde beslist zijn hoofd. 'U vraagt aan mij de man te vertrouwen die gezworen heeft mij te doden? Ik heb aangetoond dat ik te goeder trouw ben. Maar als Barymore weigert dan kan ik niet anders concluderen dat er bedrog in het spel is. En daar werk ik niet aan mee.'

Mijn hoop laaide op. Zo het...? O, als dit een uitweg was! Als Simon Barymore zou weigeren dan hoefde André niet te-

'Al goed, al goed!' Met die woorden vernietigde Simon Barymore mijn laatste hoop. Ik wilde het duel wel en ik wilde het duel niet. Ik wilde in ieder geval niet dat André zou sterven of zwaar gewond zou raken. Ondertussen trok Simon Barymore woest aan de knopen van zijn hemd. Een bleke borstkas – maar niet krijtwit zoals die van André – kwam te voorschijn. Simon Barymore droeg geen geheime bescherming.

'U bent tevreden gesteld, meneer Fantone?' vroeg Richard Portman droog.

Een knik was het enige antwoord.

'Heren, dan zijn aan alle regels voldaan. Doe elk drie passen naar achteren.'

Spelers in een toneelstuk, schoot er door mijn hoofd. Zo ongerijmd was alles. André stond klaar, evenals Simon Barymore. De sabels glinsterden. De wereld leek stil te staan.

'Madame, u kunt beter enige afstand nemen.' Richard Portman voerde mij mee aan mijn arm. Ik kon er geen hoogte van krijgen wat zijn rol in dit geheel was. Zijn accent verraadde zijn noordelijke herkomst en zijn kledij en gedrag bestempelden hem als een heer. Hij trad op voor Simon Barymore maar leek geen hechte vriend van de man te zijn. Het leek meer op een zakenrelatie of een ingehuurde advocaat of zoiets. Het was een klein mysterie wat bovenop de vraag kwam welk verleden André Fantone en Simon Barymore samen hadden gehad. Wat het ook geweest was, het had diepe haat gezaaid.

Het gevecht begon. De twee mannen stormden niet op elkaar af onder het uiten van vreselijke bedreigingen. Zoiets was voor de sensatieromannetjes. Ze kwamen langzaam op elkaar af, elkaar aftastend, peilend wat de bekwaamheid van de tegenstander was. Ze wisselden een paar slagen en draaiden om elkaar heen. Er werd geen woord gesproken. Heel de wereld hield zijn adem in, zelfs de zangvogels waren stil. André deed een uitval, Barymore pareerde en viel op zijn beurt aan. André verdedigde zich en stapte opzij. Ik smoorde een piep van opwinding in mijn keel. Ik wilde geen geluid maken, geen zucht zelfs. Het was mijn grootste angst dat ik André zou afleiden, al was het maar voor een seconde, en dat André doorboord zou worden. Verkrampt hing ik aan Richard Portmans arm. Het gevecht ging door. Er waren aanvallen en tegenaanvallen. Voor iedere beweging bestond vast en zeker een technische term, maar ik was een vrouw. Ik kon nog geen *revers de dessous*

van een *coup de point* onderscheiden. Het viel voor mij onmogelijk te bepalen wie de betere zwaardvechter was. André en Simon Barymore leken aan elkaar gewaagd te zijn. Het zwaardgevecht was een deel van de opvoeding van iedere echte heer. Zweet gutste van hun hoofd en veroorzaakte grote vlekken in hun hemd. Zweet tot nu toe, geen bloed.

'Laat ze ophouden. God laat ze ophouden,' prevelde ik. Het enige antwoord van Richard Portman was dat hij mij steun bood. Hij sprak zich niet voor of tegen het duel uit.

Vochten ze een uur? Of was het slechts een dozijn minuten? Ik verloor ieder besef van tijd. De wereld bestond uit het geluid van staal tegen staal, onderstreept met vermoeid gesnuif en gehap naar adem. En toen...

André deed een uitval, de punt van zijn sabel recht op de borst van Simon Barymore gericht. Maar daarmee gaf hij zichzelf bloot. Simon Barymore had zich moeten terugtrekken, een simpele stap opzij was genoeg geweest. Maar de haat die in zijn hart nestelde was diep. Hij stapte niet opzij, hij sloeg eveneens toe. Bij sommige duels brachten de tegenstanders elkaar tegelijkertijd de doodssteek toe. Die duels eindigden met twee doden. Eén oneindig lang moment vreesde ik dat ik dat voor mijn ogen zag gebeuren. De punt van André's sabel boorde zich diep in Simon Barymores borstkas en Simon Barymores wapen deed hetzelfde... Nee, léék hetzelfde te doen. Maar op het laatste moment – was het door een minimale draai van André, was het puur geluk of goddelijke ingrijpen? – schampte Barymores wapen langs André's borst. De punt begroef zich in de bovenarm van mijn albino beschermer. Beide mannen gingen neer. Beide gewond. Eén stervend.

'André!' Ik rende op hem toe. Een obsceen grote bloedvlek die maar bleef groeien en groeien, kleurde de mouw van zijn hemd donker. 'André!'

'Ik ben in orde,' kreeg André er uit tussen zijn opeengeklemde kaken. De pijn moest intens zijn. 'Stelp het bloeden!'

Ik trok het hemd omhoog en drukte de wond dicht. André's cravate diende als verband. Ik mocht dan een vrouw zijn en niets weten van vechten, ik wist genoeg van wonden. Ik had in mij de herinneringen van allerlei vrouwen, wonend in landhuizen ver van iedere arts verwijderd. Ik had ruime ervaring in het verbinden van wonden.

'Mijn cravate!' klaagde André. 'Hij is geruïneerd!'

'Hsss!' Ik trok het verband extra strak aan wat aan hem een kreet van pijn ontlokte. Hij was bijna dood geweest, en wat deed die dwaas? Hij klaagde over een kledingstuk! *André!*

Het was onmogelijk voor André bleker te worden dan hij al was, maar vers zweet parelde over zijn voorhoofd.

'Barymore? Is hij...?'

De schaduw van Richard Portman viel over ons. 'De heer Barymore is dood. Ik stel voor dat u deze plek verlaat. Ik zal zorg dragen voor het lichaam.' De man met de bolle wangen en de grote snor legde André's schoongeveegde sabel in diens schoot. 'Het is afgelopen, de zaak is gesloten. U kunt op mijn discretie rekenen.'

Richard Portman hielp André overeind maar André weigerde verder zijn steun in de wandeling naar de koets. 'Ik ben in orde!'

Natuurlijk was hij dat helemaal niet en tijdens de tien, vijftien stappen bleef ik aan zijn zijde om hem op te vangen – nou ja om zijn val te verzachten – wanneer zijn krachten het zouden begeven. Wonder boven wonder haalde hij ongedeerd de koets. Dit keer klom hij op bank en ik op de koets.

'Monsieur, madame.' Richard Portman nam als groet zijn hoed af. De set sabels legde hij naast André op de bank.

Ik vroeg mij af wat hij met de wapens van Simon Barymore zou doen. Overhandigen aan zijn weduwe, als hij die had? Ik bleef echter niet te lang aarzelen. Ik spoorde het paard aan en de wagen zette zich in beweging.

***

De wond was weer gaan bloeden toen we thuis kwamen, maar niet heel erg hard. André wist de sofa in de salon te halen en zakte daar ineen.

'Ik ga een dokter halen, de wond moet dichtgenaaid worden.' *En de koets moet nog terug worden gebracht, en is er genoeg te eten in huis?* Als ik een moment stil had gestaan, was ik verbaasd geweest over mijn eigen besluitvaardigheid. In tijden van nood leert men zichzelf kennen.

'Ja, maar help mij eerst hieruit.'

Ik dacht dat André zijn hemd bedoelde. Het was ook zijn hemd, maar nog meer. Onder zijn hemd ontdekte ik een borstplaat. Het stalen ding was strak op André's borstkas gebonden. Het had de vorm van een normale mannelijke borstkas en was dezelfde kleur geverfd als André's huid. Er waren zelfs kleine borsthaartjes opgeplakt en twee tepels die bij nadere beschouwing gemaakt waren van geverfde puntjes klei. Het pantser viel nauwelijks van echt te onderscheiden. Van het hart naar de zijkant, de kant van André's gewonde arm, liep een kras. Alsof de punt van een sabel er langs was geschuurd...

'Wat is dit?' vroeg ik verbaasd. Het pantser leek zo... zo onecht, onmogelijk. Maar toch voelde ik het metaal massief in mijn handen.

'Dat heb ik afgelopen nacht laten maken. Het heeft een klein fortuin gekost, maar het was het waard.'

'Maar...' Ik zweeg. André leefde nog, Simon Barymore was dood. Zonder deze bedriegerij had ik misschien nu alleen hier gezeten. André leefde nu nog... *Eer? Malo mori quam foedari...* Niet echt dus. Maar woorden waren enkel woorden. André leefde en dat was wat telde. De eer mochten ze houden.

Uit mijn herinneringen van mijn vorige levens putte ik de naam van een goede arts. Ik borg het pantser op en met een laatste blik op André ging ik een dokter halen.

***

André aan de rand van mijn bed. Hoe vaak had ik dat al niet meegemaakt? Dit keer waren de rollen omgekeerd. Ik zat op de rand van zijn bed toen hij wakker werd.

'Hallo,' zei hij slaperig.

'Hallo. Hoe voel je je? Heb je dorst? Heb je koorts? Wil je wat eten?'

'Hmpf. Gaat wel. Moe.'

Ik voelde zijn voorhoofd. Het was niet bijzonder heet, god zij dank. Wondkoorts kon even dodelijk zijn als een zwaard door een vitaal orgaan. 'Je had behoorlijk wat bloed verloren, zie de dokter. Maar hij heeft enkel het vlees en je spieren geraakt. Je arm blijft een tijdje verbonden en je zal een draagdoek hebben.'

'Hmpf, geen gezicht zo'n draagdoek. Verpest mijn verschijning.'

Het was gek, maar ik lachte. Voor het eerst deed André mij hardop lachen en dat nog wel aan zijn ziekenbed. De woorden van de modieuze albino fat waren zo ongerijmd dat ik er niet boos om kon worden. Ik kon er enkel om lachen.

André glimlachte mee. Blijkbaar besefte hij hoe belachelijk hij klonk. 'Misschien nog een mooi litteken dan.'

'Misschien wel.' Ik bette zijn gezicht en voerde hem wat bouillon. Het bleef een uiterst gek gevoel dat de rollen nu zo waren omgedraaid. Nadat ik hem had gevoerd – André weigerde door mij verschoond te worden – bleef ik nog even aan zijn bed zitten. 'André... Waarom heb je dat pantser laten maken? Ik dacht dat je de dood zocht. Een leven zonder Natalie...' Ik liet mijn woorden wegsterven. Het was alles behalve slim om nu weer over André's dode geliefde te beginnen. Maar ik moest het weten.

Mijn albino beschermer was een tijdje stil. Hij was niet gewend om zijn gevoelens of beweegredenen onder woorden te brengen. André leefde in een eenzame wereld waarin alleen hij belangrijk was.

'Ik wil leven,' sprak hij uiteindelijk. 'Zelfs zonder Natalie. Ik zal altijd van haar blijven houden, maar ik wil léven. Jezelf doden... Het is laf. Leven is moeilijker, meer eervol.'

Vreemde woorden van een man die net via oneervolle bedriegerij zijn huid had gered, maar ik begreep het. En waar lag uiteindelijk de eer als je jezelf liet doden door een ander? Je leefde om te leven, niet om te sterven. Dat kon altijd nog wel. Ik streek door André's haren. Vaak was hij een volkomen onmogelijke man en soms haatte ik hem. Maar soms, heel soms, kwamen de gevoelens van Natalie Owen boven en zag ik wat zij had gezien. Maar het waren en bleven zeldzame momenten. Nu André zo spraakzaam was, besloot ik een ander onderwerp aan te snijden wat mij de afgelopen dagen niet los had gelaten. 'André... Waarom hebben jullie gevochten? Wat is er ooit gebeurd tussen jou en Simon Barymore?'

André maakte een afwerend gebaar. 'Dat verhaal is nu met Simon Barymore gestorven. Ik wil daar niet over spreken.'

Niet over spreken? Ik had het verdiend te weten wat er aan hand was! Een man was gestorven en André was gewond en ik zou niet weten waarom? Dat was onverdraagbaar! 'Maar–' begon ik.

'Basta!' kapte André mij af. 'Barymore is dood, ik leef. Dat is het enige wat telt! Ik heb het er niet meer over.'

Nu niet, dacht ik, maar ik krijg het wel een keer uit je. Ooit.

Maar ik kwam het nooit te weten.

De aardappelen van Clingemans & Co

Ben Adriaanse

aar zat ik, in de zolderkamer van het verder verduisterde huis, met in mijn hand een blikje AH Pils. Verveeld liet ik mijn oog over de webpagina glijden.

Account manager buitendienst (m/v).

Senior content manager (32u).

Af en toe klikte ik op een vacature, maar de functiebeschrijvingen deden me soms grommen. Dat was iets nieuws, dat ik zomaar gromde tegen dingen. Crisistijd zorgt nu eenmaal voor mensen die grommen, zich begraven onder hun dekbed en op straat tegen blikjes trappen. Het ene moment ben je een gewaardeerd afdelingshoofd bij een roemruchte drukkerij, het andere ben je voor elke vacature te oud, te beperkt opgeleid, te smal ontwikkeld of te afgelegen wonend, en spoelt met elke afwijzing een stukje van je ooit zo rotsvaste ego door de plee. *Een andere kandidaat voldeed meer aan ons profiel*, schreven ze, of *van uw affiniteit met nieuwe media heeft u ons onvoldoende kunnen overtuigen.*

Een jaar geleden stond de directeur voor mijn neus. Tja Edo, natuurlijk zijn we altijd erg tevreden over je geweest, maar je weet hoe dat gaat hè? Ja, dat wist ik. Mijn afdeling werd weggesaneerd en in zo'n geval ga je als kapitein met het schip de kelder in. Je krijgt een oprotpremie in je reet, een karige

afscheidsborrel en daarna is het adios en tot nooit meer ziens. Dat ik privé net als een vaatdoek was uitgeknepen, was voor de heren en dames kennelijk een irrelevant detail.

Toen ik begon met solliciteren, vond ik zelden een functie een reactie waard. Tegenwoordig reageerde ik bijna op de helft.

Marketingmanager bij een uitgeverij. Toch weer boeken, even kijken. Affiniteit met de bladenmarkt – check. Stressbestendig – ach ja, check. Teamplayer – in godsnaam, ja. Ruime ervaring in soortgelijke marketingfuncties.

Volgende.

Junior administrateur. 'Ben jij jong en gretig, sta je aan het begin van een glansrijke carrière in inbound dienstverlening en zoek jij dé functie die jou met grote stappen naar de top brengt?'

Laat maar.

Toen viel mijn oog op een advertentie van een onbekend bedrijf in mijn eigen woonplaats.

Bij Clingemans & Co BV is een vacature ontstaan voor een traffic controller die onze goederenverplaatsing naar het buitenland coördineert. Wij zoeken in de eerste plaats een betrouwbare medewerker, die tevens beschikt over een effectieve hands-onmentaliteit. Ervaring met logistiek werk is voor deze functie een pre. De honorering zal bestaan uit een maandelijkse vergoeding vanaf € 4.250,- bruto (1,0 fte) en aantrekkelijke secundaire arbeidsvoorwaarden. Reacties kunt u richten aan Onno Vriens, vriens@clingemans.nl.

Een salaris van meer dan vierduizend euro was buitensporig hoog voor zo'n baan. Het zou dus wel sollicitaties regenen. Ik nam een slok bier en staarde uit het zolderraam. De buurman sjokte voorbij en keek verveeld toe hoe zijn teckel een achterpoot optilde. Hij – de buurman, niet de hond, of die eigenlijk ook – stond erbij alsof hij zijn bestaan wel best vond. Alsof het niet hinderde dat hij als afgestudeerd historicus artsen afbelde om ze softwarepakketten te slijten.

Ging het met mij ook die kant op? Kreten als 'hands-onmentaliteit' waren een paar maanden geleden voldoende om een vacature te verfrommelen en in de denkbeeldige prullenbak te smijten. Maar ik had na alle tegenslagen door dat ik niet aan de touwtjes trok in het sollicitatiecircus. Ik, Edo Kerstens, was niet één van die godvergeten winnaars die de baan konden kiezen die ze wilden en achteloos door dergelijke procedures fietsten. Nee, ik behoorde tot de kansloze meute die zich van bedrijf naar bedrijf sleepte en in de handen van in afschuwwekkende marketingkreten blatende managers de ene nederlaag na de andere moest incasseren. Het enige wat ik kon doen, was meelullen en roepen dat ik vanuit hands-on-perspectief de ideale man zou zijn, en ook nog de spin in het web als het moest. Proactief? U vraagt, wij draaien.

Om een lang verhaal kort te maken kwam het erop neer dat ik een uurtje later mijn cv en brief opstuurde naar Onno Vriens van Clingemans & Co BV. Drie dagen later werd ik, ietwat tot mijn verbazing, uitgenodigd voor een sollicitatiegesprek. Van enig respect voor mijn agenda was geen sprake: het bericht vermeldde slechts dat ik woensdag 14 november om 11.30 uur werd verwacht op het hoofdkantoor.

*

14 november, 11.20 uur. Op de grijzige kubus stond geen naam of logo, maar het huisnummer was wel degelijk de Reactorweg 17-19 van de uitnodiging. Ik parkeerde mijn fiets in een verder lege stalling.

De lobby was uitgestorven. De receptie was onbemand, de muren kaal. Ik deed mijn jas uit en streek het kostuum glad. Bij een stalen wenteltrap stond een bordje met een pijl omhoog: *Clingemans & Co.* Een warm welkom, me dunkt. Het holle geklak van

mijn schoenen op de treden verbrak op een onprettige manier de stilte. Boven kwam ik op een lange gang met alle muren, plafonds en deuren in dezelfde tint grijs. Dat krijg je bij mensen met een hands-onmentaliteit: die hebben geen boodschap aan kleurcomposities of schilderijen. 'Hallo?' vroeg ik. Mijn vraag echode door de gang, waar de geur het midden hield tussen stoffige vloerbedekking en goedkoop poetsmiddel, al lag er helemaal geen vloerbedekking.

'Komt u maar hoor!' klonk een olijke stem. Een hoofd en een hand staken uit een deuropening. Gezien zijn lege rechtermouw had de man maar één arm. Daarom stak ik mijn linkerhand uit, die de man gretig aanpakte, waarbij hij zich voorstelde als Onno Vriens.

'Edo Kerstens,' zei ik luid en duidelijk. Dat scheen de eerste indruk positief te beïnvloeden.

Aan een vergadertafel zat een tweede man, die een centimeter uit zijn stoel overeind kwam en een slap handje gaf. De man – een jaar of vijftig, diepe rimpels – mompelde iets onverstaanbaars, vermoedelijk zijn achternaam.

'Onze onderdirecteur,' verduidelijkte Vriens. 'Allereerst bedankt voor uw komst, meneer Kerstens. Laat ik eerst over Clingemans & Co vertellen. Wij zijn – laat ik het zo zeggen – een bedrijf dat op de achtergrond opereert. Wij transporteren onze goederen naar heel Europa, en ook naar sommige plekken daarbuiten.'

'Wat voor goederen?'

'Daar kom ik zo op,' zei Vriens, die vervolgens informeerde naar mijn achtergrond. Ik vertelde over de drukkerij, dat ik in de buurt woonde, enzovoort.

'Ik hoor dat u gewend bent aan buitenlandse klanten. Dat komt mooi uit: die van ons bevinden zich bovengemiddeld in de Scandinavische landen. Ook Oostbloklanden als Armenië, Oekraïne en vooral Polen nemen onze goederen af.'

'Welke goederen dan?' probeerde ik nog eens.

'Van alles,' zei Vriens onmiddellijk. 'U kunt het zo gek niet bedenken of wij verzenden het.'

'Van alles,' bevestigde de onderdirecteur. Het eerste wat hij zei sinds het brabbelen van zijn naam. Zijn verzonken ogen keken naar een punt schuin achter me, alsof hij op een vertraagd vliegtuig wachtte.

Ik begon nu toch wat moeilijk te kijken. 'Kijk, ik heb jaren in het boekenvak gezeten. Ik ben iemand die zich hecht aan de spullen waarmee hij werkt. Vandaar dat ik me bij 'goederen' dus...'

'Meneer Kerstens,' onderbrak de onderdirecteur, 'u bent van harte welkom om, als u straks thuis bent, de betekenis van het woord 'goederen' in het woordenboek op te zoeken.'

Ik werd me ervan bewust dat achter mijn rug een klok tikte. Mijn oog viel op een cactus in een veel te kleine pot. Voor het raam hing een verduisterend gordijn, zodat er nauwelijks daglicht naar binnen viel.

'Aardappelen,' zei Vriens ten slotte. 'Wij verzenden vooral aardappelen. Naar al die landen. Dat maakt ons een groot aardappelexporteur.'

'Aha,' zei ik. 'Welk soort aardappelen vervoeren jullie zoal? Roseval, Opperdoezen, iets kruimigs van de Albert Heijn? Of vastkokend?'

Vriens keek schichtig naar de onderdirecteur, maar die gaf niet thuis. Wellicht waren ze niet voorbereid op deze inhoudelijke vraag. 'Eh, van alles dus. Vooral, wel... Vastkokend.'

'Vastkokend,' herhaalde ik.

'Bij Clingemans werken we op basis van vertrouwen,' ging Vriens verder. 'Daar wil ik u op voorbereiden. Het contract zal een clausule bevatten die verder gaat dan een gebruikelijke geheimhoudingsplicht. De hoogte van het salaris hangt daarmee samen. Kunnen wij wat dat betreft op u rekenen?

'Welja,' zei ik. Over mijn verleden als bestuurslid bij een vakbond besloot ik maar niet te reppen.

*

Om klokslag half negen liep ik het pand van Clingemans & Co binnen. Begeleid door Vriens gaf ik een aantal handjes (slappe en stevige) in steriel geordende kamers. Ook kwamen we langs een dossierkamer met archiefkasten. 'Daar heb je niets te zoeken,' merkte Vriens terloops op. Een beetje apart was het wel, al die vergrendelde opbergruimte voor een aardappeltransportbedrijf. Uiteindelijk kwamen we bij mijn werkplek. Een kil kantoortje met één bureau, een verduisterend gordijn en in de vensterbank andermaal een cactus.

In de lunchpauze liep Vriens met me naar de C1000. Hij kocht daar altijd een banaan. Soms nam hij een frikandelbroodje, want die waren vaak in de aanbieding.

'Wat heb je daar eigenlijk?' Vriens wees naar mijn hand die een broodzakje vasthield. Van mijn duim tot mijn pols liep een roodpaarse lijn, als een uit zijn voegen gebarsten ader.

'Prikkeldraad. Jong geweest, weet je wel. Ik was nieuwsgierig wat er in die boerenschuur zat bij ons in de buurt. De heenweg over het hek lukte nog, terug ging het mis. Mijn broek bleef haken, ik probeerde me overeind te houden en toen...' Ik maakte een gebaar van een wegglijdende hand. 'Dit litteken is een mooi aandenken, nietwaar?'

'Ach ja,' zei Vriens droogjes, 'mijn pols ziet er nog beroerder uit.' Theatraal keek hij over zijn lege rechterschouder, en we schoten allebei in de lach.

'Waar zijn die aardappelen nou eigenlijk?' vroeg ik.

'Die vertrekken vanuit ons depot aan de Kolenbranderweg in Haaksbergen. Een hermetisch afgesloten pand. Personeel van deze vestiging mag er niet komen.'

'Hermetisch afgesloten? Om een stel piepers? Dat is toch...'

'Infectiegevaar,' onderbrak Vriens, die zijn olijkheid was verloren. 'Je bent nieuwsgierig aangelegd, merk ik nu al. Blijkbaar ben jij iemand die over prikkeldraad klimt. Vergeet niet wat in je contract staat, Edo.'

Ik knikte.

'Wat dat betreft ben je net je voorganger.'

'Voorganger?'

'Brongers. Ik heb nooit zo'n goede moppentapper meegemaakt. Iedereen noemde hem "de wijnvlek".'

'En die is vertrokken?'

'Ineens. Van de ene dag op de andere. Ik probeerde hem op zijn mobiel te bellen, maar hij nam niet meer op. Raar geval.'

Er rolde weer een e-mail binnen. Ik pakte de Excel erbij en noteerde 250 containers voor Azerbeidzjan. Vervolgens vulde ik evenveel containers in op een bestelformulier en dat printte ik uit. Op het papier zette ik een stempel en een handtekening en ik legde het op een stapel. Het begon me te dagen waarom de inspiratie bij collega's te wensen overliet.

Telefonisch deelde ik Azerbeidzjan mee dat een leverdatum onhaalbaar was. Dat was alles, dus al snel hingen we op. Toen ik me omdraaide, keek ik tegen de broekriem van de onderdirecteur, die twee centimeter van mijn bureaustoel stond.

'Wij sluiten telefoongesprekken altijd af met "have a nice day", denk daaraan. Het zijn van die kleine dingen, Kerstens.'

Vroeger rook onze voortuin weleens naar wijnsaus, en kieperde Meike binnen van die levende kreeftgevallen in de pan. Als dat vreselijke gepiep klonk, vluchtte ik naar boven. Dieren eten vind ik prima, maar met sommige dingen moet je wachten tot ze dood zijn. Dan mag je ze voor mijn part vierendelen, ontvellen, op gloeiende platen gooien, noem maar op.

Vandaag rook de voortuin niet naar wijnsaus. Het rook helemaal nergens naar, en binnen was het stil. Ik zette een magnetronmaaltijd in de, wel, in de magnetron. Stamppot andijvie voor de tv, hoera. Toen DWDD en het journaal voorbij waren, had ik ineens behoefte om het slaapkamertje op de eerste verdieping door te spitten. Daar waar het allemaal begonnen was, anderhalf jaar geleden.

Het kamertje was bedekt met een egaal laagje stof. Ik pakte wat albums uit een la en ging op het bed met de roze spijlen zitten. Nog steeds hing die rozengeur er, heel subtiel inmiddels. Sommige geuren vervagen net zo langzaam als herinneringen.

Daar stond ze, met die benige kinderschouders en die lange bruine haren. Met mij en Meike in de dierentuin, bij de giraffen, een glanzend truitje aan. Kraaiend van plezier bij de bavianen. Likkend aan een ijsje.

Waarom wilde ik dit zo graag zien, vanavond?

Foto na foto gleed door mijn vingers. Met vriendinnetjes een zandkasteel aan het bouwen. De weeksluiting van groep 4. Roos met boerenkool met worst op haar bord, haar lievelingseten. Als kleuter liep ze bij opa en oma door de moestuin. Kijk, had opa gezegd, daar groeit de boerenkool. Zij erheen, en ze bestudeerde de frommelige groene plantjes. Maar al snel keek ze moeilijk. Wat is er, vroeg opa. En Roos had gevraagd, een beetje beteuterd: waar is de rookworst nou? Opa had minutenlang gelachen, en toen we weggingen gaf hij Roos een dikke zoen op haar wang. Als ze nu naast me had gezeten, had ik hetzelfde gedaan. Ik zou haar vastpakken, omhelzen, fijn drukken, op haar voorhoofd kussen, door haar haren aaien, over haar wangetje kietelen, in haar oor blazen, neusje-neusje doen, babbelen over hoe leuk juf Marjan was en hoe stom meester Rens en waarom een dromedaris één bult heeft en een kameel twee. Maar ze zat niet naast me, dus ging dat allemaal niet door.

Het laatste album. Roos met een feesthoed op, bij een taart met acht kaarsjes. De laatste kaarsjes, wisten wij toen al, zij nog niet; avond aan avond lagen Meike en ik gearmd te snikken in bed. Foto's in het ziekenhuis. Op de laatste bladzijden was ze kaal. Zo scherp als de foto's waren, zo wazig werd haar blik.

'Genoeg.' Ik veegde de tranen uit mijn ooghoeken. 'Morgenvroeg wachten de aardappelen weer.'

*

Netjes op de 24e van de maand werd een nettobedrag van 3.174 euro gestort. Wie weet zou er binnenkort naast de Mercedes van Vriens een Audi komen te staan, een A5 uiteraard, of uiteindelijk een Porsche Carrera als het even meezat. Die had ik al jaren op het oog, zoals je ook een reis naar Hawaï of een villa in 't Gooi op het oog hebt. Ja, er verschenen nieuwe mogelijkheden op de radar dankzij dat gekke Clingemans & Co.

Altijd had ik eraan gehecht om mooie dingen te maken. Aan een fraai gedrukt boek wil je ruiken, je

vingers over het papier laten glijden. Meedenken over de veredeling van een boekomslag, wikken en wegen over de kleurstelling tot de perfecte tint van de persen kwam, zodat de klant trots en tevreden naar buiten wandelde... Daar ging het om: werk doen dat ertoe deed, al ging het in het vakbondsbestuur telkens over geld en vakantiedagen. Nu ik bestellingen van weet-ik-veel-wat naar Timboektoe verstuurde en baantjes trok in geestdodende Excels, moest ik desondanks bekennen dat ik me in tijden niet zo nuttig had gevoeld. Alleen al het feit dat ik 's ochtends een overhemd aandeed, dat überhaupt iemand zich interesseerde voor hoe ik eruitzag, deed mijn ego groeien. Waardoor ik me afvroeg: doet het soort werk er wel zoveel toe? Of gaat het erom dat je simpelweg bezig bent, voor iemand je bed uit komt, aan een opdracht voldoet?

Ik doe tenminste weer mee, hield ik mezelf voor.

Op een dag voerde ik de landcode van Polen in. Mijn reguliere contactpersoon daar, Ruslan, zat in Lubsko, een industriestadje nabij de Duitse grens. 'Ed from Holland!' riep hij, opgewekt als altijd.

We bespraken een afwijkende bestelling voor volgende week en een extra afleverdag vanwege de vorstaanval. Daarna besloot ik eens belangstellend te doen, in de wetenschap dat de onderdirecteur net vertrokken was. 'En, nog tevreden over de kwaliteit van de aardappelen?'

Ruslan aarzelde; daarna proestte hij het uit. 'Ah, natuurlijk, de aardappelen!' riep hij.

'Ja?'

'Jullie Hollanders zijn aparte lui, Ed, dat moet gezegd. De aardappelen zien er net zo beroerd uit als anders.' Weer bulderde hij van het lachen.

'Wat bedoel je? Vervoeren we niet alleen aardappelen naar jullie?'

'Gut,' zei Ruslan. 'Je bent nog nieuw, hè. Laat het zitten, schenk een glas Zhitomirska in en geniet ervan. Zo simpel is het.'

'Kun je me toch een hint geven waarom ze er beroerd uitzien?'

'Een kleine hint? Nee, over mijn lijk!' De schaterlach van Ruslan knalde westwaarts mijn hoorn binnen, maar ook nu begreep ik niet wat er te lachen viel.

'Laat maar.' Met een hoofd vol vraagtekens hing ik op. Eén ding was me wel duidelijk: *aardappelen, m'n reet.*

De volgende dag nam ik vrij en vertrok ik 's middags in mijn afgetrapte Suzuki – gewapend met pet, zonnebril en verrekijker – oostwaarts. Ik sloeg af bij Haaksbergen en belandde op een boerenlandweg met modderig gras aan weerszijden. Nergens een mens te bekennen, alleen grazende koeien en een blatend schaap. En een grote grijze barak.

De Kolenbranderweg.

Hier was dus dat veelbesproken – of verzwegen – depot. Ik drukte de pet over mijn voorhoofd en parkeerde bij de inrit. Half achter een bosje stond een camera, bij de barak stonden twee vrachtwagens. Eentje droeg prominent het geel-zwarte logo van Clingemans, de andere was onbedrukt.

Een uur, twee uur gingen voorbij. Ergens in dat proces van verveeld afwachten moet ik ingedommeld zijn, want ik schrok op van een onbedrukte vrachtwagen die het terrein afreed. Het leek de laatste van de dag, want verder was het verlaten. Ik wachtte tot de wagen bijna uit zicht was en zette de achtervolging in. We belandden op de A1 en volgden die in westelijke richting tot we afbogen naar de A50, naar het noorden. Bij afrit 27 (Epe) ging bij de vrachtwagen de richtingaanwijzer aan.

Wat moest onze blanco Clingemanstruck in godsnaam in of nabij *Epe*? Of ging die vent gewoon naar zijn vrouw en kinderen? Na wat draaien en keren nam de vrachtwagen een inrit. Bij de inrit stond een bord.

Begraafplaats Norelbos

Ik zette mijn auto op de parkeerplaats. Het leek erop dat de chauffeur het terrein was opgegaan, want bij de truck was het donker. Even later scheen een zaklamp in mijn gezicht.

'Goedenavond, meneer. U heeft een bijzondere plek uitgekozen om te pauzeren,' zei een agent met een snor en een dikke nek.

Ik haalde mijn schouders op. 'Ik wilde even nadenken, op een rustige plek.'

Het antwoord leek de agent matig te bevallen. 'Een rustige plek?'

'Ja.'

'Op een begraafplaats, 's avonds laat?'

'Ja.'

'Het lijkt me beter dat u weggaat.'

'Hij staat er toch ook?' merkte ik op, en wees naar de vrachtwagen. 'Mag die ook uitleg geven? Heeft u trouwens een idee wat die figuur daar doet?'

De man zuchtte en wroette in zijn oor. 'Zoals u ziet heb ik een pet op. Dat betekent, en dat had u misschien al door, dat ik van de politie ben. Dat betekent ook dat ik hier de vragen stel.'

'En bepaalt wie weg moet en wie lekker mag blijven staan.'

De agent bestudeerde en scande mijn id-kaart. 'Een goedenavond, meneer Kerstens.'

Toen ik wegreed, keek de man me aandachtig na. En maar krabben aan zijn oor.

Uit de ene na de andere merkwaardige droom schrok ik wakker, mijn borst plakte tegen het laken. De hele nacht was ik vrachten aan het uitladen. Van alles zat erin. Speelgoedautootjes. Strooizout. Piepende kuikens. Allemaal even belachelijk, maar niet minder aannemelijk dan dat we in een wolk van mysterie eigenheimers naar Hongarije vervoerden.

'Ik word er gek van,' zei ik tegen het plafond, en reikte naast me onder het laken. Maar nergens vond mijn hand de vertrouwde heup van Meike.

De eerste maanden nadat ik mijn baan verloor ging het nog redelijk. Hoopvol ging ik op zoek naar werk en het verlies van Roos kreeg een plek. Maar toen kwamen de slobbertruien. Ik bleef in bed hangen, liet schijt aan de wc zitten. Zin om met mijn maten een biertje te drinken en sterke verhalen te vertellen had ik niet meer. In plaats daarvan sloot ik me op in huis en keek zoveel journaals en praatprogramma's dat mijn brein week werd als een griesmeelpudding buiten de koelkast. Geen grap kon ik maken of er zat een cynisch randje omheen.

Uiteindelijk gebeurde het onvermijdelijke. In haar jas stond Meike tegenover me, in deze zelfde kamer, vlak nadat ik van ellende had liggen rukken.

'Ik kan het niet meer,' zei ze. En ik had alleen maar geknikt.

*

Op de vergadertafel waren foto's uitgestald. 'Deze zijn genomen bij ons depot in Haaksbergen,' bromde de onderdirecteur.

Het waren wazige plaatjes, waarop soms nauwelijks iets te onderscheiden viel. Maar op de meeste was hetzelfde gezicht duidelijk herkenbaar, de zonnebril ten spijt.

'Wat deed je daar?'

Hier kon ik geen smoes tegen bedenken. 'Dat lijkt me duidelijk.'

'Juist. En dit dan?'

De onderdirecteur liet een velletje met tekst zien. Ik wilde even nadenken, stond er halverwege, 's avonds laat. Ja. Op een rustige plek.

'Hoe komt u hieraan?' vroeg ik verwonderd. Speelde de politie onder een hoedje met Clingemans? Waarom was dat lullige gesprekje op de begraafplaats een transcript waard?

De onderdirecteur veegde de foto's zorgvuldig bij elkaar en stak ze in een envelop. Daarna ging hij tegenover me zitten. 'Ik had vertrouwen in je, Kerstens. Onterecht, blijkt nu. Je bent zowat de nieuwsgierigste die we hebben gehad.' Hij keek door het raam naar buiten, alsof hij daar alle nieuwsgierige lastposten uit zijn carrière voor zich zag. 'Eigenlijk zou ik je eruit moeten gooien, maar ik hou ons personeelsbestand liever binnen de perken. Daarom ga ik je een voorstel doen dat je misschien verbaast.'

Hier verbaasde niets me meer.

'Ik geef je een forse salarisverhoging. Duizend per maand erbij, met de aantekening dat ik geen fratsen meer wil zien. Nog één keer gesnuffel op de verkeerde plaatsen en je staat op straat.'

Een week na de preek van de onderdirecteur had ik wat overgewerkt; het pand was bijna uitgestorven. Terwijl ik de laatste tabbladen sloot, ging verderop een mobieltje af. Ik liep de gang door om mijn jas te halen en hoorde de officemanager met overslaande stem vloeken en tieren. Met driftige passen beende hij de dossierkamer uit.

'Wat is er?' vroeg ik.

'Ruit van mijn auto ingeslagen, godsamme! Navigatie weg, zei Vriens.' En de man verdween om de hoek, richting de uitgang.

Ik schoot mijn jas aan en keek onwillekeurig de dossierkamer met de vergrendelde ladekasten in. Er viel me iets op. Deze keer was het niet de dossierkamer met de vergrendelde ladekasten. Er was er namelijk eentje niet alleen ontgrendeld, hij stond zelfs open. Ik keek om me heen. Weggerend voor een auto-inbraak of niet, zo'n onachtzaamheid was niets voor Clingemans & Co. Was dit soms een test? Stond de onderdirecteur klaar om me zijn bedrijf uit te schoppen zodra ik die ladekast met één poot aanraakte? Moest ik vanwege mijn nieuwsgierigheid straks van voren af aan beginnen, zonder Audi A5? Ik moest er niet aan denken, maar het was alsof ik de hand niet kon bedwingen die gretig naar de openstaande lade reikte. Het zou wel even duren voordat de officemanager zijn Tesla had geïnspecteerd.

De ladekast zat van voor naar achter volgestouwd met papierwerk. Ik schoof een willekeurig papier omhoog. Bovenaan stond 'Pauwels', gevolgd door allerlei persoonlijke informatie die me mijn wenkbrauwen deed fronsen. Die arme Pauwels kon kennelijk geen scheet laten of het was hier gedocumenteerd. Ik bladerde een aantal hangmappen terug en kwam langs Vriens en andere bekende en minder bekende achternamen. Tot ik... Ja hoor.

Kerstens.

Ik haalde diep adem. 'Kerstens (1)', daarin stond zo'n beetje mijn cv. Binnen 'Kerstens (2)' stond informatie over vakanties, mijn omzet op de vrijmarkt, verkeersboetes en andere totaal oninteressante dingen. Foto's van Meike, en van Roos nota bene. Op de volgende pagina een opsomming die begon met:

HP Dual Core +19
DRIVE C [320 GB]

Daarna een lijst van meerdere pagina's. Ik scande de vellen en las soms een paar regels.

C:\downloads\random\bonjovigreatesthits.rar [popmuziek] [illegaal]
C:\downloads\XX\Jenna_takes_it_big.wmv [erotiek] [illegaal]
C:\games\WofW3\walkthrough1.txt [onbepaald]

Tja. In 'Kerstens (3)' waren sommige passages groen gemarkeerd. Dat ik mijn prostitueebezoek in de maanden na Roos geheim wist te houden door valse vergaderingen in mijn agenda te zetten, en zeep in mijn tas deed om de condoomlucht uit mijn onderbroek te krijgen. Dat ik het een jaar volhield om niemand over Roos' ziekte te vertellen, om meelijwekkende blikken bespaard te blijven. Dat stukje was zelfs donkergroen. Slechts één zinnetje was rood. Het ging over mijn vorige baan. *Besprak vertrouwelijke gegevens over aanstaand ontslag Kees V. met Wessel de R.*

Eén enkel smetje hadden ze gevonden. Ik kon hoerenlopen wat ik wilde, maar het enige wat ze interesseerde was of ik een geheimpje voor me kon houden. Betrouwbaar genoeg, dus? Hadden ze me daarom aangenomen?

Ik vond een rijk gevulde hangmap genaamd 'Uit dienst getreden'. Het voorste dossier bevatte een bekende naam: *J.C. Brongers.* Mijn moppentappende voorganger, wist ik inmiddels. Ernaast stond een pasfoto van een man met een brede nek. Reepjes vettig haar liepen in verkleefde slierten over zijn schedel. Zijn ogen stonden merkwaardig ver uit elkaar. De wijnvlek boven zijn rechterwenkbrauw maakte duidelijk waar hij zijn bijnaam aan dankte. Enfin, een lelijke dikzak. Eronder stond:

BSN: 115912518
Datum uit dienst: 16-10-2014
Discretie-honorarium: € 1.250,- p.m.
Coördinator onderzoek: T.M. Gerritsen

Lekgeschiedenis:
- kennis J. van Liempt (BSN 180873992)
Informatie over ontslagprocedure en honorarium
Gevolgen: geen
Consequenties betrokkene: waarschuwing + boete
1x maandelijks honorarium

- redactie dagblad de Volkskrant
Informatie over standplaats en bedrijfsfilosofie
Gevolgen: reportage over fabriek Polen, toegang geweigerd o.v.v. reguliere dekmantel; publicatie 17-02-2015, geen opvolging andere media
Consequenties: boete t.b.v. 6x maandelijks honorarium; lijfstraf

De tweede map had als label 'Publiciteitsoverzicht'.

Warsaw Post
20-09-2012
Reportage over fabriek, link met begraafplaatsen n.a.v. ooggetuigenverslag
Toepassing dekmantel 3b

Conference for People's Management in the 21st Century
Leipzig, Duitsland
13-02-2013
Toespraak C. Parczyk over loonbeleid Clingemans
Toepassing dekmantel 2a

Lubsko Gazeta
31-05-2014*
Reportage over nieuwe fabriek en gebrek aan werkgelegenheid na opening. Gesprekken met teleurgestelde bewoners
Toepassing dekmantel 7f
* N.B. publicatie geannuleerd na vergoeding ad. € 24.000

De laatste tab heette 'Coördinatoren werknemers'. Tijdens het bladeren hoorde ik wat ritselen. Ik roerde onder in de hangmap en haalde een badge tevoorschijn. Er stond een volledig kale heer op een foto, ernaast stond *Clingemans & Co BV Netherlands, T.M. Gerritsen, staff supervisor*.

Met zijn korte neus en dicht opeenstaande ogen leek die vent wel wat op mij, als je tenminste die bos haar van mij wegdacht. Ik stak de badge in mijn broekzak, liet de lade openstaan zoals ik hem had aangetroffen en ging ervandoor.

Onderweg naar huis realiseerde ik me hoe nauwkeurig die idioten van Clingemans de boel natrokken. Detective-surfwerk op mijn studeerkamer was dus geen optie. Wat dan? Het fenomeen internetcafé was even snel uitgestorven als het ooit opkwam. Maar het was koopavond en gelukkig was er nog de bieb.

Met een wifi-code voor een uur (contant betaald, voor de zekerheid) ging ik naar www.volkskrant.nl

en typte als zoekwoord 'Clingemans'. Inderdaad stuitte ik op een reportage van maart 2013.

'Transportbedrijf' houdt werknemers op afstand

Door Geerlof de Mooij

Een sfeerloos bedrijfspand op industrieterrein Lageweide te Utrecht herbergt een betrekkelijk onbekende speler in de Nederlandse transportsector, genaamd Clingemans & Co BV. Het bedrijf doet voornamelijk zaken met Oost-Europa en zegt zich te focussen op aardappelvervoer.
[...]
Een transportbedrijf haalt zelden de pagina's van *de Volkskrant*, maar de strategie van Clingemans & Co is typerend voor wat de 'anonimisering van diensten' wordt genoemd. Hierbij werkt het merendeel van het personeel vanaf een kantoor dat op soms grote afstand van de fabriek of het logistiek centrum is gelegen. Opmerkelijk is dat Clingemans & Co – behalve dat er overwegend aardappelen worden getransporteerd – aan haar medewerkers niets loslaat over de aard van het vervoer, zo vertelde een anonieme ex-werknemer aan deze krant.
Het bedrijf wilde aanvankelijk niet reageren, maar na enig aandringen ging het bestuur op haar opmerkelijke strategie in. "Vertrouwelijkheid is een groot goed voor ons," verklaart algemeen directeur Peter van Gendt. "Daar hoort bij dat onze werknemers van zo min mogelijk zaken op de hoogte zijn."
[...]
Hoogleraar arbeidspsychologie Armand Vereykeren (UvA) zet stevige vraagtekens bij de manier waarop het bedrijf haar werknemers letterlijk én figuurlijk op afstand laat. "Cruciaal voor het arbeidsethos van personeel is enige binding met de bedrijfsvoering en het geleverde product," legt Vereykeren uit. "Er wordt gesteld dat werknemers van zo min mogelijk zaken op de hoogte zijn, omdat dat niet nodig is. Wel, strikt genomen is een kerstpakket ook niet 'nodig', maar het levert een niet te onderschatten bijdrage aan de goodwill en loyaliteit van het personeel. Iedereen die weleens een cadeautje of bonus krijgt, zal dat kunnen beamen."
Dat Clingemans & Co op een andere manier voor goodwill en loyaliteit wil zorgen, wijst een inspectie van de loonstrookjes uit. De anonieme bron, die naar eigen zeggen een eenvoudige functie in de binnendienst bekleedde, verdiende omstreeks zestigduizend euro bruto per jaar. Vereykeren: "Het roept weinig enthousiasme op als een werkgever met geld smijt om misstanden in de arbeidsomstandigheden te verbloemen. Dergelijke

bedrijven kunnen op matige sympathie van de buitenwereld rekenen, en uiteindelijk ook van de werknemers zelf."

Een financiële compensatie voor overmatig 'klantgericht' handelen wordt door de groeiende nadruk op dienstverlening steeds meer gemeengoed. Vereykeren signaleert dat ook multinationals in toenemende frequentie voor deze strategie kiezen.

[...]

Wat ik vandaag had gezien, was haast te veel om te bevatten. Het volgen van ex-werknemers en het aanbieden van zwijgpremies? Boetes en lijfstraffen? Een regionaal krantje omkopen dat zich in de goederen had verdiept? Ook de Warsaw Post had de link met de begraafplaatsen gelegd. Blijkbaar was het uitstapje in Epe geen incident. En die anonieme bron, dat was dus Brongers toen hij er nog werkte.

Sowieso had ik nu meer dan niet-onderbouwde verdenkingen. Maar halverwege mijn besluit om de politie te bellen aarzelde ik, terugdenkend aan de begraafplaats in Ede. Wat had ik aan het korps als het blijkbaar onder één hoedje speelde met Clingemans? Met mijn aangifte zou ik alleen maar prijsgeven hoe ver ik gekomen was. Ik besloot alles te laten bezinken en toen ik de straat in fietste, sloeg ik nauwelijks acht op de zwarte Renault die schuin voor mijn huis stond.

De volgende dag ging ik gewoon naar kantoor. Hoe normaler ik me gedroeg, hoe beter. Tegen de lunchpauze had ik Ruslan aan de lijn. Hij was terug van vakantie en had de taken teruggepakt van zijn zwijgzame collega Lesiu. Leveringsplanning, uitloop vanwege de feestdagen; nauwelijks de moeite waard om te vermelden, maar het gesprek zelf was dat wel.

'Alles duidelijk,' zei Ruslan, die onrustig klonk.

'Ik hoop dat je weer tevreden bent met jeweetwel,' zei ik in mijn beste Engels.

'Zeker. Kerel, luister. Ik ken je nu een beetje en begrijp wat je bezighoudt. Geloof me, ik heb hetzelfde als jij, precies hetzelfde. Ik weet iets meer en dat kan nóg meer worden, met jouw hulp. Ik heb het over adresjes voor Zhitomirska, je weet wel hè, je weet wel hè?'

'Ja.' Geheimtaal, dat begreep ik. Hij had vast ook zo'n onderdirecteur over de afdeling lopen.

'Oké, luister goed, hoorn tegen je oor.' En toen, heel zacht fluisterend: 'Kom hierheen naar de fabriek zodra je kunt vraag naar mij ik leid je rond hier gebeurt het heb een list geheim jij en ik we ontmaskeren alles.'

Tot dit moment was het een doodsaaie werkdag, maar ineens klopte mijn hart in mijn keel.

'Gehoord,' zei ik, 'de vracht komt zo snel mogelijk. Wordt op jouw naam bezorgd.'

'Als je komt stuur me dag ervoor e-mail met alleen punt erin ik regel alles.'

'In orde. Ik heb nu al zin in zo'n glaasje.'

'Oké.' En Ruslan hing op.

Wederom in de bieb besloot ik een telefoontje te plegen. Liever de media benaderen dan mijn lot in handen van Ruslan leggen; wie weet was dat ook een val. Googelen leverde een telefoonnummer van de Volkskrant-klantenservice op. Ik vertelde dat ik belangrijk nieuws had en dat per direct aan de redactie door wilde geven. De dame wilde wel een boodschap noteren.

'Doe dat dan maar,' zei ik. 'Het is als volgt, ik werk bij de firma Clingem...'

Er klonk een krakkend geluid.

'Hallo?'

Verbroken. Ik belde het nummer nog eens en kreeg dezelfde dame aan de lijn. Ik vroeg of ze problemen hadden met de verbinding.

'Ik dacht dat er bij u een storing was,' zei de dame.

'Hoe dan ook, schrijf maar meteen mee. Ik heb laatst iets vreemds ontdekt, in een ladek...'

Weer die krak, en weer was de lijn dood.

Peinzend keek ik om me heen. IJverig werkende mensen aan computers, boekenwurmen die met hun neus in langgerekte boekenkasten hun kennis van het alfabet testten. Twee keer op een cruciaal moment de lijn verbroken, dat kon geen toeval zijn. Hadden ze me ook hier in de gaten?

Eenmaal in mijn straat, het werd al donker, was daar andermaal het silhouet van de zwarte Renault. En verrek, toen ik beter keek zag ik iemand achter het stuur zitten. Op een drafje verdween ik mijn huis in.

Op de studeerkamer surfte ik naar Sunweb.nl en Youporn.com. Gewoon, om geen argwaan te wekken. Intussen hoorde ik buiten iemand rennen. Een auto startte en schoot met piepende banden weg. Ik liep naar het raam en zag dat de Renault verdwenen was.

Beneden lag een envelop op de mat. Mijn naam stond erop, maar geen postzegel. Ik stormde terug naar boven en ging hijgend achter mijn bureau zitten. Aandachtig bekeek ik de envelop. Aan de voorzijde stond in bibberig handschrift 'E. Kerstens'. Op de achterkant stond HEMA, verder niets. Ik ritste de envelop open; er zat een verfrommeld briefje in, met daarop hetzelfde handschrift. Geluidloos prevelde ik wat er stond.

Ze komen voor je, morgenochtend vroeg. Doe iets.
Jij bent onze hoop.
L.F.

Een tijdlang staarde ik naar het briefje en naar mijn muismat met Mickey Mouse erop. Hijgend dacht ik na. *Wie was in godsnaam L.F.?* Waarom wilde hij me helpen? En bovenal: wie kwam mij morgenvroeg halen?

Daarop wachten was uitgesloten. Ik moest snel handelen, anders zou ik vast in het niets verdwijnen, net als Brongers; een gedachte die me deed rillen van angst. Zo vormde zich in mijn hoofd een plan. Ik logde in op mijn werkmail en stuurde Ruslan een e-mail met alleen een punt erin. Uit mijn bureaula pakte ik de badge van T.M. Gerritsen en keek aandachtig naar de pasfoto. Vervolgens liep ik naar de badkamer. Ik legde de badge bij de spiegel en pakte mijn scheermes.

*

Terwijl mijn ogen steeds verder dichtvielen, reed ik over ruw aanvoelend asfalt en onder groene auto-bruggen door. De navigatie leidde me voorbij Czarnowice en Starosiedle en een kwartiertje later was ik er. Lubsko. Godzijdank, ik kon geen snelweg meer zien.

Stiekem was ik vanmorgen via de brandpoort naar de auto geslopen, gewapend met liters koffie en boterhammen met pindakaas en grillworst. Al rijdend zocht ik in de binnenspiegel tevergeefs naar de Renault of een andere auto die opvallend lang in mijn buurt bleef. Het enige wat me opviel, was de aanblik van een skinhead op de plaats waar ik moest zijn. Als een nieuw zenuwtrekje aaide ik af en toe over mijn kale schedel. Mijn litteken liep paarser aan dan normaal en jeukte vreselijk; af en toe likte ik erover, dat verdoofde de boel.

Stapvoets naderde ik het hek met huisnummer 8. Daarachter doemde een donkergrijs betonblok op. Aan de voorkant een kantoor, erachter een cilinder-vormig gevaarte van minstens twee hectare groot. Nergens een bedrijfsnaam, maar de passerende vrachtwagen met het Clingemanslogo vertelde genoeg.

Ruslan, daar ben ik dan.

Ergens had ik verwacht dat het pand hermetisch van de buitenwereld afgesloten zou zijn. Maar het hek was open, Jan en alleman liep naar binnen en buiten, nergens camera's te zien. Wilden ze opzette-lijk nonchalance uitstralen? De drempel om naar binnen te wandelen was niet al te hoog. En ook al bleef ik in de auto, gevaar liep ik toch wel. Aan de andere kant realiseerde ik me dat één voet binnen dit gebouw consequenties zou hebben. In mijn

gedachten verscheen het hoofd van Vriens, die zei: *misschien ben je al een keer te veel over prikkel-draad geklommen.*

Zoemend zwaaide de deur open. Op een video-scherm zag ik mezelf naar binnen stappen. De receptioniste droeg een donkere zonnebril en een nauwsluitende jurk tot aan haar hals; verder had ze een lichtbruine muts op. Haar gezicht was opzichtig gepoederd.

'Good afternoon,' zei ik.

'Good day, sir,' zei de vrouw op vlakke toon, met een streng Slavisch accent. 'Heeft u een afspraak?'

Daar had ik me op voorbereid. 'Niet echt. Ik ben T.M. Gerritsen van het kantoor in Nederland. Uw medewerker Ruslan Janko vertelde me dat ik welkom was voor een rondleiding. Ik was in de buurt, dus ik dacht...'

De vrouw keek op een scherm. 'Janko is ziek,' zei ze.

Ziek? Dat kon ze godverdomme niet menen. 'Weet u het zeker? Kunt u nog eens kijken?'

Er werd een telefoon gepakt en gebeld. 'Sinds gisteren al. Niet op zijn plek.'

Wat een ramp. Hoe kon die eikel uitgerekend *vandaag* boven de toiletpot hangen? En had hij, nu hij wist dat ik misschien zou komen, niet eens zijn mail gecheckt om te kijken of ik de geheime aan-kondiging had verstuurd? Hoe dan ook had ik het verknald: bij terugkomst zouden ze weten dat ik hier was geweest. Er zat dus maar één ding op. 'Zijn collega ken ik ook. Lesiu Abratkiewicz. Kan ik die spreken?'

De vrouw pakte weer de telefoon. En daarna: 'Abratkiewicz haalt u zo op.'

Mijn relatie met Lesiu was niet al te hecht; hij zat altijd een beetje afstandelijk te brommen aan de telefoon, heel anders dan Ruslan. Wat een pech, zei ik onophoudelijk tegen mezelf. *Wat een godver-geten pech.*

Een paar minuten later kwam een moddervette kerel op me af. Hij droeg een vaalwitte coltrui en dezelfde lichtbruine muts tot over zijn oren. Eveneens droeg hij een zonnebril. In de mode hier, kennelijk.

'Lesiu? Ik ben je contactpersoon in Nederland,' zei ik in het Engels. Terwijl hij me weifelend de hand schudde, merkte ik iets van herkenning.

'Ben jij niet Edo, de man van de telefoon? Ik hoor het aan je stem.'

Scherp, en ook hierop had ik me voorbereid. 'Dat klopt. Uit veiligheidsoverwegingen gebruiken we fictieve namen op kantoor. Mijn echte naam is Gerritsen.'

Lesiu stapte een kantoortje binnen. 'Van hieruit voer ik onze telefoongesprekken. Tegenover me zit Ruslan, maar die is ziek. Hij rapporteert elke ochtend om 9.00 uur over de geloste vrachten en voert meestal de gesprekken met het buitenland. Die informatie verwerk ik in mijn Excelbestand, met de data op de verticale as en de frequentie en omvang van de leveringen op de horizontale. Overzichten van meer dan een maand oud verplaats ik naar de archiefmap.'

Om eerlijk te zijn interesseerden Lesiu's werkplek en zijn routine me geen reet, maar het was van belang wat krediet te verdienen. Ik bestudeerde het bureau van Ruslan, maar noch de pennenbak, noch het vetplantje kon me vertellen wat het plan was waarover hij het had. Lesiu brabbelde al klikkend verder over zijn omzetstatistieken, draaitabellen enzovoort, zodat het tijd werd voor de klassieke vluchtmethode. 'Sorry dat ik je onderbreek. Waar is het toilet?'

Terwijl een paar donkergele druppels in het urinoir verdwenen, drong het kansloze van de missie tot me door. Zonder Ruslan en zonder plan in een vreemd gebouw. Maar opgeven had al helemaal geen zin. Daarom voegde ik me weer bij Lesiu. 'Misschien kun je me door de fabriek rondleiden, nu ik er toch ben?'

Lesiu knikte bedachtzaam. 'Als je wilt.'

Achter het uitzwenkende achterwerk van Lesiu liep ik enkele afdelingen over. Bureaus en mensen achter pc's met zonnebrillen en mutsen op, dat was het wel zo'n beetje. We passeerden een dikke deur zonder raampje, met ernaast een ingewikkeld beveiligingssysteem. 'Dit leidt naar de grote zaal,' zei hij. 'Daarheen mag ik je niet meenemen. Zelf ben ik ook nooit binnen geweest. Streng verboden.'

De gangen en zalen leken om de cilindervormige hal gebouwd, want we bleven langs de rand van het complex bewegen. In de kille aankomsthal zette een vrachtwagen net zijn motor af en werd een container zonder naden en met een ingewikkeld vergrendelmechanisme gelost. Het leek wel een kluis. In dikke letters stond erop:

Clingemans & Co BV

Handle with care

'De containers worden het gebouw in vervoerd,' zei Lesiu. 'En uit die fabriekshal komen weer andere containers.'

'Bespreken jij en Ruslan weleens wat erin zit?'

'Dat doet niet ter zake.'

Wat Ruslan ook van plan was, Lesiu zat zeker niet in het complot. Wat er feitelijk gebeurde, wisten alleen de mensen die daarbinnen werkten. Maar wie waren dat? In het stadskrantje had gestaan dat de fabriek nauwelijks werkgelegenheid bood.

We liepen terug. Stiekem had ik gehoopt dat Ruslan ineens toch voor onze neus stond, maar die knakker was blijkbaar echt ziek. Zo direct werd ik de deur uitgezet en er kwam geen tweede kans. Hier en daar was aan de rechterzijde zo'n zware deur als in het begin. Intussen begon Lesiu harder te lopen, voor zover zijn lijf hem zo snel kon dragen. Vast weer met zijn hoofd bij zijn draaitabellen. Weer een deur naar de grote hal, een van de laatste.

Daar gebeurde het. Maar wat in godsnaam?

Ik voelde iets vochtigs aan mijn zij en in mijn oksel. Doorweekt. 'Het is een flink complex, hè?' zei ik om tijd te winnen.

'Zeker,' zei Lesiu, die niet opkeek, stokte of wat dan ook. Hij waggelde alleen maar stug voor me uit. In de verte verscheen de lift die naar de uitgang leidde.

Ik stond op het punt in te zien dat mijn missie mislukt was, tot die zeldzame kans kwam. En als ik iets had geleerd in het jaar dat ik me van vacaturesite naar vacaturesite sleepte, was het dat ik elke kans, hoe klein ook, moest aanpakken alsof het de enige en cruciale was. Daarom was ik onmiddellijk alert toen een van de massieve deuren zoemend openging. Een man in een hoogsluitende witte jas kwam naar buiten. Lesiu zei iets als 'sjen dobbere' en de man zei hetzelfde terug.

Het ging te snel om te zeggen dat ik een besluit nam, of dat er enige afweging zat in wat ik deed. Daarachter was de fabriek, daar ging deze deur naartoe, en die deur was nu open. Heel even. Ik schoot naar voren, gaf de man in de witte jas een beuk en wurmde me door de deur. Terwijl de beide mannen schreeuwden, stormde ik een gang in en klonk een doffe dreun. De deur was dichtgevallen.

De gang was een meter of dertig lang, grijs tot aan het einde. Rechtsachter zat weer een deur. Toen ik daar aankwam, hoorde ik gezoem achter me. Onder luide Poolse kreten rende de man in de witte jas op me af, gevolgd door Lesiu. In elke andere situatie had ik in een scheur gelegen om de Excelneuroot die met zijn blubberbuik door de gang denderde, de zonnebril balancerend op zijn neusvleugels, maar nu had ik alleen oog voor deze tweede deur. Die zag er minder stevig uit dan de eerste en bestond deels uit ondoorzichtig glas. Ik pakte de deurknop, maar die kwam natuurlijk niet in beweging. Naast de deur hing weer een kaartlezer.

Ik stampte met mijn voet tegen het glas en er klonk een klap, maar verder geen resultaat. De witte jas was me tot een meter of tien genaderd. Weer stampte ik ertegen en nu ontstond een sterretje in de ruit. Nog eens, de ster breidde zich uit tot een scheur. Ik wierp mijn gewicht tegen het glas en een deel ervan viel rinkelend naar beneden. Voordat ik nog eens mijn schouders kon inzetten en me realiseerde wat voor enorme herrie achter de deur vandaan kwam, stortte de witte gestalte zich met een snoekduik op me. Over elkaar heen buitelden we op de grond, waarbij ik mijn hoofd tegen de zijmuur stootte.

Voordat ik in deze onwerkelijke arena was opgekrabbeld, kreeg ik een harde schop in mijn zij. Ik kreunde en sloeg hard om me heen. Mijn vuist raakte iets en toen ik opkeek, zag ik de witte man ineenzakken. Intussen was ook Lesiu ter plaatse. Voordat hij iets kon ondernemen, stompte ik Lesiu hard in zijn maag, die verrassend stekelig aanvoelde. De dikzak hapte naar adem. Ik verzamelde nog één keer al mijn krachten en stortte me op het half gebroken glas. In een mengeling van gekraak en gerinkel en terwijl glassplinters zich in mijn arm boorden, stootte ik door de ruit en de deur. Ik struikelde, viel bijna, maar keek onmiddellijk de zaal in waarin ik was binnengekomen.

*

Het eerste wat ik voelde toen ik wakker werd, was een dreunende koppijn en een beurse heup. Ik bevond me in een leeg kamertje en lag op drie uitgespreide handdoeken. Tussen de pijnscheuten door vroeg ik me af of ik merkwaardig had gedroomd. Maar wat deed die buil als een tennisbal dan op mijn achterhoofd? Mijn handen zaten onder de pleisters.

De deur ging open en een onbekend hoofd keek om de hoek. 'You are awake?' vroeg de man.

Vermoedelijk een retorische vraag. De man bracht me naar een soortement vergaderzaal en ging tegenover me zitten. 'Goedemorgen, meneer Gerritsen. Of meneer Kerstens, beter gezegd. Vervelend dat het zo is gelopen. Onze man uit Nederland is onderweg en voegt zich zo bij ons.'

'Onze man uit Nederland?' vroeg ik.

'Voordat we inhoudelijke zaken gaan bespreken het volgende. Kunt u mij vertellen wat het laatste is dat u zich kunt herinneren voordat u helaas het bewustzijn verloor?'

De man probeerde ontspannen te kijken, maar het zakje melkpoeder dat hij tussen zijn vingers fijnkneep vertelde een ander verhaal.

'Het laatste, nou even denken,' en ik deed alsof ik in mijn geheugen moest graven. 'Het *allerlaatste*. Nou, dat moeten die heren en dames geweest zijn die truien zaten te stikken. Ze zagen wat bleekjes en konden een bezoekje aan de oogarts gebruiken. Misschien ook wat huidziekten hier en daar?'

'Juist ja.' De man keek een beetje droevig. 'Dan weet ik voor nu genoeg. Uw contactpersoon komt zo.' Hij stond op en verdween.

Even later kwam een amicale gestalte in een smetteloos grijs kostuum om de hoek. 'Aha! Daar hebben we meneer Kerstens!' zei hij opgewekt, zijn hand uitstekend. 'Peter van Gendt, algemeen directeur van Clingemans & Co.'

Dit ging me ineens heel snel. De algemeen directeur was naar Lubsko gescheurd om mij een hand te komen geven?

'Mijn complimenten voor uw... vasthoudendheid,' ging Van Gendt verder. 'Kunt u voor mijn beeldvorming beschrijven wat u gezien hebt, daarbinnen?'

'De rondleiding duurde maar een paar seconden, helaas.'

'Genoeg om een en ander te zien.'

Ik knikte en haalde diep adem. 'Het was een gigantische zaal, ruimschoots de grootte van een voetbalveld, met enorme bouwlampen aan het plafond. De muren waren van beton, met hier en daar donkere vlekken en nergens ramen.'

'U heeft oog voor detail, meneer Kerstens. Chapeau.'

'Maar het was niet zozeer de ruimte waar mijn oog op viel. Dat het er zwart zag van de mensen zou een understatement zijn. Overal waren heren en dames in de weer met etenswaren, spijkerbroeken, handdoeken, noem maar op. Ze oogden onverzorgd, slonzig, een beetje... eng. Ze hadden een blauwige zweem over hun huid. Hun gezichten sloegen rood en zwart uit, hun kleren waren vies en besmeurd. Vrijwel iedereen stond voorovergebogen, liep scheef. Hun haar was verkleefd en vet. En toen ik beter keek naar de gezichten die schaapachtig mijn kant op keken...'

'Ja?' Van Gendt oogde een beetje ongeduldig. Hij was niet voor niets directeur, die hebben altijd haast.

'De ogen die me aankeken – waren leeg, doods. Star en bloeddoorlopen. Monden met kleurloze lippen, nekken met donkere zweren. Dat alles in die godsgruwelijke herrie. Getimmer, gepraat, getik, geruis. Een alarm dat was aangegaan. En een allesoverheersende geur van rotting, mijn gft-bak is er niets bij. Dat zag, hoorde en rook ik allemaal in die paar seconden. Toen voelde ik een klap tegen mijn achterhoofd en werd alles zwart.'

'Boeiend verhaal.'

'Als u het wilt zien, kunt u ook zelf een kijkje nemen. Het is hier vlakbij.'

Van Gendt grinnikte. Een vervelend strategisch grinnikje. 'Neemt u van mij aan dat ik uitstekend op de hoogte ben van wat hier gebeurt. U nu ook. Dat maakt de situatie interessant. Want wat gaat u doen als u straks naar buiten loopt?'

Ik tikte met mijn vingers op tafel. 'Nou, een ritje naar huis, dan de krant lezen. Stukje Nieuwsuur, vaatwasser uitruimen en het bed in. Morgen vroeg op, naar kantoor, en na het werk boodschappen doen.'

'Precies. Dat gaat u dus niet doen. U gaat naar de pers, heeft een sterk verhaal voor familie en vrienden en binnen de kortste keren staat hier een menigte met camera's en microfoons voor de deur.' Van Gendt pakte de koffiekan en schonk zichzelf in. 'Daarom doe ik u een voorstel. Een eenmalige premie, in ruil voor de vertrouwelijkheid van hetgeen hier...'

'Zwijggeld.'

'Dat klinkt wat cru. Maar als u wilt, kunnen we het beestje die naam geven. De propositie is als volgt. U rept de rest van uw leven met geen woord over wat u hier heeft gezien. Niet tegen de pers, niet tegen vrienden, toekomstige collega's, familie, uw vrouw, zelfs niet tegen uw huisdier. Een van onze *coördinatoren* zal hierop toezien. U zult ons nooit meer benaderen of zien. Laat ik u eens vragen: is er iets kostbaars dat u al lange tijd wilt kopen? Iets waar u van droomt?'

Na even nadenken zei ik: 'Een Porsche Carrera.'

'Uitstekend. Met de premie kunt u vijf Carrera's kopen. Nieuw, met 20-inch velgen, panoramadak en ledverlichting uiteraard. Verder wil ik u wijzen op de nieuwe Porsche 911 Turboreeks met een vermogen van een slordige 520 pk. Daarmee haalt u mij misschien eens in op de Autobahn. Kunt u er vier van kopen, meen ik.'

Van Gendt nam een slok. Hij slurpte. Dat rijmde niet, dit soort monologen afsteken en dan zitten slurpen aan je koffie.

'Even concreet: wij geven u toegang tot een bankrekening met een bedrag van een vijf met vijf nullen erachter. Hiervan is per jaar vijftigduizend op te nemen. Mocht u de afspraken breken, dan sluiten wij de toegang af. Alleszins redelijk, nietwaar? Wij vertrouwen erop dat u dit beschouwt als een passende compensatie.'

Met een kalme blik verliet Van Gendt de vergaderzaal. Daar zou hij wel directeur voor zijn. Directeurs moeten vaker functioneringsgesprekken voeren, dit was routine voor die kerel. Intussen bedacht ik me hoe die vijf en vooral die vijf nullen mijn leven een zet gingen geven. Ik zag duizend groene briefjes van vijfhonderd voor me liggen, uitgespreid over de grond. Ik zou erin kunnen zwemmen, net als Dagobert Duck, en handenvol biljetten langs mijn gezicht laten dwarrelen. Maar ik *moest* weten wat hier gebeurde.

De directeur kwam binnen. 'En, weet u het al?'

'Ik twijfel.'

'Een verdere verhoging van de premie wordt lastig, meneer Kerstens.'

Allemachtig, die fixatie op geld. Zag hij me aan voor een lezer van het *Financieele Dagblad*? 'Ik wil zien en weten wat dat was. Pas dan weet ik of ik je zak geld kan aanpakken.'

Van Gendt liet een snerpend lachje horen. 'Dit hele gesprek is erop gericht u juist te laten vergeten wat er daarnet...'

'Een keer moet de eerste keer zijn. Anders kun je de pot op met je premie.'

'Uw onderhandelingspositie is niet bijster sterk, meneer Kerstens. U bent een doorzetter, dat bevalt me wel, maar helaas houdt het hier dan op.'

'Nee,' zei ik uitdagend. 'Je hoopt dat ik akkoord ga.'

Van Gendt keek me vijandig aan. Toen zakte hij terug in zijn stoel.

'Je zult me wel net zo lastig vinden als Brongers,' zei ik.

'Wie?'

'Brongers. Die kerel die gelekt heeft. De wijnvlek.'

'O, die. Vervelende zaak. Zelfs daar weet u van. Ontzettend koppige vent, om niet te zeggen moraalridder. Wilde in niets meewerken.'

'Een man naar mijn hart. Waar is hij eigenlijk?'

'Overgebracht naar een veilige plek. Ik kan daar verder niets over zeggen, ook in zijn belang. Snapt u dat?'

'Nee,' zei ik resoluut. 'Als je me ervan kunt overtuigen dat dit stinkende zaakje moet blijven bestaan, werk ik mee. Anders kun je opzouten met je half miljoen. Of ben je zo'n gewetenloze klootzak dat je ook mij ineens laat verdwijnen?'

Van Gendt roerde onophoudelijk in zijn koffie, ook al was die allang koud. Toen keek hij me aan en zuchtte.

*

Van Gendt leidde me door weer zo'n ingewikkeld vergrendelde deur naar een lege zaal en drukte op een rode knop aan de muur.

'Blijf staan waar u staat,' zei hij.

Het middenstuk van de vloer schoof dreunend opzij en onthulde een doorzichtige glasplaat.

'*Voilà*,' zei Van Gendt, die een stuk meer *geïnspireerd* overkwam dan net, zoals de buurman die je op zijn gerenoveerde zolder rondleidt. Uit een luikje pakte hij twee verrekijkers en gaf er een aan mij. 'Daar is uw stinkende zaakje. De grote lampen had u gezien. Aan sfeervolle verlichting hebben deze mensen minder boodschap.'

Twee mannen met kruiwagens vol kleding liepen voorbij. Hun vel was blauw, hun blote armen en nek vol zwarte vlekken. Verderop nog meer tweetallen met kruiwagens, allen met dezelfde houterige *motoriek*. Ze droegen kostuums, overhemden, basketbalshirts, vrijetijdskleding, uniformen.

'Machines nemen de mens steeds meer werk uit handen. Grasmaaien, bonen doppen, de afwas, post sorteren, noem maar op. Dan zijn er de taken die zo veel inzicht, creativiteit of interpersoonlijk contact vergen dat mensen ze blijven uitvoeren: vormgeving, management, hypotheekgesprekken, hoewel over dat laatste de meningen verschillen. Daartussen zit een schemersegment van taken die eenvoudig en repetitief zijn, maar voor robots of machines niet uitvoerbaar. In dat segment opereren wij. Kijkt u maar.'

Ik stelde scherp op een plek waar honderden arbeiders aan lange tafels in donkere voorwerpen zaten te peuteren.

'De pijnboom brengt een soort dennenappels voort. Heeft u enig idee hoe daar de pitten uit worden gehaald?'

'Daar zal wel een machine voor zijn,' mompelde ik.

'Die gedachte houden we graag in stand. Er zijn zelfs televisieprogramma's die tonen hoe het machinaal pellen in zijn werk gaat. Zo strooien we zand in ieders ogen, want geen enkel apparaat kan dat. Waarom de prijs van pijnboompitten toch te overzien is? Het antwoord vindt u hieronder: de goedkoopste arbeidskrachten die er zijn. Als we tenminste niet wekelijks cadeautjes hoeven uit te delen, zoals aan u.' Van Gendt krabde zelfgenoegzaam aan zijn kin. 'In dit filiaal ligt de nadruk op textiel en etenswaren. Daarachter ziet u...'

'In godsnaam,' onderbrak ik, 'laten we bij het begin beginnen. Waar sta ik überhaupt naar te kijken? Zombies?'

De directeur schaterde het uit. 'Zombies! U kijkt te veel horrorfilms. Zombies bestaan niet.'

'Dit ook niet.'

'Pardon?'

Ik haalde diep adem. 'Deze mensen zijn dood.'

'Wel... Strikt genomen zijn deze mensen – dood, ja. Voor hun toestand is niet echt een benaming, maar ik noem het... *sluimeren*. Dat dekt de lading wel mooi.'

'Word godsamme concreet.'

'U weet dat onze vrachtwagens langs begraafplaatsen rijden, vooral 's avonds, en vervolgens naar locaties in het Oostblok, waaronder deze. En ze nemen allerlei producten mee terug. Heb ik de nodige linkjes voor u gelegd?'

Ik keek Van Gendt glazig aan.

'Die producten leveren we netjes in Nederland af. Overwegend bij supermarkten, maar niet bij allemaal. Albert Heijn werkt niet met ons, uitgezonderd de pijnboompitten. De C&A, niet te vergeten. Pyjama's, ondergoed en dergelijke. De draadjes van Hemaworsten. Maar de Jumbo spant wat afname betreft de kroon. Wij passen goed binnen hun beleid van goede kwaliteit voor een redelijke prijs. Ooit over nagedacht hoe de bananen 99 cent per kilo kunnen zijn? Daarbij zijn ze onze beste klant op het gebied van...'

'Ho, ho,' zei ik. 'Je suggereert dat jullie dooien in vrachtwagens aanvoeren en gaat dan verdomme de *Consumentengids* lopen uithangen?'

'Nou, ik...'

'Jullie graven dus mensen op? En nemen ze mee om hier te werken?'

'Wel, dat is een beetje boud gesteld, maar inderdaad is het zo dat...'

'Jezus Christus,' fluisterde ik. 'Kun je daar ook een codicil voor invullen?'

'Pardon?'

'Laat maar.' Ik zag voor me hoe gespierde kerels stinkende lichamen uit opengemaakte graven lichtten en in containers gooiden, om ze hier in Lubsko... Tja, wat eigenlijk? 'Er ontbreekt een schakel. Ik kan zelf best iemand opgraven en er een stukje mee gaan rijden. Maar dan gaat zo'n dooie niet uit zichzelf Hema-pyjama's stikken.'

'Exact. Niet uit zichzelf. Elektriciteit, daar zit de clou. Kijkt u eens goed naar de hoofden.'

Op het voorhoofd van elke arbeider prijkten twee ovale schroeivlekken. Eentje links, eentje rechts.

'Een paar stoten in de juiste breincircuits zijn voldoende om het autonome zenuwstelsel in gang te zetten. Hierdoor worden de orgaanfuncties hersteld en stopt de degradatie van het lichaam. Ook worden de primaire instincten alert gemaakt en vindt een latente activering van het motorische stelsel plaats. Die impulsen volstaan om eenvoudige taken uit te voeren.'

'En zo wekken jullie mensen tot leven?'

'Nee. De ziel, of hoe je het maar wilt noemen, is vertrokken. Vandaar dat ik ze sluimerenden noem. We doen deze week trouwens een experiment, kijkt u daar maar eens.' Van Gendt wees naar een hoek van de zaal, waar een aantal engerds achter beeldschermen gebogen zat. 'Die arbeiders in de hoek nemen een steeds groter deel van onze logistiek voor hun rekening. Het beheren van *traffic*, of digitale administratie in het algemeen: miljoenen mensen ter wereld doen dit soort werk, dus de potentie is enorm. Het lopendebandwerk van de eenentwintigste eeuw.' Hij gaf me een knipoog. 'De eerste resultaten zijn bevredigend.'

'Fijn. Daar gaat mijn baan.'

De directeur lachte minzaam. 'Enfin. Elke dag passen we de stroomstoten opnieuw toe, dienen we een energierijke granenmelange toe – onder ons, veevoer – en zijn onze arbeiders na een sessie met de instructeurs urenlang geconcentreerd bezig, zonder morren. Kom daar maar eens om in deze tijd vol burn-outs en vruchteloze cao-onderhandelingen. Elke dag overlijden alleen al in Europa 12.000 mensen. Daar kunnen uitzendbureaus niet tegenop werven.'

'Veel respect voor de doden spreekt er niet uit.'

'Juist wel. Wij houden de lichamen intact en laten ze iets nuttigs doen. Is werken tenslotte niet de essentie van ons bestaan? Je steentje bijdragen aan de mensheid? Het maakt op macroniveau weinig uit of men dat voor of na zijn dood doet. De paradox is dat werken het leven zin geeft, maar in de praktijk willen we het zo weinig mogelijk doen. De mens is van nature lui, een werkloze het toppunt van zinloosheid.'

Zinloos, zo kon je inderdaad omschrijven hoe ik in mijn slobbertrui door het huis sjokte. Ik staarde naar zielloze figuren die nootjes pelden. 'Toch zouden de politiek correcten van deze wereld dit grafschennis noemen.'

'Wellicht. Die willen de kisten voor eeuwig onaangeraakt onder de zoden laten liggen. Waar veel van die mensen niet bij stilstaan, is dat de lichamen die zo liefdevol in een kist worden neergelaten, daar vervolgens liggen te verrotten en worden aangevreten door wormen en maden. En het gruwelijkste is dat...'

'Stop!' riep ik. Ineens werd ik anderhalf jaar teruggeworpen in de tijd. Die kleine, spierwitte kist verdween onder de grond. Aangegaapt door tweehonderd medelijdende blikken gooide ik, arm in arm met Meike, er een rode roos op; hoe toepasselijk.

'Luistert u nog, meneer Kerstens? Kijkt u daar eens, daar worden kraaltjes in sieraden geperst. Die krijg je er echt niet machinaal tussen, zoals iedereen denkt. Zo zijn er meer dingen die u misschien niet had...'

'Roos,' fluisterde ik. We gaven haar een laatste kus; het gezichtje trok al in een grimas, haar huid voelde kil. Daarna tilden we de deksel over de kist. *Er is niets ergers dan je eigen kind begraven.*

'Pardon?'

'Haal me hier weg,' zei ik met onvaste stem. 'Ik wil iets weten. En wel nu.'

*

Van Gendt roerde de inhoud van een zakje suiker door zijn koffie. 'We zijn nu een jaar of vijf bezig. En ja, we graven ook kinderen op. Als u wilt kan ik laten nakijken of...'

'Onmiddellijk.'

Van Gendt verliet de vergaderzaal en kwam terug met een oude bekende in zijn kielzog. Lesiu liep stoïcijns langs me en legde zijn laptop op tafel. Hij droeg een schone coltrui, wederom eentje die strak om zijn hals sloot, en natuurlijk de muts en zonnebril.

'Welke begraafplaats was het?' vroeg Van Gendt.

'Brandenburg. In Bilthoven.'

'Zoek die op, Abratkiewicz. En nu je hier toch bent... Laat je coltrui maar zakken, we zijn onder elkaar.'

Lesiu keek op, alsof de opdracht hem ongewoon voorkwam, maar Van Gendt knikte hem toe. Hij rolde zijn kraag naar beneden en legde een nek vol diepzwarte vlekken bloot. Van Gendt tilde de muts van Lesiu's hoofd. Diepe schroeivlekken kwamen tevoorschijn, zowel links als rechts.

De directeur keek me geamuseerd aan. 'Een verrassing voor u, wellicht? De een reageert beter op de stroomstoten dan de ander. Deze kan nog betrekkelijk menselijk functioneren.'

Ik hield mijn adem in toen Van Gendt de zonnebril van de neus van zijn werknemer optilde. Lesiu keek naar me op met wimperloze ogen zonder oogwit – oogrood, kon je beter zeggen. Hij keek ontzettend scheel. Snel wendde ik mijn hoofd af.

'Mei 2014?' vroeg Lesiu.

'2 mei de sterfdag. 8 mei begraven.' Het zal wel niet, dacht ik bij mezelf. Ik kan me niet voorstellen dat... Dus het is niet zo.

Er verscheen een scherm met cryptische tabellen. Vluchtig ingetypte commando's gooiden de cijfers en kolommen overhoop. Toen knikte Lesiu resoluut, naar een paar rijen met cijfers wijzend.

De directeur keek me angstig aan. 'Brandenburg ook.'

'Vanaf wanneer?'

'2013.'

Het voelde alsof ik in een afgrond viel. Ik werd duizelig en gebruikte de tafel als steun. Maar toen ik Van Gendts hand op mijn schouder voelde, sprong ik overeind en wierp me op de directeur, die met stoel en al achteroverviel.

*

Een korte vlucht en taxirit hadden ons in Blagoevgrad, Bulgarije gebracht, waar we eenzelfde soort fabriek als in Lubsko waren binnengestapt. Samen met Van Gendt stond ik bij een dikke deur, aan het eind van een lange gang.

'Ik heb besloten u de wurgpoging te vergeven, meneer Kerstens.'

'Fijn.'

'Laat ik het nog één keer benadrukken,' zei Van Gendt, 'uw dochter is overleden, en het rottingsproces stopt niet volledig. Dat is geen prettig gezicht. Bovendien zal ze u niet herkennen.'

'Ik wil haar in de ogen kijken, zien wat ze denkt.'

'Deze mensen denken niets.'

'Hebben ze nooit iets van protest laten horen? Lesiu leek zich goed te kunnen uiten.'

Van Gendt aarzelde. 'Nee.'

'Wees eerlijk. Vertel me wat je weet.'

'Nou, toevallig,' begon de directeur met tegenzin, 'vandaag was er een gevalletje. Een sluimerende die bij de politie Midden-Nederland werkte als administrateur. Hij probeerde de media te bereiken en alles bekend te maken. Had al een tijdje een dubbele agenda, zo bleek. Heel merkwaardig. Vanmiddag hebben we hem afgevoerd.'

Er begon me iets te dagen. 'Hoe heette hij?'

'Falke geloof ik, Laurens Falke, als je het zo nodig wilt weten. Maar nu heb je meer dan genoeg gehoord.' De directeur opende de deur en we belandden in net zo'n zaal als eerst: een gekrioel van donkergevlekte mensen in Tl-licht, te midden van een walm van rot fruit. Het enige verschil was dat ik hier vooral auto-onderdelen zag. Heel veel auto-onderdelen.

Laurens Falke. Geen twijfel mogelijk: de L.F. van het briefje. Had hij zijn hoop op *mij* gevestigd? En wie bedoelde hij met 'ons'? De vakbond der sluimerende pechvogels? Toch waren mijn gedachten vooral bij dat meisje van wie ik zoveel luiers had verschoond, dat ik talloze keren naar school had gebracht en een kus had gegeven voordat ze het plein op huppelde, voor wie ik zo vaak boterhammen met chocopasta had klaargemaakt. Het was niet te geloven, maar ze was hier. 'Waar is ze?'

'Geen idee. Zoals u ziet is Blagoevgrad vooral aan auto's gewijd. U vindt er ook lokale specialiteiten en aan de rechterzijde het textielsegment. Dat is nu eenmaal een *core business* van ons.'

'Dat zal wel. Ik ga mijn dochter zoeken.'

'En daarna is het tijd om een keuze te maken, meneer Kerstens. De vijf en de vijf nullen, weet u wel. We kunnen niet aan de gang blijven.'

Deze zaal was nog groter dan die in Lubsko. Zeker twee voetbalvelden, verlicht als een uit zijn voegen gebarsten snackbar. Ik begon te lopen, rusteloos door de paden en langs de afdelingen zoekend naar die ranke gestalte en het lichtblonde haar, hoe weinig er ook van over mocht zijn. De directeur hield me nauwelijks bij. Er werden banden gewisseld, remmen vervangen. De afdeling voor autobekledingen ging over in de textielafdeling. Daar werden vestjes genaaid van kleurige stof, sjaals geweven, opdrukken geplakt. Ik ging bij een dame staan die beha's stikte. In de hele zaal stonk het naar rotte uien en kiwi's, maar de geur van haar necrotische weefsel bezorgde me acute kokhalsneigingen. Hoe konden die beha's ooit bij de C&A eindigen? Wel droeg op de kledingafdeling iedereen handschoenen.

'Weet je zeker dat ze hier is?' vroeg ik.

'Onze administratie is uitstekend. We hebben nog maar een klein deel gehad.'

In de ontelbare paden keek ik van links naar rechts en terug tot mijn nek zeer deed. Ik passeerde een kreupel wezen dat met bloeddoorlopen ogen een fles olijfolie vulde. Ik bukte om de olijfoliebrigade in de ogen te kijken, maar ze zaten te veel gebogen.

'Hé,' zei ik.

Er werd ijverig verder geschonken, niemand keek op.

'Roos!' schreeuwde ik door de zaal, maar natuurlijk riep niemand iets terug. Ik snelde langs autolakspuiters, boterkarners en boxershortstikkers. Voorbij de autovelgslijpers, tafelkleedborduursters en soepjurkennaaisters. Vrouwen met zwarte vlekken in hun nek, plakkerig haar, gescheurde kleren, walmend van rotting. Verder, om de hopen afgekeurde ribbroeken en zweetbandjes heen, struikelend over autosturen, slalommend om mannen met kruiwagens. En toen ineens zag ik daar *en profil*, op de hoek van een tafel, zittend op een houten kruk...

Verdomd.

Daar zat Roos.

Vanaf dat moment leek alles in slow motion te gaan. Alsof ik het lopen verleerd was, strompelde ik naar mijn dochter. Ze zat voorovergebogen, met naald en draad in die kleine kinderhanden. Voor haar op de tafel een berg zwarte jassen. Ze droeg het jurkje van in de kist. Smetteloos rood en wit was het toen, nu een palet van grijze en donkerbruine vlekken, alsof ze er schoorstenen mee had geveegd. Haar haren waren grauw en verkleefd, haar oren een bloederige massa. Daarboven de schroeivlekken. Ik boog voorover om haar gezicht te zien. Ondanks de pikzwarte, weggevreten neus, de knalrode en half gesloten ogen, het gebutste voorhoofd en de blauwige huid vol builen wist ik het nu nog zekerder. Ze was verminkt, vreselijk verminkt. Maar het was alsnog zo, zó onmiskenbaar Roos.

'Heeft u haar...,' begon Van Gendt achter me, waarop ik me bruusk omdraaide. De directeur stapte geschrokken naar achteren.

Roos keek niet op. Ik wilde wat zeggen, maar er kwam alleen een gerochel uit mijn keel. Ik hoestte en fluisterde in haar oor. *'Roos, lieverd. Hoor je me?'*

Geconcentreerd reeg ze een haakje aan de jas.

'Ik weet dat je me hoort. Kijk naar me.'

Onverstoorbaar stak ze door, waarna ze blijkbaar klaar was, want ze gooide de jas met een lompe armbeweging naast zich op tafel. Ik kreeg bijna een elleboogstoot. Direct stak ze de naald in de volgende lap stof. Ik legde mijn handen op haar koude, ingevallen wangen waar ik het bot doorheen kon voelen.

'Ik ben het,' zei ik, bijna smekend. *'Papa.'*

Roos keek mijn kant op – dat moest ze wel – maar of we oogcontact hadden was onduidelijk. Ik tilde haar van de kruk, ging door mijn knieën en omhelsde haar krachtig, maar haar armen hingen slap langs haar heup.

'Papa is hier. Toe nou.' Ik hoorde alleen haar raspende ademhaling. Toen ik Roos losliet, draaide ze zich kalm om, nam plaats op de kruk en pakte naald en draad.

Eindelijk kon ik mijn dochter weer vasthouden. *Waarom deed dit dan zo vreselijk veel pijn?* Nog nooit in die vreselijke anderhalf jaar na haar dood had ik haar meer gemist dan nu. Tranen rolden over mijn wangen. Ik zakte op de grond en draaide me om naar de notenpellers. IJverig waren ze bezig, in een constante beweging. Pakken, pellen, wegleggen. Pakken, pellen, wegleggen. Het ademde een soort – ritme. Alles in deze zaal had dezelfde cadans. Niet te snel, niet te langzaam, het ging zoals het ging. Hoe langer ik keek, hoe verstikkender het aanvoelde. Een anonieme, zielloze, machinale, nooit aflatende sleur van repetitie, ingegeven door een duivelse hang naar efficiency, naar winstbejag. Het voelde als, als...

De hel. En niemand van deze sluimerenden, bijna niemand, was in staat om te zeggen wat hij voelde. Behalve die ene heldere van geest: briefschrijver L.F., die had gesproken namens al zijn monddode soortgenoten.

Doe iets. Jij bent onze hoop.

Nu wist ik zeker dat ik met alle Porsches of Maserati's van de wereld dit schouwspel niet kon laten bestaan. Ik zou alles doen om dit te doen stoppen. Met Van Gendt in mijn kielzog spoedde ik me naar de uitgang.

'Edo, laten we via deze weg teruggaan.' De directeur wees om een onduidelijke reden een langere route aan. Ik negeerde hem.

'Edo!'

Hij kon het vergeten dat ik zou meewerken, en ze konden niet anders dan me vrijlaten. Dan was dit circus voorbij. Nog een paar rijen en we waren bij de uitgang. En dan...

Verstijfd keek ik naar de corpulente man die schuin tegenover me aan een auto stond te sleutelen. De man was niet al te zwart uitgeslagen; blijkbaar was hij recent overleden. Hij had een brede nek en ver uit elkaar staande ogen. Op zijn voorhoofd, boven zijn rechterwenkbrauw, prijkte een rode kleur, duidelijk anders dan de lijkvlekken van de andere werkers.

Een wijnvlek.

Ik keek achterom en ontmoette de geschrokken blik van Van Gendt, die van mij naar Brongers en terug keek. Een tijdje bleven we zo staan, terwijl we ongetwijfeld hetzelfde dachten, het lawaai in de fabriekshal onafgebroken voortduurde en de gevallen moppentapper aan het wiel bleef sjorren. Toen verscheen op het gezicht van de directeur een vage grijns.

         *

'Nogmaals mijn condoleances, meneer Kerstens. Het was een aangrijpende aanblik.'

Van Gendt zat met een inlevende blik tegenover me en schoof een papier mijn kant op. Hijzelf had het al ondertekend. 'Ik kan me voorstellen dat u uw dochter liever niet zo ziet,' vervolgde hij. 'Daarom heb ik het voorstel ietwat aangepast. Als u de premie aanvaardt en zich vertrouwelijk opstelt, zullen wij uw dochter van arbeid ontheffen en herbegraven in Bilthoven. Ook zullen wij u en uw familie vrijwaren van sluimerwerk.'

'En anders?' vroeg ik. Mijn ogen waren nog vochtig.

'Wilt u mijn officiële antwoord horen? Wel... Als u niet akkoord gaat, is alles verloren. Dan moeten we open kaart spelen en met ons werk ophouden. En schiet de koopkracht in de westerse wereld met een procent of vijftien omlaag.'

Ik kneep mijn ogen samen. 'Dat klinkt bijna overtuigend. Daarom stelde ik het zeer op prijs om kennis te maken met mijn voorganger, zojuist in de grote zaal. Soms is het goed je vooruitzichten onder ogen te zien.'

Van Gendt begon een paar keer aan een zin, maar slikte deze telkens in. Toen zei hij: 'Iedereen plukt de vruchten van wat hier gebeurt, meneer Kerstens. Wat niet weet, wat niet deert. Onze bedrijfsfilosofie is, alles tegen elkaar afgewogen, niet onredelijk.'

Ik kon een lach niet onderdrukken, al was het meer een nerveus hikje. 'Niet onredelijk, noem je dat. Jarenlang ben ik als vakbondsbestuurder opgekomen voor arbeiders in de grafische branche. Anno 2016 heb je rechten, wordt er naar je belangen geluisterd. Maar er is niemand die je sluimerende vriendjes vertegenwoordigt, en staken zullen ze niet gauw. Dat knaagt een beetje, niet?'

Van Gendt keek me onbeweeglijk aan.

'Ik vind mezelf te jong voor lopendebandwerk. Maar ik kan niet leven met de gedachte dat dit bestaat, zonder er iets aan te doen. Dus ik teken niet.'

'U kunt er niet mee *leven*,' herhaalde Van Gendt met nadruk.

'Exact,' zei ik. Mijn stem bibberde; ik ging *all-in* met een hand van niets.

De directeur kneep zijn lippen samen en veegde de overeenkomst bij me weg. 'Goed dan. Hier laten we het bij,' zei hij, en stond op. Hij keek er een beetje verdrietig bij.

'Vertel eens,' begon ik vlug en met overslaande stem. 'Voel je weleens iets, als je in je sportwagen over de Autobahn scheurt en een Clingemanstruck inhaalt, en denkt aan de vrouwen en kinderen van de mensen die in het laadruim liggen?'

Van Gendt pauzeerde, maar schudde me daarna onbewogen de hand. 'Ik moet zeggen, meneer Kerstens, in onze gesprekken vandaag... Ik bewonderde uw, wel – *geweten*.'

'Je weet dus wat dat is. Als je een greintje menselijkheid in je hebt, zou je alles doen om de hel in deze fabriekshallen draaglijker te maken, in plaats van anderen de nek om te draaien die daarvoor vechten,' snauwde ik.

Van Gendt keek me nadenkend aan, keerde me toen de rug toe en stapte langzaam naar de deur. Intussen trok hij zijn stropdas recht en streek het jasje van zijn maatkostuum glad. Maar vlak voordat hij de klink beetpakte, en op het moment dat een machteloze uitroep dat ik toch wilde tekenen haast uit mijn mond ontsnapte, aarzelde hij. De directeur draaide zich om en keek me aan, langdurig. Behalve een in de verte optrekkende vrachtwagen hield de wereld zijn adem in.

Zo kwam hij weer tegenover me zitten. Van Gendt pakte, zonder zijn blik van me af te wenden, een potlood dat op tafel lag. Hij liet het door zijn vingers glijden en pakte met elke vuist een uiteinde beet. Zijn vuisten begonnen te trillen en even leek het alsof Van Gendt het doormidden zou knakken – maar de directeur spaarde het potlood en legde het terug op tafel.

'Ik heb een idee,' zei hij.

Epiloog

Rozig van de toertocht in mijn Porsche 911 Turbo besteeg ik de wenteltrap.

'Ha Piet.'

'Dag Edo,' bromde de immer nukkige onderdirecteur die door de gang ijsbeerde. Verderop stond Vriens bij de koffieautomaat.

'Gozert!' riep ik.

'Gefeliciteerd met je benoeming, kerel.'

'Dank je. Soms moet je je zegeningen tellen.' Ik gaf Vriens een knipoog. 'Jij had zo'n aanbod vast ook met beide handen aangepakt.'

'Lul,' zei Vriens, en hij zwaaide me met zijn ene hand gedag.

Jammer dat ik Ruslan nooit meer gesproken heb. Na mijn bezoek aan Lubsko was hij niet teruggekeerd op zijn post, wat me vraagtekens had doen zetten bij zijn 'ziekte'. Ik liet het rusten, iets wat ik tegenwoordig vaker deed. De wereld zit nu eenmaal vol kleine en grote geheimen, maar in elk geval wist ik dat mijn nieuwe baan de wereld niet slechter zou maken. Soms moet je genoegen nemen met iets kleins, als je weet dat de alternatieven doodlopen.

Het zaaltje zat halfvol. Soms kwam een reguliere medewerker binnen, soms iemand met een hoge kraag, pet en zonnebril op. Klokslag twee uur stapte ik naar voren en legde mijn papiertjes op de katheder.

'Een goedemiddag allen en van harte welkom op deze tweede Kwartaalbijeenkomst. Het is mij een eer u als voorzitter van de Unie der Sluimerenden te mogen toespreken, en de belangen te verdedigen van onze dierbaren die hier zelf niet toe in staat zijn.'

Ik pauzeerde, maar van de twintig aanwezigen kwam geen merkbare respons.

'In de vorige UdS-bijeenkomst noteerden wij als actiepunt een verbeterde aanblik van de fabriekshallen. Het doet mij plezier dat in Blagoevgrad, Lubsko en Stavanger de eerste stappen zijn gezet naar ledverlichting, watertappunten en kunstwerken aan de muren.'

In de zaal begon iemand – zonder zonnebril – te klappen, maar niemand deed mee, dus stopte hij snel weer.

'Ook is geïnvesteerd in zachtere stoelkussens en klinkt in de hallen klassieke muziek, afgewisseld met hits uit de jaren tachtig en negentig. Elke ochtend tussen negen en tien wordt bovendien het 'foute uur' gedraaid. Verder hebben wij...'

Nu klonk uit de hele zaal applaus. Een deel van de aanwezigen ging staan.

Ze zeggen weleens dat je al dromend verkent wat had kunnen zijn. Welnu, elke paar nachten vond ik mezelf terug in een grote zaal die gonsde van getik en geschuif. De geur van rotting was alomtegenwoordig, net als het grauwwitte licht van bouwlampen, de grijze muren, de bedrijvige herrie van de monteurs, de callcenters, de textielwerkers, de olieschenkers.

Daar, aan een lange tafel, zat een oude vrouw te pellen. Door haar handen gleden zwarte dennenappels: de kostbare vruchten van de pijnboom. Naast haar zat een man van middelbare leeftijd. Zijn wonden waren verser en de schroeivlekken op zijn voorhoofd minder donker dan die van anderen. Hij pakte een dennenappel en plukte er routineus de pitten uit. Van zijn vergeelde duim naar zijn pols liep een paarsig litteken.

Ja, dat was ik.

Ik volgde het ritme van de anderen. Pakken, pellen, wegleggen. Pakken, pellen, wegleggen. Ook een gezette heer deed aan de eindeloze stroom handelingen mee. Boven zijn rechterwenkbrauw zat een wijnvlek. Niemand dacht na, niemand sprak. Iedereen gleed mee in de woordeloze cadans, in het eeuwige schijnsel van de bouwlampen dat de nacht tot een dag maakte en de dag een nacht. Het ging maar door. Pakken, pellen, wegleggen, en geen aanwezige vroeg zich af wanneer het zou stoppen, of het ooit zou stoppen, de bewegingen, de zaal, het ritme.

Pakken, pellen, wegleggen.
Pakken, pellen, wegleggen.
Pakken, pellen, wegleggen.

De poppen van dr. Edelweiss

Marcel Orie

> We zijn vergeetmachines. Mensen zijn dingen
> die een beetje denken en die vooral vergeten.
> Henri Barbusse – Het vuur (1916)

In de verte rolde de donder als een voorteken.

Hoe je het ook bekeek: het leven was natuurlijk een groot cliché.

Nachtelijk onweer en een spookhuis.

Het witte landhuis was een eindje vanaf de hoofdweg gebouwd. Het had de hele dag al af en aan geregend en de onverharde oprijlaan was gedegradeerd tot een spoor van zuigende enkeldiepe modder. De bayou ademde uit en beloofde nog veel meer regen. De slanke kegelvormige toppen van de moerascipressen wiegden heen en weer in de opstekende wind. Boven de boomtoppen, in het oosten, kleurde de hemel al middernachtzwart.

Zelfs het weer staaft onze alibi, dacht Lee. Hij droeg een loodzware koffer in zijn ene hand, met zijn andere hand leidde hij zijn hoogzwangere vrouw. Enkele honderden meters terug stond hun auto langs de provinciale weg. Niet in staat om nog verder te rijden, omdat Lee vijftien minuten geleden de accu had gesaboteerd.

Hij hield Eva stevig bij haar bovenarm vast, terwijl ze de treden naar de veranda beklom; zij hield met twee handen haar uitpuilende, wiegende buik vast.

Alle ramen behalve één waren afgesloten met luiken, als maatregel tegen de nakende storm. Een subtiele beweging achter de vitrages ontging hem niet.

'We zijn al opgemerkt,' zei hij zacht.

De regen begon te vallen op het afdak van de veranda, zachtjes roffelend.

'Ik ben Lee Enfield en dit is mijn vrouw Eva.'

'We zijn gestrand.'

Hij gebaarde dramatisch naar de donkere bomen-haag achter zich.

'Onze auto... onze auto is ermee gestopt.'

Er waren geen andere huizen in de buurt.

Het kwam voor Lee niet als een verrassing dat er geen telefoon was, maar dat verborg hij goed.

-9:20 PM-

De koffie, heet en zwart, werd in de geblindeerde salon geserveerd door een mulattin huishoudster. De heer des huizes heette Edelweiss en zat in een rolstoel, een strak ingestopte geruite deken bedekte zijn geatrofieerde onderlijf. Hij had veel weg van een knaagdier, zijn oogjes spiedend vanachter zijn brillenglazen. Zijn hoofd was kaal, terugwijkend, gerimpeld in een eeuwige frons.

'Enige idee wat er mis is met uw auto, Mr. Enfield?'

'Noemt u me Lee, alstublieft.' Hij krabde zichzelf achterin zijn nek. Hij deed werkelijk erg goed zijn best om verloren te lijken. Hij speelde het toneel-stukje te goed, zoals amateurs dat doen. De mimiek te dik aangezet, de gebaren overdreven. 'Wel, er zit nog genoeg benzine in. Tenminste het wijzertje geeft aan...'

'Het wijzertje op de brandstofmeter, bedoelt u?' vroeg hun gastheer, 'de brandstofmeter op uw ben-zinetank?'

'Ja, al zit de brandstofmeter in het dashboard ingebouwd.'

'Werkelijk?' zei Mr. Edelweiss, 'Je vraagt je af wat ze nog meer gaan verzinnen.'

'Mijn echtgenoot houdt van techniek,' zei zijn rijzige eega. Ze was achter haar man opgedoemd en legde een blanke hand op zijn schouder. 'Hij was horlogemaker voordat hij met pensioen ging.'

'Mijn echtgenoot weet bijna niets van techniek,' zei Eva beminnelijk.

'Ik houd meer van muziek.' De oudere vrouw wees op de ouderwetse grammofoon. 'Maar soms kan de techniek daar ook uitkomst bieden. Zal ik een plaat spelen...?'

'Onze gasten zijn vast moe,' viel Mr. Edelweiss haar in de rede.

Zijn vrouw knikte. 'Natuurlijk.'

'Morgen, als de storm geluwd is zullen we uw auto bekijken,' vervolgde de heer des huizes goedmoedig. 'Bij daglicht zullen de problemen er minder onover-komelijk uitzien, daar ben ik zeker van.'

Lee glimlachte als de onnozele lobbes.

'Een van de bedienden zal uw bagage naar het gastenvertrek brengen.'

'Dat zal ik zelf wel doen. De koffer is nogal zwaar.' Lee was opgestaan en omvatte het handvat van de koffer. 'Als uw bediende zo goed wil zijn om ons voor te gaan.'

-10:39 PM-

De wanden van het trapportaal waren bedekt met lijstjes vol opgespelde vlinders. Ieder glaasje was een venster op een kleurrijke symmetrische werke-lijkheid. Als ze allemaal plotseling tot leven kwamen en hun vleugels zouden bewegen, zou het in de hal tot een ritselende kakofonie worden.

De huishoudster ging hen voor. Lee deed zijn best om niet naar haar schuddende achterste te kijken en Eva glimlachte omdat ze hem natuurlijk al lang had zien kijken.

-11:02 PM-

'Ik zag hoe je je koffie dumpte in die pot met de grote varen, toen de heer des huizes je heel even de rug toekeerde.'

'De smaak stond me niet aan,' zei Lee.

'Ben je bang dat ze ons proberen te vergiftigen?'

'Nee,' zei Lee, 'Tenminste, ik denk het niet. Ik dronk de helft van mijn koffie op...'

'En je liet mij mijn hele beker leegdrinken.'

'Niets aan de hand. De smaak stond me gewoon niet aan.'

'Mij ook niet,' zei Eva nadenkend, 'er was iets van een nasmaak, nietwaar. Iets chemisch. Ik kon het niet thuisbrengen.'

Hij had zijn jasje uitgetrokken en over een stoel gehangen. Hij ijsberede nu heen en weer door de kamer die hen was toegewezen, onrustig als een gekooide tijger in de dierentuin.

'Waarom doe je dit, Lee?'

'Wat?'

'Het is een vreemde manier van doen, vind je zelf niet?'

Hij keek haar vragend aan.

Zij bleef ook stil. Eens te meer bedacht hij zich dat ze heel goed voor een getrouwd stel door konden gaan.

'Wat?' vroeg hij nog eens.

'Je kiest een schuilnaam, vermoedelijk om onze echte identiteiten te verbergen. Ik begrijp waarom we onze echte voornamen gebruiken. Maar leg me toch eens uit waarom je zo'n achternaam zou kiezen.'

Hij haalde zijn schouders op.

'Ik weet wat een Lee Enfield is, Lee. Deze raven-zwarte lokken zijn misschien niet mijn echte kleur, maar zo blond ben ik nu ook weer niet.'

Zijn antwoord klonk omfloerst. 'Ik schoot met zo'n geweer. In de oorlog. Ik schoot er erg goed mee.' Ze zou het kunnen uitleggen als verlegenheid of zelfs schaamte, maar ze wist wel beter.

'Maar waarom zou je die bijnaam nu gebruiken?' drong ze aan, 'Als een aan lager wal geraakte danseres weet wat een Lee Enfield is, dan bestaat de kans dat de bewoners van dit landhuis het misschien ook weten...?

'Ja,' zei Lee, 'dat is een goed punt.'

'Waarom dan toch, schat? Van alle achternamen die je kon bedenken?'

'Ik heb niet zoveel fantasie...'

'Ja,' zei ze spottend, 'Dat moet het natuurlijk zijn.' Eva Black was natuurlijk ook maar een artiestennaam.

De aanzwellende storm rammelde aan de luiken.

'Is het allemaal een grap voor jou?'

'Nee, het is mijn werk.'

'Speurneus.'

'Uhuh.'

'Heb je al iets ontdekt, Mr. Enfield?'

'Ja.'

'Kom op.'

'De huishoudster. Ik heb haar foto gezien in de archieven van Legrasse in New Orleans. Vermiste personen. Haar naam is... Rebba Thibidoux.'

Ze floot tussen haar tanden.

'En wat heeft deze Rebba met het schuddende achterwerk met onze Tommy te maken?'

'Weet ik niet... nog niet.'

***

Een moederhart stopt nooit met bloeden. Lee had al zoveel vermiste kinderen opgespoord en hij wist hoe het werkte.

Als zo'n vermist kind toevallig Thomas Hobson heette en erfgenaam was van een van de rijkste families in New York, een kapitaal verdient met de Hobs-snoepreep, dan zou het bloeden nooit stelpen. Lee liet zich door de stroom meevoeren.

Hij had een meanderend spoor van poststempels gevolgd naar het zuiden. Raleigh. Charleston. Tallahassee. Mobile. Bogalusa. Daarna weer naar het zuiden, naar de Golf van Mexico: het spoor liep dood in New Orleans.

Tommy schreef brieven naar zijn moeder. In iedere brief smeekte hij haar om zijn onthullingen geheim te houden voor zijn vader, hij drong er zo op aan dat hij wel vurig moest hopen dat zijn moeder alles aan zijn vader zou vertellen.

Na New Orleans volgden er geen brieven meer.

Had de jongen een plekje weten te verwerven aan boord van een vrachtschip? Was hij de overtocht naar Zuid-Amerika begonnen?

In New Orleans bracht Lee twee dagen door met het vermiste personen-archief van Inspecteur Legrasse, speurend naar iets dat de radertjes in zijn hoofd zou laten klikken. Hij vond niets.

De vijftienjarige jongen kon zijn vader niet uitstaan en uit de gesprekken die Lee met de heer Hobson had gevoerd bleek dat gevoel wederzijds. Tommy was geen knip voor de neus waard, maar ja, zijn moeder... ach, u begrijpt me wel Mister Lee.

Tommy was op het spoor gesprongen met de tienduizenden werkzoekenden en daklozen, zwervers en hobo's van allerlei allooi. Soms sliep en at hij in de talloze Hoovervilles, de krottenwijken en tentsteden die langs heel de oostkust als paddenstoelen uit de grond schoten. Hij schreef dat hij bedelend aan zijn dagelijks brood kwam. Soms mocht hij stoepen schoonvegen voor winkeliers. Er was, volgens de jongen, nog genoeg goedheid in de mens. Hij was zelf geen hobo: hij had plannen voor de toekomst, plannen genoeg, terwijl hij in de rij stond voor de soepkeukens.

Hij schreef met de kinderlijke naïviteit van een jongeman die nooit honger had gehad. Hij refereerde veelvuldig aan de figuren uit het kinderboek *Wind in the Willows*. Hij zou niet opgroeien tot een Mr. Toad. Verdeel mijn erfenis maar onder de armen, schreef hij, ik zal mijn eigen weg in de wereld vinden. Hij zou bij het circus gaan. Een paar brieven later was het een soort pinkstergemeente die zat te springen om zijn inzichten. Visioenen noemde hij het.

De brieven van de jongen werden steeds vreemder.

-11:45 PM-

Eva was bezig zich te ontkleden. Ze had plaats genomen achter een kamerscherm met sampans in sepia erop. Ze had haar jurk al uitgetrokken en over een stoel uitgehangen. Haar bottines droeg ze nog, strakke rijglaarsjes met hoge hakken. Ze stroopte nu juist haar dikke buik onder haar onderjurk vandaan en liet hem achteloos op de vloer glijden, daarbij iets in zichzelf mompelend over de hitte in het zuiden.

Alsof ze hem *voelde* kijken, draaide ze zich naar hem om.

'Meneer Lee!' zei ze speels, 'wat een manier om uw bruidje te besluipen.'

Hun blikken vonden elkaar in de spiegel van de kaptafel. Hij grinnikte wat onbeholpen, stak zijn handen op alsof hij zich overgaf. Hij nam plaats op de rand van het bed, zodat hij met zijn rug naar de actrice zat, en haar ook niet meer in de spiegel kon bekijken.

Hij liet zijn bretels van zijn schouders afglijden en begon zijn overhemd los te knopen.

'Het is hier inderdaad heet als in de kont van de duivel.'

***

De opkomst van de cinema bewerkstelligde de ondergang van het vaudeville. De meest gewiekste artiesten omarmden de nieuwe kunstvorm en verpopten tot filmsterren van het kaliber Chaplin of de Marx Brothers. Maar de overgrote meerderheid van de danseressen, muzikanten, goochelaars en komieken wachtte slechts de dalles.

Eva Black, voorheen danseres, pantomime-speelster en actrice, stapte nu rond in een glinsterend en nauwelijks iets aan de verbeelding overlatend kostuumpje. Als goochelaarsassistente liet ze zich door midden zagen en met zwaarden doorsteken door de Grote Johnny Delamere.

Toen Lee haar telegrafeerde met het vooruitzicht van een betaalde rol als zijn echtgenote, aarzelde ze geen moment. Twee dagen later kon hij haar ophalen op het station in New Orleans. Hij zorgde ervoor dat hij nuchter was, met zijn haar glimmend van de brillantine, strak achterover gekamd. Hij had het minst sleetse van zijn twee pakken aan, het bruine. Zijn fedora had hij in de hand.

-1:26 AM-

Hij voelde zich bekeken in deze kamer. Er was een overdadigheid in het interieur, die getuigde van een ongezonde verzamelwoede. Ieder stukje van de wand was bedekt met ingelijste foto's van verschillende afmetingen en composities; ze vulden de wanden als puzzelstukjes. Waar waren de aanwijzingen in al deze informatie? Waar was het begrip? De waarheid... hij moest om zichzelf lachen.

Hij had plaats genomen aan de kaptafel en staarde in de verweerde ovale spiegel naar zijn verraderlijke reflectie; altijd twintig jaar ouder dan hij verwachtte. In ieder geval ouder dan de 44 verjaardagen die hij min of meer had meegemaakt.

Hij nam een lik haarpommade en smeerde zijn bezwete haar, dat nu al bijna volledig grijs was, maar weer achterover. Zijn ogen waren bloeddoorlopen. De adertjes in zijn brede neus gesprongen. Alle kenmerken van een dronkaard. Als je aanwijzingen begon te missen, moest je stoppen met drinken. Of in ieder geval minder gaan drinken.

***

Schoorvoetend was Lee Kahura vanuit New Orleans aan de terugtocht begonnen. Speurend naar aanwijzingen die hij gemist kon hebben tijdens zijn reis naar het zuiden. Hij geloofde niet echt dat hij iets zou vinden, het spoor was al maanden koud, maar hij probeerde zijn onderzoek zo lang mogelijk te rekken. De wekelijkse vergoeding van de familie Hobson was wat hem momenteel nog aan het eten hield; zonder een vermogend opdrachtgever wachtte ook een zelfstandig privédetective de eenrichtingsgang naar de soepkeukens.

In Bogalusa, de tweede maal, had hij mazzel. Hij vond het spoor terug in een *speakeasy* in een oude loods, onder de rook van de enorme houtzagerij. Terwijl er in heel het land stemmen opgingen om de drooglegging op te heffen, dook hij nog maar eens in de illegaliteit. Vastgeroest in zijn manieren. Hij zat schouder aan schouder met de fabrieksarbeiders, kerels met koppen als verweerde boomstronken en knoestige handen waaraan bijna zonder uitzondering vingers ontbraken, en hij moest iets van medelijden bij hen geoogst hebben, misschien zelfs sympathie. De zelfstook was koppig en Lee wanhopig, een fatale combinatie; hij dronk meer dan hij kon hebben en hij vertelde meer dan dat hij vroeg, en zo kwam ook de zaak waaraan hij werkte ter sprake. De weggelopen erfgenaam. De visioenen. Een pad die rijdt op een haan, dat soort dingen.

'Dat beeld ken ik,' zei een van zijn drinkebroers, die zei Leonard Hushka te heten, een man die al voor de Grote Oorlog uit Litouwen was geëmigreerd. 'Dat is het wapen van de Edelweiss familie. Een pad rijdend op de rug van een haan '

Na sluitingstijd, op het onverharde parkeerterrein, nadat Lee zijn ingewanden uitgespuugd had, spraken ze verder. Hushka hield hem op de been, sleepte hem terug naar zijn auto.

'Als een pad een ei legt op een mestvaalt en een haan broedt het uit, dan komt er een *basilisk* uit het ei,' fluisterde Hushka, zijn ogen vochtig. 'Dat ei heeft geen schaal en het is leerachtig. De basilisk is de koning van alle serpenten. De slangdraak.'

Ze waren in de cabine geklommen, om gebroederlijk hun roes uit te slapen.

'De basilisk is een kleine hagedis met een witte kam op zijn hoofd, en zijn blik betekent de dood voor plant, dier of mens.'

Hij viel in slaap met de stem van Hushka in zijn dromen.

-2:34 AM-

Bah Lee, een casanova ben je beslist niet! Had hij Eva dan alleen maar meegevraagd om naast haar in bed te kunnen kruipen?

Een betere dekmantel kon hij zich niet voorstellen: wat riep meer sympathie op dan een zorgzame echtgenoot en zijn hoogzwangere vrouw?

Hij betrapte zichzelf er steeds vaker op dat hij nostalgisch werd en navelstaarderig. Als hij aan een zaak werkte, was het vooral alsof hij zichzelf bestudeerde. Alsof hij een broodkruimelspoor volgde door zijn eigen herinneringen. Het was in zijn werk zaak om de motivatie te doorgronden van degenen die hij op probeerde te sporen, maar tegenwoordig dacht hij er steeds meer over na hoe de gebeurtenissen uit de zaak zich tot zijn eigen persoon verhielden.

'Doe de kamerdeur achter me op slot,' zei hij, 'en schuif een stoel onder de deurklink. Je weet maar nooit.'

'Als je denkt dat het gevaarlijk wordt, zou je me dan wel alleen laten?' vroeg zij, met grote donkere plots vochtige ogen. Hij kon niet vaststellen in hoeverre ze acteerde, of dat haar ongerustheid echt was.

'Gewoon een voorzorgsmaatregel. Ik kijk wat rond en ben zo weer terug.'

***

Tijdens de heenreis hadden ze gegeten in een diner genaamd Moe's, aan een parkeerplaats langs de weg. Hij at een biefstuk, zij probeerde de alligatorworst met uienringen. Ze aten op kosten van Hobson senior.

'Ben je eigenlijk nog wel eens terug geweest? Naar Nieuw-Zeeland?'

'Nee.'

'Waarom niet.'

'Geen behoefte aan. Na de oorlog brachten ze me naar een ziekenhuis hier. Ik ben nooit meer weggegaan.'

'Ben je gewond geraakt?'

'Nee, ik was alleen de kluts kwijt.'

'Denk je er nog aan?'

'Nee, nauwelijks nog,' loog hij.

'Heb je nog familie in Nieuw-Zeeland?'

Hij schudde zijn hoofd.

'Ik ook niet,' zei ze, 'mijn ouders zijn ook al lang dood.'

Ze legde haar hand op zijn gespierde onderarm, alsof ze hem wilde beletten om de vork naar zijn mond te brengen. Ze streelde zijn arm en lachte naar hem.

Ze kenden elkaar uit een danshal. Ze was zo lief geweest om met hem te dansen. Hij verraste haar, was lichtvoetiger dan zijn uitsmijtersfysiek deed vermoeden.

-2:50 AM-

Hij sloop op kousenvoeten door de gang, maar de oude parketvloer kraakte bij iedere stap. Niemand zou het horen; het hele huis kreunde in de storm.

Ergens aan het huis klapperde een luik dat niet vastgezet was en de regen roffelde oorverdovend op de daken. Alsof hij in een blikken trommel was gekropen.

Zijn alibi had hij klaar. Als hij iemand tegen zou komen, zou hij hen vragen waar het toilet was. Argwaan, zo had hij over de jaren geleerd, was het best te bestrijden met onomwonden stompzinnigheid.

Hij luisterde zorgvuldig aan iedere deur die hij passeerde. Als hij niets hoorde, opende hij de deur en bekeek snel of de kamer tekenen van bewoning vertoonde. Zo passeerde hij een drietal gastenkamers, en een kleine bibliotheek.

'Slechts mijn echtgenoot en ik. En onze huishoudster en Edgar,' had Mrs. Edelweiss op zijn vraag geantwoord, 'slechts wij viertjes in dit enorme huis.' Lee geloofde er niets van. In zijn hoofd bestond nog steeds de theorie van een sekte, die naïeve Tommy naar zich toe had gezogen en omarmd.

Hij vond een steile trap naar de zolderetage, maar bovenaan eindigde die in een deur die op slot zat. Met zijn oor tegen de deur hoorde hij een doordringend gezoem dat hij niet kon thuisbrengen. Het was alsof hij zijn oor tegen een koekoeksklok gedrukt hield, alsof hij het geheime uurwerk dat dit landhuis in stand hield kon horen. Wat een vreemde gedachte. Hij bedacht zich dat het was alsof hij droomde, terwijl hij zeker wist dat hij wakker was. Het gegeven van een lucide droom, waarin je wist dat je droomde, was Lee vreemd. In zijn slaap geloofde hij dat wat zijn onderbewuste hem voorschotelde. En als hij genoeg dronk, dan kon hij zich zijn dromen niet eens herinneren.

Wat had er in de koffie gezeten?

Hij daalde de zoldertrap weer af en zocht verder op de eerste etage.

Achter een van de deuren vond hij een soort archief. Hij stapte naar binnen en sloot de deur achter zich, alvorens hij zijn zaklamp aanknipte. Alle wanden waren bedekt met apothekerskasten tot aan het plafond. Op goed geluk schoof hij enkele laatjes open en scheen erin. Brillen, kunstgebitten, oorbellen, toneelsnorren, broches, ringen, zakhorloges, toupettes. Ieder laatje had een label met een naam, achternaam eerst, voornaam erachter. De kaartjes waren niet alfabetisch gerangschikt, hij kon er geen classificatiesysteem in ontdekken. De uitwassen van een krankzinnige geest.

Bijna onmiddellijk trof hij `Thibidoux, Rebba` aan, maar haar laatje was helemaal leeg. Na een tijdje vond hij, op goed geluk tussen die honderden onbekende namen, de naam waarnaar hij zocht. `Hobson, Thomas`. Toen hij het laatje leeghaalde trilden zijn handen; een pakje kauwgum, een zakmes, een zilver kettinkje met een St. Christopher-medaillon, en een bril die hij herkende van de foto's die hij had gezien van de jongen. Onderop lag een beduimelde paperback, *Wind in the Willows*, de rug stukgelezen. Hij propte de voorwerpen in zijn broekzakken, bewijsmateriaal. De paperback stak hij achterin zijn broeksband.

Terug op de gang, vroeg hij zich af of er ook al een laatje was met zijn naam erop. Maar dat was een gestoorde gedachte. En bovendien was er geen tijd.

-*3:32 AM*-

Zijn handen klemden zich om de balustrade totdat zijn knokkels wit werden. Met stokkende adem tuurde hij in de diepte onder hem. Zijn ogen puilden uit zijn hoofd.

Een bliksemflits door het raam had haar gedaante geopenbaard als een lichte schim op de parketvloer van de hal.

Bewegingloos.

Hij worstelde met een coherente gedachte. In zijn hoofd fladderde en krijste het als in een opgeschrikte volière.

Het was geen opzet geweest, verzekerde hij zichzelf.

Hij had haar alleen opzij willen duwen. Hij had haar arm vastgepakt en haar een slinger gegeven. Misschien ruwer dan nodig was geweest. Hoe kon ze... ze moest met haar heupen tegen het gepolitoerde hek geslagen zijn en door haar momentum erover heen gekieperd. Zo moest het gegaan zijn.

Hij maakte zichzelf los van de balustrade. Trok zijn zaklamp tevoorschijn. Maar de lichtbundel slaagde er nauwelijks in om de duisternis te penetreren, haar lichaam bleef begraven als op de bodem van een put.

Hij begon de halfronde trap af te draven.

Hij had de dienstmeid alleen maar opzij willen zetten. Het was alsof hij de verdediging oefende die hij later zou aanvoeren voor een jury. Zelfs in zijn hoofd klonk het al ongeloofwaardig.

Maar het *was* de waarheid.

Moest het zijn.

Ze lag op haar rug. Haar rechteronderbeen in een haakse hoek naar buiten. Verkeerd. Haar armen gespreid, alsof ze had proberen te vliegen, alsof ze haar armen had uitgeslagen als waren het vleugels.

Het bleke licht van zijn lantaarn toonde geen bloed, slechts een kleurloze vloeistof die onder het lichaam vandaan vloeide.

Haar huid was bleek als marmer.

Haar gezicht was weg.

Hij grinnikte de spanning van zich af.

Het was natuurlijk een paspop die ze hetzelfde kostuum hadden aangetrokken als de mulattin.

Iemand speelde bizarre spelletjes met hem.

Waar was de meid gebleven? Zat ze in het duister weggedoken, ergens boven op de overloop?

Hij scheen om zich heen, speurend naar verscholen kwelgeesten, maar de hal leek verlaten.

Hij hurkte neer bij de pop, de paperback achterin zijn broeksband herinnerde hem aan Tommy. De bleke huid glom als porselein, maar had de consistentie van rubber toen hij zijn stompe wijsvinger erin drukte.

Het gelaat was glad als een spiegel.

Op nog geen armlengte boven de pop lag een donkere, gekrulde pruik.

Daarnaast lag nog iets anders dat hij niet direct kon thuisbrengen.

Een masker, zag hij toen hij het oppakte.

De holle achterzijde was overdekt met een patroon van lijnen en wervelingen, dat hem aan een sterk uitvergrote weergave van een vingerafdruk deed denken.

En toen hij het masker omdraaide in zijn handen keek hij in het levensechte gelaat van Rebba Thibidoux. Ze hield haar ogen gesloten en haar mond dicht, maar ze was het.

Hij liet het vallen.

'Kom tevoorschijn,' zei hij tegen het duister. 'Ik laat niet meer met me spelen.' Maar zijn stem klonk schor en iel.

Alleen de donder gaf antwoord als een dier dat gromde.

-*3:45 AM*-

Terug op de kamer. Zwetend, geagiteerd. Zijn polshorloge geeft kwart voor vier aan.

'Het is hier gevaarlijk,' zei hij. Hij borg het bewijsmateriaal in de koffer.

'Wat is dat allemaal? Wat is er gebeurd? Lee? Zegt het me, Lee.'

Hij drukte Eva zijn Remington in de hand. 'Je wijst ermee, en haalt de trekker over. Eén keer. En dan nog een keer. Twee schoten.'

Ze pakte zijn onderarm vast met haar vrije hand, starend naar het wapen in haar slanke rechterhand.

'Je gaat die twee kogels niet nodig hebben. Ik blijf in de buurt.'

'Laten we weg gaan,' zei ze hees en hij hoorde dat haar paniek nu echt was, 'terug naar je auto. Weg van hier. Weg van al deze narigheid.'

'Ik moet kijken of de jongen hier geweest is.'

'Nee, Lee. Je laat me hier niet alleen.'

'We doen het zoals daarnet. Je doet de deur op slot. Stoel onder de klink. Dan verstop je je in de kledingkast en houdt de derringer in de aanslag.'

Ze schudde haar hoofd. 'Dat kan ik niet, Lee.'

'Jawel, meid, je...'

'Nee, ik kan het niet. Niet in de kast. Ik kan niet tegen kleine ruimtes... dat is iets uit mijn jeugd.'

'Maar ik heb je...'

Ze kapte hem af door met haar hoofd te schudden.

'Zolang mijn hoofd er niet in hoeft, gaat het best. Johnny kan me doorzagen en met zwaarden doorsteken, zo lang mijn hoofd maar buiten de doos blijft. Maar zijn verdwijntruc kan ik niet. Om in die doos te kruipen... het is alsof ik doodga. Alsof ik stik. Mijn maag draait al om wanneer ik eraan denk.'

Hij legde zijn grote, grove hand op haar schouder.

'Het is goed, Eva. Als je iets aan de deur hoort morrelen, verstop je je achter de gordijnen, met de derringer in de aanslag. Oke?'

Ze bleef hem aankijken met holle ogen.

'Ik ben binnen tien minuten terug oké?'

'Oké.'

Hij liet haar de derringer richten, terwijl hij achter haar kwam staan.

'Armen niet helemaal strekken.'

Zijn eeltige vingertoppen verkenden de zachte huid van haar polsen, de aangespannen muis van haar bovenste hand, het bot van haar duim, en toonden haar hoe ze de haan moest spannen. 'Dan haal je de trekker over. De bovenste loop wordt afgevuurd. Nog een keer de haan spannen en vuren, dan wordt automatisch de onderste loop afgevuurd.'

Hij vertelde haar niet hoe de kleine .38 in haar handen zou schokken; alsof je een klap met een honkbalknuppel op je handen kreeg.

Hij hielp haar de haan weer ontspannen. Liet haar toen los. Haar zweet rook verrukkelijk. Zelfs een situatie als dit weet je nog te erotiseren, gekke ouwe man, dacht hij bij zichzelf, wat is er mis met jou?

Alleen voelde het niet mis. En hij voelde zich niet oud. Op momenten als dit, volop in actie, zo'n moment dat om kon kantelen in een vuurgevecht, doden of gedood worden, op zulke momenten voelde hij zich beter dan ooit.

-3:51 AM-

De flits schroeide zijn oogballen nog. Hij draafde de trap naar de zolder op. Op de bovenste trede stond hij klaar en toen de donder weer aanrolde, trapte hij uit volle macht tegen de deur. De zool van zijn schoen trof de deur als een stormram, vlak onder de deurknop. De metalen lip van het slot brak af, de deur klapte open als door een windvlaag. De deurknop aan de andere zijde had zich begraven in het stucwerk.

Hij schrok van de gedaanten in de kamer, schouder aan schouder, wachtend in het duister. Hij

richtte zijn revolver, begreep toen dat het paspoppen waren. Ze hingen met hun oksels aan een soort kapstokken uit het plafond.

Anderen waren gedemonteerd: losse armen en benen staken met bossen tevoorschijn uit kratten. Torso's, hoofden zonder gezicht en bolvormige buiken lagen her en der over de grond verspreidt, alsof iemand –tevergeefs- geprobeerd had om ze tot bergjes te stapelen.

Hij nam zo'n los hoofd van de grond, keek er naar, alvorens het weer te laten vallen.

***

Een gedeconstrueerde detective. Een explosie-afbeelding waarin alle onderdelen uit elkaar zweefden, zo zag hij zichzelf, lijdend voorwerp in een macabere goocheltruc. Alle onderdelen van elkaar gescheiden, hun bedoelde samenhang slechts schematisch weergegeven. De belofte aan integratie leek vervlogen. Rebba Thibidoux, Tommy Hobson, Eva Black, Edelweiss en zijn vrouw, Hushka en zijn basilisk... wat hadden ze met elkaar van doen? Waren ze meer dan schimmige passanten in deze parade die kaleidoscopisch aan zijn zinnen voorbij trok?

-4:02 AM-

'Ik geloof dat mijn vader hier is,' zei Eva toen hij terugkeerde van de zolder. Ze zat op de uiterste rand van het bed, haar armen om zichzelf heengeslagen. Ze zag eruit alsof ze in zichzelf had willen verdwijnen.

'Je hebt me verteld dat je vader gestorven is toen je nog maar een meisje was.'

'Ja,' zei ze, 'dat is zo. Maar ik heb hem horen zingen. Hij neuriede dat liedje als hij de trappen omhoog kwam naar onze voordeur. Ik kon hem horen aankomen en dan probeerde ik me te verstoppen.'

'Ze spelen spelletjes met ons, Eva. Ze proberen in onze hoofden te kruipen...'

'Het was *Black Girl*...dat zong hij altijd. Altijd als hij gedronken had.'

'Rustig meid. Laat je niet op stang jagen.'

'Het was zijn stem!' schreeuwde ze. Hij sloeg zijn hand over haar mond. Ze probeerde te schreeuwen en zich los te wurmen, maar hij hield haar gemakkelijk vast.

'Stil,' siste hij haar toe, 'wees dan toch stil.'

Met haar vochtige ogen groot in haar gezicht staarde ze hem aan, over de knevel van zijn gebruinde hand. Ze knikte. Hij liet haar los.

'Ik ben stil,' zei ze schor.

'Blijf hier,' zei hij hardvochtiger dan hij wilde, 'doe de deur achter me op slot. Ik ga die rotzakken overmeesteren. Dan stellen wij de vragen!'

-4:20 AM-

Het onweer was een ongeziene toneelknecht die in de coulissen stond te wapperen met een dunne plaat ijzer. Alles leek Lee gesimuleerd. Het huis was een poppenhuis met kartonnen wanden.

Meer dan ooit zocht hij nu de confrontatie. Dwaalde door de vertrekken op de begane grond met zijn revolver in de hand.

Een krakend slissen vulde de salon, als van een serpent dat zich verborgen had onder een van de fauteuils of de koffietafel. Er lag een plaat op de grammofoonspeler. Iemand had hem opgewonden en de naaldarm geplaatst.

Plots sneed er een schelle fluittoon door het vertrek... en Lee zette zijn voet op de onderste trede van de greppelladder.

Vlak voor het offensief verloren de manschappen hun verstand. Sommigen zaten geknield op de vuurbank te bidden. Anderen bekeken de foto's van hun familie en weenden. Er waren er die van de spanning hun urine lieten lopen of moesten braken. Ze hadden allemaal hun dubbele portie rum opgedronken. Er werd gerookt. Sommige soldaten omhelsden elkaar, klampten zich aan elkaar vast. Soms had er iemand gejammerd of geschreeuwd dat hij niet ging, dat hij zich niet de dood in liet jagen, maar die werden door de sergeant met het pistool bedreigd. De sergeant stak een hand op, vijf vingers. Nog vijf minuten. Pijpen werden gedoofd en opgeborgen. Foto's weggestoken. De gasmaskers gingen op en de bleke verwrongen gezichten verdwenen. Het trommelvuur hield aan. De aarde schudde van de onophoudelijke bombardementen.

Als de fluit ging, werden de greppelladders gezet en klommen de soldaten moeizaam met hun zware bepakking omhoog. Het niemandsland wachtte op hen.

Terug in het hier en nu, veegde Lee de grammofoonspeler van het tafeltje. Was dit het helse apparaat waarmee ze Eva gek maakten? Hij stampte er een paar keer op. Hij was nog moederziel alleen in de salon. Hij voelde zich steeds verder verwijderd van de rest van de mensheid. Een grijsaard afgedreven op een ijsschots. Steeds verder afdrijvend, het onpeilbare zwarte niets van het heelal in, waar hij als een eenzame ster aan het firmament zou uitdoven.

-4:22 AM-

Eva kon hem weer horen zingen.

Black girl, black girl, don't lie to me

Ze hoorde de neuzen van zijn afgetrapte werkschoenen langs de traptreden schaven. Haar vader was onvast ter been als hij gedronken had. Hij steunde op beide trapleuningen als een invalide. Sleepte zichzelf omhoog al een beest zonder ruggengraat.

Where did you stay last night?

Hij was een goede echtgenoot en een goede vader, dat had haar moeder bij hoog en laag volgehouden. Maar als hij had gedronken, voer er een duivel in hem. De drank veranderde hem in iets wilds, iets dat niet te temmen of kalmeren viel. Als vader zijn loon kreeg aan het einde van de week, kwam hij pas laat thuis uit de kroeg. Maar tegen die tijd had haar moeder zich al opgesloten in de badkamer. Ze sliep in de badkuip met haar kinderen in haar armen. Soms raasde en tierde haar vader aan de deur, hij rammelde en bonsde en gromde verschrikkelijke dreigementen. Andere keren viel hij voor de deur in slaap en zijn raspende ademhaling was als de klauw van een dier dat zich scherpte langs het hout.

I stayed in the pines where the sun never shines

Toen Eva ouder werd nam haar moeder haar niet langer mee de badkamer in.

And shivered when the cold wind blows.

Toen er geklopt werd legde Eva de derringer op het dressoir, stond op en deed de deur open.

***

'Ken je Johnny Delamare eigenlijk?' vroeg Eva, terwijl ze haar lippen depte met een papieren servet. De alligatorworst had haar gesmaakt.

'Niet persoonlijk,' zei Lee. 'Ik heb over hem gehoord. Bekende figuur in sommige kringen. Rare vogel ook.'

'Ach, hij is niet kwaad. Een van de betere bazen die ik gehad heb in mijn loopbaan. Het is jammer dat hij zo slecht betaalt, maar verder...'

'Is het ooit anders?'

'Vroeger was het ook geen vetpot, maar toen kon een meisje nog een redelijk loon bij elkaar sprokkelen. Nu zijn alle grote theaters dicht en de zaaltjes die overblijven zijn armoedige knijpen.' Ze draaide haar koffiekopje tussen haar vingertoppen, keek naar het bodempje koffie alsof ze haar toekomst bestudeerde in een kristallen bol. 'Laat ik het zo zeggen: ik ben een van de weinige meisjes op die tonelen dat haar kostuum aanhoudt.'

Lee gromde instemmend.

'De shows van de Grote Delamare slaan ook niet erg aan bij dat publiek. Hij ziet zichzelf als de opvolger van het Grand Guignol-theater uit Parijs. Hij heeft een macabere inslag, mijn Johnny. Wanneer hij me doormidden zaagt moet ik plots schreeuwen en dan druppelt er nepbloed uit de kist op het toneel, en hij zorgt dat hij het op zijn handen krijgt en in zijn gezicht smeert en dan speelt hij dat hij in paniek raakt. Zo nu en dan is er iemand in het publiek die schrikt, maar de meeste klanten zitten in hun glas te staren, tijd te doden tot het volgende paar opwippende tepelkwastjes voorbij komt.'

'Is het waar dat hij zich vermomt?' vroeg Lee.

'Ja, hij heeft allerlei vermommingen. Hij heeft er aardigheid in om zich te verkleden en dan iets aan je te komen vragen met een verdraaide stem en hele andere maniertjes. Hij maakt er een sport van, om je dan tweemaal vlak achter elkaar te benaderen, éénmaal als zichzelf en éénmaal als iemand anders. Het doet hem genoegen als hij niet herkend wordt.'

De serveerster kwam om hun koffiekoppen nog eens vol te schenken.

'Volgens mij verkleedt hij zich ook wel eens als vrouw,' zei Eva zachtjes, 'Maar dat mag je tegen niemand vertellen, oke? Beloof je dat?'

Lee beloofde het, hand op zijn hart.

'Johnny was best al verbolgen dat ik er met jou vandoor ging, wist je dat? Vakantie noemde hij het. Ik geloof dat hij denkt dat wij een verhouding hebben.'

'Hij is natuurlijk zelf verkikkerd op je...'

'Nee, dat geloof ik niet. Meestal weet ik dat wel.'

Ze bleef Lee aankijken, tot Lee zijn blik afwendde en uit het raam van de diner staarde alsof er iets te gebeuren stond op de uitgestorven parkeerplaats.

'Johnny heeft tenminste nooit iets geprobeerd.'

Voorzichtig nam ze een slokje van haar verse, hete koffie.

'Ik hoop maar dat hij geen nieuwe assistente gevonden heeft als ik terugkom.'

'Vast niet.'

'Meisjes genoeg.'

'Maar geen van hen zo talentvol of mooi als jij, miss Black.'

'Da's lief van je Lee. Maar hoeveel talent heeft een meisje nodig om zich door te laten zagen door de Grote Delamare?'

-4:50 AM-

In de kelder was het vochtig. De storm bovengronds leek hier onbeduidend. Er brandt elektrisch licht. De dokter was aan het werk.

Boven de brancard was een verstelbare standaard met een ijzeren ring zo groot als een etensbord. De ring had tanden: een bijna gesloten diafragma vulde het binnenste van de ring. De snijrand was vlijmscherp en gewassen met bloed.

Edelweiss hield zich staande aan het aanrecht, wankel op benen die mager en krom waren, gevat in ijzeren beugels. Een loep op een verstelbare harmonica-arm vergrootte zijn linkeroog tot wanstaltige proporties. Betrapt.

'Hallo horlogemaker,' zei Lee. En toen: 'Waar is ze?'

Met gehandschoende vingers lichtte Edelweiss het gezicht van Eva Black uit een ondiepe schaal met groene prepareervloeistof. Teder veegde hij haar gelaatstrekken schoon en hield het masker toen naar Lee op.

'Waar is de rest van haar lichaam?' gromde Lee.

'Niet meer nodig. We zullen haar een nieuw lichaam schenken. Een lichaam dat geen ouderdom, ziekte of gebrek kent.' Hij kneep wat met zijn ogen, achter de brillenglazen.

Schuifelend langs de aanrecht, dan overstekend naar de brancard probeerde hij terug te komen naar waar zijn rolstoel stond.

'Ze was uitverkoren en ze heeft de roep beantwoord. Ze was een gekwelde ziel, die zocht naar een uitweg. Die heeft ze nu gevonden. We hebben haar gevonden, zoals zij ons vond. Net zoals jij bent gekomen om de brokstukken van je leven te laten lijmen.'

Lee was nu vlakbij, stapte tussen Edelweiss en de rolstoel. Het gezicht van de kreupele oude man was ter hoogte van zijn borstbeen, keek naar hem op.

'Beste jongen,' fluisterde de dokter hees, 'er is een uitweg uit al dit bloederig gedonder...'

-5:07 AM-

Toen Lee terugkeerde op zijn kamer, waren de randen van zijn mouwen roze bevlekt. De wildeman die vanuit de spiegel naar hem loerde, keerde hij de rug toe. Met zijn grote handen streek hij zijn haar achterover, smeerde het vast tegen zijn schedel.

Hij probeerde zijn vuist in zijn mond te duwen.

Later hervond hij zijn kalmte.

Hij legde de koffer op het bed en haalde de foedraal met zijn gedemonteerde Lee Enfield geweer tevoorschijn en zette het met efficiënte handelingen in elkaar, laadde er kalm en beheerst tien .303 patronen in.

Hij schroefde de heupbus open die hij al die jaren bewaard had en haalde het Duitse gasmasker eruit. Zette het op. Verstelde kalm en beheerst de gespen, zodat het leren masker als een extra huid over zijn gezicht sloot. Het masker sloot de wereld buiten, het kapselde hem in, sloot hem op met zijn eigen ademhaling en het ruisen van zijn bloed in zijn oren. De rasters voor zijn ooggaten deelden de wereld in segmenten, alsof hij alles bezag door een vergeeld glas-in-lood-raam. Het gewicht van de opschroeffilter aan zijn mondstuk was een vertrouwd bungelend gewicht wanneer hij zijn hoofd draaide, als een mechanisch wezen, herrezen uit de loopgraven.

Daarna pakte hij zijn koffer weer in, de weinige dingen die hij vanavond had uitgepakt. Zijn colbert, zijn overhemd en stropdas. Hij zocht ook de spullen van Eva bijeen, die aanzienlijk meer verstrooid had over hun gastenkamer. Haar toiletartikelen, het zilveren sigarettendoosje op de rand van het nachtkastje. De met veren gevulde kunstbuik. Haar jas en parmantige hoedje. Hij raapte haar bottines op en klemde ze even tegen zijn borst, een ogenblik maar, voordat hij ze ook aan de koffer toevertrouwde.

Alles ging terug in de grote koffer die ze gedeeld hadden als echtpaar Enfield.

Als laatste pakte hij ook haar gezicht in. Hij vouwde het in haar reserve-onderjurk en deed het allemaal in de koffer.

Hij sjouwde zijn koffer naar buiten, met het geweer in zijn vrije hand. Hij was klaar voor tegenstand, maar niemand probeerde hem tegen te houden. Buiten spetterde het nog, maar de ergste storm was al voorbij getrokken. Door zijn masker kon hij de frisse lucht niet ruiken. Hij liet de koffer op de veranda staan – en met het geweer in twee handen voor zijn borst, ging hij het huis weer binnen.

-5:46 AM-
Lee trof de vrouw des huizes aan in de salon waar ze in de vooravond koffie hadden gedronken. Ze stond te kijken naar de grammofoon die hij had stuk geworpen op de grond, een uitdrukking op haar gelaat alsof ze overweldigd werd door triestheid. Hij sloeg de bejaarde vrouw met de kolf van zijn geweer tegen de grond. Met zijn laars op haar borst, probeerde ze nog iets te zeggen. Maar hij schoot haar door het gezicht voordat deze laatste woorden haar mond verlieten. De knal weerklonk als de donder door de kamer, kaatste tegen de lambrisering en de gepolitoerde meubelen.

De huishoudster Rebba Thibidoux vond hij terug in de keuken. Met haar hoofd iets scheef en een keukenmes in iedere hand kwam ze naar hem toe, maar hij schoot haar door het hoofd voordat ze hem bereikte.

Edgar kwam de trap afgerend, gealarmeerd door de schoten. Of kenden ze elkaars gedachten, als mieren in een mierenhoop waarin hij geroerd had? Lee talmde niet, hij legde aan en schoot voordat Edgar halverwege de afdaling was. De benen van de bediende bezweken en het gedrongen lichaam rolde omlaag en kwam pas op de plavuizen tot stilstand, levenloos aan Lee's voeten.

Geen van hen was menselijk.

Poppen. Hij verwijderde de kapot geschoten gezichten en wierp ze terzijde. De vloeistof die ze lekten was doorzichtig en stroperig.

Achter het huis, in een golfplaten schuurtje vond hij een olietank. Onder het oorverdovende kabaal van de generator vulde hij twee jerrycans. Daarmee ging hij terug naar het huis, zijn geweer aan de band over zijn schouder.

Hij besprenkelde de vloeren van alle ruimtes op de begane grond. Eerst één jerrycan leeg gietend, daarna de tweede. De neergeschoten paspoppen overgoot hij rijkelijk.

Op de veranda stak hij een met olie doordrenkte lap aan, wierp hem door de openstaande deur over de drempel.

-6:12 AM-
De regen was opgehouden. De oprijlaan was een lagune. Afgerukte boomtakken staken als de armen van drenkelingen uit de modder en het water omhoog. In de plassen weerspiegelden scherven van de flamingo-roze ochtendhemel. Een koor van opgewonden kikkers verborg zich achter de gehavende cipressen.

Zwaarbeladen begon Lee aan zijn terugtocht naar de auto. Al snel gaf hij zijn pogingen om van eilandje naar modderig eilandje te stappen op. Met soppend schoeisel en doorweekte broekspijpen marcheerde hij voort, door het bijna kniediepe water. Zijn gasmasker op, de Lee Enfield over zijn schouder, het was alsof hij weer terug was aan het front.

Achter hem brandde het huis als een lier. De vlammen sloegen uit de ramen en zwarte wolken rezen op als gebeeldhouwde pilaren om de hemel te stutten.

Vanaf de hoofdweg keek Lee nog een keer om. Daarna zocht hij zijn auto op

Het Ottomaans gambiet

Mike Jansen

*Het machtigste wapen van de handelaar is zijn telraam.
Voor wilden die dat niet snappen is er de musket
- oud VOC gezegde*

Terugkeren naar Veneta, het stond Jacob Hooijmans elke keer tegen. Toch ging hij elk half jaar stipt op tijd aan boord van de stoomlijner *WitteDeWith* die hem snel naar die stad vervoerde.

Johanna vond het vreselijk dat hij voor zijn werk naar het buitenland moest. Het betekende dat zijn gezin zonder hem naar de kerk moest. *Niet zoals de Heer het bedoeld heeft*, zoals zij hem dan voorhield. Maar hij was nu eenmaal aangesteld als controleur voor het Bureau der Externe Voorzieningen. Zijn grote cliënten moest hij verplicht twee maal per jaar bezoeken en controleren. Zoals de Doge van Veneta.

Eigenlijk was hij blij dat hij niet de drukte van thuis om zich heen had. En, zoals hij zijn vrouw voorhield, hij had net zo goed in de verre Oost gestationeerd kunnen zijn. Het leverde hem weinig begrip op.

Het gaf hem wel de mogelijkheid zich te vergapen aan de rijke roomse cultuur van Veneta, van het Zeepaleis van de drie pausen tot de ruim honderd basilieken die de stad rijk was. Jacobs eerste liefde ooit was de Westerbasiliek in Amsterdam die hij bijna dagelijks met zijn ouders bezocht. Ooit wilde hij bisschop worden, kardinaal zelfs, maar hij bleek zijn vaders boekhoudtalent te hebben.

Naarmate zijn bestemming naderde, verdween zijn weerstand. Hij verheugde zich op zijn komende verblijf.

***

Het schip bereikte de buitenste dijken rond de stad aan het begin van de avond. De ondergaande zon verlichtte de hoge wolkenpartij boven de noordeijke hemel en deed Jacob denken aan vurige ogen in een duister gezicht. Hij kon zich bijna besneeuwde Alpentoppen als puntige tanden voorstellen.

Rondom gingen de lichtjes van gebouwen en forten aan. Zelfs de hoge forten van Novigrad en Umag aan de horizon, die de Croatische kusten beschermden tegen Ottomaanse invallen van zee, waren zichtbaar in de heldere lucht en verlicht met rijen lampjes over de hele lengte van hun honderden voeten hoge Tesla-torens.

Jacobs hutkoffer en zijn aktetas stonden naast zijn tafel voor een van de ramen op het uitzichtdek. Hij haalde zijn uurwerk tevoorschijn uit het zakje op zijn linkerborst. De *WitteDeWith* voer exact op tijd en dat beviel hem.

'Veneta komt tot leven wanneer het donker wordt,' klonk het in uitstekend Hollands achter hem.

Jacob draaide zich om. Het heerschap voor hem droeg een klassiek overhemd met witte ruches, een lange overjas van donkerblauw fluweel met een fleur-de-lis patroon in gouddraad. Een koperen knijpbril met donkerrode glazen op zijn rechter neus leidde de aandacht van zijn ongekamde haar en warrige, bruine baard af.

'Met wie heb ik het genoegen?' vroeg hij beleefd. Hij vermoedde een aristocraat tegenover zich, het soort individu dat hij in zijn werk regelmatig tegenkwam. Meestal vond hij de erfgenamen van geroofde fortuinen onsmakelijke parvenu's. Deze keer reserveerde hij zijn mening. Hij voelde een ongemakkelijke kilte in zijn maag terwijl hij de spreker van top tot teen opnam. De schaduwen rond dit heerschap verhinderden hem een correcte impressie te vormen.

'Graaf Georg de Hunedoara,' antwoordde de man en zijn korte buiging was perfect afgestemd op het vermeende niveauverschil tussen hen.

'Aangenaam, heer,' zei Jacob. 'Jacob Hooijmans, controleur namens de VOC.'

'Een belangrijke positie,' zei graaf Georg met een korte glimlach die spierwitte tanden toonde. 'De VOC financiert immers de Doge en daarmee indirect het voortbestaan van Veneta.'

'U doet het voorkomen alsof Veneta zelf niet in staat is in haar eigen behoeften en noden te voorzien,' zei Jacob. Hij kon een lichte afkeuring niet uit zijn stem houden.

De graaf snoof. 'Mijn voorouders verdedigden het westen tegen de Mongoolse horden en later tegen de Ottomanen. Het bloed van Atilla stroomt door onze aderen.'

'Toch heeft dat de Ottomanen niet tegengehouden grote delen van het oosten van Europa te veroveren. Tot en met uw voorouderlijke landen toe. En Veneta steunt nog steeds uw forten en legers.'

'Eens zullen onze landen herenigd worden, maar dan niet op Venetische voorwaarden,' zei graaf Georg. 'Ik voorspel dat wij vrienden worden. Onthoud mijn woorden.'

De hemel lichtte op en Jacob keek even om naar het spektakel van de lampen die in het Zeepaleis van de drie Pausen werden ontstoken. Toen hij terugkeek was de graaf verdwenen.

Hij schudde zijn hoofd en ging zitten om de verlichting ter ere van het feest van de Heilige Antonius Aggrippa van Genoa te bewonderen. Het Zeepaleis was in drieën verdeeld, waarbij de verlichting van de zuinige Nicolaas van Straalen, de Hollandse Paus in Veneta, in het niet viel bij de feestelijke verlichting van de Italische - en de Byzantijnse paus, hoewel die al bijna twee eeuwen van Ottomaanse afkomst was. Zijn magere vertoon kon echter wel de goedkeuring van Jacob Hooijmans wegdragen. Hij hield niet van verspilling en buitensporige weelde. In het licht van het Zeepaleis gloeiden de vele dozijnen Hollandse windmolens, die langs de hele lengte van de buitendijk stonden, spookachtig op.

De *WitteDeWith* voer de buitensluis van het dijkencomplex van Veneta in, een immens bouwwerk van de waterbouwkundige Lely die het destijds als zijn Magnum Opus beschouwde. De bronzen draaideuren schoven langzaam opzij zodat de stoomlijner samen met andere, kleinere schepen plaats kon nemen in de sluis.

Jacobs aandacht werd getrokken door een spierwit jacht voorzien van drie stoompijpen. Het voerde de Ottomaanse vlag, maar ook de pauselijke vlag met het Byzantijnse kruis erop. Aan dek zaten op regelmatige afstanden van elkaar kaalgeschoren moezelmannen met grote zwarte snorren in witte pofbroeken en met zilver ingelegde borstkurassen. Ze waren bewapend met hun kenmerkende kromzwaarden en droegen bandeliers met aan weerszijden een Ottomaanse achtklapper.

'Janitsaren aan boord,' mompelde Jacob. 'Dan is de Ottomaanse paus er ook of ze gaan hem ophalen.'

Voor hij zich verder over hun aanwezigheid kon verwonderen, werd de *WitteDeWith* in een fel wit licht gebaad, gevolgd door een donderen als van duizend kanonnen en een schokgolf die het schip op het water liet dansen. Met de vlekken nog in zijn ogen zag hij wat er over was van het Zeepaleis in elkaar zakken met achterlating van een immense stofwolk.

Jacob sloeg zonder nadenken een kruis. 'God in de hemel,' fluisterde hij.

***

De kade leek een mierenhoop waarop kokend water was gegoten. Passagiers die ontscheepten botsten tegen mensen die probeerden weg te komen van de panick die verderop in de stad was ontstaan. Verdwaasd liep Jacob de trap naar het vasteland af, gevolgd door de matroos met zijn hutkoffer.

Voor het eerst in alle jaren dat hij Veneta bezocht had, voelde hij zich ontheemd. Zijn hoofd werkte op volle toeren en hij probeerde de implicaties van wat hij gezien had en het angstige onderbuikgevoel dat die gebeurtenis bij hem opwekte, met elkaar te vereenzelvigen. Het lukte maar matig.

Hij haalde diep adem en keek om zich heen, op zoek naar een rustpunt. Naast een dure galvanische koets die stationair draaide, de Teslaspoel half ingetrokken, vlak bij een verderop gelegen douanepost, ging hij op zijn koffer zitten, hield zijn hoofd tussen zijn knieën en nam regelmatige, diepe teugen lucht.

'Gaat het wel?' vroeg een heldere stem achter hem.

Jacob kwam overeind en keek om. De deur van de koets was open en in de schaduwen van de cabine zag hij een vrouwelijk silhouet. Het deel van haar jurk dat zichtbaar was, had een indringende, diepgroene kleur. 'Vergeef me, vrouwe, dat ik hier even tot mezelf kom. De explosie...'

'Ach ja, de explosie...' Ze kwam iets naar voren en Jacobs adem stokte toen haar gezicht in het licht kwam. Haar gezicht was perfect symmetrisch, haar huid was porseleinwit, haar ogen waren smaragdgroen, haar haar was zwart als de nacht en leek met de schaduwen samen te smelten. 'Aanslagen gebeuren hier vaker, zo dicht bij het centrum van het Ottomaanse rijk. Dit zag er eerder uit als een oorlogsverklaring.'

'Ah, u bent van hier?' zei Jacob. Hij rook een kruidig parfum dat het beeld dat hij van haar had vervolmaakte en zijn lichaam reageerde onverwacht heftig. *Je bent getrouwd, Hooijmans!*

Ze knikte, een afgemeten, perfect gecontroleerde beweging. 'Contessa Ilona Szilágyi van Zagreb. Ik wacht op mijn... neef, Georg, die met de *Witte-DeWith* zou aankomen. U lijkt mij Hollands?'

Jacob schraapte zijn keel. Hij voelde zijn wangen branden, besefte dat het niet zichtbaar zou zijn in het donker. *Kalm, Hooijmans, je lijkt wel een puber.* Hij boog kort. 'Inderdaad, contessa, Jacob Hooijmans is de naam, controleur namens de VOC.' Hij ging iets rechter staan. 'Derde echelon. Hoog genoeg om belangrijk te zijn, te laag om daadwerkelijk iets te betekenen,' zei hij met een glimlach.

De mensenmenigte op de kade werd onrustig, paniekerig bijna en Jacob zag hoe mensen een veilig heenkomen probeerden te zoeken. De oorzaak werd al snel duidelijk. Met het plat van hun kromzwaarden sloegen de Janitsaren iedereen opzij die hen voor de voeten liep. In hun midden wandelde een lange, magere man met diepliggende, donkere ogen en een zwart met grijze druipsnor, gehuld in een witzijden mantel met goudbrokaat en een spierwitte tulband met daarop het Byzantijnse kruis.

Ahmed Ibrahim Iskanderen. Ik had gelijk, de Ottomaanse paus was onderweg, dacht Jacob.

De Janitsaren baanden zich een weg naar dezelfde douanepost waar hij en Ilona Szilágyi stonden. Zodra ze op gelijke hoogte kwamen, draaide de paus zich naar hen. Jacob neeg zijn hoofd lichtjes. Hoewel hij devoot katholiek was, waren de normen en waarden van die rebelse Calvijn toch danig bij hem ingesleten. En hij had de Hollandse paus Nicolaas van Straalen altijd geëerd. Iskenderen deed hem niet zoveel.

Naast hem boog de contessa diep en Jacob keek bewonderend naar haar slanke, spierwitte nek die onder haar zwarte haar tevoorschijn kwam. *Om in te bijten.* Hij knipperde met zijn ogen.

De paus wandelde langs de douanepost, de straten van Veneta in. Hij keurde hen verder geen blik waardig.

'Ik merkte uw buiging op, contessa Szilágyi,' zei Jacob. 'Ik dacht dat uw familie een diepe vete met de Ottomanen had?'

De contessa glimlachte wrang. 'Ooit volgden wij de orthodoxie van de oostelijke paus gezeteld in Byzantium. Tot dat veroverd werd door de Ottomanen. Nu volgen we de westelijke paus.'

'Wie, Jean Baptiste Napoleon in het Vaticaan?' zei Jacob vol ongeloof.

'Natuurlijk niet. Iedereen weet dat de nepotistische Napoleonten geen enkel middel hebben geschuwd om de pauselijke troon te bezetten.' Contessa Szilágyi snoof bijna verontwaardigd. 'Wij volgen de échte pausen, Aristide Renard, Nicolaas van Straalen en Ahmed Ibrahim Iskanderen, allen gekozen door de Synode. Een evenwichtig triumviraat dat zich inzet voor zendingswerk in de Hispamericaanse Gewesten en de verre Oost.'

'Dat heb ik vernomen,' zei Jacob. 'Dat evenwicht is dan nu danig verstoord.'

Contessa Szilágyi zweeg terwijl ze zijn woorden liet bezinken. 'U hebt gelijk. Dit is belangwekkend.' Ze draaide haar stoel, waarbij een houten paneel met bronzen meters en knoppen zichtbaar werd. 'Kan ik u een ritje aanbieden?' Ze knikte naar zijn hutkoffer. 'Ik vermoed dat dragers op dit moment schaars zijn.'

Jacob nam haar aanbod dankbaar aan.

***

Met haar geur nog in zijn neus, stapte Jacob het bordes van het VOC Handelshuis op, een schitterend barok gebouw gelegen naast het streng aandoende, strakgelijnde en sombergrijze Venetische beursgebouw, waar alle dagen behalve de dag des Heeren de rijkdommen van de Oriënt verhandeld werden.

Hij keek haar galvanische koets na terwijl ze de toeristen en handelaren probeerde te ontwijken die op terrasjes en op de rand van een van de vijftien fonteinen van het Sint Marcusplein hun groene wijn dronken en tzipas -veel kleine gerechtjes uit verschillende streken- nuttigden.

'Ahem, kan ik u van dienst zijn?'

Jacob Hooijmans draaide zich om en zag in de deuropening van het Handelshuis een gedistingeerd heerschap met halflang, grijs haar. 'Oh, goedenavond, ik ben Jacob Hooijmans. Ik heb brieven van het hoofdkwartier voor de gouverneur.'

'Aangenaam, mijn naam is Alex de Oude, beheerder,' zei de andere man. 'De gouverneur wordt problematisch. Hij ging vanavond met zijn gevolg naar het Zeepaleis voor de aanvang van het Heilig Antoniusfeest.'

'Allemaal? Zijn vervanger? Assistenten? Is er nog iemand van niveau gamma twee of hoger?'

De beheerder dacht na. 'Onze militaire contactpersoon, kapitein Everse. Die is gamma een of twee.'

'Breng me naar hem toe.'

'U kunt uw hutkoffer in de vestibule plaatsen.' De beheerder wachtte niet af of Jacob zijn bagage daar inderdaad deponeerde.

Ze liepen door de verschillende lagen van het pand, langs smalle, steile trappetjes en minuscule kantoortjes waarvan een enkele nog verlicht was en waar werknemers nog driftig op Mill-typografen typten. De hogere verdiepingen waren ruimer van opzet en al snel hield de beheerder halt bij een gang die eindigde in een kunstig bewerkte eikenhouten deur.

'Dit is zijn kantoor. Ik neem aan dat u het vanaf hier verder zelf kunt. Ik heb nog veel te regelen en uit te zoeken. Het is nog steeds niet bekend wat er in het Zeepaleis heeft plaatsgevonden.'

'Ik wens u geluk en wijsheid toe,' zei Jacob. Terwijl de beheerder zich wegspoedde, liep Jacob langzaam naar de deur.

Halverwege de gang hoorde hij voetstappen achter zich. Hij draaide zich snel om. Uit zijn ooghoek zag hij in een flits een donkerblauwe jas met gouden fleur-de-lis borduursel en wild, ongekamd haar de hoek omgaan. Hij liep terug, maar er was niemand. *Ik zou toch zweren...*

Hij liep naar de deur en klopte. Na drie tellen klopte hij weer. Hij luisterde even en dacht een stem te horen. Voorzichtig opende hij de deur.

Een bureau was in de verste hoek opgesteld. Erachter zat een man in kapiteinsuniform, Everse naar hij vermoedde. 'Goedenavond?' zei Jacob.

Terwijl hij wachtte op antwoord viel de man achter het bureau voorover en kwam hard met zijn hoofd op het houten blad terecht.

Snel liep Jacob naar voren, om het bureau heen. Hij pakte de schouder van kapitein Everse vast waardoor zijn hoofd opzij draaide. Dode ogen in een spierwit gezicht staarden hem aan. Jacob trok zijn hand snel terug.

Op het bureau stond een notenhouten kistje met een koperen spreekbuis en een dozijn bronzen knoppen, elk met een andere aanduiding, zoals Secr. en Bhrdr. Jacob drukte de laatste in en zei: 'Er is een moord gepleegd. Kantoor Everse. Help!'

Enkele tellen later klonk er een krakerige stem uit de kast: 'Er is hulp onderweg, blijf waar je bent!'

Nerveus wandelde Jacob heen en weer door de kamer. Op enkele tiphs in gelakte houten lijsten stond kapitein Everse afgebeeld, toen nog in leven, veelal met notabelen. Hij herkende onder andere de Ottomaanse paus Iskenderen, Doge Di Pietrello van Veneta en de Kretenzische vorst Nikolakonios.

Een glinstering bij de stoel van Everse trok zijn aandacht. Hij raapte een gouden ring op met het persoonlijke wapen van de Doge. *Vreemd, dit lijkt zijn eigen zegelring. Hoe is die hier gekomen?* Zonder nadenken stak hij de ring in zijn zak, vlak voor de deur werd opengegooid.

In de deuropening stonden twee soldaten, elk gewapend met een repeteermusket. Achter hen stond Alex de Oude, de beheerder. Jacob hief voorzichtig zijn handen. De soldaten liepen naar voren en duwden hem in een hoek terwijl de beheerder het lichaam van kapitein Everse onderzocht.

'Laat hem gaan,' zei de beheerder tenslotte, 'meneer Hooijmans is niet de dader.' De soldaten deden een paar stappen terug en zekerden de veiligheidspal van hun wapen.

'Hoe kunt u daar zeker van zijn?' vroeg Jacob.

Alex de Oude glimlachte. 'VOC beheerders zijn van veel markten thuis, van budgetteren tot mechanica en anatomie. Als een kapitein op een schip.'

'Daar heb ik van gehoord,' zei Jacob, 'in het dagelijks leven merk je er alleen weinig van.'

'Omdat onze zeggenschap tot de deur gaat en niet verder,' zei Alex de Oude. Hij wees naar het lichaam. 'Kapitein Everse is koud, hij lijkt leeggebloed. Daarom is hij lijkbleek. Echter, er ligt nergens bloed op de grond. U bent net aangekomen en u heeft niet de tijd gehad dit voor elkaar te krijgen.'

'De graaf,' zei Jacob. 'Tenminste, ik dacht iemand op de gang te zien die leek op een zekere graaf Georg de Hunedoara die ik eerder op de *Wille-DeWith* ontmoet heb.'

Beheerder Alex de Oude keek Jacob onderzoekend aan. 'Dat zal zeker 'lijken' zijn geweest. Graaf Georg is al sinds mensenheugenis niet buiten Kasteel Bran geweest. En het lichaam is al koud.'

'Dan iemand die op hem lijkt,' zei Johan.

'Niets verbaast me vanavond nog. Ik heb via de Marconi van de VOC-admiraliteit instructie gekregen dat u de hoogste in rang bent in Veneta. Er is een vervanger voor u onderweg, die zal binnen een week hier zijn, maar tot die tijd heeft u de leiding, met goedkeuring van de admiraliteit.'

Jacob Hooijmans haalde diep adem. 'Dat is... onverwacht. Ik zal me zo goed mogelijk van deze belangrijke taak kwijten.'

'Ongetwijfeld, heer. Ik begreep verder dat u kamers in het Grotius Hotel geboekt hebt. Uw koffers zijn daar al gearriveerd.'

'Bedankt, Alex, dat stel ik op prijs.'

'Rust uit, heer Hooijmans. Dat zult u nodig hebben voor uw schema de komende dagen. We beginnen om half zeven morgenochtend, stipt. Uw afspraak met de Doge is om half elf.'

'Ik zal er zijn,' zei Jacob. Half verdwaasd verliet hij het Handelshuis en wandelde door de electrofoor-verlichte straten naar zijn hotel dat ongeveer een mijl van het Sint Marcusplein lag.

Die nacht was zijn slaap onrustig en zijn dromen waren zwoel, vervuld van zwarte haren die om hem heen kronkelden, strelende, bleke ledematen en diepgroene ogen die hem aanstaarden vanuit de duisternis. Ze deden hem denken aan een zekere contessa en Jacob liet zich diep in zijn plezierige droom wegzakken.

***

Om half elf bevond Jacob Hooijmans zich in de ontvangsthal van het paleis van de Doge van Veneta. Als bij zijn eerdere bezoeken in voorgaande jaren, probeerde hij te ontdekken welke verbeteringen de Doge had laten aanbrengen in de barok uitgevoerde hal. Op het eerste gezicht vermoedde hij dat veel van de protserige krullen nu van een laagje goud waren voorzien, maar toen hij rondliep vond hij een nis met daarin een rijkversierde fontein uitgevoerd in marmer, ivoor en zilver die zacht klaterende straaltjes water produceerde. Hij herkende het als Ottomaans handwerk van de Byzantijnse zilversmeden.

Een man in een zwart lakens kostuum met een dubbele rij onderscheidingen op zijn linkerborst kwam naast hem staan. 'Mijn nieuwste aanwinst. Past goed bij de nieuwe vleugel aan de oostkant. Groot genoeg om de complete Synode te huisvesten. Ik heb er zelfs een complete kapel in laten aanleggen.'

Jacob draaide zich naar de andere man. 'Doge Di Pietrello, een waar genoegen.' Hij boog diep. 'Die kapel zou ik wel eens willen zien.'

De Doge gebaarde dat hij overeind moest komen. 'We kennen elkaar al te lang, Jacob.'

'Ik ben enigszins verbaasd dat deze afspraak doorging, heer, gezien de gebeurtenissen van gisteravond.'

De Doge haalde diep adem. 'Een zeer kwalijke zaak, dat. Twee pausen gedood in de explosie, evenals een groot aantal notabelen. Het Sint Antoniusfeest is gewild.'

Jacob knikte. 'Het lijkt er zelfs op dat ik de komende week de hoogste VOC functionaris ben.'

De Doge glimlachte weemoedig. 'Dat spijt me, Jacob. De politiek in Veneta is moordend, dus weet waaraan je begint. *Lasciate ogne speranza, voi ch'intrate...*'

'Ik ben slechts een eenvoudige controleur, heer, zonder politiek ambitie.' *Hij verbergt iets*, fluisterde een stemmetje in Jacobs hoofd. Hij keek om zich heen. Een vleugje bekend parfum dreef zijn neus in.

'Inderdaad, dit is je zesde jaar geloof ik,' zei de Doge. 'Daarmee ben je de langstdienende controleur van de VOC die ik gekend heb.'

'Nu we het daarover hebben, ik zou graag de boeken controleren.'

De Doge glimlachte. 'Ze liggen klaar in het kantoor waar je altijd zit.' Met een handgebaar ging hij Jacob voor en samen liepen ze de hal door naar een van de vele gangen die erop uitkwamen. Langs schilderijen van de illustere voorvaderen van de Doge zelf en zijn familie en balkons met uitzicht op de Adriatische zee, kwamen ze uiteindelijk in de privévertrekken. In een klein kantoor met enkel een groot, notenhouten bureau en een uitzicht op de tuinen van het paleis, bevond zich een drietal dikke ordners. Een antiek telraam lag naast een moderne computantrekenaar met veel knoppen en toetsen.

'Al eens gebruikt?' zei Doge Di Pietrello.

Jacob glimlachte en schudde zachtjes zijn hoofd.

'Dacht ik wel, maar ik hoopte je wat tijd te besparen.'

'Dat stel ik op prijs,' zei Jacob. *Vertrouw zijn machines niet!*

'Mooi,' zei de Doge. 'Ik heb zelf een stapel verzoeken en brieven door te werken. Als er iets is, zit ik in het kantoor tegenover de bar.'

Jacob bladerde door de bovenste ordner, alerter dan anders.

Enkele uren later verliet Jacob het kantoortje. Op een lage tafel voor de bar waren tzipas uitgestald. Er was van gegeten. Doge Di Pietrello zat in een luie stoel. Hij wenkte Jacob dichterbij en wees naar een tweede stoel. Jacob maakte er dankbaar gebruik van en zijn rug kraakte hoorbaar toen hij de zachte kussens raakte.

'Intensief gewerkt?' zei de Doge.

'Nogal. Als ik in de cijfers zit vergeet ik alles om me heen. Ik vergeet soms te bewegen.'

De Doge grijnsde. 'Zolang je nog ademt zal het wel meevallen.'

'Gewoon spierpijn. En wat onrustig geslapen.' Jacob vouwde zijn vingers in elkaar. 'Ik heb nog wel wat vragen.'

'Oh?' zei de Doge. Hij keek Jacob vragend aan. 'Dat is voor het eerst in al die tijd.'

'Eens moet de eerste keer zijn. De uitgaven zoals beschreven moeten aan bepaalde regels voldoen. Geld moet gealloceerd worden in bepaalde verhoudingen en hoeveelheden. Die verhoudingen zijn de afgelopen jaren scheefgegroeid, de laatste twee jaren zelfs versneld.'

'Je praat boekhoudistaans tegen me,' zei Doge Di Pietrello met een glimlach.

'Eenvoudig gezegd: geld dat is bestemd voor het in stand houden van de Karpatische bufferzone, is op verkeerde plaatsen ingezet.'

'Ik dacht dat we aan alle boekhoudregels van de VOC voldeden,' zei de Doge.

'Dat doet Veneta ook, hoewel het aantal posten 'onvoorzien' en 'externe kosten' vrij hoog was. Of zelfs vreemd, zoals die honderdduizend eiken balken. De opdracht echter is het in stand houden van die bufferzone. Besef goed dat de admiraliteit zaken doet met Veneta omdat jullie een handels-natie zijn, zoals Holland. Wij begrijpen elkaar. De inwoners van de Karpatische landen niet. Jullie zijn hun buren. In ruil voor die relatie kunnen jullie tien procent van de fondsen naar wens inzetten. Het afgelopen jaar is dat bijna de helft geworden.'

'De boekhouding geeft toch alles goed aan?' De Doge haalde zijn schouders op. 'Mijn adviseurs meenden dat het wel toegestaan zou zijn.'

'Uw adviseurs hadden het mis. Daardoor is een belangrijke bron van fondsen voor de bufferzone weggevallen.'

Doge Di Pietrello stond op en ijsbeerde voor de bar heen en weer. 'Het is weggegooid geld. Dat niet alleen, ik weet dat sommige elementen van de Hunedoara familie een machtspositie in Veneta hebben opgebouwd.' Hij gebaarde met beide handen. 'Totaal onbelangrijk voor hun eigenlijke taak, het buitenhouden van de Ottomanen.'

Excuses en uitvluchten. Vraag naar de ring. Jacob voelde even onwillekeurig aan zijn rechter-broekzak waarin de zegelring van de Doge zat. 'Mag ik vragen wat uw relatie met kapitein Everse was?'

'Die ken ik niet,' zei Doge Di Pietrello.

Jacob legde de zegelring op de tafel voor hem. 'Herkent u deze?' Hij observeerde het gezicht van Di Pietrello.

De Doge kwam naast hem staan en bekeek de ring. 'Dat is mijn zegelring.'

Jacob zag zijn ogen heen en weer schieten en zijn handen nerveus trillen. 'Ik vond hem vlak na de moord op Everse in zijn kantoor.'

'Iemand probeert me zwart te maken.' De Doge lachte, licht geforceerd. 'Een opvallend amateuris-tisch en niet bepaald verfijnd staaltje schuld-toewijzing.'

Jacob glimlachte. 'Dat leek mij ook. Beter dat het tussen ons blijft.' Hij duwde de ring naar de Doge die hem onder zijn hand liet verdwijnen. 'Er is immers al genoeg verwarring na de gebeurtenissen van gisteravond.' *Maar je stond wel met Everse op een tiphaigneplaat in zijn kantoor.*

'Inderdaad, een zware schok voor gelovigen over de hele wereld,' beaamde de Doge.

Jacob tikte zijn lippen aan met zijn gevouwen handen. 'Ik zag paus Iskenderen gisteren in de sluizen, vlak voor de explosie. Het was wel heel toevallig dat hij juist nu terugkeerde. En dat hij niet in het Zeepaleis was.'

Het gezicht van de Doge vertrok, zijn uitdrukking er een van groot ongenoegen. 'U impliceert opzet in de dood van de twee andere pausen? Besef goed dat zelfs het gerucht over zoiets ongeloofwaardigs de Roomse wereld in vuur en vlam kan zetten en dan is het maar afwachten wie die vuurstorm zal overleven... God verhoede het dat de mensen zich afkeren van de ware pausen en die afschuwelijke Jean Baptiste Napoleon als enige paus gaan erkennen.'

'Tot het nieuwe triumviraat is gekozen en geïnstal-leerd, is Iskenderen de enige leider van de gelo-vigen. Zijn woord zal wet zijn,' zei Jacob. 'Dat zijn de regels van de Roomse Kerk zoals ik ze geleerd heb.'

'Ik verwacht niet dat hij misbruik zal maken,' zei de Doge met een glimlach. 'Als de boeken verder goed zijn, kun je dan verder met mijn boekhouders overleggen? Ik heb nog een aantal belangrijke afspraken.' Hij klapte in zijn handen.

'Maar natuurlijk, Doge.' Jacob boog kort en liet zich vervolgens door een dienaar meevoeren naar de uitgang.

Bij het verlaten van het paleis weerklonken door de gehele stad kerkklokken die een oproep tot het Angelus beierden. *Veneta heeft nooit Angelus gedaan*, dacht Jacob. *Iskenderen maakt misschien geen misbruik, maar hij gebruikt zijn invloed wel.* Devoot vouwde hij zijn handen en prevelde zijn Ave Maria.

***

De schemering was aardig gevorderd toen Jacob de deur van het handelshuis achter zich dichttrok. Bij het ruiken van de heerlijke geuren die de restau-rants rond het Sint Marcusplein verspreidden, begon zijn maag te rommelen.

Hij koos een Hollandse taveerne en nam een tafel met uitzicht op de beurs. Gekleurde lampen op het plein verlichtten de fonteinen en vormden een betoverend tafereel waar Jacob korte tijd gebio-logeerd naar staarde.

'Hebt u er bezwaar tegen als wij aanschuiven?'

Jacob schrok van graaf Georg die voor hem stond, contessa Szilágyi aan zijn linkerzij. Voor hij zich kon bedenken, schoof de graaf de stoel van de contessa aan. Hij nam zelf plaats aan het hoofd van de tafel. 'Graaf Georg, contessa, een onverwacht genoegen. Ik wilde net bestellen.'

'Mooi, voor mij wat rode wijn graag, dat kan ik nog net verdragen,' zei graaf Georg. Hij keek Jacob aan over zijn rode brillenglazen. 'Hebt u het laatste nieuws al gelezen?'

Jacob schudde zijn hoofd. 'Mijn werk was uitdagend, vandaag. Ik heb nog geen tijd gehad voor de krant.' Hij bestelde een schotel zeevis en witte wijn voor zichzelf, rode wijn voor zijn gasten. De ober klikte met zijn hielen en haastte zich weg.

Graaf Georg gooide een Gazetta di Veneta op tafel. De kop schreeuwde: *Paus roept op tot vrede!!!*

'Iskenderen laat er geen gras over groeien,' zei Jacob. 'Vrede is goed voor de handel.'

De graaf leunde achterover en plaatste zijn duimen in zijn jacquet. 'Oorlog ook. De vraag is wie er aan het kortste eind trekt.'

'Zijn er verliezers bij vrede?' zei Jacob.

'Initieel misschien niet. De Ottomanen hebben een indrukwekkend groot leger samengebracht in de Karpaten. Honderdduizend zwaarbewapende manschappen. Officieel om te oefenen.'

'Dat kan, zelfs als het vrede is.' Jacob keek de graaf vragend aan. 'Wat wilt u precies zeggen?'

'Uw opmerking gisteren tegen mijn nicht, de contessa hier, over het verstoorde evenwicht. Die getuigt van een scherp inzicht.'

Jacob keek even opzij. Hij staarde langer dan behoorlijk naar haar intens groene ogen in dat perfecte gezicht. Haar lippen waren donkerrood en er lag een uitnodigende glimlach rond haar mond. Hij slikte en rukte zich met moeite uit de diepe poelen van haar ogen. 'Dank u, graaf. Ik begreep van de Doge vandaag dat paus Iskenderen geen kwaad in de zin heeft.'

'Oh, nee,' zei graaf Georg, 'geen slecht woord over de paus. Hij is immers een van de drie vertegenwoordigers van God op Aarde.' De graaf boog zich naar voren. 'Maar ik vertrouw zijn landgenoten niet.'

'Wat kan er gebeuren?' zei Jacob. De ober onderbrak hun gesprek met een dampende schaal en drie kristallen glazen gevuld met witte en rode wijn.

Graaf Georg nipte aan zijn glas en keek Jacob toen indringend aan. 'Onze familie hangt sterk aan haar roomse overtuiging. U en wij lijken hierin sterk op elkaar. Al van oudsher vecht de Orde van de Draak voor God, volk en vaderland. Indien Iskenderen zijn besluit aan de synode voorlegt en als Motu Proprio kan doen uitgaan, zijn wij gedwongen deze vrede te accepteren en handhaven.'

'Zoals ik al zei, vrede is goed voor de handel,' zei Jacob. Hij nam een paar happen terwijl hij wachtte op het antwoord van de graaf.

Ilona Szilágyi liet de wijn in haar glas rondjes draaien. 'Beseft u wel dat de Karpatische bufferzone op dat moment niet meer bestaat? En dat de Germaanse federatie een wassen neus is wanneer een groot, vastberaden Ottomaans leger over hun grondgebied dendert? Als het leger er toch is, zullen de Pasja's het gebruiken. Binnen tien dagen staan ze dan aan de Hollandse oostgrens...' Ze liet de conclusie aan Jacob over.

Hij legde zijn bestek naast zijn bord. 'Dat klinkt alsof er een samenzwering is. En een megalomaan plan.' Hij nam zijn hoofd in zijn handen en pijnigde zijn hersenen. '*Het Sint Antoniusfeest is gewild*, dat zei de Doge vanochtend. Veel notabelen waren in het Zeepaleis.'

'Maar niet de Doge,' zei contessa Szilágyi.

'Of kapitein Everse,' voegde graaf Georg toe. 'Er zijn er meer.'

'Jullie twee waren er ook niet. En ik vraag me af waar u zich gisteravond bevond, graaf.' Jacob dacht terug aan de figuur die hij in het handelshuis gezien had, maar hij kon niet met zekerheid de graaf als dader aanwijzen.

Contessa Szilágyi lachte en Jacob voelde een koude rilling. 'Onze familie is niet welkom in de huizen van de Roomse Kerk.'

'Kom nu,' zei Jacob, 'de Roomse Kerk is er voor iedereen, zelfs voor die afvalligen van Calvijn.'

'De contessa heeft gelijk,' zei graaf Georg serieus. 'Een goddelijke vloek heeft onze voorouders getroffen. En tot wij onze schuld hebben ingelost, zijn wij gedoemd verre van de huizen van God te blijven.'

'Dat klinkt serieus, graaf,' zei Jacob. 'Wat kan ik... wat kunnen wij doen om deze megalomane machinaties teniet te doen en het evenwicht zoals dat in Veneta heerst te bewaren?'

'Een aantal zaken,' zei graaf Georg. 'Als hoogste vertegenwoordiger van de VOC in Veneta is uw stem van waarde.'

'Ik betwijfel of de synode een eenvoudige functionaris zoals ik zal willen horen.'

Graaf Georg lachte. 'Bedenk goed dat de VOC in haar jaren hier bepaalde rechten bedongen heeft, niet alleen van de Doge, maar ook van de Roomse Kerk.'

'Daar weet ik niets van,' zei Jacob. 'Welke rechten zijn dat?' Hij schrok van een beweging onder de tafel bij zijn linkerbeen en even later voelde hij een voet langs zijn knie en dijbeen omhoog gaan. Hij keek de contessa aan. Haar glimlach was onveranderd. *Wat is dit?*

Met zijn hoofd op zijn handen staarde graaf Georg over zijn rode brillenglazen naar Jacob. 'Prima Initiatio, het recht van het voorstellen van een kandidaat paus voor de Hollandse pauselijke zetel. Zonder tussenkomst van de Synode.'

'Nooit van gehoord. Voor ik boekhouder werd, heb ik de wetten van de kerk uitgebreid bestudeerd. Ik geloof er niet in.' Jacob probeerde aan zijn vrouw en de Heer te denken, maar hij faalde in beide zodra de voet langs zijn broekzakken gleed.

Graaf Georg stond op en boog kort. 'Mijn excuses, ik heb wetboeken te lezen en lokale procedures te onderzoeken. Om zeker te zijn.' Met een zwierig gebaar schoof hij zijn stoel aan, nipte een laatste druppel wijn en haastte zich weg.

Jacob keek hem na en probeerde te vermijden dat hij weer naar de contessa Szilágyi keek, wat niet lukte. Haar ogen waren diepgroene poelen, haar lippen waren bloedrood, opwindend, zozeer dat gedachten aan vrouw, kinderen of de Heer hem geheel verlieten. 'Ik moet ook maar eens vertrekken,' zei hij. 'Ik verblijf in het Grotius. Mag ik u voor een likeur uitnodigen?' *Waar zit je met je hoofd, Hooijmans, ze is adel, ze staat veel te ver boven je. En je bent getrouwd!*

De contessa neeg een moment haar hoofd. 'Kamer zeventien, nietwaar?'

'Hoe weet u dat?' zei Jacob.

'De sleutel in uw broekzak.' De contessa stond op, knikte naar hem en schreed de taveerne uit.

Jacob keek haar na. Snel rekende hij af en hij haastte zich naar het hotel. De deur van zijn kamer liet hij open. Hij zette een fles graanjenever en twee likeurglazen klaar op het tafeltje van zijn kamer. Vervolgens begaf hij zich naar de badkamer om zich op te frissen. In het gelige electrofoorlicht bekeek hij zichzelf in de spiegel. Slank, lang, conservatief gekleed, dun haar op zijn schedel die vrij hoekig was en grijze ogen in een bleek gezicht. *Wat ziet ze in mij?*

Hij trok zijn jasje en overhemd uit. Zijn trouwring en de ketting met crucifix deed hij af. Hij hoefde geen geschenken van zijn vrouw te dragen op dit moment, alsof het verwijderen van het symbool van hun verbintenis op de een of andere manier zijn mogelijke vreemdgaan vergoelijkte. De sieraden herinnerden hem enkel aan de goede maar vooral de overvloedige slechte tijden. Er waren legio redenen waarom hij ontvankelijk was voor de avances van de knappe contessa. *Kan ik dit nog? Wil ik dit?* 'Rustig aan,' zei hij tegen zijn spiegelbeeld. 'Misschien blijft het bij een likeurtje.'

Er klonk een zacht kloppen op zijn deursponning. Jacob haastte zich uit de badkamer. Van onder het zwarte kant van haar groene hoedje keek ze hem aan.

Jacob haalde diep adem en voelde een brok in zijn keel. 'Contessa,' kon hij maar net uitbrengen.

'Mag ik binnenkomen?'

'Maar natuurlijk. De likeur staat klaar, laat me even wat aantrekken,' zei Jacob. Hij deed een stap achteruit.

Het volgende moment hing ze in zijn armen en voelde hij haar hete mond op zijn nek en een golf van sensueel genot spoelde over hem heen. Hij viel met haar achterover op het bed en verloor daar zijn bewustzijn.

***

De grond was een patroon van immense zwarte en witte vlakken. Het strekte zich tot de horizon uit, waar zichtbaar door dichte mist. Jacob knipperde met zijn ogen, zag het zwaard voor zich op de grond en pakte het zonder nadenken op. Aan die horizon, ver boven de mistbanken, dacht hij een figuur in een zwart gewaad met vurige ogen in een donker gezicht in de lucht te zien, maar het volgende moment was het niet meer dan een kolkende, dreigende wolkenmassa.

Hij kreeg een zet als van een onzichtbare hand die hem het volgende vlak op bewoog. Uit de mist kwam een wervelende ridder te paard die hem op zijn lans probeerde te spietsen, maar Jacob stapte opzij en sloeg de lans in stukken met zijn zwaard. 'Wacht, wat gebeurt hier?' zei hij met luide stem. De ridder antwoordde niet, maar trok zijn zwaard. Ze wisselden slagen uit tot Jacob een mogelijkheid zag. Hij greep de stijgbeugel aan het zadel van de ridder en duwde hard omhoog waardoor zijn tegenstander op de grond viel. 'Geef je over,' zei Jacob. Hij duwde zijn zwaard door de kijkspleet van de helm van de ridder en wachtte op antwoord, maar voor zijn ogen vervaagde en verdween zijn tegenstander. *Wat is er aan de hand?*

Weer een zet tegen zijn rug, een volgend vlak, een soldaat met een zwaard, die ook vervaagde toen Jacob hem bewusteloos sloeg met een goed geplaatste vuist. Weer de onzichtbare hand in zijn rug, maar toen hij op het volgende vlak kwam was er geen tegenstander.

Op de grond lagen lange, witte gewaden, het zwaard in zijn hand veranderde in een staf. Een witte mijter voorzien van een in goud geborduurd kruis daalde langzaam voor hem neer en bleef op ooghoogte hangen. Ze hadden een onverklaarbare aantrekkingskracht op hem en hij reikte zijn vrije hand uit naar de mijter.

Dit is je bestemming, je lot. De galmende woorden vielen als een loden last op zijn schouders.

'Ik begrijp het niet,' zei Jacob, 'ik ben geen bisschop of paus.' Maar diep van binnen voelde Jacob een sprankje opportunisme ontstaan, zag hij mogelijkheden te groeien in een richting die hij altijd begeerd had, maar nooit tot werkelijkheid kunnen maken.

Nog niet. Er klonk zelfverzekerde spot in de stem die meer nog dan dreigen of dwingen Jacob overtuigde dat mogelijkheden ook werkelijkheden konden worden.

'Wie ben jij?' schreeuwde Jacob tegen de hemel. 'God of duivel?

Heer en meester.

Een fel licht verscheen boven hem in de lucht en verblindde hem.

***

De vroege ochtendzon scheen helder door het hotelraam naar binnen, begeleid door de geluiden van het ontwakende Veneta. Jacob werd kreunend wakker. Zijn hoofd bonsde en zijn mond was kurkdroog, alsof hij een stevige kater had. Hij bewoog en voelde zijn spieren kraken. Zijn rug voelde alsof hij in brand stond.

De contessa. Hij keek om zich heen, maar ze was niet in zijn hotelkamer, wat hij haar niet kwalijk kon nemen. Hij had zijn broek aan en hij kon zich behalve de eerste minuut van haar aanwezigheid spijtig genoeg niets herinneren. Wel voelde hij een immense druk op zijn blaas en hij haastte zich naar de badkamer.

Zodra hij klaar was bekeek hij zichzelf in de spiegel. Zijn gezicht was bleek, in zijn nek zaten blauwe plekken. Hij bekeek zijn rug en zag twee rijen diepe, evenwijdige voren over zijn rug alsof iemand er met lange nagels overheen gekrast had. Hij dacht aan Ilona Szilágyi en grijnsde.

Een rode vlek in het spiegelbeeld trok zijn aandacht. Op de tegenoverliggende muur was met iets als rode lippenstift geschreven, blijkbaar in spiegelbeeld. In de spiegel las hij: *dragonul te posedă acum.* Jacob herkende de taal niet, maar hij vermoedde dat de contessa hem haar draakje noemde.

Hij kleedde zich in een smetteloos grijs lakens pak met hoogsluitend boord dat de plekken in zijn nek verborg. Vervolgens begaf hij zich naar de lobby van het hotel waar hij een stevig ontbijt bestelde: een dubbele portie bloedworst met spek en eieren. Op het gepolitoerde bijzettafeltje lag de ochtendeditie van de Gazetta di Veneta.

Hij schrokte de bloedworst naar binnen. Zodra die op was, sloeg hij de krant open. Zijn blik viel meteen op een bericht over paus Iskenderen die vandaag een decreet aan de direct beschikbare leden van de Synode wilde voorleggen om een Roomse vrede uit te roepen.

Jacob leunde achterover in zijn fauteuil. Het was zoals de graaf en de contessa hem hadden voorgespiegeld. Jacob voelde diep van binnen een hem onbekende woede opborrelen, een verontwaardiging over de politieke machinaties van de vermaledijde Ottomanen die zelfs moord op de vertegenwoordigers van de Heer op Aarde niet schuwden en die zijn werkgever, de VOC en zijn volk, de hardwerkende Hollanders in de rug wilden aanvallen.

Hij haalde diep adem en probeerde zichzelf onder controle te krijgen. Hij viel aan op de rest van het eten om zijn gedachten te kalmeren. Bij de laatste hap ei viel zijn oog op een envelop met rood lakzegel die tegen de slanke witte vaas met de enkele roos was geplaatst. *Waar komt die vandaan?*

Hij brak het zegel en las het sierlijke handschrift:

Bună dimineaţa,

Kunnen wij elkaar treffen in de gouverneurskamer van het Handelshuis? Iskenderen drijft zijn zin door, zonder oppositie. Ottomaanse legers zijn de grens overgestoken en rukken op richting kasteel Bran. Er is veel te bespreken.

Georg de Hunedoara

Jacob vouwde het briefje dicht en stopte het in zijn aktetas. *Tijd om aan het werk te gaan.* Zijn gebruikelijke interesse was verminderd. In plaats daarvan dacht hij aan de Roomse Kerk, aan wat hij kon betekenen voor dat instituut op een invloedrijke positie. *Zoals Nicolaas van Straalen.*

***

'**W**e moeten actie ondernemen.'

Jacob keek op van de brieven op zijn bureau, die Alex de Oude daar neergelegd had voor zijn evaluatie, recht in de troebele ogen van graaf Georg. 'Ongetwijfeld, maar wat kunnen wij betekenen? Een paar wetjes en bedingen van de VOC betekenen nog niet dat Iskenderen en de Synode zich eraan zullen houden.'

'We moeten ze overvallen. De Synode is nog lang niet compleet, Iskenderen is nog niet helemaal zeker van zijn macht.'

'Maar we weten niet wat de procedure is!' Jacob voelde de woede weer opborrelen en kneep in de bureaurand tot zijn knokkels wit werden. Het hout kraakte onheilspellend.

'Kalmeer.' Het was slechts een enkel woord, maar de graaf zei het met een overtuiging en kracht die Jacob vrijwel meteen bedaarde. De graaf plaatste een koffertje op de tafel, knipte dat open en vouwde het vervolgens uit tot een stapel in leer gebonden boeken. Hij opende er twee van en sloeg met zijn rechterhand op het perkament. 'Hier staat het allemaal, artikel viertwaalf en vierdertien.'

'Wat moeten we doen?'

'Allereerst moeten we de locatie van de Synode achterhalen. Ik vermoed dat ze in een van de basilieken samenkomen.'

Jacob zuchtte. 'Veneta heeft er meer dan honderd. Hoe weten we welke?'

'Mijn dienaren winnen op dit moment informatie in.'

'Goed,' zei Jacob, 'zometeen weten we het. En dan? Wat moet ik doen? Wie moet ik als paus voordragen?' *Moet ik mezelf voordragen? Is dat wat de droom me vertelde?*

Graaf Georg keek hem aan over zijn rode bril. 'Noem mij een Hollander in Veneta, van onberispelijke reputatie, met voldoende kennis van de Roomse Kerk, haar wetten, haar gebruiken, haar invloedrijke leden.' Hij zweeg om Jacob gelegenheid te geven te antwoorden.

'Dat zijn er vast enkele,' zei Jacob, hoewel hij zelfs met diep nadenken niemand kon vinden.

'Er is maar één keus: Jacob Hooijmans, paus van de Roomse Kerk, primus inter pares paus van Holland en haar koloniën.'

'Maar ik ben getrouwd, ik heb kinderen.' Hij dacht altijd dat de hoge functionarissen van de kerk vervuld waren van nederigheid, lichtende voorbeelden voor hun volgers, maar het enige dat hij voelde was een diep verlangen naar de macht en het aanzien van een hoge, zoniet de hoogste post binnen de Roomse Kerk.

De graaf glimlachte. 'De tweede Borgiapaus had meerdere vrouwen bij wie hij kinderen verwekte. Je bent dus niet uniek.'

'Hoeveel tijd hebben we?' zei Jacob nerveus.

'Gezien de haast van Iskenderen tot nu toe, de Ottomaanse legers die oprukken, denk ik dat we vandaag de keus voor de Hollandse paus moeten aankondigen.'

Jacob zweeg, maar zijn hoofd was een maalstroom van ambitieuze gedachten.

'**H**oe weten uw dienaren waar ze u moeten vinden?' zei Jacob terwijl hij voor de open haard heen en weer liep. Af en toe keek hij naar het schilderij van stadhouder Willem VI, heldhaftig afgebeeld met zijn voet op de borst van een Franse soldaat en een gescheurde Franse driekleur, met in sierlijke letters onder het tafereel 'Verdediger van het Vaderland'.

Graaf Georg zat met gevouwen handen in een van de grote, leren fauteuils. 'Dat, mijn waarde, is misschien kennis die je niet wil bezitten.' Hij keek opzij naar een van de ramen van de kamer waar een kraai misbaar maakte. 'De basilieken in Santa Croce en Cannaregio zijn het niet.'

Jacob gebaarde met zijn hand. 'Weet u ook waar de contessa is?'

'San Michele,' antwoordde de graaf.

Jacob kwam voor hem staan. 'Wat doet ze op een kerkhof?' zei hij wantrouwig.

De graaf kneep even in de brug van zijn neus. 'Ik bedoel, in haar hotel in de buurt van San Michele. Ik vermoed dat ze bijna hier is.' Hij zei het met een aan zekerheid grenzende overtuiging.

Van buiten klonk het luide krassen van dozijnen kraaien die op de vensterbank waren geland. Graaf Georg stond op en ging voor het raam staan, zijn hoofd schuin alsof hij aandachtig luisterde naar de kakofonie.

'Ik was er al bang voor, de overige basilieken in San Polo, Dorsoduro, San Marco en Castello zijn leeg. Nog geen stuk brood te vinden.'

'Waar kunnen ze dan heen? Het Zeepaleis is vernietigd. Wie anders heeft de ruimte en voorzieningen om de paus, bisschoppen en kardinalen te huisvesten?' Een licht ging hem op nog voor de vraag goed en wel zijn mond uit was. Hij liet zich in een van de andere fauteuils vallen. 'De Doge.'

'Wat heeft die hiermee te maken?'

'Alles, vermoed ik,' zei Jacob. 'Hij heeft een nieuwe vleugel aan het paleis laten bouwen. Groot genoeg voor de complete Synode, met een eigen kapel. Zijn eigen woorden nog wel.'

Graaf Georgs gezicht vertrok in een soort pijnlijke grimas. 'De voorbereidingen waren al getroffen, dus. Hoeveel meer bewijs voor zijn betrokkenheid hebben we nodig?'

Jacob haalde zijn schouders op. 'Hij is de Doge. Hij is onaantastbaar.'

'Maar wat wint hij ermee?' zei graaf Georg.

'De Ottomanen zullen wel meer betalen,' zei Jacob. 'Geld kan een sterke motivatie zijn voor sommige... voor de meeste personen.' *Anderen zoeken iets verheveners.*

De graaf leek diep in te ademen, zijn troebele ogen weerkaatsten het licht dat door het raam viel in vreemde hoeken. 'Angst ook,' zei hij, 'dat zullen ze vandaag leren.' Hij pakte zijn hoed en liep naar de uitgang. 'Ga mee.'

Jacob volgde de graaf zonder zijn aktetas of hoed mee te nemen. 'Het paleis is een uur lopen en een stuk met de gondel. Zijn we wel op tijd?'

'Als we zouden lopen misschien niet,' zei graaf Georg. Hij staarde Alex de Oude opzij en gooide de zware deuren van het Handelshuis open. Daar stond de Tesla van contessa Szilágyi al klaar. Over bijna de gehele lengte van het voertuig zaten kraaien. 'Maar over de Lelybrug zijn we er in tien minuten.'

Ze namen plaats in de galvanische koets en zodra de deur dichtsloeg drukte de contessa de snelheidshendel diep in. De spoelmotor produceerde een hoog gierend geluid en de koets sprong vooruit. Angstige burgers sprongen weg voor het vehikel en hieven kwaad hun vuisten naar de wegstuivende wagen.

Jacob Hooijmans keek nerveus naar de voorbijsnellende gebouwen. Hij prefereerde de gezapige snelheid van schepen of koetsen voortgetrokken door paarden.

'Herinner je je nog iets van gisteravond, Jacob?' zei de contessa zonder om te kijken.

Jacob aarzelde. 'Niet heel veel. Ik werd wel wakker met een kater zoals ik niet eerder heb meegemaakt.'

'Het is maar beter zo,' zei graaf Georg. 'We zullen vandaag genoeg geheimen onthullen, zaken die we liever niet zouden blootgeven.' De contessa deed er het zwijgen toe.

Ze draaiden de Lelybrug op en de contessa stuurde behendig om langzamer verkeer heen. De eerste afslag na de brug bracht hen op het eiland waar het paleis van de Doge zich bevond.

De contessa stuurde de galvanische koets recht op het gesloten ijzeren hek af, overreed bijna twee wachters en ramde vervolgens de traliedeuren open. De koets ging rechtdoor, richting de hoofdingang, waar ze het voertuig neerzette onderaan de marmeren trappen.

Jacob stapte uit, direct gevolgd door de graaf. De contessa kwam ook naast Jacob staan. Geklapper van vleugels klonk boven hen. Jacob zag honderden kraaien rondzwermen. Ze verduisterden de hemel bijna.

Bij de dubbele deuren van de hoofdingang stonden twee verbaasde Janitsaren. Ze trokken hun zwaarden en stormden de trappen af naar de mensen die zojuist uit de galvanische koets waren gestapt.

Voor ze goed en wel bij hun doelen waren, daalden de kraaien op hen neer. Graaf Georg mengde zich in de chaos en er klonken twee schoten waarna de kraaien uiteenstoven. De graaf stond daar met in elke hand een rokende Ottomaanse achtklapper. De Janitsaren lagen als gebroken poppen op de trappen, bloed stroomde uit hun grotendeels verpletterde slapen.

'Geen tijd te verliezen,' zei de contessa naast hem. Ze greep Jacob bij zijn arm en hij kon een kreun van pijn niet onderdrukken. Haar vingers leken van staal en ze sleurde hem half de trappen op. Graaf Georg was hen voor. Hij schopte de eiken deuren uit de sponningen en sloeg twee Janitsaren die hem

aanvielen de trappen af. Ze bleven vlakbij de koets doodstil liggen, hun nek en rug in rare bochten geforceerd.

'De oostvleugel, naar rechts,' hijgde Jacob. De contessa liet hem los. Geflankeerd door de twee edellieden liep hij door een zuilengalerij met hier en daar een heiligenbeeld. Licht viel naar binnen door hoge dakramen Ze naderden een hal met grote dubbele deuren waarboven 'Auditorium' was geschreven. Een groep van minstens twintig Janitsaren bewaakte deze ingang en zodra Jacob, graaf Georg en contessa Szilágyi voor hen verschenen, stelden ze zich in gevechtsorde op en trokken zwaarden en achtklappers.

'Wacht hier,' zei graaf Georg. Het volgende moment waren hij en de contessa verdwenen. Een zwerm raven denderde langs Jacob en vulde de hal met hun galmend gekras dat klonk als het laatste oordeel.

Af en toe zag Jacob een Janitsaar door de wirwar aan lijven en vleugels, altijd met paniek in de ogen en op dat moment in doodsnood, alsof hij opzettelijk getuige werd gemaakt van wat hier plaatsvond.

Zo snel als de kraaien naar binnen waren gevlogen, zo snel waren ze ook weer verdwenen. Jacob zag twee mensen staan, de graaf en de contessa, tegenover elkaar. Hun gezichten kon hij alleen maar als beestachtig omschrijven. Beiden hadden bloed op hun gezicht en hun handen en kleren zaten vol bloed en lillende stukjes. Om hen heen lagen de overblijfselen van waarschijnlijk alle Janitsaren.

Jacob voelde de zure golf omhoogkomen en braakte alles wat hij nog in zich had uit. Toen hij overeind kwam stonden de twee naast hem.

'Uw beurt, heer Hooijmans,' zei graaf Georg. Jacob durfde hem niet aan te kijken.

'Ga naar binnen,' siste Ilona Szilágyi. Hoewel hij zijn lichaam geen opdracht gaf, voelde Jacob zijn voeten bewegen. Hij vermeed het bloed op de vloer en met droge voeten opende hij de deur.

***

De Synode was bij lange niet compleet. Niet meer dan een tiende van de banken was gevuld en op een podium in het midden stond paus Iskenderen. Jacob luisterde naar wat hij te zeggen had.

'De vrede die ik voor ogen heb, maakt een eind aan de voortdurende strijd tussen volkeren. Laten wij als Roomse Kerk dan het goede voorbeeld geven en alle partijen die nu in conflict zijn met elkaar opdracht geven de strijd te staken.' Hij zweeg even en er klonk een beleefd applaus.

Jacob nam zijn kans en liep tussen de banken door in de richting van het podium. Zodra de eerste bisschoppen en kardinalen die aanwezig waren hem zagen, klonk er gedempt geroezemoes.

Paus Iskenderen keek naar Jacob en vervolgens naar de ingang van het auditorium waar twee donkere, in schaduwen gehulde figuren stonden. 'Waar zijn mijn Janitsaren? Hoe komt u hier binnen?'

Jacob voelde een zure oprisping, maar hij wist die te onderdrukken. 'Ze zijn weg,' zei hij met een klein stemmetje. Hij schraapte zijn keel en rechtte zijn rug. 'Ze zijn weg. Als in niet meer in deze wereld.'

'En wie bent u dan wel? En wat kom u hier doen?' Iskenderen stapte naar de rand van het podium en keek op Jacob neer.

'Ik ben Jacob Hooijmans, controleur namens de VOC. Ik ben hier vanwege artikel viertwaalf en vierdertien.' Het werd ineens muisstil.

Paus Iskenderen vouwde zijn armen voor zich. 'Die vereisen een kandidaat en de hoogste VOC functionaris die in Veneta aanwezig is. Ik zie de gouverneur hier niet.'

'De admiraliteit heeft mij als tijdelijk gouverneur aangesteld.' Hij rechtte zijn rug en verhief zijn stem. 'En degene die ik voordraag als paus voor Holland, dat ben ik zelf.'

'Dit is een schaamteloze vertoning,' riep een kardinaal van de voorste rij. 'U meneer, is een leek, u hebt niets te zoeken in deze geheiligde hallen.'

Jacob beklom de treden van het podium. Hij voelde zich alsof hij een complexe boekhoudbeslissing moest verdedigen tegenover een cliënt. 'In tegendeel. Mijne heren!' Hij keek naar de leden van de Synode, probeerde zoveel mogelijk van hen met zijn ogen te vangen. 'Ik ben boekhouder. Nicolaas van Straalen heb ik altijd geëerd. Zijn zuinigheid was een voorbeeld voor me. Hij was altijd de redelijke, de vredestichter, de bewaarder van de status quo. Het voorstel van paus Iskenderen, hoe goed bedoeld ook, zal dwingend zijn voor eenieder die lid is van de heilige Roomse Kerk.'

'Exact,' ging paus Iskenderen verder. 'Vrede zal goed voor ons zijn. En ook voor de VOC en de handel, dat moet u met me eens zijn, meneer Hooijmans.'

Jacob glimlachte. 'Vrede is inderdaad goed voor de handel, paus Iskenderen. En de volgelingen van de Roomse Kerk zullen inderdaad met elkaar kunnen handelen in plaats van strijden. Mijn vraag is alleen: *zullen niet-gelovigen ook uw decreet accepteren?*'

Paus Iskenderen zweeg. Zijn ogen flitsten nerveus heen en weer.

Jacob wachtte even, maar hij wist dat de theorie van de contessa feit was. Hij zuchtte en likte zijn lippen. *Vers bloed, kloppend hart, smaak van ijzer en zout.* 'Ik activeer bij deze artikel viertwaalf en vierdertien. Vanaf heden ben ik paus Jacobus de Eerste en zijn er twee pausen in Veneta.'

'Onmogelijk,' blies paus Iskenderen. 'De Synode moet hierover beslissen. Zodra het op de agenda uitkomt, over enkele weken.'

'Dat duurt te lang,' zei Jacob. 'U riskeert open oorlog met de VOC? En de feestelijke intocht van Calvijnaanhangers in Holland? En de ondermijning van de Roomse Kerk? Het verstoren van delicate evenwichten in de wereld?' Hij kreeg onverwacht veel bijval van enkele bisschoppen en kardinalen op de voorste rijen.

'Accepteer het, Iskenderen,' zei een van de bisschoppen. 'Die overeenkomst bestaat en paus Jacobus de Eerste heeft hem in werking gezet.' Hij hief zijn arm en riep: 'Leve paus Jacobus de Eerste.' De bijval vanaf de banken van het auditorium was duidelijk genoeg.

Een oude kardinaal die op een van de achterste banken zat, stond op. 'Als dat dan nu duidelijk is, er is een Motu Proprio gedaan. Is er een meerderheid van pauselijke stemmen?'

'Ja!' zei paus Iskenderen hard.

'Ik stem tegen,' zei Jacob.

'Dan is het helder,' zei de oude kardinaal. 'Deze Motu Proprio is afgewezen.'

Iskenderen stond met open mond en gebalde vuisten. Hij werd rood, toen bleek. Hij dook op Jacob af en een lange dolk was ineens in zijn hand.

Jacob voelde de voren op zijn rug branden, zag Iskenderen op zich afkomen, vertraagd, als een reeks tiphs op een reliëfscherm. Hij stapte net genoeg opzij om het mes te ontwijken, duwde net genoeg om paus Iskenderen uit evenwicht te brengen en in zijn val plukte hij het mes uit de hand van zijn tegenstander. Hij had zelfs nog tijd om te denken: *bijzonder handig.*

De Ottomaanse paus viel languit op de grond, maar krabbelde vrijwel meteen overeind. Met een schreeuw en een woedend gebaar rende hij van het podium weg en richting de uitgang. Graaf Georg en contessa Szilágyi lieten hem voorbijrennen, door de resten van zijn Janitsaren. Zijn schreeuw van afschuw weerklonk in het auditorium.

Jacob richtte zich tot de aanwezigen. 'Als er al vrede met de Ottomanen komt, dan is dat een politieke vrede, gewenst door beide partijen. Geen opgelegde, eenzijdige, religieuze vrede.'

De kardinaal die Jacob eerder voor leek uitmaakte, schraapte zijn keel en stond op. 'Paus Jacobus, ik groet u en noem u "vredestichter".' Hij kreeg eerst aarzelend maar al snel enthousiast bijval van alle aanwezigen op de Synode.

***

'Ik voorzie een vruchtbare samenwerking, paus Jacobus,' zei graaf Georg tegen Jacob.

Jacob knikte. 'U had zoiets al voorspeld aan boord van de *WitteDeWith*, bijna alsof u wist wat er zou gebeuren. Maar dat is natuurlijk onzin, alleen de Heer weet wat voor ons is weggelegd.'

Graaf Georg grijnsde en liet zich achterover zakken in een van de fauteuils in de gouverneurskamer van het VOC Handelshuis.

'Toch heb ik nog wel wat vragen,' zei Jacob. 'Er zijn schokkende zaken voorgevallen, waarvoor ik geen verklaring heb.'

'Wie weet wat de waarheid is? Wie weet wat had kunnen zijn?' Contessa Szilágyi bestudeerde het schilderij van Willem VI. 'Laten we zeggen dat de wegen van de Heer soms ondoorgrondelijk zijn, mysterieus zelfs. En wraakzuchtig, vooral als het om Zijn zoon gaat.'

'U gebruikt de woorden van de Kerk tegen me, hoe oneerlijk,' zei Jacob. De contessa glimlachte alleen maar. 'En wat gebeurt er nu met het Ottomaanse leger? Want die zijn waarschijnlijk al onderweg. Moeten we iemand waarschuwen?'

Graaf Georg hief zijn handen. 'Het is in Gods handen, paus Jacobus. Hij eist offers. Daarvoor zijn rond kasteel Bran inmiddels honderdduizend eiken staken opgesteld...'

Jacob keek op. 'Dus daar was die post voor.'

Weer grijnsde graaf Georg en knikte. 'Soms,' zei hij, 'vraag ik me wel eens af: waren het de dertig zilverlingen?'

Bliksem uit het niets doorkliefde de hemel buiten. De donder die volgde deed het Handelshuis op haar grondvesten trillen.

Het bleef lang betekenisvol stil in de gouverneurskamer.

www.ingramcontent.com/pod-product-compliance
Lightning Source LLC
Chambersburg PA
CBHW080752120626
46557CB00005B/1230